LES RUES DE NANCY

Du XVIe siècle à nos jours

Par Ch. COURBE

TABLEAU

Historique, moral, critique et satirique des Places, Portes, Rues, Impasses
et Faubourgs de Nancy

Recherches sur les causes et les origines
des vocables qui leur ont été appliqués depuis le XVIe siècle

TOME PREMIER

NANCY

IMPRIMERIE LORRAINE, 5, RUE DU CROSNE

1886

LES RUES DE NANCY

Du XVIe siècle à nos jours

LES
RUES DE NANCY

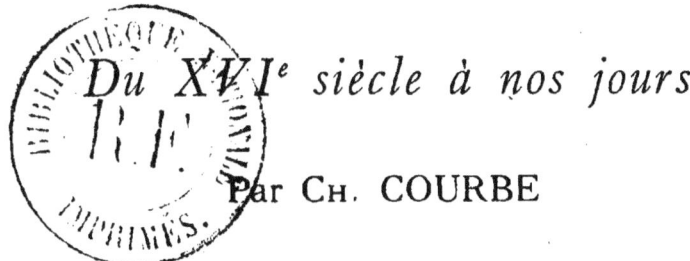

Du XVIe siècle à nos jours

Par Ch. COURBE

TABLEAU

Historique, moral, critique et satirique des Places, Portes, Rues, Impasses
et Faubourgs de Nancy

Recherches sur les causes et les origines
des vocables qui leur ont été appliqués depuis le XVIe siècle

TOME PREMIER

NANCY

IMPRIMERIE LORRAINE, 5, RUE DU CROSNE

1885

PRÉFACE

Les Promenades historiques à travers les rues de Nancy *sont devenues le* vade-mecum *indispensable à tous ceux qui se plaisent à évoquer dans notre ville les souvenirs du passé. C'est désormais un véritable classique qui a sa place marquée dans toute bibliothèque lorraine.*

M. CHARLES COURBE, *en l'écrivant, n'avait nullement la prétention de donner un tableau complet de la ville des Raoul, des René, des Charles III et des Stanislas. Son titre indiquait assez qu'il n'avait voulu que glaner dans le champ des souvenirs. L'histoire de la cité ducale et la monographie détaillée de ses places et rues constituent un travail différent.*

Malgré sa santé ébranlée, M. COURBE *s'est remis à l'œuvre, et a terminé la monographie de nos rues, places, promenades, portes et faubourgs. Il étudie les noms successifs qui leur ont été assignés, la raison de ces différentes dénominations, les monuments publics et les maisons particulières, intéressants à divers titres, qui y ont existé ou qui sont encore debout, les événements de tous genres dont ils ont été les témoins.*

En écrivant l'historique des places, M. CH. COURBE, *a réuni et groupé en faisceaux les fêtes révolutionnaires*

I

et les fêtes nationales qui ont eu tant d'éclat à diverses époques. Ce précieux document de l'histoire de Nancy, qu'on ne trouve nulle part et dont on n'arrache que quelques bribes, quand, à force de patience et de recherches, on est parvenu à les trouver, M. COURBE l'étale, pour ainsi dire, sur nos places publiques.

Ce travail, conçu sur des proportions étendues, diffère sensiblement de tous ceux qui l'ont précédé. Il s'écarte du plan un peu confus de Lionnois, et des divisions par périodes historiques de M. Cayon. Il embrasse, dans leur ensemble, toutes les parties de la capitale de l'ancien duché de Lorraine et peut suffire à tous ceux qui désirent en bien connaître les annales depuis le XVIᵉ siècle. Il s'adresse à tous, à ceux qui savent déjà, mais surtout à ceux qui ignorent ; il est de ceux dont on peut dire :

Indocti discant, et ament meminisse periti.

L'histoire d'une ville intéresse tous ses enfants, et il n'est permis à aucun d'eux de la méconnaître. C'est pour tous un patrimoine d'honneur, qui est en quelque sorte leur propriété commune. Il est bon et utile de savoir l'histoire du monde, mais il est honteux de ne point savoir celle de son pays. Aussi, faisons-nous des vœux pour que les trois volumes qui paraissent après la mort de l'auteur, reçoivent du public un favorable accueil ; nous verrions avec joie qu'on les donnât en prix dans les collèges et même dans les écoles. Mettre l'histoire locale à la portée de tous, dans un style clair, sans phrases déclamatoires; dire la vérité, toute la vérité et rien que la vérité, telle a été l'unique ambition de M. Ch. Courbe. Surmontant de cruelles souffrances, il a cherché dans le travail une consolation, et, soutenu par le noble désir d'être utile, il a trouvé des forces pour instruire ses concitoyens. Il leur laisse cet ouvrage comme un témoignage de ses sentiments patriotiques. Je m'honore d'être le premier à souhaiter la bienvenue à cette œuvre savante et profondément consciencieuse d'un enfant du peuple. Grâce au dévouement de l'éditeur à qui M. Courbe en avait confié la publication, elle paraît sans que son auteur ait la satisfaction de la voir imprimée. Ce sera l'honneur de notre époque d'avoir produit nombre de travaux de ce genre, et d'avoir définitivement fait sortir l'histoire locale de l'oubli le plus injuste et le plus immérité.

Louis LALLEMENT.

INTRODUCTION

En travaillant à nos *Promenades historiques à travers les rues de Nancy*, nous avons recueilli de nombreux documents sur les noms portés par celles-ci à différentes époques. Nous avons cherché à nous expliquer les causes et les origines de ces vocables. Pour beaucoup ce travail nous a été facile, mais il en est quelques-unes dont les vocables, anciens déjà, ne permettent pas d'en retrouver l'origine, par exemple la rue *Notre-Dame*, le nom de l'*Arche* porté par la rue des Tiercelins et celui de *Grève* par la rue Charles III; mais ces lacunes sont en minorité. Nous avons cherché à connaître aussi les vocables du XVIe siècle, grâce à l'obligeance de M. H. Lepage qui a bien voulu nous communiquer les rôles de 1551, 1572, 1582, 1589, pour la levée des trois gros par mois, sur chaque conduit ou ménage. A fort peu de chose près, les contre-rolleurs chargés de percevoir cet impôt suivent la même marche et indiquent les rues dans lesquelles ils touchent les deniers. Il y a des différences sensibles dans la dénomination de certaines rues, mais on retrouve aisément leur situation, en suivant la marche observée et en contrôlant un rôle avec celui qui l'a précédé. On y trouve de grandes variantes dans les vocables admis; il est cependant facile de les déterminer et de les rapporter exactement aux 22 rues et places qui composaient au XVIe siècle toute la Ville-Vieille de Nancy.

Lionnois a eu entre les mains un de ces rôles daté de 1565-1566, qui est égaré depuis et qui n'existe plus aux archives. Malheureusement, au lieu d'avoir copié textuellement et dans l'ordre de marche les noms des rues, le savant abbé a cru bien faire en indiquant par à peu près la situation de chacune d'elles, de sorte qu'il a fait du rôle de 1565-1566 une confusion telle que nous ne pouvons, même avec les rôles que nous avons vus, reconstituer la marche réelle des percepteurs de l'impôt des trois gros. Il y a dans ce rôle, quelques variantes qui n'ont pas grande influence, mais qui ont permis à Lionnois de propager des erreurs qu'il est bon de rectifier, ces erreurs ayant été admises comme des vérités incontestables, par ceux qui ont écrit après lui sur l'histoire de Nancy.

Nous avons eu soin de contrôler les rôles sur lesquels nous nous appuyons, par d'autres documents non moins authentiques. On ne trouve rien au XVIIe siècle indiquant, comme au XVIe, les vocables usités. Cela se conçoit. Les archives ont été pillées à diverses reprises par les Français lors de leurs diverses occupations en Lorraine, et ensuite, il n'est fait mention d'aucun document semblable à ceux que nous avons examinés au XVIe siècle. La lacune d'un siècle est immense. Nous avons pu cependant la combler, sinon en totalité au moins en partie, en parcourant les notes fort curieuses qu'a recueillies M. H. Lepage dans les comptes du Domaine de

Nancy et dans ceux du célerier. Les archives de la Ville, qu'il a publiées en 1866, nous ont aussi permis de nous mettre sur la voie d'anciens vocables mal attribués à certaines rues par nos historiens.

Au XVIIIe siècle, les documents sont nombreux. On a l'almanach de 1703, le plan de D. Calmet de 1728, les tableaux de l'ordre des avocats de 1747 et 1756, les almanachs de 1738-1742-1753, puis arrivé en 1764, nous pouvons suivre la filière jusqu'à nos jours sans omission. En 1764 nous avons avec les almanachs de la cour souveraine, le Tableau des Rues et Places de Nancy dressé par paroisses, l'état des maisons de Nancy de 1767, la délibération du conseil général de la commune du 17 septembre 1791, les délibérations du même conseil du 13 pluviôse an II et du 15 fructivor an III, reproduites par les almanachs du temps.

A la Restauration, les rues et places reprennent uniformément les vocables qu'elles portaient précédemment à la Révolution.

En juillet 1830 on rend à certaines rues leurs noms révolutionnaires.

Enfin le tableau du 30 décembre 1839 fixe d'une manière définitive les vocables de chacune des Places, rues, impasses, portes et faubourgs de Nancy (intra et extra muros).

Depuis il s'est produit, sous le couvert de l'administration municipale, des changements sujets à la critique.

Il ne faut pas croire que nos critiques, souvent sévères, se bornent à cette dernière période. Les magistrats municipaux de 1791, ont commencé par un amalgame qui leur a valu une verte remontrance d'un vieux Lorrain, très royaliste, Fr.-Ch. Callot. Ceux des ans II et III n'ont pas moins commis de fautes, plus grossières encore qu'en 1791. La Restauration avec ses idées surannées, n'a pas su tenir compte de l'esprit public. La Révolution de juillet a comblé le gâchis, et, enfin jusqu'à nos jours, nous avons vu l'hodographie nancéienne traitée à l'Hôtel de Ville en dépit du bon sens, de la logique et de l'histoire.

Trois savants nancéistes : MM. P.-G. Dumast, Léon Mougenot et Louis Lallement se sont occupés de l'hodographie de notre Ville. Tous trois ont eu, ci et là, quelques bonnes inspirations qui ne sont pas à dédaigner, mais tous trois ont trop sacrifié les noms de choses, pour faire admettre des noms d'hommes. Les noms de choses représentent par dessus tout une idée historique, les noms de personnes, hommes ou femmes, sont trop sujets à des antipathies qu'on ne comprend pas toujours, mais qui s'expliquent facilement. Tel personnage qui passe dans l'histoire pour être grand, vertueux, n'est souvent aux yeux des lecteurs qu'un médiocre individu.

Au début de la Révolution, Voltaire, Rousseau, Mirabeau, ont eu les honneurs des plus belles places. Mirabeau fut bientôt oublié, Marat et Charlemont prirent une place importante dans notre hodographie; mais Marat, Charlemont, Challier, Lepelletier et autres ne résistèrent pas devant l'opinion publique On se mit ensuite à la Napoléon. Napoléon tomba vite dans l'oubli. On en vint à la Royale. Stanislas éclipsa tout ce qui était royal.

Les noms des hommes politiques ne sont pas des vocables: ce sont des mots fatalement destinés à être effacés. Moins les vocables ont un caractère politique, plus ils persistent à rester intacts. Il y en a à Nancy qui ont quatre siècles d'existence et qui n'ont pas varié même sous la Révolution : la rue de la Boucherie, la rue de la Monnaie, la rue des Maréchaux, la rue du Moulin en sont des preuves. A part ces quatre rues de la Ville-Vieille et deux ou trois petites rues de la Ville-Neuve, la rue du Four par exemple, toutes les autres rues, places et impasses de notre ville ont subi des variations de vocable qui sont regrettables.

On répète sans cesse que notre ville a trop de noms de saints et de noms de couvents, appliqués à ses rues et places. C'était la mode dans le temps de donner le nom d'un monastère à une rue où celui-ci avait son entrée. Les noms de saints donnés à nos rues rappellent plus souvent le patron d'une maison religieuse que celui d'un saint quelconque. Et puis, au dernier siècle, on n'avait pas d'autre moyen, avant le numérotage des maisons, d'indiquer son adresse : rue des Dominicains, près les Sœurs Grises, en face les Jacobins, proche le pont de Pierre. — Rue de l'Église, près les Carmes, près le collège, proche la Boucherie, vers le Palais, en face des Annonciades, près des Tiercelines, près des Carmélites, au Refuge. Voilà des indications précises pour une seule rue. A la Révolution tous les couvents avaient au moins deux siècles d'existence. Leurs noms ont passé à l'état de vocable d'une manière insensible et il est bien difficile aujourd'hui de les faire disparaître. On a eu beau faire pour la rue des Dominicains, c'est un vocable admis qu'on n'a pu effacer et qu'on n'effacera jamais.

Quand Jean-Jacques Rousseau le patronnait, on disait toujours rue des Dominicains. Voltaire n'a pu enlever à la rue Saint-Nicolas le vocable de l'ancien faubourg qui conduisait de Nancy à Saint-Nicolas-de-Port.

Est-ce que le public s'occupe si le nom d'une rue est celui d'un saint ou d'un couvent, d'un roi ou d'un homme du jour. Peu lui importe. Il y a à Nancy le faubourg Saint-Vincent et Saint-Fiacre. Le peuple ne connaît pas ce faubourg là; il connaît Boudonville, les Trois-Maisons et le Crosne, mais pas le faubourg Saint-Fiacre. Sous l'ancien régime on n'employait pas non plus ce dernier vocable; on disait à Boudonville ou aux Trois-Maisons. Le public sait lui-même se rendre justice et modifier les vocables quand ils ne lui plaisent pas. Il n'a jamais admis le faubourg Saint-Pierre et Saint-Stanislas, il a trouvé que le vocable de Saint-Pierre était suffisant. Stanislas avait appelé le haut de la rue qui porte son nom « Saint-Stanislas », le public a accepté Stanislas tout court, tant pour la rue que pour la porte et le faubourg.

Le public n'est pas toujours aussi mouton de Panurge qu'on veut bien le croire, ou que certains le disent.

Il nous a semblé que l'historique que nous traçons des vocables des places et des rues de notre ville, avec les causes qui les ont fait naître, est sinon l'histoire matérielle de notre ville, mais aussi, dans une large mesure, le tableau de l'esprit moral de sa population. A partir de 1791, celle-ci a changé du tout au tout, l'élément nancéien s'est trouvé absorbé insensiblement par une population étrangère même à la province, qui se fixe un instant dans notre ville et disparaît un jour où l'autre, remplacée elle-même par de nouveaux venus, qui absorbent eux-mêmes les éléments précédents et annihilent peu à peu le véritable noyau de la première population. Ces fluctuations de la population sont la conséquence naturelle des grands événements politiques qui se sont produits depuis 1789, surtout par la guerre de 1870-71. Toutes les villes de la région de l'Est ont fatalement subi les mêmes transformations depuis la Révolution.

Que reste-t-il aujourd'hui de Nancéiens proprement dits, dans Nancy? Nous parlons de familles nancéiennes ayant au moins un siècle d'existence. Trouverait-on aujourd'hui deux mille individus à Nancy pouvant justifier que leurs ancêtres y étaient établis en 1780? En admettant ce chiffre, l'élément véritablement nancéien ne serait représenté que par le trentième de la population actuelle. A côté de ce premier noyau viennent aussi se grouper les familles qui se sont fixées à Nancy depuis la Révolution; les unes ayant de 40 à 80 ans d'existence n'ont formé qu'une ou deux générations qui ont des tendances à ne pas continuer à y résider.

Nancy s'est considérablement agrandie depuis une vingtaine d'années; sa plus grande extension a été la conséquence de la guerre de 1871. Parmi la nouvelle population, combien y a-t-il de gens qui ignorent absolûment le passé de notre ville. Beaucoup ne savent pas si Nancy a été capitale d'un Duché important, si elle a été la résidence des ducs, le siège d'une cour souveraine, etc. On croit un peu dans le public que Nancy est une ville toute moderne, qui a seulement deux ou trois siècles d'existence ; ses monuments anciens ne sont pas si nombreux ni si antiques, pour qu'ils frappent l'esprit des indifférents.

Le peuple n'est pas aussi indifférent à l'histoire locale. Nous qui ne fréquentons ni les salons, ni les académies, mais qui vivons depuis près de trente ans avec l'ouvrier, nous savons que celui-ci est curieux, qu'il ne désire que s'instruire sur les choses de la ville, alors que nul ne songe à les lui enseigner. S'il ne demande pas d'étendre le cercle de ses connaissances à l'histoire de toute la ville, il aime à connaître au moins celle du quartier qu'il habite, pourquoi telle rue a pris tel nom, ce qu'il y avait dans cette rue, ce qu'était ceci, ce qu'était cela. Bien souvent ces questions nous sont posées par ceux avec lesquels nous travaillons. Ce n'est pas depuis hier, voilà long-temps déjà que nous sommes mis tous les jours à contribution par Pierre ou par Paul.

Pour faire aimer une ville, il faut la faire con-naître. Celui qui aime la ville qu'il habite aime sa patrie : l'amour patriotique vient de l'amour du clocher.

Nous connaissons d'une manière presque cer-taine les vocables que portaient les rues de Nancy dans la seconde moitié du XVIe siècle, et nous avons pu les restituer en partie aux rues mo-dernes qui composent la ville-vielle. Il en est quelques-uns du XVe siècle qu'on peut également leur restituer; mais il en est d'autres qu'il est tout à fait impossible de pouvoir remettre à leur place.

M. H. Lepage dans ses *Archives de Nancy*, t. Ier, p. 32 indique quelques rues de Nancy du XIVe siècle, qu'on retrouve en partie au XVe siècle et dont quelques-unes avaient encore conservé leurs vocables au XVIe siècle.

Rue des Juifs, (partie actuelle de la rue de la Monnaie, où la commanderie de Saint-Jean avait une maison).

La rue des Juifs est la rue Derrière, devenue maintenant rue Jacquard; nous le prouvons en parlant de cette rue. Cependant rien ne s'oppose à ce que dans les temps, elle ait empiété sur la rue du Bon Pays. Nous ne croyons pas que la rue de la Monnaie en ait jamais fait partie.

Rue de la Poterne (du Bon Pays).

La rue de la Poterne n'est pas précisément la rue du Bon Pays quoique celle-ci ait été appelée ainsi dans quelques titres. C'était une petite rue qui existait encore au dernier siècle et qu'on nommait la *rue de la Michotte;* elle faisait communiquer la rue de la Monnaie à la Poterne du vieil aître et au bastion des michottes.

Rue de la grande Tour.

Cette rue ne peut faire double emploi avec la rue de la Poterne et c'est cependant ce que voudrait Lionnois, ou du moins la conséquence qu'on en tirerait de ce qu'il écrit (*Histoire*, t. Ier, page 37, note 2) :

« Dom Calmet place cette Tour vers le magasin à poudre que l'on a démoli, et qui était dans la gorge du bastion de Salm. Nous croyons au contraire, qu'elle était placée au milieu du bastion Notre-Dame, appelé depuis « des Michottes » à cause du four où l'on cuisait le pain de munition, en petites miches, nommées dans la province « michottes. »

Nous croyons que Dom Calmet a plutôt raison que Lionnois, car dans les comptes de 1539 la rue de la grande Tour est mentionnée, en même temps que la rue de la Poterne et la rue des Maréchaulx. Dans les comptes de 1531-1532 du Domaine de Nancy, on trouve plusieurs dépenses : « Pour avoir mis à point la *place de la grande Tour* et vyder les immondices ; pour y faire un huys de sapin, afin qu'on n'y porte plus les immondices ; pour massonner l'huys de la *grande Tour*. » Où était-elle située ? Quoiqu'il en soit très souvent question dans les archives, on ne peut déterminer avec certitude son emplacement.

Rue Colin le Gruyer.

Rue Monsieur Renalz de Nancy.

On ne peut dire où étaient situées ces rues, il faudrait recourir aux documents qui les mentionnent et encore n'y trouverait-on aucune trace permettant d'en déterminer l'emplacement. Sans doute que ces deux rues tirent leurs noms de deux personnages qui les habitaient.

Rue Reculée (Derrière).

La rue Reculée est aussi bien la rue Jacquard actuelle, que la rue des Etats. Toutes les deux ont été appelées rue Reculée.

Rue qu'on dit au bout de la Halle.

Si le titre qu'a consulté M. H. Lepage est antérieur à 1495, il s'agit d'une rue qui existait sur ou près l'ancienne place Saint-Epvre.

Rue de la Meselerie (de la Boucherie dans un titre de 1499).

Nous observerons que la Boucherie a été construite seulement en 1498, et qu'antérieurement à cette date, la rue de la Boucherie ne pouvait s'appeler rue de la Meselerie, puisqu'il n'y avait pas encore de Boucherie. Celle-ci serait plutôt celle qu'on dit au bout de la Halle.

Ailleurs M. H. Lepage dit que les bouchers s'appelaient anciennement *masseliers, masecliers* et *maseliers*. Ce n'est pas pour cela une preuve que la rue de la Boucherie actuelle ait été la *rue de la Meselerie*.

Rue du bailli Simonin ou de la Fontaine.

M. H. Lepage pense que c'était peut-être la même que celle appelée « rue de la Fontaine qui est devant l'hôpital Saint-Julien. » Si cette énonciation est exacte, ce serait alors à la *rue du Duc Antoine* que s'appliquerait ce vocable.

Rue Saint-Georges.

« Probablement, dit M. H. Lepage, le long ou près de la collégiale de ce nom. » Ce pourrait bien être en effet la petite *rue des vents* de 1703, qui conduisait de la grande rue à la carrière, mais qui existait bien antérieurement à la création de cette place : autrefois elle conduisait à l'école du cloître Saint-Georges.

Rue des Fèbvres (serruriers) et *des Maréchaux.*

Elles peuvent n'avoir été qu'une seule rue, comme elles peuvent en avoir formé deux bien distinctes.

V. ce que nous pensons de l'origine du vocable des maréchaux.

Rue des Pénitents.

Comme nous ne connaissons pas de pénitents établis à Nancy aux XIVe et XVe siècles, nous nous abstenons de toute réflexion.

Rue de la Boudière.

V. à l'article Grande Rue.

Rue le Cordier.

Pas de documents.

Rue du Moulin.

V. ce vocable.

Rue du Château (le long du Palais ducal).

Non ; la rue du Château n'est autre que la Rue Lafayette.

V. ce vocable et Place des Dames.

Rue Naxon (de la source).

La rue Naxon ne comptait dans la rue de la Source actuelle que depuis la rue de la Monnaie jusqu'à la rue du Cheval blanc.

Rue sur le Fossé-aux-Chevaux, près du prieuré Notre-Dame.

V. rue des Etats.

Rue Richardménil (Callot).

C'est le nom qui était donné à la rue des Comptes (Callot) et à la rue de la Monnaie, avant que celle-ci fût transférée dans la grand'-maison.

Rue de la Grenouillère.

Nous ne savons pas où Lionnois a trouvé ce vocable, ni pourquoi il s'applique à la rue Saint-Epvre.

V. ce vocable.

Rue Roubonneau.

V. ce que nous en disons à la rue du Point-du-Jour, à laquelle Lionnois donne ce nom.

Rue Neuve.

Nous expliquons ce vocable en parlant de la rue de la Gendarmerie.

Rue Willaume Bazin.

V. ce que nous en disons rue du Petit-Bourgeois et rue Braconnot.

Rue du Four sacré.

V. Rue Saint-Epvre. Elle comprenait aussi une partie de la rue Saint-Michel.

Rue de la Lormerie.

On la trouve dite aussi *rue de L'hormerie* suivant un titre cité par Lionnois ; elle existait sur la place Saint-Epvre, soit en prolongement de la rue de la Cour, soit sur la façade septentrionale de cette place, entre la rue Saint-Epvre et la rue du Point du Jour, quand la halle existait en cet endroit.

« Un titre de l'année 1461, fait mention d'une maison appartenant au chapitre de saint Georges dans la *rue de la Lormerie*.

« Les lormiers fabriquaient des freins, longes, étrivières, mors de chevaux ; ainsi ils travaillaient à la fois en cuir et en métal ; ils maniaient même l'or et l'argent, pour satisfaire au luxe de la chevalerie. Dans la suite, le mot de lormerie passa au commerce de clouteries et de petits objets en fer. Les lormiers de Paris formaient une corporation qui avait ses statuts particuliers. On lit dans un chapitre des ordonnances sur le commerce et les métiers, rendues par les prévôts de Paris depuis 1270, jusqu'à l'an 1300 : Par devant nos vint le commun des lormiers de Paris et affermèrent par lor serement que pour le profit de la ville et des gentilshommes de Louraine de la lormerie de Paris ont fait et otroyé une ordonnance entre eux... » (H. Lepage, *Communes de la Meurthe*, II, p. 114).

Nous arrivons maintenant à l'hodographie nancéienne de la seconde moitié du XVIe siècle ; elle est fixée d'une manière certaine par les rôles de 1551, 1572, 1582 et 1589, sauf cependant pour quelques ruelles de peu d'étendue, notamment la rue de la Cour, la rue du Point du Jour, la rue des Loups, la rue Saint-Epvre, la rue du Petit Bourgeois, etc.

Dans ces rôles, le circuit de la place Saint-Epvre forme un quartier dans lequel sont enclavées les deux ou trois ruelles qui y aboutissènt. Le hault Bourget forme un autre quartier qui va de la rue Saint Michel à la porte de la Craffe, en y comprenant la rue du Petit Bourgeois. La rue du Chastel ne fait qu'une avec la place des Dames et la rue Lafayette.

Il faut tenir compte aussi qu'à cette époque on donnait le même nom à deux rues formant cette figure : __|__ C'est ce qui arrive pour la rue du Four sacré, qui comprenait une partie de la rue Saint Michel et la rue Saint Epvre. Le même cas se trouve également, plus tard, dans la Ville-Neuve pour la rue des Carmes et la Petite rue des Carmes. D'autre fois, on voit qu'une rue, sous le même vocable, formait un angle obtus ou aigu, comme par exemple la rue Saint Epvre avec le bout bas de la rue Saint-Michel, __/ ou encore la rue de la Charité et la rue du Cheval blanc, qui ont été indiquées, quelquefois, l'une et l'autre, sous le même vocable, du Vieil Change, par exemple. '

Plusieurs rues ont eu en même temps l'honneur de deux et trois vocables.

Il nous a été assez difficile de déterminer, pour chacune de nos rues, le choix du vocable qui leur appartenait, alors qu'ici nous les trouvions dénommées d'une façon et là d'une autre, n'ayant pour guide que les rôles dont nous parlons; mais, grâce à d'autres documents, nous avons pu reconstituer à peu près cette ancienne hodographie. On se rendra compte des difficultés que nous avons éprouvées, en parcourant le tableau que nous avons copié textuellement sur les rôles du XVIe siècle. Nous le livrons dans sa brutalité mathématique, tel que les rôles nous le donnent.

C'est un véritable casse-tête. Nous en faisons connaître la clef à chacune des rues de la Ville-Vieille. Afin que le lecteur ne soit point trop rebuté, nous donnons à la suite un tableau de concordance, indiquant les vocables anciens qui doivent s'appliquer aux rues modernes.

Nous n'avons pas entrepris le même travail pour la Ville-Neuve, n'en ayant pas reconnu la nécessité. Les vocables de la Ville-Vieille offrent un intérêt tout particulier qu'on ne trouve pas à la Ville-Neuve ; ils sont en quelque sorte l'histo-rique de la vieille ville de Nancy, ils dénotent, comme nous l'avons dit précédemment, l'esprit du public, et aussi ils retracent à grands traits les phases principales de l'histoire du vieux Nancy.

ROLE DE 1551

1	Le Petit Bourget, commençant à la Porte de la Craffe.
2	La rue de la Boudière.
3	Rue des Marchaulx.
4	Rue de l'Escuyerie.
5	La Rue Reculée.
6	La rue Derrière les Estuves.
7	La rue Sainct Michel.
8	La rue du Four Sacré.
9	La rue Nostre Dame.
10	La rue du Hault Bourget.
11	La Neuve rue.
12	Le circuyt de la Place.
13	La rue de la Boucherie.
14	La rue des Estuves.
15	La rue du Vieil Change.
16	La rue Roboam.
17	La rue Narxon.
18	La rue de la Monnoye.
19	La rue du Chastel.
20	La rue Derrière Sainct Epvre.
21	La rue du Moulin.
22	La rue des Comptes.
23	Le faulbourg Sainct Nicolas de Nancy.

ROLE DE 1572

1	La porte la Craff.
2	La Rue du Petit Bourget.
3	La Rue sur le Fossel des chevaulx.
4	La Rue Devant la court.
5	La Rue de la Boudière.
6	La rue Calbra dict des Marchaulx.
7	La rue des Comptes.
8	La rue Devant la Monnoye.
9	La rue des Escuieries.
10	La rue Derrière.
11	La rue Sainct Michel.
12	La rue de la Boucherie.
13	La rue des Estuves.
14	La rue Naixon.
15	La rue du Vieux Change.
16	La rue du Moulin.
17	La rue de Chastel.
18	Le circuit de la Place.
19	La rue du Four Sacré.
20	Le hault Bourget.
21	La rue Nœufve
22	Le faulbourg Saint Nicolas de Nancy.

ROLE DE 1582

1	La rue du Petit Bourget.
2	La rue de la Boudière.
3	La rue Calebras dicte des Mareschaulx.
4	La rue des Escuieries.
5	La rue des Juifz.
6	La rue Saint Michiel.
7	La rue du hault Bourget.
8	La rue Derrier les Cordelliers.
9	La rue Reynette.
10	La rue du Four Sacré.
11	La rue des Estuves.
12	La rue Narxon.
13	La rue de la Monnoye.
14	La rue des Comptes.
15	La rue du Moulin.
16-17	La Grande place et rue du Vieil Change.
18	La rue de la Boucherie.
19	Le circuit de la place Sainct Epvre.
20	La rue Neuve.
21	Le faulbourg Saint Nicolas.

ROLE DE 1589.

1   La rue du Petit Bourget.
2   La rue de la Boudière.
3   La rue Callebras dicte des Mareschaulx.
4   La rue des Escuieries.
5   La rue des Juifs.
6   La rue Sainct Michiel.
7   Le hault Bourget.
8   La rue Derrier les Cordeliers.
9   La rue Reynettes alias Reculée.
10 La rue du Four sacré.
11 La rue des Estuves.
12 La rue Naxon.
13 La rue de la Monnoye.
14 La rue des Comptes.
15 La rue du Moulin.
16-17 La Grande place et rue du Vieil Change.
18 La rue de la Boucherie.
19 La place Sainct Epvre.
20 La rue Nœuve.
21 I a Ville nœuve dudict Nancy.

TABLEAU DES RUES DE NANCY

(Ville-Vieille)

AU XVIᵉ SIÈCLE

GRANDE RUE (1ʳᵉ Partie).

1551   Rue du Petit Bourget.
1572   Id.
1582   Id.
1589   Id.

GRANDE RUE (2ᵉ Partie).

1551   Rue de la Boudière.
1572   Id.
1582   Id.
1589   Id.

RUE DES MARÉCHAUX

1551   Rue des Marchaulx.
1572   Rue Calbra dicte des Marchaulx. .
1582   Rue Calebras dicte des Mareschaulx.
1589   Rue des Marchaulx.

RUE DU BON PAYS

1551   Rue de l'Escuyerie.
1572   Rue des Escuïeries.
1582   Id.
1589   Rue de l'Escuyerie.

RUE JACQUARD

1551   Rue Reculée.
1572   Rue Derrière. .
1582   Rue des Juifz.
1589   Rue des Juifz.

RUE DE LA SOURCE

1551   Rue derrière les Estuves et rue Naxon.
1572   Rue de Naixon.
1582   Rue Narxon.
1589   Rue Narxon et rue des Estuves.

RUE SAINT MICHEL

1551   Rue Sainct Michiel.
1572   Rue Sainct Michiel.
1582   Id.
1589   Id.

RUES SAINT EPVRE ET SAINT MICHEL

1551   Rue du Four Sacré.
1572   Id.
1582   Id.
1589   Id.

RUE DES ÉTATS

1551 Rue Nostre Dame.
1572 Rue sur le Fossel des Chevaulx.
1582 Rue Reynette.
1589 Rue Reynette alias Recullée.

LE HAUT BOURGEOIS

1551 Rue du hault Bourget.
1572 Le hault Bourget.
1582 Rue du hault Bourget.
1589 Le hault Bourget.

RUE DE LA GENDARMERIE ET RUE JACQUOT

1551 La Neuve rue.
1572 Rue Devant la court.
1582 Rue Derrier les Cordelliers.
1589   Id.

PLACE SAINT EPVRE

1551 Le Circuyt de la place.
1572 Le Circuit de la place.
1582 Le Circuit de la place st Epvre.
1589 Le Circuyt de la place.

RUE DE LA BOUCHERIE

1551 Rue de la Boucherie.
1572   id.
1582   id.
1589   id.

RUES DU CHEVAL BLANC ET DE LA CHARITÉ

1551 Rue des Estuves, rue du Vieil Change et rue Roboam.
1572 Rue des Estuves et rue du Vieux Change.
1582 Rue des Estuves.
1589 Rue des Estuves et rue du Vieil Change.

RUE DU POINT DU JOUR

1551 *Non mentionnée.*
1572   id.
1582   id.
15S9   id.

RUE DE LA MONNAIE

1551 Rue de la Monnoye.
1572 Rue devant la Monnoye.
1582 Rue de la Monnoye.
1589 Rue de la Monnoye.

RUE LAFAYETTE ET PLACE DES DAMES

1551 Rue du Chastel.
1572 Rue de Chastel.
1582 La Grande place et rue du Vieil Change.
1589 Rue du Chastel.

RUES DU MAURE QUI TROMPE ET DU DUC ANTOINE

1551 Rue derrier Sainct Epvre.
1572 *Non mentionnée.*
1582   Id.
1589   Id.

RUES DU MOULIN ET DU MAURE QUI TROMPE

1551 Rue du Moulin.
1572   Id.
1582   Id.
1589   Id.

RUE CALLOT

1551 Rue des Comptes.
1572   Id.
1582   Id.
1589   Id.

RUES DES DOMINICAINS, DU PONT MOUJA, SAINT NICOLAS ET SAINT THIÉBAUT

1551   Le faulbourg Sainct Nicolas de Nancy.
1572   id.
1582   Le faulbourg Sainct Nicolas.
1589   La Ville nœuve dudict Nancy.

PLACE DE LA CARRIÈRE

1551   *Néant.*
1572   Rue Nœufve.
1582   Rue Nœuve.
1589   Rue Nœuve.

Il ne faut pas s'attendre à trouver dans notre travail un historique complet de chacune des rues de Nancy. Nous nous sommes abstenu, tout d'abord, de parler des principaux monuments, de les décrire, de répéter ce qui a été dit tant de fois sur leur compte ; non plus des anciens établissements religieux, sinon de ceux qui se sont continués de nos jours. Nous avons cru inutile de répéter ce que Lionnois a écrit avant nous avec une parfaite connaissance de cause ; nous nous sommes contenté d'ajouter à ce qu'il a dit sur les rues, ce qu'il s'y est fait depuis son temps. Certaines industries, certains monuments disparus, certaines institutions anéanties ont appelé notre attention. Nous avons tenu compte des transformations matérielles et morales qui se sont opérées dans notre ville depuis 1789, et, autant que possible, nous les signalons.

Nous nous arrêtons volontiers devant certaines transformations, nous les disséquons en quelque sorte, pour mieux faire ressortir le caractère physique ou moral de la rue où, un instant, nous nous arrêtons. Bien des faits, bien des petites

causes qui ont eu leur portée sont inconnus; nous
les relevons et nous les signalons, quand ils nous
paraissent devoir jeter quelque lumière sur l'histoire de notre ville. Il y a à Nancy tant de choses
inconnues, tombées dans l'oubli, éparses, impos-
sibles à retrouver, qu'on ne saurait trop aujourd'hui
les réunir en un faisceau, pour aider ceux qui
viendront après nous, tracer d'une main plus
sûre l'histoire du Nancy moderne.

Nous nous sommes principalement attaché à
rechercher les vocables donnés aux places, rues
et impasses de notre ville, à expliquer les causes
et les origines des différents vocables qui se sont
succédé. Cette tâche remplie, nous entrons dans
certains détails pour chacune des rues ou des
places qui offrent un intérêt historique. La rue
de l'Hôpital militaire, — une bien petite rue, —
nous permet de parler de cet établissement, de la
création des monts de piété, de la caisse d'épargne et
de la manufacture saint Jean. La rue des Fabriques nous autorise à parler de l'industrie. La rue
de l'Équitation, des Juifs, de la Manufacture des
Tabacs, des prisons, etc. Nous ne sommes pas
moins prolixe pour les places; et, sans les décrire,
nous en retraçons l'historique à grands traits de
plume.

Lorsqu'un monument ou un établissement
mérite d'être signalé par une singularité quelconque, souvent inconnue, nous nous hâtons d'en
faire part au lecteur.

Nous n'avons pas la prétention d'écrire une
histoire, dans un style particulier; on connait
déjà notre manière. Nous racontons simplement
ce que nous avons appris, en feuilletant et les
journaux et les recueils souvent ignorés qui ont

pu nous passer par les mains. Nous nous sommes plus instruit des choses de Nancy avec de méchants petits papiers recueillis soigneusement, qu'avec toutes les histoires et les monographies qui ont été publiées sur Nancy, ses monuments, ses institutions, ses établissements industriels ou charitables. Les affiches, les avis, les annonces, les mouvances de maisons nous ont mis sur la piste de bien des choses ignorées des nancéistes et des nancéiens.

Les matériaux ne nous font pas défaut et nous sommes loin d'avoir épuisé ceux que nous possédons par notre persévérance. Aujourd'hui comme hier, nous ne sommes redevable de nos recherches, qu'à quelques personnes qui ont bien voulu nous venir en aide dans certaines occasions, pour compléter des renseignements que nous possédions déjà.

Chaque rue de notre ville a sa physionomie particulière, une histoire qui lui est propre, des habitants qui s'y identifient, qui ont une manière de vivre distincte de celle de leurs voisins. L'esprit qui règne dans la rue des Dominicains n'est pas le même que celui de la rue Saint Georges, et la rue de la Poissonnerie ne s'identifie pas à la rue d'Alliance; elle est même bien distincte, comme commerce et comme relations, de la rue Stanislas, sa voisine et sa congénère.

Sans chercher à sonder et à démontrer ces différences de caractères, de relations, de mœurs, d'habitudes, elles ressortent elles-mêmes par l'historique de chacune de nos rues et des vocables qu'elles ont portés. Il faut tenir compte aussi de l'influence des habitations, c'est à dire de la forme des maisons sur le caractère et sur les

mœurs des habitants. Les rôles du XVIe siècle
constatent déjà cette différence : la rue des
Comptes et la rue de la Monnaie ont une toute
autre population que les rues des Mareschaulx et
des Escuieries. La rue de la Boudière ne s'identifie
pas au Petit Bourget, qui ont cependant formé la
grande Rue ; aujourd'hui encore ces deux portions de la même rue sont bien distinctes. De tout
temps, chaque rue a renfermé un élément de
population dominant qui l'a caractérisée. Les
recherches que nous avons faites pour élaborer
notre travail et l'étude à laquelle nous avons dû
nous livrer sont pleines d'enseignement philoso-
phique. On en trouvera quelques traces ci et là.
En nous abstenant, sous ce rapport, de toute
réflexion personnelle, nous laissons le champ libre
au lecteur pour en déduire les conclusions qu'il
jugera convenables.

Il nous arrive cependant d'émettre quelquefois
notre opinion sur tel ou tel fait : c'est surtout
dans l'application de l'hodographie que nous
n'avons pas épargné nos réflexions, au risque
même de déplaire à quelques-uns.

On nous a reproché d'avoir déparé nos *Promenades historiques* par des réflexions trop fantaisistes :
nous en sommes bien marri pour ceux à qui elles
déplaisent. Chacun n'est pas du même avis. Si les
uns trouvent nos réflexions « un peu risquées ou
trop fantaisistes », il en est d'autres qui les
approuvent : on ne peut contenter tout le monde
à la fois. Il est de toute justice qu'on nous adresse
ce reproche; car, nous aussi, nous trouvons dans
les faits et gestes des personnages que nous met-
tons en jeu, des écrivains qui nous ont précédé,
singulièrement de réflexions plus que risquées et

plus que fantaisistes. Il en est qui sont des com-
bles. Celles-là, on ne les a jamais critiquées, parce-
qu'elles émanent de la plume de M. X... ou de
M. Y..., les barons de l'éloquence, les maîtres de
l'histoire — pour les ignorants. On a pris et l'on
prend encore leurs immenses bourdes, pour des
vérités; lorsque ces oracles ont ouvert la bouche,
le commun des martyrs recueille leurs paroles
comme les saints Evangiles. Nous sommes un peu
plus difficile, nous n'admettons une vérité que
lorsqu'elle est éclatante; si nous n'avons pas une
foi aveugle dans tout ce qui s'est dit et écrit sur
Nancy, c'est que nous avons appris à être sceptique
et à nous défier de tous les historiens qui, généralement, tournent dans un cercle vicieux, en se
copiant les uns les autres sans prendre la peine de
contrôler les faits qu'ils rapportent. Il est des faits
qui échappent à tout contrôle, sur lesquels on n'a
pas de données certaines ; mais combien aussi y
en a-t-il qui ne demandent qu'à être placés sous
le jour de la vérité ? Pour cela, il nous suffit de
fouiller dans le passé, de rapprocher les circonstances, de mettre en parallèle les faits cités avec
ce qui existait jadis, pour arriver souvent à
détruire une légende transmise depuis des siècles.
C'est ce que nous avons fait pour la rue des
Maréchaux, pour le pont Meugeart et autres rues,
dont les vocables nous ont paru avoir une
origine autre que celle qu'on leur a attribuée dans
les annales. Nous sommes donc obligé, par le fait
de nos recherches et de nos découvertes, d'émettre
des opinions différentes de celles qui ont été
admises jusqu'à présent. Qu'on les trouve risquées ou par trop fantaisistes, c'est naturel pour
ceux qui n'ont pas spécialement étudié les ques-

tions hodographiques. Nous ne nous émouvons guère de tout ce qu'on pourra nous reprocher sur ce point, car nous avons l'intime conviction que ceux qui nous critiqueront finiront, tôt ou tard, par se ranger à notre avis. Les documents écrits ne se discutent pas : il faut ou les admettre ou les rejeter. Il y en a que nous avons admis avec plaisir, tant leur intérêt était grand, leur mérite incontestable ; nous en avons rejeté d'autres, parce qu'ils ne nous ont pas paru suffisamment clairs, ou pour mieux dire, certains. Nous avons l'habitude, par notre profession, de raisonner et d'agir mathématiquement : les questions louches, indécises, sont, à notre avis, des choses sur lesquelles on doit passer sans s'y arrêter. Nous ne cesserons de le répéter, toute la valeur d'une histoire, d'une monographie, d'une simple note doit être basée sur un document : dès que ce document fait défaut, rien n'est réel.

SOURCES ET AUTORITÉS

Les rôles de 1551, 1572, 1582, 1589.

Le recensement de l'an IV.

Les almanachs de Lorraine et Barrois, de la République et de l'Empire.

Les annuaires du département de la Meurthe.

Les mémoires pour servir à l'histoire de Lorraine, par Noël.

Les communes de la Meurthe, par H. Lepage.

Les archives de Nancy, par le même.

Les transformations de Nancy, matérielles et morales, par le même.

Nancy histoire et tableau, par P.-G. Dumast.

Hodographie nancéyenne, par le même.

Le Mémoire sur les antiquités de Nancy avec les additions et corrections de Nicolas, manuscrit reproduit en partie par D. Calmet dans sa Notice.

Le *Journal de la Meurthe*, l'*Espérance* et les journaux de l'époque révolutionnaire.

Les recueils factices de l'abbé Marchal.

Nos recueils manuscrits.

Nos miscellannées cueillies dans les journaux de Nancy.

Le Journal et les Mémoires de la Société d'archéologie Lorraine.

Les Essais et l'histoire des Villes vieille et neuve de Nancy, par l'abbé Lionnois.

Les plans de Nancy de 1611, 1617, 1728, 1752, 1754, 1762, 1778, 1780, an V, 1817, 1822 à nos jours.

Le Recueil des fondations du Roi de Pologne.

La Description de Lorraine et Barrois, par Durival.

Le code de Police de 1749.

Le Recueil des Édits et Ordonnances de Lorraine.

Recueil factice des arrêts du Parlement de Nancy.

Les comptes-rendus des séances du Conseil municipal.

Le bulletin administratif.

La Statistique du département de la Meurthe, par le préfet Marquis, an XIII.

Histoire de Nancy, par Jean Cayon.

Diverses publications de Louis Lallement.

Les *Affiches de Lorraine et des Trois Évéchés* de 1770 à 1800.

Les hypothèques du *Journal de Nancy*.

La collection des lois de Duvergier.

Le Courrier Lorrain.

LES ENCEINTES DE NANCY

Les auteurs qui se sont occupés de l'histoire de Nancy, de son antiquité, de ses origines, de sa formation, ont généralement négligé un point important : celui de ses enceintes primitives.

L'auteur du *Mémoire sur les antiquités de Nancy*, publié par D. Calmet dans sa *Notice sur la Lorraine*, en dit bien quelques mots, mais d'une manière si vague, si confuse, qu'il est difficile d'en déduire la moindre conclusion. D'autres, venus après lui, ont eu toute facilité d'exercer leur critique à ce sujet, sans pour cela faire avancer la question.

Lionnois se garde bien d'aborder un tel sujet. Pour lui, Nancy est une ville moderne qui remonte à peine au XIVᵉ siècle.

Dans ses *Communes de la Meurthe,* dans ses *Recherches sur l'origine de Nancy* et dans ses *Archives de Nancy,* M. H. Lepage prouve surabondamment par des documents écrits, que cette ville existait déjà au XIᵉ siècle et qu'au XIIᵉ siècle elle était assez importante pour avoir un marché aux grains, un four et un moulin. A cette époque, la ville était administrée par un nommé Gauthier qui s'intitule *prepositus de Nancey,* c'est à dire de prévôt de Nancy.

Une ville ne se crée pas du jour au lendemain, elle ne se ceint pas de murailles et de remparts, sans avoir une certaine existence et un certain nombre d'habitants.

Les documents écrits que rapporte M. H. Lepage font plutôt mention du château que de la ville. Toutes les transactions ont roulé sur le château et fort peu sur la ville. Cela se conçoit, le château était une propriété particulière, la ville était une propriété communale, dont les ducs ne pouvaient disposer, qu'à l'égard de certains droits.

On sait comment se sont formés, au moyen-âge, la plupart des villes et des bourgs : les populations sont venues se grouper autour d'un château fort ou d'un monastère, en demandant au seigneur aide et protection en échange de quelques corvées, de quelques droits, de quelques libertés. Que de villes florissantes aujourd'hui ont cette origine ! Nancy est du nombre.

Nous ne rejetons donc pas l'idée émise par plusieurs savants, d'une antiquité de Nancy remontant au-delà du XIe siècle. Rien, à cet égard, ne nous étonnerait, car, nous le répétons, une ville ne se fait pas du jour au lendemain, et au XIIe siècle, Nancy était déjà une ville d'une certaine importance.

Admettrons-nous ce que disent les auteurs, qu'elle fut détruite de fond en comble en 1218 par les troupes de Blanche de Champagne et de Frédéric Ier, empereur d'Allemagne ? C'est beaucoup risquer de dire oui, c'est beaucoup risquer de dire non. Les mémoires d'Errard, valet de chambre du duc, n'ont pour nous aucune valeur, et nous regrettons qu'on y ait jusqu'à présent attaché une certaine autorité. Il faut toujours se méfier des mémoires écrits par les serviteurs d'un haut personnage.

Malheureusement, l'histoire de Nancy est entachée de légendes de ce genre, et il y en a encore de plus incroyables, quand on examine de près les faits, tels qu'ils ont dû ou pu se passer. Ce qu'il y a de certain, c'est que, d'une manière ou de l'autre, Nancy a été saccagé sous le règne de Thiébaut Ier. On sait que ce duc, fait prisonnier par l'empereur Frédéric Ier, en 1218, fut emmené en captivité en Allemagne et qu'il mourut au moment de rentrer dans ses États. Agnès, sa veuve, qui tenait Nancy à titre de douaire, en fait don à son fils Mathieu, en 1220. Quelques auteurs ont écrit que Thiébaut Ier avait fait relever, aussitôt après l'affaire de 1218, les murailles de Nancy et que cette ville avait repris son aspect accoutumé. Ce n'est guère probable, puisqu'il était en captivité. Cet honneur doit revenir, il nous semble, à son successeur Mathieu II.

Par les divers documents cités jusqu'à cette époque, par M. H. Lepage dans les ouvrages rappelés plus haut, on est en droit de supposer que l'enceinte d'alors était excessivement resserrée. Ce n'est qu'à la fin du XIII° siècle, qu'on s'aperçoit que la ville a pris une plus grande extension. En 1273 il est fait mention, pour une des premières fois, du four près de la maison sacrée, située comme on sait dans la rue Saint-Michel actuelle.

En résumé, aucun document écrit ne permet de donner au premier Nancy de limites exactes; il n'en est pas tout à fait de même pour la seconde enceinte.

A défaut de document écrit, il est resté des traces ineffaçables jusqu'ici, de la première et de la seconde enceinte du vieux Nancy. Nous voulons parler du tracé de ses rues.

Il faut remarquer que, dans toutes les villes du moyen-âge qui se sont transformées et agrandies, le tracé des rues a conservé l'empreinte des enceintes primitives, et vient constater, de nos jours, d'une manière éloquente, par des témoins irrécusables, ce que le document écrit a refusé de nous faire connaître. Il n'y a qu'une question que le tracé des rues ne tranche pas, c'est la date de la transformation; mais, à part cela, il dit : voilà ce que j'ai été, voilà pourquoi je suis. Qu'on ne nous dise pas que ceci est de la fantaisie; on ne fait pas œuvre d'imagination, quand on a pour soi un témoignage aussi éloquent, aussi persuasif, aussi irréfutable. Ou alors, si l'on prend l'idée que nous émettons ici pour une fantaisie, on voudra bien nous expliquer pourquoi telles rues vont plutôt dans tel sens que dans tel autre, pourquoi leur ensemble forme une figure géométrique qui le distingue des autres lignes d'ensemble; car, du moment que nous supposons plusieurs enceintes, nous devons admettre plusieurs lignes d'ensemble. C'est ce qui existe pour Nancy.

Le premier plan connu de Nancy est celui de la Ruelle, de 1611. Nous le plaçons sous nos yeux, et nous le comparons immédiatement avec le plan Christophe, de 1860. Nous avons donc devant les yeux une période de deux siècles et demi. A part quelques alignements insignifiants, quelques percées de rues qui n'ont aucune influence sur les grandes lignes, nous découvrons encore, en 1860, les artères qui ont servi jadis d'enceintes à la Ville-Vieille. Et si nous prenons tous les plans de Nancy publiés entre 1611 et 1860, nous remarquons que le tracé des rues n'a, pour ainsi dire, pas varié dans l'intérieur des fortifications qui enceignaient encore, en 1780, la Ville-Vieille.

Si nous ne recommandons pas et si nous n'avons pas recours aux plans postérieurs à 1860, c'est que la construction de l'église Saint-Epvre coupe une des lignes d'ensemble, et trouble la continuité qu'on trouve dans les plans antérieurs.

D'après les documents recueillis et publiés par M. H. Lepage, il n'y a aucun doute que l'*antiquum palatium*, ancien palais des ducs, situé sur l'emplacement de l'hôtel de la Monnaie et sur le terrain jadis occupé par les Dames prêcheresses, était l'ancien Château de Nancy. C'est donc aux environs de cet emplacement qu'il faut rechercher la première enceinte. Elle est facile à découvrir, car le temps n'a pas encore effacé ses limites, sauf sur deux points, que nous essayerons de rétablir tout à l'heure.

Que le lecteur jette les yeux sur un plan de Nancy. Deux figures frappent son esprit : l'une a la forme d'un œuf, l'autre est un carré presque régulier. Arrêtons-nous à la première. Prenons notre point de départ à la rue de la Source, autrefois de Naxon, et suivons : nous voici devant l'hôtel de Wiltz ou de Lillebonne ; nous descendons, mais au lieu de prendre la rue du Cheval blanc, nous suivons la rue de la Charité, fort étroite il y a cinquante 'ans, nous laissons à notre gauche la place et l'église Saint-Epvre, nous pénétrons dans la partie de la rue du Maure-qui-trompe, qui avait nom rue Derrière Saint-Epvre ; nous suivons la rue du Maure-qui-trompe, mais au lieu de descendre sur la Grande rue, nous avions devant nous une ruelle, qui traversait l'hôtel d'Havré, vers le XVIe siècle ; nous enfilons cette ruelle qui nous conduit derrière l'hôtel d'Heudicourt, par une autre ruelle ; nous voici rue des Maréchaux. Nous remontons cette rue par la rue du Bon-Pays et nous arrivons au terme de notre excursion : à la rue de la Source. Voilà la première enceinte de Nancy.

La ruelle de l'hôtel d'Havré ne peut être mise en doute. Lionnois a mentionné plusieurs titres qui s'y rapportent ; mais il n'a pas parlé d'une autre ruelle ou place, qui devait être son pendant, et qui passait forcément derrière l'hôtel d'Heudicourt, pour aboutir sur la rue des Maréchaux.

La rue Derrière Saint-Epvre n'a disparu que depuis 1863-64 ; donc son existence est incontestable.

Le premier noyau de Nancy a la forme d'un œuf, et c'est dans cet œuf qu'il est fait mention, au XIIᵉ siècle, d'un four (rue des Maréchaux), d'un moulin (rue du Moulin), d'une halle aux grains, ou mieux d'un marché aux grains.

Entre 1218 et 1273, Nancy prend de l'extension, on ne sait comment. Les chroniqueurs de ce temps sont rares, et ceux qui les ont suivis, de près ou de loin, ont attaché peu d'importance à l'histoire de la ville capitale du duché de Lorraine. Plus tard, aux XVᵉ, XVIᵉ et XVIIᵉ siècles, nos chroniqueurs n'ont employé leurs plumes, que pour chanter les louanges de la très illustre et sérénissime Maison de Lorraine. Quant à ce qui touche l'histoire des localités, leurs transformations, personne n'y a songé, et il a fallu l'influence française pour tirer du néant une infinité de documents demeurés obscurs, qui ont servi aux érudits du XVIIIᵉ siècle, aux Jamet, Lancelot, Nicolas, Dom Calmet, Durival et Lionnois, pour retracer l'historique d'une ville capitale des États du souverain et résidence de celui-ci.

Toujours est-il qu'en 1273 on a des indices sur l'agrandissement de Nancy.. Comment la ville s'est-elle transformée ? Sous quel règne a-t-elle pris l'extension que nous allons indiquer ? On ne saurait le dire d'une manière certaine, affirmative ; nous émettons l'opinion que c'est au commencement du règne de Mathieu II, à cause de l'entreprise de 1218, et aussi à cause de cette particularité remarquable, qui a ici sa valeur, qu'aucun document écrit ne fait allusion à un établissement quelconque, en dehors de l'enceinte que nous venons d'indiquer ; mais en 1273 Ferry III donne à la « maison des malades de Nancy son four qui siet après la maison sacrée ». (H. Lepage, *Communes de la Meurthe*, t. II, p. 98.)

Nous voici transporté dans la rue Saint-Michel. C'est le cas de revoir les plans de Nancy et d'y chercher les lignes d'ensemble indiquant la seconde enceinte. Nous nous trouvons maintenant en présence d'un carré presque régulier. En partant de la maison du four sacré, nous remontons la rue Saint-Michel pour parcourir la rue Derrière, qui nous conduit dans la rue du Bon-Pays ; nous la traversons, ainsi que la rue des Maréchaux ; arrivé devant la porte Saint-Nicolas, nous suivons la Grande Rue et nous nous retrouvons devant la maison du four sacré.

On va nous faire observer que nous oublions le Palais ducal; non pas. Si l'on examine attentivement le plan de la Ruelle, on remarque que le Palais ducal a une partie ancienne, indépendante de toutes les autres parties, et qui ne va pas au-delà de la rue Saint-Michel. Cette partie, qui forme un carré irrégulier et presque en lozange, correspondait parfaitement aux remparts qui se trouvaient derrière les maisons, à l'orient de la Grande-Rue.

Ne perdons pas de vue que nous ne sommes encore qu'au XIIIe siècle. Nous nous supposons voir le Nancy de 1273.

Cinquante-six ans nous séparent de l'avénement du duc Raoul, dit le Vaillant. Celui-ci n'avait que quinze ans, lorsque lui furent confiées les rênes de l'Etat, en 1329. Les historiens sont tous d'accord pour dire qu'il a augmenté le Palais ducal. Les six dernières années de ce prince (1340-1346) sont employées à guerroyer contre les Maures, contre les Anglais, contre l'Evêque de Metz et enfin contre les Anglais. Il est tué le 26 août 1346, à la bataille de Crécy. Ce n'est donc pas lui qui a fait augmenter la ville, qui a formé la troisième enceinte.

L'auteur du *Mémoire sur les antiquités de Nancy* constate, d'après des titres de la collégiale Saint-Georges, que les Bourgets n'étaient pas enfermés dans la ville en 1340, qu'ils y furent seulement sous le duc Jean Ier, vers 1373. Cette troisième enceinte renfermant les deux Bourgets et le prieuré Notre-Dame a fait la Ville-Vieille, à peu près telle qu'elle était à la fin du XVIIIe siècle, avant la destruction de ses fortifications.

La troisième enceinte, l'enceinte du XIVe siècle, tout en permettant d'augmenter les dépendances du Palais ducal, a donné à la ville une forme assez irrégulière, qu'on peut se représenter en plaçant l'un près de l'autre deux dominos dont l'un forme tête.

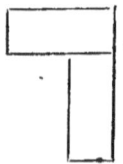

Christine de Danemark, en créant la quatrième enceinte

fortifiée, y ajouta les fossés sur lesquels fut construite la place de la Carrière ; alors la ville eut une forme beaucoup plus régulière, puisque cet espace faisait défaut de l'autre côté du Palais, pour faire pendant à l'adjonction du petit Bourget.

Dans le tracé de la première enceinte, que nous avons indiqué plus haut, nous avons laissé sur la gauche l'église Saint-Epvre, c'est qu'alors, en 1220, celle-ci n'existait pas. Ceux qui nous lisent vont tout d'abord se récrier et nous opposer un titre de 1180 cité par M. H. Lepage, dans ses *Communes de la Meurthe* et par MM. Louis Lallement et Grandeury, dans leur *Notice sur l'église Saint-Epvre à Nancy.* Mais ce titre de 1180 ne fait aucune allusion à l'église Saint-Epvre ; il parle seulement de la paroisse de Nancy, c'est à dire du territoire de l'église paroissiale, de la cure et non du territoire d'une succursale. Ecoutons ces auteurs :

« Nous ne saurions assigner une date certaine à la première construction d'une église à la place qu'occupe aujourd'hui Saint-Epvre. Il ne serait pas impossible qu'elle remontât à une époque concomitante aux commencements de Nancy. En effet, un titre de l'an 1180 porte qu'Etienne, abbé de Molesme, quitte aux religieux de Clairlieu la dîme de toutes les vignes que ceux-ci ont ou pourront avoir dans l'étendue de la paroisse de Nancy : *in parrochiatu de Nancei.* Ces termes doivent-ils s'entendre du premier oratoire bâti dans l'enceinte de la ville naissante, sous l'invocation de Saint-Epvre (*sanctus Aper*), septième évêque de Toul, ou bien de l'ancienne église Saint-Dizier, qui fut d'abord l'unique paroisse pour Saint-Dizier, Nancy et Laxou ? C'est une question que nous ne saurions résoudre et que nous nous bornons à poser. » (*L'église Saint-Epvre à Nancy.* — *Mém. de la Soc. d'arch. lorr.* t. v, 1855).

Il nous semble que la question se trouve entièrement résolue en faveur de « l'ancienne église Saint-Dizier, qui fut d'abord l'unique paroisse pour Saint-Dizier, Nancy et Laxou ». L'abbé de Molesme ne pouvait faire allusion à l'église Saint-Epvre, qui n'existait pas en 1180, ni en 1212, ni en 1229, ainsi que le prouve la 5e note du travail que nous citons.

Le plus ancien titre qu'on connaisse, ayant rapport à l'église Saint-Epvre, est une sentence arbitrale rendue en

1322 par l'official de Toul. Comme cette église n'existait ni en 1180, ni en 1212, ni en 1229, elle n'était donc pas la paroisse de Nancy, et pour l'être, il aurait fallu qu'elle ait été érigée dans la première enceinte, et Saint-Epvre faisait partie de la seconde enceinte, puisque l'église a été bâtie, là même, où devaient exister les premières murailles.

Dans son *Histoire des ville vieille et neuve de Nancy*, t. Ier, p. 220, Lionnois dit: « Quoiqu'on ne puisse fixer le temps de l'érection de la cure de Saint-Epvre, il est certain qu'elle existait avant la fin du XIIIe siècle. »

Sur ce point, nous sommes d'accord avec Lionnois; car nous admettons que Nancy s'est agrandi et a été enfermé dans une seconde enceinte, entre 1220 et 1273. Il faut admettre nécessairement avec lui que l'église Saint-Epvre existait déjà en 1273. En augmentant la ville, on a dû nécessairement la pourvoir d'une église, sinon paroissiale, du moins vicariale, sous le patronage du prieuré de Notre-Dame, qui était détenteur, depuis 1229, de tous les droits de l'église Saint-Dizier. En effet, toutes les difficultés pendantes sont résolues jusqu'en 1348, par l'abbé de Molesme.

Un autre argument, qui vient encore plaider en faveur du tracé que nous avons donné plus haut de la première enceinte, c'est le tracé de la rue de la Source et les différents vocables qu'elle a portés, en opposition de ceux donnés à la rue Derrière, maintenant rue Jacquart.

Si l'on se place à l'entrée de la rue de la Source, près de la rue de la Monnaie, il semble que cette rue se termine à l'hôtel de Lillebonne, n° 14, pour rejoindre uniquement la rue du Cheval-blanc, parce que l'on n'aperçoit pas, derrière l'hôtel d'Olonne, le rentrant qui sert d'ouverture à son prolongement. On n'aperçoit ce prolongement que lorsqu'on est devant l'hôtel d'Olonne ; mais il faut remarquer aussi que, malgré cet angle rentrant formé par les maisons 29, 31 et 33, le passage est excessivement étroit entre la maison n° 33 et l'hôtel de Lillebonne. Le prolongement de cette rue, à partir de l'angle du n° 33, indique un tracé tout différent de la première partie.

Si nous consultons les vocables, nous apprenons que la rue de la Source, dans sa première partie, a ses vocables particuliers, qui n'ont jamais été appliqués à son prolongement. Le plus ancien vocable connu est *rue Naxon* ou

Narxon; puis, avant ou après, elle a été la *rue de Devant,*
par opposition à la *rue Derrière,* qui s'est aussi appelée *rue
Reculée,* c'est-à-dire nouvelle rue faite ensuite, faite plus
tard, qui est reculée, qui est en dehors de l'enceinte. De
même dans la rue de *devant,* nos pères entendaient par
ce vocable la rue •qui existait auparavant, la rue qui était
devant la nouvelle qui se trouve *derrière* elle, qui avait
été créée avant celle-ci.

La seconde partie de la rue de la Source ne s'est jamais
appelée ni rue Naxon, ni rue de Devant. Au contraire,
elle est elle-même divisée en deux fractions, et a porté
longtemps deux vocables distincts et différents. Quand
nous avons rue Naxon, pour la première partie, nous
trouvons rue Derrière-les-Etuvès, pour la seconde, allant
jusqu'à la rue de la Boucherie, puis très anciennement rue
du Bout du Bois. Sous le règne de Léopold, les deux sections de la seconde partie deviennent la rue des Suisses.
Plus tard, on donne à la première et à la seconde partie le
nom de rue de la Source, mais le troisième tronçon était
encore nommé, en 1767, *rue du·Bout du Bois.*

La rue Derrière a porté différents vocables selon les
temps, mais toujours uniques pour toute sa longueur.
C'est dire qu'en hodographie, nos pères reconnaissaient
qu'elle était une seule et même rue, d'une même création, qu'elle n'appartenait pas, comme la rue de la Source,
à des époques différentes.

Dans l'étude que nous avons faite des rues de Nancy,
nous avons reconnu que l'ancienne hodographie, celle antérieure à la Révolution, avait sa raison d'être et qu'elle se
rattachait intimement à l'histoire de notre ville. On ne
trouve guère de vocable dont on ne puisse expliquer la
cause et découvrir l'origine; s'il y en a deux ou trois qui
échappent à toute investigation, c'est tout au plus, et encore si nous ne pouvons expliquer leur origine, c'est que
cette origine est trop éloignée de nous et qu'aucun document ne nous éclaire à cet égard. C'est pourquoi nous
préférons voir donner aux rues des noms de choses, préfé-
rablement à des noms d'hommes, quelqu'illustres ils soient.

CORPS ET MÉTIERS EN 1551

RUE DU PETIT BOURGET

commençant à la Porte la Craffe. — 137 hab. (ou conduits).

Brodeur	1	Tailleur	1
Menuisiers	2	Chandelier	1
Fourbisseurs	3	Bouchier	3
Recouvreurs	1	Marchal	2
Tixerant	1	Sellier	7
Cousturiers	12	Mercier	4
Sallepétrier	1	Boullengier	4
Pasticiers	3	Bourlier	1
Rouyer	1	Marchant	2
Appoticaires	3	Pelletier	2
Serrurier	2	Bonnetier	1
Courdonnier	5	Clowetier	1
Mulletier	3	Barbier	3
Armurier	2	*Hoste*	3
Orphèvre	6	Charreton	1
Taillandier	1	Tabellion	2
Potier d'étain	2	Eperonnier	1
Orphèvre grossoyer	2	Hocquebutier	1
Doreur	1	Coureur	1

RUE DE LA BOUDIÈRE (88)

Potier de terre	1	Sellier	3
Herbier	1	Orphèvre	3
Peintre	1	Tabellion	2
Sonnetier	1	Coureur	1
Brodeur	1	Bancquier	1
Forbisseur	2	Boullengier	2
Cousturier	6	Marchant	2
Pasticier	1	Courdonnier	2
Appoticaire	3	*Hoste*	1
Serrurier	1	Mesguyen	1
Bouchier	1	Verier	1
Marchal	1	Haültboys	1

RUE DES MARCHAULX (33)

Masson	1	Rouyer	2
Menuisiers	2	Serrurier	3
Forbisseurs	1	Bouchier	1
Tixerant	1	Marchal	4
Cousturier	1	Boullengier	1
Marchant	1	Barbier	1
Esperonnier	1		

RUE DE L'ESCUYERIE (27)

Tixerant	1	Courdonnier	3
Bouchier	2	Barbier	1
Monnoyer	1	Tonnelier	1

RUE RECULÉE (50)

Masson	2	Tonnelier	2
Menuisier	1	Maire des hautes œuvres	1
Forbisseur	1	Munier à la poterne	1
Recouvreur	1	Vynaigrier	1
Tixerand	5	Tapicier	1
Cousturier	1	Tourneur	1
Pasticier	1	Fossier	1
Boullengier	2	Chappelier	1
Potier d'étain	2	Bricquier	1

RUE DERRIÈRE LES ESTUVES (17)

Tixerant	1	Bricquier	1
Bouchier	1	Charpentier	1
Mercier	1	*Rotisseur*	1
Pescheur	1	Cocquelier	1

RUE SAINCT MICHIEL (42)

Masson	2	Bouchier	3
Painctre	1	Mercier	1
Recouvreur	1	Courdonnier	1
Pasticier	1	Potier d'étain	1
Charreton	1	Tonnelier	1
Fontenier	1	Espinglier	1

RUE DU FOUR SACRÉ (17)

Brodeur	1	Boullengier	1
Menuisier	1	Courdonnier	1
Cousturier	3	Orphèvre	1
Mercier	1	Tailleur	1
Chappelier	1	Parmentier	1
Charpentier	1		

RUE NOTRE DAME (3)

Serrier	1

RUE DU HAULT BOURGET (117

Masson	3	Rouyer	1
Menuisier	2	Serrurier	1
Recouvreur	1	Bouchier	2
Tixerant	1	Mercier	2
Cousturier	2	Pelletier	1
Courdonnier	2	Orphèvre	1
Armurier	1	Charreton	1
Potier de terre	1	Tonnelier	2
Tapicier	1	Charpentier	3
Trippier	1	Bassetier	1
Bourrellier	1	Fondeur	1
Boullengier	1		

LA NEUVE RUE (6)

Clochetier	1	Serrurier	1

LE CIRCUYT DE LA PLACE (60)

Marchant	2	Charpentier	1
Bonnetier	1	Courdonnier	2
Orphèvre	1	Barbier	1
Mercier	1	Appoticairesse	1
Pottier d'étain	1	Appoticaire	1
Cousturier	9	Revanderesse	1
Pelletier	3	Brodeur	2
Pasticier	1	Chappellier	1
Espinglier	1		

RUE DE LA BOUCHERIE (25)

Pasticier	1	Tabourin	1
Boullengier	1	Masson	1
Charpentier	1	Cord	1
Bouchier	8	Verrier	1

RUE DES ESTUVES (11)

Mercier	1	Estuveux	1
Charpentier	1		

RUE DU VIEIL CHANGE (7)

Courdonnier	2	Boullengier	1
Cousturier	1	Pelletier	1

LA RUE ROBOAM (20)

Boullengier	1	Parfumeur	1
Barbier	1	Poissonnier	1
Serrurier	1	Potier de terre	1

RUE NARXON (43)

Boullengier	2	Maillier	1
Plumassier	1	Pottier de terre	2
Pelletier	1	Brodeur	1
Charreton	1	Loillier	1
Tisserand	1		

RUE DE LA MONNOYE (17)

Pottier de terre	1	Sellier	1
Forbisseur	1	Masson	1
Recouvreur	1	Bouchier	1
Verrier	1	Contrôleur des monnoyes	
Haultbois	1		

RUE DU CHASTEL (35)

Pasticier	1	Saulnier	1
Cousturier	2	Courdonnier	5
Tourneur	1	Pelletier	1
Barbier	1	Appoticaire	1

RUE DERRIER SAINT-EPVRE (22)

Pelletier	1	Cousturier	1
Mercier	1	Verrier	1
Bouchier	1	Wyndrier	1
Charpentier	1		

RUE DU MOULIN (17)

Coureur	1	Taincturier	1
Charpentier	1	Paveur	1
Courdonnier	1	Tonnelier	1
Me Martin l'escripvain			

RUE DES COMPTES (15)

Bancquyer	1	Menuisier	1
Boullengier	1	Courdonnier	1
Pescheur	1		

LE FAULBOURG SAINCT NICOLAS (190)

Masson	14	Pelletier	2
Courdonnier	5	Bombardier	1
Charreton	5	Paveur	1
Barbier	2	Cousturier	1
Maréchal	3	Pottier de terre	1
Braconnier	1	Fourbisseur	1
Thuyllier	1	Courdier	1
Coureur	6	Herdier	1
Poirieur	1	Saulnyer	1
Parmentier	1	Mercier	3
Drappier	3	Recouvreur	1
HOSTE	1	Tourneur	1
Tixerand	3	Garonnier	1
Serrurier	1	Tabourin	1
Amolleur	1	Brodeur	1
Boullengier	4	Colas *le relieur*	1
Cousson	3	La veuve Mansuy, ymaigier	
Rouyer	2	Didier le menestrel	

ALLIANCE (Rue d')

Au commencement de sa création, elle fut dénommée *rue de la Poissonnerie*, dont elle est nécessairement le prolongement. Elle se terminait alors à l'orient par une petite place. La rue des Champs n'existait pas. V. le plan Michel, dit plan des Fondations et celui de Leronge.

Elle tient de la rue de la Constitution à la rue des Champs.

Le nom *d'Alliance* lui fut donné à la suite du traité de 1756. Ce vocable paraissait ne pas devoir être contrarié par la Révolution, lorsqu'on apprit à Nancy que Jacques-Guillaume-Sigisbert Simoneau, maire d'Etampes, avait été assassiné le 3 mars 1792, dans une émeute. Le 19 mai, on fit célébrer en son honneur un service funèbre à la Cathédrale, et on donna son nom à la *rue d'Alliance*.

Quoiqu'elle ne figure pas sous ce vocable dans le tableau dressé, en suite de la délibération du Conseil général de la commune du 13 pluviose an II, nous savons, par le petit almanach de Nancy pour la IIIᵉ année de la République Française, que la rue d'Alliance était devenue la *rue Simoneau*. C'est ce que nous dit aussi le recensement de l'an IV, quoique la délibération du Conseil général du 18 fructidor an III lui ait déjà rendu sa première dénomination de *rue d'Alliance*, laquelle a prévalu dans la suite. Cependant, dans un acte de vente du 19 septembre 1818, Joseph Forel vendant à son beau-père Georges Mouton, comte de Lobau, la maison nº 5 qui a appartenu depuis à M. le baron Vincent, ambassadeur, cette maison est dite située à Nancy, *rue de l'ancienne poste aux Lettres*, aujourd'hui *rue d'Alliance*. Ce vocable qui paraît n'avoir été qu'une dénomination simplement vulgaire, car nous ne l'avons trouvé indiqué nulle part, se justifie par l'existence du *bureau de la Poste*, tenu longtemps dans la maison nº 30-1 de nos jours par M. Dureteste, directeur général des postes de Lorraine et Barrois.

La rue d'Alliance a toujours été une rue bien proprette, bien modeste, bien tranquille, bien hantée, bien aristocratique, dans laquelle l'herbe poussait volontiers ; et elle y pousserait encore, si l'on n'avait eu la méchante idée de

substituer à ses anciens petits pavés, de larges trottoirs de
bitume ; maintenant l'herbe n'y peut plus vivre en sécurité
que sur la chaussée, et encore !

A propos de la rue d'Alliance, nous rééditerons une question qui a déjà été posée. Pourquoi donner à une rue et à
une place voisines le même vocable ? Nous avons à Nancy :
rue et place d'Alliance, rue et place Stanislas, rue et place
Lafayette, rue et place Saint-Epvre, rue et place Saint-Jean,
rue et place Saint-Georges. A notre avis, c'est de la mauvaise hodographie, mal comprise, mal faite. Ce sont ces
doubles vocables qui devraient être supprimés avant tout
autre. N'est-ce pas assez d'un vocable pour chacune de ces
places, sans le donner encore à une rue immédiatement
voisine ? Lorsqu'on a hodographié dans notre ville les noms
de Gambetta, de Chanzy et de Guerrier de Dumast, on
aurait mieux fait de les appliquer à l'une de ces rues, au
lieu de supprimer des vocables historiques, comme on l'a
fait.

Au dernier siècle, on n'avait que les rue et place d'Alliance, rue et place Saint-Jean, rue et place Saint-Georges.

La rue de l'Esplanade aboutissait sur la place Stanislas,
et la rue Saint-Stanislas qu'elle séparait ; la rue Saint-Epvre
était la rue du Four sacré ; la place Lafayette n'était pas créée.

Si l'on avait donné le nom de Gambetta à la rue Stanislas ou à la rue d'Alliance, on n'aurait pas exposé ce vocable au ridicule que lui crée la situation de la rue de la
Poissonnerie.

Puisque nous avons ouvert le chapitre des récriminations, continuons à y lire. On ne se douterait guère que le
vocable de la rue et de la place d'Alliance a éveillé les susceptibilités politiques d'un de nos confrères en nancéisme.
Mon Dieu, pour notre part, nous ne sommes pas aussi
puriste. Ce vocable n'a rien qui nous choque, et s'il fallait
s'arrêter ainsi à tous ceux qui ont une origine politique, on
arriverait nécessairement à les faire disparaître, sans exception, du tableau hodographique de notre ville. Il en est
qui sont mal appliqués, tel celui de la Constitution, tel
Gambetta dans la rue de la Poissonnerie ; ce n'est en somme
que la question de situation qui n'a pas été suffisamment
étudiée, avant qu'on ait décidé si tel vocable convenait de
préférence à telle rue, plutôt qu'à telle autre ; nous ne cri-
tiquons ces vocables mal placés qu'en raison, non de la

chose ou du personnage dont ils rappellent le souvenir, mais de l'endroit qu'on leur a assigné. Il est évident que si l'on entrait dans tous les détails, que si l'on scrutait le passé avec persistance, on ne se déciderait jamais à admettre tel personnage aux honneurs hodographiques, et l'on hésiterait à rappeler tel fait historique. Il en est ici comme des rues mal famées : est-ce que le vocable est cause, si dans telle rue il s'est logé, pendant un certain temps, des gens de bas étage qui se sont livrés à toute espèce de spéculation ? La mauvaise réputation d'une rue s'efface, le vocable lui survit et demeure avec ses causes et ses origines. Aussi ne comprenons-nous pas cette boutade :

« Nous voici arrivés à un point assez délicat et, au risque de susciter *une petite émeute*, nous dirons qu'il y a dans notre ville certain nom qui devrait toujours soulever des nausées de dégoût, des tempêtes d'indignation : c'est celui d'Alliance, porté par une de nos rues, par une de nos places. Les Lotharingistes n'y voient qu'un grand fait historique, la réconciliation solennelle des deux maisons ennemies ; et nous, malgré toute notre bonne volonté, nous n'y pensons jamais sans avoir présents à la mémoire, et dans tous leurs détails, les préliminaires immoraux de cet accord : une impératrice vertueuse s'abaissant à flatter le vice et la dépravation !

« Comment s'y prenait-on à Vienne pour conclure ce pacte fameux ? le voici : l'austère, l'orgueilleuse, la prude Marie-Thérèse, la mère de famille, la dernière des Habsbourg, écrivait à la fille du boucher Poisson, marquise de Pompadour, une tendre lettre débutant par ces mots : « Madame, ma chère sœur et cousine. » Et l'intrigante, la courtisane, la pourvoyeuse éhontée du Parc-aux-Cerfs, répondait cavalièrement : « Ma chère reine. » Et le tour était joué, et l'Autriche, si souvent mercenaire, à défaut des guinées anglaises et des tonnes d'or des marchands de harengs, tendait à Versailles une sébille renouvelée des Danaïdes, toujours remplie, toujours vide durant douze années (1). Et le sang de la France et de la Lorraine s'épanchait sur tous les champs de bataille ! ah ! du moins, si l'un tient tant à conserver le souvenir d'une pareille souil-

---

(1) « De 1757 à 1769, l'Autriche reçut de Louis XV près de 83 millions de livres. »

lure, qu'on dise donc hardiment : *Place Marie-Thérèse-Pompadour,* et rue *Pompadour-Marie-Thérèse !* mais si du rouge, enfin, monte au front, n'est-il donc pas facile de dire dorénavant, en attendant mieux : *Place de la Banque, rue de la Préfecture;* dénominations bien ordinaires, sans doute, vulgaires même, mais qui prendraient vite, ne désorienteraient personne et n'offenseraient point la morale. » *(Des noms à donner aux rues de Nancy,* ch. IV).

Nous ne voyons pas trop comment le nom d'Alliance offense la morale et désoriente les gens. Quant aux excuses que fait valoir l'auteur, pour supprimer un vocable qui a un siècle et demi d'existence, elles nous semblent en dehors de la question hodographique, qui n'a pas à entrer dans ces détails de boudoir. En agissant ainsi, pour la place d'Alliance, on arriverait à descendre le médaillon de Louis XV et à renverser l'Arc de Triomphe, etc. : on irait loin, alors, et nous nous retrouverions aux plus beaux jours des dévastations révolutionnaires.

Nul ne s'avisera d'aller rechercher les faits qui ont précédé le traité de paix de 1756.

Ce vocable n'a jamais été considéré comme un vocable politique, il rappelle le souvenir d'un grand événement : l'assurance de la paix ; c'est pourquoi il a rallié tous les esprits et n'a subi de modifications qu'à l'époque révolutoinnaire, et encore le changement qui y a été opéré en 1792, n'a-t-il été que de peu de durée.

Il y a eu dans cette rue une Académie royale d'équitation, ou, autrement dire, un manège. Nous en parlons plus loin (V. rue du Manège).

AMERVAL (Rue d')

Le tableau du 31 décembre 1839 dit qu'elle prend naissance à la rue Stanislas et qu'elle finit à la place Lafayette. Oui, mais soyons franc, la plaque indicative est posée à l'angle de la maison n° 17, c'est à dire que l'aboutissant est la rue de la Monnaie ; mais si nous nous reportons au plan quasiment officiel de 1837, la rue d'Amerval se prolonge jusqu'à la place des Dames ; donc la rue Lafayette n'aurait reçu son vocable actuel que depuis le 30 décembre 1839.

Cette rue n'est pas de vieille création ; elle est septuagénaire. Suivant le plan mss. de 1817, elle date de 1808, suivant d'autres documents, elle est de 1810 à 1812.

A sa création, cette rue nouvelle, considérée comme le prolongement de la rue Saint-Dizier, fut d'abord appelée *rue de la Constitution* (V. place Lafayette).

Elle doit son nom à M. d'Amerval, propriétaire d'une partie des terrains qu'il a gracieusement abandonnés à la ville. Pour le remercier de sa générosité, les édiles de ce temps lui suscitèrent une infinité de petites tracasseries, indignes d'un Corps qui doit au moins se respecter en respectant les autres.

M. d'Amerval était noble, mais comme tant d'autres il avait supprimé, sous l'empire révolutionnaire, l'apostrophe qui suivait sa particule. On prit plaisir à dénommer cette *rue Damerval* et même *Dammerval*, sous le gouvernement de Juillet. Il n'y a qu'une vingtaine d'années, peut-être moins, que ce nom a été bien orthographié.

M. d'Amerval, après la rue créée et la construction des petites maisons qu'il avait fait édifier sur son terrain, sous le nom de *Trottoir d'Amerval*, avait cru pouvoir rappeler par une inscription la fondation de cette rue. Il avait compté sans la tracasserie de MM. les administrateurs de la cité, qui ne lui reconnurent pas à lui, le principal fondateur de cette nouvelle voie de communication, le droit d'en revendiquer personnellement et perpétuellement la paternité.

On se demande comment tant d'ingratitude a pu naître dans l'âme de ces édiles.

Longtemps cette rue ne fut connue que sous le nom de *Trottoir d'Amerval*, à cause d'un large trottoir dont le propriétaire s'était expressément réservé la propriété, et qui a été successivement vendu, bon et bel argent comptant, à Guilbert de Pixerécourt, par M. d'Amerval, et à M. d'Archambault, par Guilbert de Pixerécourt (1). Il y a à peu

(1) Dans l'acte de vente du 12 septembre 1815, enregistré le 19 du même mois, passé devant M. Alphonse-Louis Vienot, notaire à Paris, on lit la dénégation suivante : « Un corps de bâtiment situé à Nancy, département de la Meurthe, dans la rue nouvellement percée, servant de communication de la ville-vieille à la ville-neuve de Nancy. Ce

près une quinzaine d'années que ce trottoir a été supprimé et aligné comme les autres trottoirs.

Il y avait longtemps qu'on avait projeté d'ouvrir une voie nouvelle, reliant, en ligne droite, la ville vieille à la ville neuve.

Le premier projet est quelque peu postérieur à la création de la rue des Michottes : il prolongeait la rue des Carmes jusqu'à la rue de la Source, et un nouvel alignement, nécessité par ce prolongement, faisait de cette dernière une rue très régulière.

Ce plan est de 1769 ; il existe aux archives départementales et est intitulé : Fragment du plan de Nancy, pour faire connaître la manière de joindre les deux villes par une double communication. La première, sur le prolongement de la rue de la Visitation, côté K, a formé la rue des Michottes. La seconde, marquée H sur le prolongement de la rue des Carmes, traversait les remises F de l'auberge des Halles, les fossés, entamait quatre maisons de la rue du Bon Pays, traversait l'hôtel de Clairlieu et aboutissait sur la rue de la Monnaie. La rue de la Pépinière n'existait pas ; on projetait des constructions et des alignements aux points I M N qui ont été exécutés. Le bastion des Michottes n'était pas détruit. La rue Derrière devait être alignée et élargie.

Nous ignorons pour quelle cause ce projet fut abandonné. L'ingénieur Lecreulx le reprit en 1778.

Mais celui-ci, au lieu de prolonger la rue des Carmes rattachait la rue Saint-Dizier à la ville vieille, par la rue des dames Prêcheresses (Lafayette) qui se prêtait mieux, par un nouvel alignement, à l'exécution de ce projet, moins coûteux et plus avantageux que le précédent. D'ailleurs, le passage projeté était tout tracé par l'étroite ruelle qui conduisait aux remparts, et à l'extrémité de laquelle se tenait *la gargoterie* c'est à dire le petit marché des bouchers forains et des tripiers. Cette ruelle est indiquée dans plusieurs plans du dernier siècle, et se trouvait dans le prolongement de la rue Saint-Dizier, du côté occidental de la rue d'Amerval.

corps de bâtiment appelé *Trottoir d'Amerval* est divisé en plusieurs maisons particulières, ayant chacune une entrée sur le trottoir, *lequel dépend de la propriété* : tenant d'un côté par le derrière à un jardin, par devant sur la rue nouvelle, d'un bout à la rue Bénezet, et d'autre à la propriété de la dame Bertrand. »

Lionnois fait mention de ce projet dans ses *Essais*,
p. 360 :

« On annonce aussi qu'on veut ouvrir un passage dans
la direction des Dames Prêcheresses et de Saint Dizier.
Cette opération rendra à cette première rue, son droit
ancien de conduire à la Porte Saint Nicolas. »

Nous connaissons, en outre, deux autres plans antérieurs
à la Révolution, indiquant le prolongement de la rue Saint
Dizier jusque la rue de la Pépinière actuelle, qui n'était pas
dans l'état où nous la connaissons.

Le premier est intitulé : Plan relatif au procès verbal
dressé conformément aux Lettres-Patentes du mois de juin
1784 ; 11 novembre 1784, signé Delaporte.

La rue Saint Dizier est prolongée jusque sur la rue du
Rempart (de la Pépinière), formant alors une partie de la
rue d'Amerval de nos jours. Un peu plus bas, elle aurait
rejoint la rue Callot, par une percée pratiquée dans le pâté
de la rue des Maréchaux, vers le n° , de sorte qu'on ne
traversait pas l'hôtel de Vioménil. La communication
n'était pas directe, mais avait l'avantage d'être bien moins
coûteuse, puisqu'il ne s'agissait que de traverser une
maison de la rue des Maréchaux.

Ce projet est reproduit dans un plan, non daté ni signé,
intitulé : Plan de l'augmentation de la ville de Nancy.

Telles sont, à notre connaissance, les origines de la rue
d'Amerval.

Comme presque tout, le projet de l'ingénieur Lecreulx
fut forcément abandonné par la ville, à cause des événements politiques. Lionnois ne revient pas dans son histoire
sur cette percée qui, réellement, n'a été proposée de nouveau
au Conseil municipal par l'architecte Dosse, qu'après la
mort du savant abbé.

Pour sa création, voir H. Lepage, *Les Transformations de
Nancy*, et nos *Promenades historiques à travers les rues de
Nancy*.

On ne sait plus guère aujourd'hui ce qu'était le *Trottoir
d'Amerval*. Essayons d'en rappeler le souvenir, par cet
article de l'*Espérance* du 16 octobre 1857 :

« L'administration municipale fait exécuter en ce
moment-ci un travail très utile. On enlève le trottoir
d'Amerval, dont l'élévation au dessus du niveau de la rue
était telle que, pendant les soirées fréquentes où la ville

n'est pas éclairée et, où la lune est couverte, on pouvait aisément se tuer. Cette espèce de monticule est remplacé par un trottoir assez bas, qui suit l'inclinaison de la rue, et qui n'a qu'une marche, au lieu de trois, à son extrémité sur la rue de la Pépinière. »

C'est ce dernier trottoir, fait en 1857, qui a été modifié dans sa largeur il y a une quinzaine d'années.

ANTOINE (Rue du Duc)

Ci-devant rue Saint-Antoine. Un nom qui se comprenait et qui s'expliquait tout seul ; mais rue du Duc Antoine, pour aller de la rue des Ducs de Lorraine à la rue de la mort qui-Trompe... nous a toujours semblé phénoménal.

Tenant de la grande Rue à la rue du maure qui trompe.

Très petite rue, sans aspect monumental, n'ayant guère varié de dénomination, quoique, dans plusieurs états, elle semble faire partie et être un embranchement de la rue de la mort-qui-trompe.

Si nous consultons Lionnois, nous apprenons par lui que cette dénomination lui était légitimement due. Qui pouvait le savoir mieux que lui, qui a habité plus de vingt ans à deux pas de là ?

Nous la trouvons dite *Rue Saint-Antoine S. E.* (1), dans le tableau des rues et places de la ville de Nancy, publié sous le règne de Stanislas, par ordre de l'Hôtel-de-Ville de Nancy, avant 1764.

Il n'en est pas question dans les tableaux de l'époque révolutionnaire, dressés en suite des diverses délibérations du Conseil général de la commune, substituant des noms nouveaux aux anciennes dénominations, et surtout aux vocables de saints.

Chose étrange, Lionnois, qui parle de la rue Saint-Antoine dans ses *Essais*, n'en dit pas un mot dans son *Histoire*. Selon lui « la *Rue Saint-Antoine* a pris son nom d'une maison qui est vis-à-vis de la fontaine, à l'angle de laquelle est placée, dans une niche, une statue assez bien

(1) C'est-à-dire Saint-Epvre, paroisse Saint-Epvre.

sculptée, de saint Antoine, et qui, autrefois, appartenait à la chapelle des arquebusiers, érigée en l'église Saint-Epvre. Cette rue qui conduit à la paroisse Saint-Epvre, par la rue de la mort-qui-trompe, n'a que peu d'étendue, et ne contient qu'une seule maison qui y ait son entrée ». (*Essais*, p. 377.)

Cette maison portait d'après l'état de 1767, le n° 160 et appartenait au s^r Bellery; elle doit être aujourd'hui le n° 2, l'unique numéro de la rue.

La statue dont il est question ici a été enlevée à la Révolution; elle a été remplacée, à la Restauration, par une Vierge qui subsiste encore, à l'angle de la maison n° 33 de la grande Rue.

On sait que la compagnie des arquebusiers de Nancy a été supprimée par Stanislas; par conséquent, la statue de saint Antoine, qui décorait l'angle de la rue qui a porté ce nom, n'y a pas été mise avant le licenciement de cette compagnie. C'est donc sous le règne de ce roi Bienfaisant, que cette petite partie de la rue de la mort-qui-trompe a pris le vocable de saint Antoine.

Le Tableau du 30 décembre 1839 dit qu'elle avait précédemment nom rue du Maure-qui-trompe, embranchement sur la grande Rue. En effet, c'est le vocable qui lui a été donné en 1814; ce n'est que depuis 1840 qu'elle était redevenue officiellement rue Saint-Antoine.

En 1847, M. P.-G. Dumast écrivait dans son *Nancy : histoire et tableau*, une longue note sur l'hodographie nancéienne et, à la p. 225, il déclare bénévolement :

« Enfin, comme il faut quelque chose qui, dans la ville-vieille, consacre le souvenir du vainqueur des Rustauds, on pourrait se contenter de la *courte rue* qui joint celle du *maure-qui-trompe* à la future rue René II. Elle s'appelle déjà *Rue Saint-Antoine* ; elle se nommerait *Rue du duc Antoine...* »

Nous ne félicitons pas feu P.-G. Dumast de son parrainage, quant à la rue Saint-Antoine qui, malgré la plaque émaillée, conserve ce vocable. Nous n'avons pas besoin de dire qu'elle a été faite *Duc Antoine*, dans la mémorable journée de 1867, M. le baron Buquet étant maire de la ville de Nancy.

Pour pallier la chose, H. Lepage, dans ses *Transformations de Nancy*, nous apprend que « le duc Antoine, surnommé *le Bon* (1508-1544), agrandit Nancy et fit édifier, entr'autres, la magnifique Porterie du Palais ducal. »

Pour notre part, nous trouvons qu'un duc de Lorraine est fort mal placé là, tandis que saint Antoine, même avec son cochon, n'y faisait pas très mauvaise figure, à cause de l'hôpital Saint-Julien qui y a été établi en 1335. Le vocable de Saint-Antoine était, de tous ceux qu'a porté cette petite rue, le plus logique et le mieux « approprié à la circonstance », comme l'on disait au commencement du siècle. Nous ne nous sommes jamais expliqué ce que vient faire en ce lieu le Duc Antoine.

Ouvrons les *Essais* de Lionnois, p. 316, ou son *Histoire*, p. 259, pour y retrouver trace du primitif hôpital de Nancy, fondé dans la *rue Derrière saint Épvre,* devenue ensuite *de la mort-qui-trompe.*

« L'hôpital Saint-Julien, placé aujourd'hui à la Ville neuve, a été fondé en 1335, pour tous les malades infirmes et passants, par sire Vernier, prêtre de Nancy, fils de Thiriet de l'Estanche (de l'Estang), qui l'établit dans sa maison située dans le district de la Paroisse Saint-Epvre. L'auteur du mémoire touchant les antiquités de Nancy, imprimé dans la *Notice de Lorraine*, dit que cet hôpital était premièrement à *la grande rue, sur le quart d'une ruelle qui va à Saint-Epvre,* devant lequel était une *fontaine* qu'on appelle encore à présent *de l'hôpital.* Il ajoute que, soit qu'on eût volonté de le mettre hors de la ville, soit par négligence, il était presque ruiné, lorsque le grand duc Charles le fit bâtir l'an 1588, où il est présentement, pour lors hors des portes de la Ville ; et que, pendant qu'on le bâtissait, il fut transféré au faubourg Saint-Dizier, provisionnellement, où il a été jusqu'à l'an 1590 environ. »

Il est incontestable que cet hôpital a existé sur la Grande-Rue et sur la rue Saint-Antoine. L'acte de fondation de Février 1335 le dit expressément, sire Vernier « ait fondeit un hopitaul à Nancey, en une soie maison qu'il avoit séant devant la fonteine con dit moss. Thieri, chevalier que fuit, ensi comme elle se porte par devers le poinceil don rui de la Boudière » (à la pointe ou angle du ruisseau de la Boudière).

Tous les nancéistes qui nous ont précédé, à l'exception de Lionnois, ont dit, et nous l'avons répété après eux, que cet hôpital occupait jadis l'emplacement de la maison nº 35 de la Grande-Rue Ville-Vieille. Il n'en est rien ; c'est encore une de ces erreurs si communes dans l'histoire de notre ville, qu'il faut s'empresser de rectifier.

Lionnois, après avoir consulté les titres de propriété, écrit, à la page 321 de ses *Essais :*

« Enfin ce ruisseau (de la Boudière), après avoir traversé les rues du moulin et de saint Antoine, se rendait à découvert à la Grande-Rue, et formait, et forme encore, dans cet endroit, un coude dit poinceil, dans l'acte de fondation de l'hôpital qui était situé devant ce coude ; et la fontaine, qui était autrefois plus avancée dans la rue, coulant dans un égoût au milieu de la Grande-Rue, a été placée de nos jours (1), avec sa pyramide, près du mur d'une partie de *cet hôpital qui occupait les trois maisons qui ont pour numéros : 96, 97, et 98.* Cette première paie encore à l'hôpital la rente de son premier ascensement, fait en 1536, et est dit dans l'acte séant *à la rue de la Boudière.* Après avoir coulé dans un canal couvert environ dix-neuf à vingt toises (2), ce ruisseau fait un nouveau coude devant l'hôtel de M. Protin de Vulmont, conseiller au Parlement, avant la petite Carrière, et passe à travers une maison près de laquelle était autrefois la ruelle de la Boudière, pour se rendre par la Carrière hors de la ville. »

En retenant les indications précises que nous fournit Lionnois dans la citation qui précède, et qui n'est pas reproduite exactement ni littéralement dans son *Histoire,* p. 371, nous allons déterminer, au moyen de l'état de 1767 et du numérotage de cette époque, les trois maisons dans lesquelles fut établi le primitif hôpital Saint-Julien.

Commençons par la maison de M. de Vulmont. Le premier nº est celui usité de nos jours, les seconds sont ceux de 1767 :

43 — 89 et 90 M. de Vulmont.
41 — 91 Georges Frédéric qui a vendu à Lionnois, en novembre 1777.

(1) En 1776.
(2) Dans ses *Transformations de Nancy,* p. 6, M. H. Lepage constate, à la date de 1498, la construction d'une voûte sur le cours du ruisseau Saint-Thiébaut, devant l'hôpital Saint-Julien. Mais, en 1498, l'hôpital Saint-Julien était près le ruisseau de la Boudière ; c'est seulement un siècle plus tard, qu'il a été construit près du ruisseau Saint-Thiébaut. La construction de cette voûte s'est faite dans la Grande-Rue, à l'angle de la rue Saint-Antoine.

39 — 92 François Jeanmaire, serrurier.

37 — 93 Pierre Houssard, ci-devant régent d'école.

35 { 94 les héritiers de la veuve Leclerc.
{ 95 la D^{lle} Cholat.

33 — 96 *M. de Silly.*

31 — 97 *les D^{lles} Hauteville.* } hôpital.

29 — 98 *M. le comte de Lescut.* }

27 — 99 M. Groselier de Froville.

25 — 100 M. d'Estreval de Luyton.

23 — 101 M. de Lignéville d'Italie.

Comme nous avons vu personnellement les titres des maisons n°s 23, 29 et 41, nous sommes certain de l'exactitude du numérotage et de sa correspondance avec les numéros actuels. Par conséquent, nous sommes obligé de conclure que les maisons n°s 29, 31 et 33 de la grande Rue, avaient été l'hôpital Saint-Julien.

A la p. 371 du t. I de son *Histoire*, Lionnois fait remarquer très judicieusement que si, en 1788, la première de ces trois maisons (n° 33 actuel) payait encore à l'hôpital Saint-Julien la rente de son premier ascensement, consenti en 1536, cet établissement aurait été transféré à Boudonville ou au faubourg Saint-Dizier bien avant la construction de l'hôpital de la Ville-Neuve, et il ajoute avec raison « l'époque de cet ascensement pourrait prouver celle de sa translation, n'étant pas croyable qu'on eut ascensé le logement, en y conservant les malades et les pauvres. »

Evidemment il y a eu une erreur de date commise par le chanoine de la Primatiale, ou il a mal rendu sa pensée, dans le Mémoire cité par Lionnois.

En 1551, la maison n° 29, ancien 98, de 1767, devait déjà être la propriété d'un de Lescut. Nous en trouvons trois dans la rue de la Boudière : 1° Loys de Lescut; 2° maistre Nicolas de Lescut, qui était auditeur des comptes et secrétaire ; 3° Jehan de Lescut, lieutenant général au bailliage de Nancy. Les titres de cette maison ne sont pas nombreux; le premier est un partage fait sous la Révolution, par les enfants Rennel de Lescut, et pour toute mouvance, il est déclaré que cette maison appartient depuis un temps immémorial aux membres de la famille de Lescut.

Tout le monde sait qu'elle est remarquable par ses galeries style renaissance, par ses portes sculptées, par les écus qui ornent ses façades intérieures, mais qui, malheureusement, ont été martelés pendant la Révolution, en vertu de la loi du 23 juin 1790, qui a fait tomber, hélas! bien des chefs-d'œuvre de sculpture. Quoiqu'on reconnaisse à peu près les armes qu'ils portaient, on ne peut guère les déterminer.

Dans la seconde cour de cette maison, on lit, sur le fronton ornementé qui surmonte la niche du puits converti aujourd'hui en pompe, le millésime de 1572.

Ceci vient donc confirmer l'opinion émise plus haut par Lionnois, quant à la translation de l'hôpital au faubourg Saint-Dizier.

Cette maison qui perce sur la rue du maure-qui-trompe où elle porte le n° 14, est occupée au rez-de-chaussée par des écuries. Près de la maison n° 12, on y voit encore une fort ancienne fenêtre ogivale, qui était certainement une fenêtre de la chapelle de cet hôpital. Nous l'avions remarquée souvent; mais, avant la lecture des *Essais* de Lionnois, il ne nous était pas venu à l'idée de nous préoccuper de sa destination primitive, quoiqu'à diverses reprises, elle ait soulevé plusieurs point d'interrogation dans notre esprit.

ARTISANS (Rue des)

Commence à la rue Saint-Jean et finit à la ruelle des Artisans.

C'est une vraie rue de vrais patriotes et de vrais sans-culottes. La preuve, c'est que le cul-de-sac du tabac, qu'on a baptisé ensuite pompeusement d'Impasse du bureau de tabac, était devenu, en 1792, l'*Impasse des Sans-culottes*. C'est un prix ex-æquo, que lui a décerné la municipalité sans-culotte de fructidor an II. Chose étrange, en ce temps de révolution de noms de rues, la rue des Artisans fut respectée. Disons que cette rue comprend maintenant trois anciens tronçons: 1° *Rue des Sœurs de saint Charles* (1728), simplement *des Sœurs*, plus tard, quelquefois simplement *Rue saint Charles*, jusqu'à la rue saint Thiébaut; 2° *Rue des Artisans*, de cette dernière rue à la rue de la Hache; 3° et le reste formait le *cul de sac du tabac*. Nos magistrats écrivirent en bas: *Ça va*, plus haut: *Artisans*, et tout en haut : *Sans-culottes*. Nous reconnaissons que ce n'était pas mal réussi, comme calembourg. Mais enfin, l'honneur est resté sauf : la rue des Artisans est demeurée intégrale aux artisans qui ont absorbé le haut et le bas : le *ça-va* des sœurs et les *sans-culottes* du Tabac.

La Restauration, tout en rendant à la première partie le vocable des sœurs, confirma la prise de possesion du cul-de-sac par la rue des Artisans. Cette impasse fut dès lors supprimée, au moins nominativement.

On a donné primitivement à cette rue le nom des Artisans, parce qu'elle fut construite et occupée, une des premières, par les nombreux ouvriers qui édifièrent la Ville-Neuve de Nancy ; c'est surtout par des maçons et des terrassiers qu'elle fut créée. Ainsi s'explique le nombre des maisons qui se trouvent groupées dans un si petit espace. La surface restreinte de chacune de ces maisons indique suffisamment qu'elles servirent d'abord à loger les ouvriers, les artisans, qui construisirent les principales maisons de la Ville-Neuve. En principe, elle a été une cité ouvrière composée de baraquements en planches, pour abriter ceux-ci, et ce n'est que dans la suite que, peu à peu, ces ouvriers ont élevé de mesquines constructions en pierres, souvent à un étage, sur le terrain qui leur avait été concédé à l'origine, à titre gratuit. Depuis cette époque, elle a toujours été le quartier des pauvres ouvriers, des artisans. Elle n'a perdu son caractère primitif, que depuis le milieu du dernier siècle et depuis la Révolution ; elle a été considérée comme une rue mal famée, par suite de l'établissement de nombreux cabarets, et par l'essence même de sa population, qui appartenait à la classe ouvrière des fabriques voisines : Saint-Jean, Saint-Thiébaut, etc., etc.

Reprenons l'ordre chronologique : le 17 septembre 1791, le Conseil général de la commune, composé uniquement de notables choisis et élus dans les sections des différents quartiers de la ville ; porta, le premier, une atteinte aux droits de l'hodographie de notre ville. Il procéda timidement, modérément, sans trop de radicalisme, comme nous le verrons dans la suite. Ainsi, laissant subsister de la rue Saint-Jean à la rue Saint-Thiébaut, le vocable consacré *des Sœurs de Saint-Charles*, il ne s'arrêta pas au milieu et visa plus haut. Il décida gravement, sans trop s'expliquer sur la cause de cette modification, que « le *cul-de-sac du Tabac* sera à l'avenir l'*Impasse des Artisans*. »

François-Charles Callot, avocat en Parlement, qui se prétendait issu de notre fameux calchographe Jacques Callot, et qui n'épousait pas le moins du monde les opinions nouvelles, publia, à cette époque, une *manifestation*, dans laquelle il critique, quelquefois maladroitement, souvent avec esprit, les vocables choisis par la nouvelle administration municipale. Celui-ci, puisqu'il vient en ordre alphabétique, est le premier que nous allons servir au lecteur, quoiqu'il ne soit pas le premier dans l'ordre de la délibération, que F.-Ch. Callot ait attaqué vivement en ces termes :

« *Le cul-de-sac du Tabac, sera*

    « l'Impasse des Artisans.

« Ah ! Dieu veuille que les bons citoyens et utiles ouvriers qui logeront dans l'Impasse ci-devant du Tabac, gagnent dans la suite assez pour en acheter à tel bas prix que ce soit. »

Nous l'avons dit plus haut, la délibération du 13 pluviose an II donna à la *rue Saint-Charles* le vocable de *Ça va*, et à l'*Impasse des Artisans* celui *des Sans-Culottes*. La délibération du 18 fructidor an III, supprima ces deux vocables, et des trois parties, fit la rue et l'Impasse des Artisans.

La municipalité royale de 1814, ayant arrêté que toutes les rues de la ville et des faubourgs reprendraient les dénominations qu'elles avaient avant la Révolution, la rue des Artisans fut encore une fois troublée dans son unique vocable. La Révolution de 1830, et notamment la délibération du 30 Décembre 1839, assura la jouissance pleine et entière d'un unique vocable à la *rue des Artisans*, en supprimant l'Impasse et la dénomination des sœurs de Saint-Charles.

« La rue des Artisans, dit Lionnois, une des plus peuplées de la ville, n'a que des maisons fort étroites, la plupart n'ayant que dix, douze à treize pieds de Lorraine de face, ainsi qu'elles furent divisées dans l'établissement de la ville-neuve. Le côté occidental du carré qui suit celui de l'hôpital Saint-Charles contient cinquante-neuf maisons, depuis le n° 207 jusqu'à 255, et le côté oriental, trente-deux, depuis le n° 174 jusqu'à 205.

« La manufacture de tabac occupe, dans le carré suivant, tout le côté oriental, excepté deux petites maisons, n°ˢ 293 et 294, qui sont près des Bénédictins. Le côté occidental opposé à la manufacture, contient encore neuf maisons, depuis le n° 295 jusqu'à 304. » (Histoire II, p. 536).

C'est ce qui constitue l'ancienne impasse des Artisans.

Le cul-de-sac du Tabac tirait son vocable de la fabrique de Tabac, qui était située à l'orient, et qui formait presque tout le carré compris entre la rue et la ruelle des artisans, la rue ou l'impasse notre Dame, et la rue de la Hache. A vrai dire, ce cul-de-sac n'en était pas un, puisqu'il avait deux issues à son extrémité méridionale, permettant de sortir de la rue des artisans, par la ruelle de ce nom, sur la rue de l'Equitation à droite, et sur la rue notre Dame à gauche.

L'ancienne fabrique des Tabacs est encore à peu près dans l'état où elle était avant la Révolution, un peu plus ruinée cependant.

« La manufacture de Tabac, où il se met en poudre et où on le distribue pour toute la province, dit Lionnois, occupe tout le côté de ce carré dans la rue des Artisans, n'y ayant que deux petites maisons, n°s 293 et 294, qui avoisinent la ruelle de la Tabagie, et rejoint du cul-de-sac des Bénédictins la rue de la hache. Cette manufacture occupe encore la plus grande partie de l'intérieur de ce carré et une grande étendue sur la rue de la hache. » (Histoire t. II, p. 545.)

Sans bien s'expliquer, Lionnois laisse entendre que cette fabrique était située, d'abord dans le carré de la communauté, c'est à dire dans la même rue en face de l'école des sœurs de Saint-Charles, soit sur le derrière des Magasins, qu'on connaît de nos jours sous le nom de Docks de Notre-Dame. Nous ne voulons pas entrer ici dans une dissertation inutile, qui nous entraînerait assez loin de notre sujet.

Lionnois et Lepage ne sont pas d'accord sur le premier emplacement de la manufacture des tabacs, et il nous semble bien difficile de découvrir la vérité à ce sujet.

Lionnois dans son *Histoire*, t. II, p. 508, dit ceci:

« Ce n'est que depuis la démolition des fortifications et l'établissement du mur de clôture, qu'on a construit des maisons dans la direction de ce mur faisant le côté occidental de la rue Saint-François (rue de l'Equitation). Comme le duc Léopold plaça en cet endroit, vis-à-vis la rue de Grève, la manufacture de tabac, au commencement de ce siècle, on a appelé cette partie de la rue Saint-François, depuis la rue de la Hache jusqu'à son extrémité, *rue de la Tabagie*. La manufacture n'est plus en cet endroit. Elle a été établie au haut de la rue des Artisans, près de l'abbaye de Saint-Léopold ; on y a conservé néanmoins les magasins et le logement de deux contrôleurs. »

De son côté, M. H. Lepage, dans ses *Transformations de Nancy*, p. 31, sous l'année 1710, place la « Translation, dans l'intérieur de la ville (près de l'hôpital Saint-Julien (1), de la manufacture des tabacs, auparavant (1706) établie dans les bâtiments dits de Saint-Léopold, près des grands Moulins. » Nous avouons ne plus rien comprendre sur cette origine si discutée et si discutable. M. Lepage ajoute cette note que nous ne reproduisons que sous toute réserve :

« Elle (la manufacture des tabacs) fut transférée ensuite à l'endroit occupé aujourd'hui par la Maison d'arrêt, ce qui fit donner le nom de *rue de la Tabagie* à la partie supérieure de la rue de l'Equitation. Le plan de Mique, dressé vers 1780, montre le « Grand Bureau du tabac » dans la rue du Rempart et le « Petit Bureau » dans le « cul-de-sac du Tabac » (Impasse des Artisans). On communiquait de l'un à l'autre par un tunnel percé sous les maisons et la rue, et dont on peut retrouver encore aujourd'hui la trace à une certaine profondeur du sol. »

Quant au vocable des *Sœurs de Saint-Charles*, il s'explique tout seul. A cette époque, l'hôpital était la maison mère de la congrégation, et aussi l'école tenue par les sœurs, à son entrée sur la rue des Artisans.

En novembre 1872, plusieurs de ses habitants avaient adressé à la municipalité une pétition par laquelle ils demandaient qu'on donnât le nom de *rue de l'hôpital Saint-Charles*, à la partie comprise entre les rues Saint-Jean et Saint-Thiébaut. Cette demande ne fut pas accueillie. Nous approuvons la municipalité de l'avoir repoussée, parce que ce vocable n'a rien d'historique et rien d'officiel ; si l'on a donné quelquefois le nom de rue de l'hôpital Saint-Charles à cette partie de la rue des Artisans ; c'est pure fantaisie, car jamais officiellement ce tronçon n'a eu ce vocable, qui, du reste, n'est pas logique.

---

(1) Il faut plutôt lire « près de l'hôpital Saint-Charles » si nous nous en rapportons à Lionnois. Nous ne voyons guère où l'on aurait pu la placer près de l'hôpital Saint-Julien.

L'HOTEL O'MAHONI

La Terreur a commencé à Nancy au mois d'avril 1793, lorsque les représentants Anthoine, Levasseur et Camus furent envoyés dans nos départements. Mais alors les autorités constituées n'étaient pas encore composées de sans culottes, exclusivement anarchistes.

C'est seulement en juillet et en août, qu'on voit arriver dans notre ville une horde de gens qui, se faisant recevoir à la société populaire, ne tardent pas à s'y imposer et et à s'emparer du pouvoir.

Tous ces terroristes, dont le règne commença en septembre ou en octobre, étaient étrangers à notre ville. Ils se firent les agents dévoués d'Auguste Mauger, natif de Dieuze, dit Marat-Mauger, se disant commissaire du pouvoir exécutif. Ce dictateur avait sous ses ordres les personnages suivants :

Febvé l'aîné et Febvé le jeune, avocats originaires de Lunéville; Glasson-Brisse, comédien, qui fut deux fois maire de Nancy; Philipp, entrepreneur de l'habillement militaire, qui s'intitulait le *sans-culotte;* Jeandel, procureur syndic du département; Arsant, peintre d'oiseaux, originaire des Deux-Ponts; Gastaldy, dit Pinseau, peintre, originaire de Nancy; Giverne, directeur d'un bureau de loterie, puis directeur de la poste aux lettres; Amoureux-Duthé, comédien; Vulliès, ex-procureur syndic du district de Sarrebourg; Colle, juge au tribunal de district de Sarrebourg; Marc, dit Rochefort, officier, originaire de Bordeaux; Cayon, relieur et marchand de bouquins, originaire de Nancy, qui se fit nommer directeur de la Réclusion; Winter, la botte fendue, dont l'origine allemande n'a jamais pu être bien constatée : il se faisait passer pour Mayençais; enfin, Mouton, Cropsal et Bertrand.

Sous la dictature de Mauger, ces hommes formaient le *Comité de surveillance et révolutionnaire,* qui siégeait à l'hôtel O'Mahoni. Plusieurs d'entre eux cumulaient diverses fonctions publiques, et presque tous avaient place dans l'administration municipale. Le comité de surveillance et révolutionnaire avait été recruté, en partie, dans le comité secret d'Auguste Mauger, appelé aussi *Comité des sans-culottes*, lequel était composé de douze membres, presque tous revêtus de fonctions publiques, et tous, à l'exception de quelques individus, dignes associés du brigand qui les avait réunis, dit Faure, dans son rapport, p. 6. La suprême puissance résidait dans ce rassemblement impur; tous les actes émanés de cette autorité usurpatrice furent arbitraires; les séances se tenaient dans le domicile du chef; les arrêts étaient portés en style de tyrans : « Marat-» Mauger, de l'avis de son conseil, enjoint au gardien de » la maison d'arrêt de..... de mettre en liberté, etc., etc.»

Faure ajoute dans une note :

« Une délibération de ce conseil infernal porte que, lorsqu'un individu s'évadera, pour éviter un mandat d'arrêt, on incarcérera sa femme, son père, son plus proche parent. Il y a eu, à Nancy et dans les districts voisins, des exemples de cette horrible vexation. »

Le comité des sans-culottes, qui opérait indépendamment des autorités constituées, commettait souvent des actes illégaux et arbitraires; mais qu'à cela ne tienne, comme il était en majorité dans le comité de surveillance et révolutionnaire, il sanctionnait lui-même ses actes arbitraires. Faure semble s'étonner qu'une vingtaine d'individus de cette trempe aient terrorisé et maintenu sous leur tyrannie une population de 28,000 habitants. Faure y a bien été pour quelque chose, surtout lorsqu'il s'est agi de dépouiller les églises et de renverser le culte constitutionnel.

Le redoutable comité de surveillance et révolutionnaire de Nancy avait des ramifications avec celui de Strasbourg, et n'obéissait qu'aux ordres des représentants du peuple, près les armées du Rhin et de la Moselle. Il se chargeait des arrestations, envoyait les victimes à Strasbourg ou à Paris, selon la gravité des délits supposés. C'est ainsi que Nancy a eu l'avantage de ne pas voir, selon l'expression de Cayon, « les ruisseaux de ses rues charrier le sang des aristocrates. » Il rendait ses arrêts à l'hôtel O'Mahoni.

La première fête décadaire eut lieu, sans beaucoup d'apparat, le 20 brumaire an II, 10 novembre 1793. C'est à la suite des discours prononcés dans cette assemblée, à la Cathédrale, que « les confessionnaux furent brûlés à Nancy au pied de l'échafaud de la guillotine, toutes les autorités présentes, et suivies d'un cortège de plus de quatre mille citoyens : on se rendit à la société populaire, où l'extrême-onction fut donnée au fanatisme religieux, pour céder la place au culte de la saine philosophie. »

Le décret du 23 brumaire an II, 13 novembre 1793, autorisant les autorités constituées à recevoir les abdications des prêtres, la fête décadaire du 30 brumaire, pour la renonciation au culte, fut résolue ; du reste, il s'agissait aussi d'exécuter, ce même jour, les décrets des 13-14 et 22 brumaire, relatifs aux matières d'or et d'argent provenant des objets du culte.

Dans cette immense orgie, que Faure présida, dans le Temple de la Vérité, on spolia le trésor de la Cathédrale, pour s'emparer de toutes les matières d'or et d'argent. Les reliques de saint Sigisbert furent donc retirées de leur châsse et envoyées à l'hôtel O'Mahoni, pour y être brûlées.

Pendant que les sans-culottes étaient ici dans cette joie fiévreuse et délirante, qui caractérise la fête décadaire du 30 brumaire, les représentants du peuple, Saint-Just et Lebas, prenaient, à Strasbourg, un arrêté qui frappait la ville de Nancy d'une contribution extraordinaire de *cinq millions*, payable dans trois jours, pour subvenir aux besoins des armées du Rhin et de la Moselle.

Ce fut le comité de surveillance, présidé alors par le sans-culotte Philip, qui répartit cette somme, sur les riches juifs, sur les agioteurs et les familles riches de Nancy. Au bout de neuf jours, on avait recueilli 900,000 livres ; mais il était bien difficile d'aller au-delà.

Depuis cette époque, jusqu'en fructidor ou vendémiaire an III, c'est à dire jusqu'à l'arrivée des représentants Michaut et Genevois dans nos murs, en septembre 1794, l'hôtel O'Mahoni, siège du comité de surveillance et révolutionnaire, a été le théâtre de bien des actes. Après la dissolution de ce comité, il fut mis en vente, comme bien national, provenant de l'émigré O'Mahoni, ex-officier, le 7 brumaire an III, 28 octobre 1794. Il est ainsi désigné : « Une maison faisant face aux rues Simoneau, des Volontaires Nationaux et de la Reconnaissance. »

La rue Simoneau est la rue d'Alliance actuelle ; la rue des Volontaires nationaux est devenue la rue Sainte Catherine, et enfin, on appelait rue de la Reconnaissance, la rue Girardet et la rue des Champs.

D'après cette désignation, l'hôtel O'Mahoni serait la maison qui porte, sur la rue d'Alliance, le n° 21, et sur la rue Sainte-Catherine, le n° 26 ; mais il faut observer qu'en l'an III, il y avait plusieurs rues appelées *rue de la Reconnaissance*. Outre la rue Girardet et la rue des Champs, la rue de la Cour à la ville vieille, la rue de la Primatiale et, paraît-il, la rue Guibal actuelle, ont aussi été des *rues de la Reconnaissance*. Nous en avons la preuve, par les tableaux des Rues de Nancy à cette époque, et aussi par les désignations de plusieurs maisons d'émigrés mises en vente en l'an III, notamment la maison du chanoine de Bressey, qui est désignée, le 18 frimaire an III, une maison à l'angle des *rues de la Reconnaissance* et de Mably, n° 320. Entre le 18 pluviose an II, 7 février 1794, et le 28 fructidor an III, 14 septembre 1795, les noms de certaines rues ont considérablement varié. Il faut dire que cette époque fut l'une des plus tourmentées, pour notre ville ; et, dans cette période, il a été admis des vocables fort étranges, dont on ne trouve de traces que dans les actes de mutation. L'hodographie révolutionnaire n'a été fixée définitivement que par la délibération du 28 fructidor an III. La rue Guibal actuelle, faisant partie de la rue Bailly, avait reçu le nom de rue Locke, et nous étions loin de nous douter qu'elle se fût appelée, elle aussi, *rue de la Reconnaissance*.

La date de l'adjudication du 7 brumaire an III nous a permis, par des actes postérieurs qui s'y rattachent, de déterminer exactement, et d'une manière certaine, l'emplacement de l'hôtel O'Mahoni. La tradition avait bien dit que cet hôtel était la maison n° 5 de la rue d'Alliance, mais rien ne confirmait le dire de la tradition. Pour l'affirmer, il était nécessaire de recourir aux titres de propriété.

M. H. Lepage, s'appuyant sur la tradition, a écrit avec justesse, dans sa *Promenade dans Nancy et ses environs*, p. 51 (édit. 1879) :

« En traversant la place (d'Alliance), nous gagnons la petite rue à laquelle on a récemment donné le nom du sculpteur Barthélemy Guibal, auteur des figures qui décorent les fontaines de la place Stanislas. La maison qui forme le coin occidental de cette rue, était, au moment de la Révolution, l'hôtel O'Mahoni ; il fut depuis la propriété de M. le baron de Vincent, ambassadeur d'Autriche à Paris. Le comité de surveillance révolutionnaire siégea dans cet hôtel, dont la cour fut le théâtre de la destruction de beaucoup d'objets enlevés des églises et des maisons religieuses. On y jeta aux flammes les reliques de Saint Sigisbert, dont une partie fut heureusement sauvée, sous prétexte d'études anatomiques, par le grand-père de notre honorable concitoyen M. le docteur Edmond Simonin. »

Lorsque nous avons écrit nos *Promenades historiques,* nous n'avions pas remarqué ce passage de l'opuscule de M. H. Lepage, et nous avons contesté, p. 41-42, que la maison de feu· M. le baron Vincent ait été le siège du Tribunal révolutionnaire. Depuis, nous avons revu l'acte de vente de cette maison, passé devant Bailly, le 19 septembre 1818. Il en résulte que Georges Mouton, comte de Lobau, lieutenant-général des armées du Roi, a acquis de Joseph Forel, négociant à Nancy, et de Catherine Mouton, ses beau-frère et sœur, « une maison sise à Nancy, rue de l'ancienne poste aux lettres, aujourd'hui (1818) rue d'Alliance n° 5, faisant angle à la place d'Alliance et ayant ses entrées tant sur ladite rue d'Alliance, que dans celle dite de Sainte-Catherine, entre la petite rue d'Alliance au levant et M. Urion au couchant. »

La mouvance nous fait connaître son origine, et nous reporte fatalement à l'acte d'adjudication du 7 brumaire an III.

« Cette maison était provenue aux vendeurs, savoir : d'acquisition qu'ils en avaient faite pour un tiers seulement, conjointement avec Pierre et François Jaussaud; pour les deux autres tiers, pardevant le directoire du district de Nancy, le 7 brumaire an III; et les deux derniers tiers, sur lesdits frères Jaussaud, négociants à Nancy, par acte Pagnon du 23 frimaire an XI. »

Un acte postérieur, reçu Baudot le 26 août 1827, portant vente par Georges Mouton, comte de Lobau, à Nicolas-Charles baron Vincent, ancien ambassadeur de la cour impériale d'Autriche près de S. M. T. C., demeurant à Bioncourt, de la maison dont nous venons de donner plus haut la désignation, nous apprend qu'elle avait été acquise originairement par Barthélemy O'Mahoni, demeurant à Nancy, sur Charles-Félix Martin, suivant acte reçu Pagnon le 8 mai 1790, et qu'elle avait été revendue le 28 octobre 1794 (7 brumaire an III), sur le dit O'Mahony, comme émigré, aux frères Jaussaud et à Joseph Forel.

Lorsqu'il s'agit de rechercher la mouvance d'un immeuble, vendu par la nation comme bien d'émigré, il est assez difficile d'aller au-delà de la vente faite devant le district ou devant le département, parce qu'il n'est fait aucune mention, dans les procès-verbaux d'adjudication, des anciens titres de propriété, et parce que ceux-ci, toujours sur parchemin, ont été conservés par l'administration, pour être mis au service de la guerre qui les utilisait dans la fabrication des gargousses. Très peu ont échappé à la destruction. Cependant on pouvait, paraît-il, se procurer les dates des actes antérieurs, car nous avons eu entre les mains, et nous connaissons des expéditions d'actes de vente établissant la propriété de biens nationaux, délivrées depuis la Révolution, par les notaires, aux propriétaires des immeubles décrétés. Malheureusement, tous les nouveaux propriétaires de ces immeubles n'ont pas eu le soin de s'enquérir de l'origine de leur propriété, et n'ont pas cherché à se renseigner sur les anciens titres, souvent nécessaires, en cas de contestation avec un voisin ou avec la ville.

LES RELIQUES DE SAINT SIGISBERT

On ne peut guère parler de l'hôtel O'Mahoni, sans évoquer le souvenir des reliques de saint Sigisbert qui, comme nous l'avons dit plus haut, y furent brûlées dans les premiers temps de l'établissement du culte de la Raison. Parler ici de ces reliques, c'est probablement jeter dans ce chapitre une pomme de discorde. Nous nous sommes voué à la recherche de la vérité : nous dirons donc ce que nous savons sur ce sujet, sans chercher à être agréable ou hostile aux uns ou aux autres.

Dans sa *Monographie de la Cathédrale de Nancy*, M. E. Auguin rapporte le texte de l'arrêté pris, à Sarrelibre, par le représentant Faure, le 27 nivose an II (16 janvier 1794); mais à peine était-il sorti des presses de l'imprimerie nationale de P. Barbier, de Nancy, qu'il était frappé, comme tant d'autres, de nullité, par les représentants Lacoste et Baudot. Faure quitta la province pour retourner à Paris, sans avoir pu en assurer l'exécution dans le département de la Meurthe, alors que dans la Moselle il était rigoureusement exécuté. En lisant cette partie du travail de M. E. Auguin, on pourrait croire que vers cette époque seulement auraient été détruites les reliques de saint Sigisbert. Laissons la parole à l'auteur, p. 99 de son livre :

« .... A la Cathédrale, tout ce qui pouvait exciter la convoitise du peuple avait déjà été enlevé, dans les derniers mois de l'année 1793. Les châsses avaient été ouvertes et dépouillées de leurs ornements. Celles de saint Sigisbert furent d'abord jetées dans la cour de l'ancienne sacristie, voisine de la rue Montesquieu. C'est là, que quelques fidèles parvinrent à en dérober des fragments. M. Chouvré et sa femme gardèrent une côte et un petit os du saint. Le corps, ayant été porté ensuite dans la cour de la maison O'Mahoni, place d'Alliance, pour y être brûlé, le docteur Simonin recueillit un avant-bras. Toutes ces pièces purent être réunies, après la Révolution, par les soins de M. le curé Charlot, et ce sont celles qui sont exposées aujourd'hui à la piété des fidèles, dans la châsse où elles furent enfermées en 1803. En août 1794, le chanoine Malvoisin put recueillir, parmi les objets voués à la profanation, un fragment de la vraie croix, l'étole de saint Charles et une côte de saint Sigisbert (sic). »

M. E. Auguin renvoie le lecteur aux pièces justificatives V à VIII, qui sont signées par : Melchior-François de Malvoisin, chanoine de la Cathédrale; Simonin, docteur-médecin; Claude Lamothe-Beaulieu; Dufey, ancien chanoine; Charlot, curé, et Beaulieu, officier municipal.

Sur ces six témoins, il y en a trois qui n'ont rien vu : le curé Charlot avait émigré; les chanoines Malvoisin et Dufey ont été arrêtés dans la nuit du 15 au 16 avril 1793, et ne sont sortis de prison que pour fuir à l'étranger. Nous ne connaissons pas Claude Lamothe-Beaulieu, et nous ignorons en quelle qualité il vient signer au procès-verbal du 10 pluviose an XI. Nous admettons le témoignage du docteur Simonin, qui a peut-être fait un peu de réclame pour son propre compte; mais ce qui nous paraît étrange, c'est que le docteur Simonin n'ait pas signé avec Beaulieu, l'officier municipal, la pièce n° VI, ainsi libellée :

« Côtes et rotule de saint Sigisbert, avec la calotte qu'il avait sur la tête, lorsqu'on l'a sorti de sa châsse et qu'on a dressé procès-verbal le. . . . . (?) 1793. Présents : Sibien,

procureur syndic de la commune ; Beaulieu, officier municipal. — Nommés commissaires : Crétin, ex-grand vicaire ;
Simonin, chirurgien. Le procès-verbal est resté entre les
mains de Crétin ; il m'a dit qu'il l'avait fait enterrer, pour
faire cesser la superstition des gens faibles.

« Simonin en a pris un avant-bras ; la peau et les chairs
étaient décomposées et s'en allaient en poussière. Ce qui
a paru extraordinaire, c'est la peau et la barbe du bas du
visage, qui était si solide qu'elle paraissait pétrifiée.   ·

« Pour vérité de cy-dessus, attesté et signé :

« *Le 8 pluviose an XI,*

« Beaulieu. »

Lors du rétablissement du culte, le signataire de cette
pièce, animé d'un zèle certainement louable, a certifié,
peut-être à la légère, avoir vu s'accomplir telle ou telle
chose, pendant l'époque terroriste. N'est-ce pas lui qui,
vers le même temps, reconnaît le corps de Stanislas à Bon-
secours, au milieu de tant d'autres, et qu'il affirme que
c'est bien là le Roi de Pologne, qu'il n'avait probablement
pas vu en nivose, lors de la spoliation des tombeaux, dans
les églises et dans les cimetières. Ce n'est qu'avec la plus
grande réserve, qu'on doit accepter ces témoignages enthousiastes, affirmés par un zèle excessif, et qui sont souvent
opposés à la vérité. Malheureusement, il y a dans notre
histoire locale une infinité de faits de ce genre, qui n'ont,
pour se soutenir, que le patronage de semblables autorités.
Cependant, il faudrait être logique avec les faits, et se souvenir, que les hommes qui siégeaient au comité de surveillance dans l'hôtel O'Mahoni, n'étaient pas de nature à
capituler et à transiger avec ce qu'ils appelaient les « spectres
du fanatisme et de la superstition. » Nous croyons qu'il
eût été bien dangereux de s'emparer, soit avant, soit après
le brûlement, d'une parcelle des reliques du saint, condam-
nées à disparaître.

Nous connaissons une note écrite en 1839, et laissée par
un ancien maire de Nancy et député de la Meurthe, sur le
sujet qui nous occupe. Nous la reproduisons telle, comme
simple document à comparer avec les pièces justificatives
publiées par M. E. Auguin.

« C'est dans la maison qui fait angle sur la rue et la place d'Alliance d'un côté, et la rue Sainte-Catherine de l'autre, maison qui a successivement appartenu au sieur Forel, au comte de Lobau et au baron de Vincent, que furent détruites et brûlées les reliques de saint Sigisbert, en 1793. C'est un sieur Tisserant, cordonnier, qui alla chercher le fagot, pour faire le feu où ces reliques furent jetées. Pendant l'opération, on chantait ce refrain d'une chanson du temps :

« Grand saint! Grand saint! dans le creuset
   « Tombez! c'est le décret!

sur l'air de la *Marseillaise*. Cela n'empêche pas que, maintenant encore (1839), il n'y ait toujours des reliques de saint Sigisbert qui, comme les anciennes, font encore la pluie et le beau temps; mêmes prérogatives, même confiance, n'est-ce pas le cas de dire :

« Et puis allez dans vos cérémonies
« De tous les saints chanter les litanies.

« Les incrédules font la mauvaise plaisanterie de dire que les nouvelles reliques sont aussi authentiques que celles qui ont été brûlées. »

Avant l'établissement du Culte de la Raison, les reliques de saint Sigisbert étaient, même sous l'ère terroriste, en grande vénération parmi le peuple. On ne se douterait guère qu'elles furent encore descendues et exposées pendant une neuvaine, le 15 juillet 1793, Nicolas étant vicaire épiscopal et faisant les fonctions d'évêque, en remplacement du P. Lalande, envoyé en 1792, par le département de la Meurthe à la Convention.

On lit dans la Lettre pastorale du Conseil épiscopal du département de la Meurthe, qui ordonne des prières publiques pour obtenir de la pluie :

« La main toute-puissante du Seigneur semble s'appesantir sur nous, nos très chers frères et concitoyens; la continuité d'une sécheresse désastreuse nous ferait craindre de grandes calamités, si le Seigneur dans sa clémence, ne daignait jeter sur nous un de ses regards favorables, et nous envoyer les pluies salutaires, après lesquelles la terre soupire depuis trop longtemps.

« Ce Dieu de bonté ne nous afflige pas sans raison : ses châtiments n'égalent point encore nos infidélités. L'impiété, l'irréligion, la licence des mœurs, n'est-ce pas là ce qui attire sur nous les vengeances de l'Éternel ?......

« A ces causes, et d'après les invitations à nous faites par plusieurs communes de notre Diocèse, et notamment par les citoyens officiers municipaux de Nancy, le Conseil épiscopal arrête :

« Que cejourd'hui 15 juillet à quatre heures du soir, on descendra, au son de toutes les cloches, la châsse de saint Sigisbert et qu'elle restera, pendant neuf jours, exposée à la vénération des fidèles. »

On s'explique que, devant un tel respect, il se soit trouvé, au moment de la spoliation des églises, des fidèles assez zélés pour, au risque de leur vie, sauver de la destruction quelques-unes des saintes reliques; mais, par contre, il ne faut pas perdre de vue que, dans un sens inverse, le comité de surveillance devait veiller avec un soin jaloux, à ce que tout ce qui était un aliment au fanatisme et à la superstition fût détruit promptement. Du reste, pour mieux caractériser les hommes qui composaient le fameux comité de surveillance et révolutionnaire, nous rappellerons qu'en juillet ou en août 1793, le sans-culotte Philip, se trouvant à la cathédrale, s'écria devant le peuple assemblé pour une cérémonie religieuse : « Qu'on prenne les ordures qui sont dans cette boîte (le tabernacle) et qu'on les jette sur le fumier dans la rue. » C'est le représentant Faure qui raconte cela dans son rapport. Alors le Conseil épiscopal siégeait encore, et le culte constitutionnel s'exerçait librement à la cathédrale. Faure s'indigne de cette conduite, surtout qu'à cette époque, ajoute-t-il, le fanatisme avait encore prise sur les esprits.

BAILLY (Rue)

Le tableau dressé par la mairie le 31 décembre 1839, dit qu'elle commence à la place d'Alliance et finit à la place Saint-Georges.

Avant et pendant la Révolution, elle ne faisait qu'une avec la rue Guibal.

Les plans de 1752, 1754 et 1758 la dénomment rue Sainte-Catherine. Nous ne savons précisément à quelle époque on l'a appelée rue Bailly et rue des Frères ; c'est ainsi que l'indique l'état des maisons de Nancy, dressé en 1767. Le plan de Mique lui donne, dans toute sa longueur, le nom de Bailly, qui rappelait un jardinier du duc Léopold, chargé d'entretenir le potager, et qui avait précisément bâti sa maison en cet endroit, lorsque Stanislas fit tracer ce nouveau quartier.

Survient la Révolution. On est bien loin de supposer que ce modeste nom d'un simple ouvrier des champs allait soulever un orage, par la similitude qu'il offrait avec celui du maire de Paris. Le fougueux sans-culotte Claude Thiébaut, qui devint plus tard propriétaire-fondateur et rédacteur en chef du Journal de la Meurthe, observa le 13 messidor an II, à la société populaire, qu'il y avait une rue appelée Bailly, nom qui rappelle celui d'un traître à la patrie, et qu'on ne pouvait trop se presser de le faire effacer. La délibération du 13 pluviose an II dit qu'elle s'appellera désormais *rue Loke*. Le petit almanach pour l'an IIIᵉ de la République, lui donne le nom de *rue Challier*. La délibération du 18 fructidor de l'an III, l'appelle définitivement *rue Racine*. Elle est redevenue rue Bailly, depuis la Restauration.

Lionnois lui consacre dans son histoire, t. II, p. 137, les lignes suivantes :

« La rue Bailly qui, de la place d'Alliance, communique à la place Saint-Georges, n'était auparavant qu'un cul-de-sac fermé par le Potager. On lui a donné le nom du sieur Bailly, fameux jardinier, qui avait sa maison et son jardin contigus au Potager royal. Il était le seul à Nancy qui s'occupât à faire venir des primeurs ; et, pendant plusieurs années, il eut l'honneur d'offrir en cette ville, à Lunéville et à Commercy, à Léopold et à S. A. R. madame Douairière de Lorraine, des petits pois le jour du nouvel an, et des melons le jour de Pâques. Cette rue est encore prolongée au-delà de la Place (d'Alliance), et vient aboutir à la rue neuve Sainte-Catherine, devant la maison des Religieux de la charité, d'où l'on aperçoit la statue de la Place Royale et les nouvelles casernes. »

(V. rue Guibal).

BARON LOUIS (Rue)

Du Cours Léopold au passage à niveau de la rue de la Ravinelle ou, si l'on veut encore, au quai Claude le Lorrain.

C'est une rue bien mal tracée, et qui ne va guère en ligne droite ; elle jure dans les plans, à côté des autres rues, ses voisines ; comme prolongement de la rue du Haut-Bourgeois, elle va en titubant. Elle passe devant l'entrée de la Manufacture des Tabacs, où elle prend seulement un aspect un peu régulier.

Feu P. Guerrier-Dumast ne trouvait pas ce vocable à sa convenance, ni à sa place.

Elle le doit à Dominique-Jean baron Louis, né à Toul en 1756, ministre des Finances sous la Restauration.

Cette rue a été créée en même temps que la rue de Serre, au moment où l'on faisait les fouilles pour y construire la Manufacture des Tabacs, sur l'emplacement de nombreux jardins.

Elle a été ainsi dénommée par la délibération de 1867.

BÉNIT (Impasse)

De la rue Saint Jean.

Dit autrefois *cul-de-sac des Frères*, puis *Impasse des Écoles*... ne jouons pas sur les mots.

On l'a souvent confondue avec l'impasse des Artisans, située à son extrémité méridionale, et plus souvent avec l'impasse du Collège ou du Lycée, devenue, depuis 1867, rue Gilbert.

Dans le courant du dernier siècle, elle était connue comme *cul-de-sac des Minimes*. C'est sous ce vocable que l'indiquent, le tableau dressé sous le règne de Stanislas, l'état de 1767 et le plan de Mique. Vers l'époque révolutionnaire, on l'appela, tantôt *cul-de-sac des Frères*, tantôt *cul-de-sac Saint Charles*. On retrouve ces deux dernières dénominations, dans les plans de Nancy de la Restauration et de la Révolution de juillet.

La Délibération du 17 septembre 1791 ayant décidé que « le cul de sac des Minimes serait appelé l'*Impasse des Ecoles* », F.-Ch. Callot ne manque pas d'émettre ici son opinion :

« Convient-il de mettre des Ecoles dans un cul-de-sac ? C'est là où l'on enseigne la religion ; elle y est bien à l'étroit ; quoi faire ? C'est le goût du siècle » (p. 11).

Le nouveau vocable prévalut, bien évidemment par la faute des Frères : leur mauvaise volonté à prêter à cette époque le serment des instituteurs, leur empressement à enlever les meubles qui appartenaient à la ville et qui garnissaient la maison, ne contribuèrent pas peu à faire adopter cette appellation ; car on ne rétablit pas depuis, dans la maison qu'ils occupaient (aujourd'hui l'octroi central), de nouvelles écoles ; dès qu'ils furent expulsés de ce lieu, on y fonda une manufacture de dentelles, où un grand nombre de jeunes filles pauvres étaient employées comme ouvrières.

En mourant, M. le docteur Bénit légua sa fortune au Bureau de Bienfaisance. La ville reconnaissante lui réserva une place perpétuelle au cimetière de Préville, dans l'hémycicle des bienfaiteurs de la Ville.

Dans la séance du Conseil municipal du 16 février 1870, « à la demande des membres de la commission et sur la proposition de M. le Maire, le conseil décida qu'à l'avenir l'*Impasse des Ecoles*, siège du Bureau de Bienfaisance, porterait le nom du docteur *Bénit*, son bienfaiteur. »

La Ville avait fait tout ce qui lui incombait, en reconnaissant la bienfaisance du docteur, par la consécration de son nom à une rue de la ville, lorsque dans la séance du 29 décembre 1873 : « M. le Maire rappelle au conseil que le docteur Bénit, qui a légué sa fortune au Bureau de Bienfaisance, repose depuis plusieurs années déjà au cimetière de Préville, sans avoir un monument pour honorer sa mémoire et son bienfait. Il y a là un état de choses fâcheux qu'il importe de faire cesser. La Ville entend-elle, comme ses intérêts et sa dignité semblent le lui conseiller, prendre l'érection du monument à son compte, ou laissera-t-elle ce soin et cette charge au Bureau de Bienfaisance, qui jusqu'ici, a entendu la récuser ? »

Une assez longue discussion s'engagea sur cette question; en somme, le Conseil décida que la ville ne devait pas prendre, à la place du Bureau de bienfaisance, la charge d'un monument élevé à la mémoire regrettée du docteur Bénit.

Celui-ci, en léguant sa fortune au Bureau de bienfaisance, n'avait certainement pas en vue de prôner son nom et d'afficher son bienfait. Le Bureau de bienfaisance lui devait plus que la Ville; mais est-ce que le docteur Bénit avait jamais pensé à ce tiraillement? Lui qui avait vu le haut et le bas de la vie, qui, tour à tour, de riche était devenu pauvre, et de pauvre redevenu riche, ne songeait guère, à ses derniers moments, d'édicter en faveur de son nom, les somptuaires faveurs qui lui ont été accordées après sa mort. On a voulu faire grand, on a voulu faire beau, résonner la grosse caisse, ici, d'un ton trop haut, là, d'un ton trop bas. L'accord du juste milieu manque entre la Ville et le Bureau de Bienfaisance.

Dans la séance du Conseil municipal du 21 mai 1874, « M. le Maire communique une lettre de l'administration du Bureau de Bienfaisance, relative au monument funéraire à élever au docteur Bénit. Ce monument, destiné à terminer l'hémycicle consacré aux bienfaiteurs de la Ville, et à compléter un plan d'ensemble, est estimé devoir coûter 4,000 fr. au minimum. Le Bureau, sans nier le principe de son obligation, demande de n'y contribuer que pour un quart, le surplus de la dépense devant être supporté par la Ville. Il se fonde sur un double motif : 1° la désignation du terrain de sépulture, fixée d'office au jour du décès par l'administration municipale de cette époque, sans que le Bureau ait été appelé à délibérer sur les conséquences de cette situation forcée ; 2° et la volonté formelle du défunt, de ne pas voir ébrécher le capital des pauvres par des funérailles coûteuses.

« Le Conseil, maintenant une précédente décision, repousse la demande qui lui est soumise. Néanmoins, prenant en considération la situation momentanément gênée du Bureau de bienfaisance, il décide qu'une subvention exceptionnelle de 3,500 fr. sera à sa disposition, pour l'aider à faire face aux charges de la présente année. »

BON-PAYS (Impasse)

De la rue de la Monnaie.

Ainsi vont les choses ici-bas; il n'y a pas que les hommes qui soient atteints dans leur fortune, il y a aussi les rues qui ont leurs instants d'heur et de malheur. Une bien vieille rue que celle-ci, qu'un palais ducal semblait devoir mettre à l'abri des injures, du temps et des révolutions. Comme tant d'autres choses, elle a succombé sous le poids des révolutions, et, de rue importante qu'elle paraît avoir été, elle est tombée, de nos jours, à l'état d'impasse, et quelle impasse depuis que la brasserie Henriet, qui lui donnait encore un regain de renommée et d'à propos, l'a quittée! Maintenant la voilà abandonnée, oubliée, et qui sait quand elle sortira de l'obscurité à laquelle elle se trouve condamnée? Cette ancienne rue, dont le vocable nous est une énigme, a eu ses heures de grandeur, et a joui d'une certaine célébrité historique. C'était jadis une rue Ducale, qui était assurée de la protection du souverain; mais, depuis, il est passé beaucoup d'eau sous le pont de Malzéville, les années se sont écoulées, l'heure des révolutions est venue, et la misère a succédé à une heure de splendeur.

Dans le rôle de 1551, il est fait mention d'une *rue de l'Escuyerie*. M. H. Lepage suppose qu'il est question probablement de l'*impasse du Bon-Pays*. Pour nous, cela ne fait aucun doute, outre l'observation très judicieuse que fait M. H. Lepage, en disant : « On voit, d'après le plan de 1611, que cette rue avait son ouverture plus haut qu'à présent, et qu'elle aboutissait en face de la rue des Maréchaux, par une espèce de voûte dont les constructions se prolongeaient jusqu'au rempart » ; nous disons, qu'outre cette observation, la preuve résulte indubitablement de la marche du contrôleur dans l'opération de la levée des impôts: sortant de la rue de la Boudière (Grande-Rue), il monte la *rue des Marchaulx*, celle *de l'Escuyerie*, pour arriver à la rue Reculée.

Quelques années plus tard, en 1565-66, cette rue était devenue la *rue derrière la Monnoye*. C'est une dénomination que nous lui voyons conservée dans les plans de 1728, 1754, 1758.

Le Tableau des Rues et Places de la ville de Nancy, dressé sous le règne de Stanislas, et l'état de 1767 la disent *rue du Bon-Pays*. Cette dénomination lui est encore appliquée en 1789, et en l'an IV.

Les délibérations des 18 pluviôse an II et 18 fructidor an III en avaient fait déjà l'*Impasse du Bon-Pays*.

Elle était devenue impasse en 1773, lorsque la Chambre des Comptes et le Trésor des chartres furent transférés à la Monnaie. La création de la prison de la Chambre des Comptes, qu'on établit derrière la Monnaie, dans l'endroit occupé de nos jours par le pensionnat Saint-Léopold, avait nécessité sa fermeture ; de sorte qu'il restait une partie qui formait cul-de-sac sur la rue des Maréchaux, et la partie existante encore aujourd'hui, qui a conservé sa dernière dénomination.

Lionnois ne dit pas grand'chose de cette rue, et semble avoir ignoré son état primitif, et même ses dénominations antérieures :

« Avant l'établissement de la Chambre des Comptes dans l'hôtel de la Monnaie, la rue des Maréchaux communiquait à celle *du Bon-Pays* ou *derrière la Monnoie*, dans toute sa totalité. On en a fait deux impasses, à cause des prisons qu'on a établies dans ce palais, pour les jurisdiciables de la Chambre des Comptes. Mais les propriétaires ont eu la permission de bâtir sur la courtine (aujourd'hui rue de la Pépinière), et de se pratiquer de nouvelles issues à leurs maisons, qu'ils ont agrandies. »

Par suite de ces faits, la rue du Bon-Pays a perdu toute son importance, et a donné une certaine activité à la rue de la Pépinière, alors en construction. Celle-ci lui a réellement succédé.

Le bâtiment qu'on appelle, de nos jours, l'hôtel de la Monnaie était aux XVe et XVIe siècles la *Grand'Maison*, au derrière de laquelle existait alors la *rue des Escuyeries*. D'après les comptes du cellerier, *la Grand'Maison* était une sorte d'entrepôt, de magasin général, où les souverains lorrains logeaient leurs provisions de bouche, le vin, le blé, l'avoine et autres denrées, et voire même les *paiges* de Madame. Mais sur le derrière, dans la rue dite ci-devant des Escuyeries, on trouvait établi toute une ménagerie, notamment une *lyonnerie* de 1480 à 1490, puis des écuries pour les chevaux et mulets, puis une vaste chambre pour y mettre les *oiseaulx,* puis une chiennye pour les lepvriers de Monsieur.

On comprend alors comment cette rue est devenue à cette époque la *rue de l'Escuyerie.* Son vocable de *rue derrière la Monnaie* s'explique naturellement ; mais comment a-t-elle pris celui de *Bon Pays ?* Il faut admettre qu'il y avait là, dans ce cugnot, un vendant vin renommé, un *bouchon* en un mot, ayant pour enseigne : *Au bon pays.*

Si nous en croyons le même compte du cellerier, ce serait au commencement du XVIIe siècle, sous le règne du Duc Henry II, dit le bon, que la mesnagerie dont nous venons de parler, après avoir été transférée des dépendances de *la grand'maison,* dans la nouvelle *rue des Écuries,* sur la Carrière, aurait été établie vers 1619 à la *vieille Malgrange,* par ordre de Madame, qui semble avoir beaucoup affectionné *les bestes.*

Au dernier siècle, avant le prolongement de la rue de la Monnaie jusqu'à la place de Grève, la rue du Bon Pays était séparée de la rue Derrière, par une petite rue qui allait en diagonale, et faisait communiquer à la poterne du vieil-aître, et sur le bastion des Michottes. On l'appelait alors *rue de la Michotte.* Quoiqu'elle fut aussi ancienne que ces rues, on ne la trouve dénommée dans aucun rôle ; cependant elle est rappelée dans les comptes du Domaine de Nancy pour l'année 1539, où elle est dite *rue de la Poterne.*

Nous aurons occasion de revenir sur l'impasse du Bon Pays, en parlant de la rue des Mareschaulx.

BOUCHERIE (Rue de la)

De la place Saint-Epvre à la rue de la Source.

Quand il y avait deux boucheries, et avant que la rue de la boucherie ville neuve reçoive le nom de rue Raugraff, on appelait celle-ci rue de la Boucherie ville-vieille.

Cette rue a eu l'insigne honneur d'être respectée par toutes les révolutions politiques et par toutes les municipalités, si variables, qui se sont succédé à l'hôtel-de-ville.

On trouve la *rue de la Boucherie* mentionnée dans les rôles de 1551, 1565 et 1589. Ce dernier rôle accuse pour elle 25 chefs de ménage, sujets à l'impôt des trois gros par mois. Elle figure dans le plan de la Ruelle de 1611.

Son vocable a près de quatre siècles d'existence ; la Boucherie qui lui a donné son nom, ayant été construite entre elle et la rue de la Charité en 1497-1498. Tout ce qu'elle a de plus remarquable est donc l'ancienneté de sa dénomination.

Lionnois, qui s'étend assez longuement sur quelques-unes des rues de notre ville, n'attache aucune importance à celle-ci, il se contente d'en signaler l'existence, en ajoutant qu'elle est « la cinquième rue qui aboutit sur la place Saint-Epvre, et dans laquelle nous ne connaissons et ne voyons rien de particulier. » (*Essais* p. 352).

On ne peut guère s'expliquer cette réflexion de Lionnois dans les *Essais*. On la comprend dans son *Histoire*, parce qu'on trouve à la Boucherie de la ville neuve quelques documents qui auraient dû figurer dans les *Essais*, et notamment dans le chapitre consacré à la rue de la Boucherie. Lionnois ne pouvait pas dire qu'il ne les connaissait pas ; car tous les jours on affichait arrêts sur arrêts, ordonnances sur ordonnances en ce qui concernait les Corps des Bouchers, les Tueries et Boucheries, tant de la ville vieille que de la ville neuve. Le pauvre abbé, par ses révélations, craignait-il la poigne trop solide d'un membre de cette redoutable corporation, qui méprisait les ordonnances de Police, et passait la jambe sur les arrêts de la Cour de Parlement ? — Il était convenu au dernier siècle, que les manœuvres ou portefaix étaient querelleux, ivrognes et insolents ; mais on savait aussi que le corps des Bouchers était têtu, opiniâtre, malveillant, trompeur, et insoumis aux lois, arrêts et ordonnances. Les Boulangers avaient aussi leurs têtes à eux ; ils n'avaient cependant ni les mêmes droits, ni la même autorité, ni le même pouvoir que les Bouchers. S'il leur arrivait d'enfreindre certaines ordonnances, ils savaient ce qu'il leur en coûtait ; autre était la question des Bouchers dont rien, dans l'arsenal si minutieux et si complet des Règlements, ne pouvait les exposer aux mêmes ennuis que les Boulangers. Aussi, les Bouchers enfreignaient-ils journellement les

Règlements de police qui régissaient leur métier : ils étaient devenus maîtres dans l'art de tergiverser, d'éluder les ordonnances, et ils savaient s'arranger de manière à les affronter impunément : dès que la Police constatait une contravention, ils soulevaient une question de droit juridique, ou opposaient une fin de non recevoir, qui arrêtait souvent les officiers chargés d'appliquer les peines encourues. A tout instant, il fallait qne la Cour intervînt, pour rappeler aux officiers de la Police les pénalités contenues dans les Règlements antérieurs, et aux Bouchers, leurs devoirs professionnels envers le public. C'était toujours la question de la *réjouissance* ou du *rogaton,* du *par-dessus* si antipathique aux ménagères qui causait les conflits ; on avait beau interdire aux bouchers d'introduire dans les boucheries, où se débitait et se vendait la viande, les chutes de bétail telles que : têtes, foies, mous, fraises, pieds et os détachés, ceux-ci trouvaient toujours moyen de glisser sur la pesée, ou un morceau de mou, ou un morceau d'os, ou un bout de foie, etc., au grand désespoir des consommateurs. Ces sortes de chutes nommées *par-dessus,* comprises dans le commerce de la petite boucherie, devaient être débitées seulement par les fraisiers ou tripiers. Les bouchers avaient également le droit de les vendre, mais non à la pesée, seulement *au combien,* non dans les grandes Boucheries, mais soit chez eux ou partout ailleurs. Sous ce rapport, les règlements de police étaient sévères ; mais souvent les sergents de ville ne les faisaient pas respecter. En 1730, une bouchère fut condamnée à 3 fr. d'amende, pour avoir vendu un os détaché pesant une livre 14 onces, sur 21 livres et demie de viande, environ le vingtième du poids. On serait heureux aujourd'hui de n'avoir pas plus de par-dessus que le vingtième.

Nous remarquons que les bouchers voulaient vendre toute leur marchandise au poids, alors que les boulangers, obligés à la pesée, ne voulaient débiter le pain qu'au combien ; c'est ce qui explique les rigueurs de l'administration municipale, à l'égard de ces deux corporations, qui ne respectaient pas toujours les Règlements de Police, et s'inquiétaient moins encore de la santé publique, pourvu que leur intérêt individuel ne fût point lésé.

Nous ferons remarquer que chaque boulanger tenait boutique dans la maison où il exerçait sa profession. Il n'en était pas de même pour les bouchers. La surveillance de la Police n'aurait pu s'étendre sur ce corps de métier, et surtout sur la qualité et le choix des viandes dont la vente était permise, si on les avait octroyés à tenir boutique chez eux. Dans le but d'exercer une surveillance plus active et plus assidue, sur le débit des viandes, les bouchers ne pouvaient vendre que sur les étaux de la Boucherie de la Ville-Vieille, et sur ceux de la Boucherie de la Ville-Neuve ; car si on les avait laissés libres de vendre chez eux, ils auraient enfreint bien plus aisément tous les règlements. Le public était donc obligé de se rendre dans l'une des deux Boucheries, pour y faire sa provision de chair. C'est pourquoi le nom de rue de la Boucherie a été donné à celle de la ville-vieille, et à la rue Raugraff à la ville-neuve.

Le public qui voulait se nourrir de viande de vache, et de rogatons tels que : têtes, foies, mous, pieds, etc., trouvait ces qualités inférieures dans les petites boucheries (aujourd'hui rue d'Amerval), ou encore chez les bouchers qui étaient libres de faire cette vente dans leurs maisons.

L'article XIV du Titre VI du Code de Police du 24 décembre 1768 concernant les Bouchers, « Fait défenses auxdits Bouchers de comprendre, sous quelque prétexte ce puisse être, dans les ventes et distributions qu'ils font au poids, les têtes, pieds, foies ou mous, non plus qu'aucune portion d'os détachés et autres que ceux qui font naturellement partie des morceaux qu'ils distribuent, et ce à peine de cent livres d'amende pour la première fois, et de déchéance de la maîtrise, en cas de récidive. Et pour assurer d'autant mieux l'exécution du présent article, lesdits Bouchers demeurant dans l'intérieur des villes de de Nancy, ne pourront débiter que dans les Boucheries publiques ; et après la dépouille et dépècement de leurs bestiaux, ils feront, sur le champ, transporter au dehors des Boucheries sur les étaux des Tripiers, ou à tel autre lieu ils jugeront à propos lesdites têtes, pieds, foies, fraises et os détachés, ou ils pourront les vendre au *combien,* à peine de vingt livres d'amende par chacune contravention. Enjoint aux Inspecteurs, Commissaires de Police, visiteur juré, sergents et archers de Police d'y tenir maintenant la main, à peine de supporter personnellement l'amende ci-dessus.

XV. — Permet d'arrêter les paniers de viande qui sortiront des Boucheries, pour en faire la visite et pesée des viandes, sans que les acheteurs puissent s'y opposer ; et seront tenus, en cas de réquisition, de représenter auxdits Inspecteurs, Commissaires de Police, sergents et archers de Police, leurs livres de boucherie, le tout à peine de dix livres d'amende. »

Ce sont ces deux articles du Code de Police, auxquels ne voulaient pas se soumettre les bouchers, qui ont exigé maintes fois l'intervention directe de la Cour de Parlement, notamment les arrêts des 23 janvier 1772, 17 décembre 1776, 20 août 1777, 16 juin 1785, etc., etc., sans compter ceux dont nous n'avons pas retrouvé les textes.

Il faut dire que la Cour de Parlement était excessivement soucieuse de la santé publique, et qu'elle ne tolérait, sous aucune forme, tout ce qui pouvait lui nuire, soit comme qualité soit comme quantité. Les Jugements rendus pour contraventions par les officiers de Police étaient minutieusement examinés par le Procureur-Général, et frappés immédiatement d'appel, si la peine appliquée ne correspondait pas à l'importance du délit : dans ce cas, la peine prononcée à nouveau par la cour était arbitraire, et toujours plus forte qu'elle ne l'aurait été aux termes des Ordonnances de Police, si les officiers de ce siège étaient restés en principe dans l'esprit des Règlements ; il n'était donc pas de l'intérêt des contrevenants d'être ménagés par ceux-ci, en premier ressort.

Nous avons parlé plus haut de l'interdiction faite aux Bouchers de débiter, dans les Boucheries, la viande de vache. L'article VIII du Titre VI du Code de Police de 1763, portait : « Ne pourront les Bouchers des grandes Boucheries vendre ni exposer aucune *chair de vache*, à peine de trente livres d'amende et de confiscation, au profit des pauvres. Permet seulement aux Bouchers de la *Petite Boucherie*, de tuer et de débiter de la vache, en observant par eux de partager leurs étaux avec une planche au milieu, pour n'exposer d'un côté que les chairs de bœuf, veau et mouton, et de l'autre, celle de vache, sans aucun mélange, à peine, en cas de contravention, de cinquante livres d'amende. »

Les articles VI, VII, IX et X du même Titre du Code de Police, prouvent combien on était alors soucieux de la santé publique : toutes les précautions y sont prises, pour assurer qu'aucune fraude puisse se produire, quant à la qualité des animaux destinés à la Tuerie, alors rue Raugraff (on ne tuait plus à la Boucherie de la ville vieille). Les viandes foraines provenant des villages voisins : Malzéville, Maxéville, Jarville, Laxou, Essey, Dommartemont, Saint-Max, Villers et autres, n'étaient admises à la vente dans les villes et fauxbourgs de Nancy, qu'après une autorisation spéciale de la Police sur l'avis du Visiteur-Juré.

Ce qui nous semble aujourd'hui être une entrave à la liberté du commerce, était au contraire une garantie sérieuse exigée par la prudence. Ajoutons que les Bouchers de la ville ne pouvaient tuer un animal acheté le jour, ou quelques jours auparavant, au marché aux bestiaux ; ils devaient avoir un approvisionnement en bœufs, veaux, moutons de bonne qualité dans leurs étables, afin de ne livrer à la consommation que des viandes saines. Les bestiaux nouvellement achetés étaient donc soumis à une sorte de quarantaine, avant de passer de l'étable à la Tuerie.

La vente des viandes de chèvre, bouc et taureau était formellement interdite, par mesure de salubrité. Il faut tenir compte de ces restrictions, selon nous excessives, quand on songe que le commerce des bestiaux était livré à des mains peu honnêtes.

Il y avait des gens fort honnêtes qui s'y livraient et qui s'y sont enrichis.

On était très soucieux autrefois pour tout ce qui concernait l'alimentation. M. H. Lepage a relevé, dans les registres des jugements rendus en la Chambre du Conseil de la Ville de Nancy, quelques condamnations pour infractions aux règlements, qui démontrent le soin avec lequel on veillait sur la qualité des comestibles.

Le 14 avril 1731, amende contre un cosson pour avoir exposé en vente sur la place publique un blaireau, « qui a été reconnu pour viande non manducable. »

En 1623, amende de 40 fr., pour vente de vin nouveau pendant le mois d'octobre. — 1637, amende de 10 fr., pour vente de viande corrompue. — 1674, amende de 3 fr. contre une poissonnière, pour avoir été reprise avec du poisson corrompu sur son étal au jour du marché. — 1694, sur la représentation faite à la chambre que

« par une mutinerie formelle, désobéissance et monopole, »
les bouchers ont entrepris de ne point suivre la dernière
taxe de viande, et quoiqu'ils aient été avertis de fournir
leurs étaux et servir le public, les portes des boucheries de
l'une et l'autre ville se trouvent fermées ; la chambre les
a condamnés chacun en 25 fr. d'amende, solidairement et
par corps, et les maîtres jurés de la maîtrise à tenir prison
pendant huit jours. — 1699, amende de 7 fr. contre des
cossons, et à la confiscation de trois canards privés, vendus
par eux pour des sauvages. — 1713, amende de 25 fr.
contre un laboureur, pour avoir exposé à la halle un sac,
dont le commencement était orge et le fond de l'avoine.
— 1744, amende de 50 fr. contre un boucher pour avoir
amené sur le ban de Nancy des bêtes infestées de la maladie contagieuse (H. Lepage, *Archives* t. III, p. 234 et s.).

Revenons aux bouchers, et disons que, dans la seconde
partie du dernier siècle, ce corps avait acquis une certaine
autorité et méprisait assez volontiers les ordonnances de
police le concernant. C'est ainsi qu'en 1768, ne voulant,
en aucune façon, se soumettre aux anciens règlements,
vingt-sept maîtres de la corporation donnèrent leur démis-
sion, entre les mains du lieutenant général de police. Une
telle mutinerie ne pouvait passer inaperçue ; ces vingt-sept
maîtres composaient la presque totalité de la communauté.

La Cour souveraine en fut touchée, le 20 juin, et rendit
un arrêt, par lequel elle permit à tous les sujets du Roi,
même aux Juifs, au nombre de douze seulement, domiciliés sous le ressort de la Cour et dans la province des
Trois Évéchés, d'exercer publiquement dans la ville de
Nancy, la profession de boucher, d'y tuer, vendre et distribuer des viandes, en se conformant aux règlements et
ordonnances de police ; en même temps, elle autorisa les
bouchers des faubourgs de Nancy et ceux des villages de
Malzéville, Maxéville, Laxou, Jarville, Essey, Dommartemont et Villers de tuer, apporter et vendre en ladite ville
pendant trois mois des viandes de bonne qualité de bœuf,
vache, veau et mouton. En outre, elle enjoignit aux
maîtres bouchers démissionnaires, sous peine de punition
exemplaire, de continuer nonobstant leurs démissions, à
approvisionner de bonnes viandes ladite ville, d'en avoir
leurs étaux fournis, conformément aux ordonnances de
police jusqu'à ce qu'il leur soit permis de se retirer.

Devant une attitude aussi ferme, la plupart des récalcitrants retirèrent leurs démissions et continuèrent leur profession ; mais ce ne fut que pour mécontenter et faire souffrir davantage le public, dit l'exposé d'un arrêt de la Cour souveraine, intervenu le 23 janvier 1772. « Au lieu de séparer de la distribution des viandes qui se fait au poids, les parties qui ne doivent pas y être comprises, suivant la disposition de l'article XIV du titre VI du Code de Police, ils affectent publiquement, et d'un commun accord, de faire entrer dans les pesées de viandes ces parties que le même article leur prescrit de transporter hors des boucheries ; les murmures, les plaintes, les refus même des acheteurs sont inutiles ; la vigilance et les soins des préposés de la Police ne peuvent pas plus y remédier ; les amendes auxquelles ces bouchers sont condamnés sans cesse, ne peuvent les contenir. Ce désordre vient d'être constaté tout récemment, par des procès-verbaux qui ont été mis sous les yeux de la Cour. La rumeur publique les charge encore, du moins la plupart, de bien d'autres abus dans l'exercice de leur profession, qui sont tous autant de fautes et d'éxactions commises envers les citoyens, et très préjudiciables à leurs intérêts ; ces fraudes, ces exactions ne peuvent pas être réprimées par de simples amendes qui n'intimident point les coupables ; ils connaissent les règlements qui les concernent ; mais la licence est portée à un tel excès, qu'ils la méprisent, s'étant rendus maîtres du prix, comme de la distribution de la viande qu'ils donnent ou refusent à leur gré. Il faut donc des punitions exemplaires ; il faut des peines rigoureuses, pour opposer à un mal si violent... »

La Cour faisant droit sur les réquisitions du procureur-général, ajoutant aux peines portées par l'art. XIV titre VI du règlement de police, ordonne qu'au pardelà de l'amende de cent livres prononcée par icelui, les contrevenants seront condamnés par les Officiers de Police, pour la première fois, à tenir prison pendant un mois ; pour la seconde fois, à tenir prison pendant trois mois ; et qu'arrivant une troisième récidive, il sera procédé extraordinairement par le Bailliage de Nancy contre les délinquants, pour être iceux punis suivant les circonstances.

Malgré les sévérités de cet arrêt, les bouchers trouvèrent encore moyen en 1776 et en 1777, d'éluder les règlements de police ; mais il faut dire aussi que la faute en revenait aux Officiers de police, qui ne prononçaient pas contre eux les peines corporelles ci-dessus, et qui n'appliquaient, dans tous les cas, que l'amende de cent livres. Il fallut que la Cour intervînt encore le 17 décembre 1776 et le 20 août 1777, pour faire respecter ses arrêts par les officiers du siège de la Police, sans que ceux-ci puissent en aucun cas et sous aucun prétexte, modérer les peines édictées par les arrêts des règlements.

BOURGEOIS (Rue du haut)

De la Grande-Rue au cours Léopold.

Le plan de D. Calmet la dénomme, en 1728, *rue du Haut-Bourgeois*. C'est cette dernière dénomination qui a prévalu au dernier siècle, et que celui-ci lui a restituée à la Restauration. Le Conseil général de la commune décida, par sa délibération du 17 septembre 1791, que dorénavant elle s'appellerait *rue de l'Égalité*. Ce nom lui est resté jusqu'en 1814.

Nous ferons remarquer qu'avant son ouverture sur le cours Léopold, elle tournait sur la rue actuelle des Loups, et quelquefois on a attribué son nom à une partie de cette dernière rue.

A propos de la délibération du 17 septembre 1791, F.-Ch. Callot écrivait dans sa manifestation, p. 6 :

« Tant qu'un homme aura sur un autre les avantages physiques ou moraux, il lui sera supérieur. Ainsi, l'Assemblée nationale, en décrétant la liberté et les droits de l'homme, a agi avec bien de l'inconséquence, en faisant distinction de celui qui paie la taxe du citoyen actif, d'avec l'honnête journalier qui abrège la nuit, pour travailler et servir le public ; celui-ci, toujours humble et méprisé, n'aura donc pas le droit de nommer le ministre de sa religion et le juge de sa fortune ; et l'homme plus aisé que lui sera admis à lui donner des maîtres. Contradiction évidente dans la législation...! Absurde égalité...! Ridicule chimère...! Par conséquent, risible substitution de ce nom de *choses !* »

Les Notables de la commune auraient pu s'épargner

cette critique, en transformant le mot *Bourgeois* en *Bourget*, qui était autrefois sa véritable acception. Nous avons dit ailleurs que le territoire qui séparait Nancy du village Saint-Dizier, et sur lequel était élevé le prioré de Notre-Dame, avait été divisé en deux parties nommées le grand ou le haut Bourget, et le petit Bourget. On trouve relativement peu de mention du grand Bourget; mais, entre grand et hault, il n'y a pas une différence telle qu'il faille la discuter.

Le rôle de 1551 place la *rue du hault Bourget* au-dessus de l'ancienne église Notre-Dame, c'est à dire vers l'arsenal, et il dit que la *rue du Petit Bourget* commence à *la porte de la Craffe* (V. *Journal soc. arch. Lorr.*, 2ᵉ année, p. 139 et s.). Il est fort probable qu'au XVIᵉ siècle, ces deux rues n'étaient pas tracées dans le sens qu'elles ont aujourd'hui, ce que déjà nous révèle le plan de 1611. De 1551 à 1611, ce quartier a dû subir de nombreuses transformations, par suite de l'augmentation des anciennes fortifications, de la construction de la citadelle, et de l'arsenal.

La *rue du Haut-Bourgeois* actuelle, en recevant jadis la dénomination de *rue du haut Bourget* n'a fait que rappeler l'ancienne rue ou quartier qui avait nom *le hault Bourget*. Il suffit de se reporter au rôle des habitants de Nancy de 1551, pour être convaincu que, s'il y a similitude de nom entre la rue actuelle et la rue de 1551, il n'y a pas identité d'emplacement et de limite; évidemment, la rue du haut Bourgeois, telle que nous la connaissons, ne pouvait contenir les habitants contribuables qui sont indiqués dans le rôle de 1551. Ajoutons que le 5ᵉ contribuable qui apparaît dans cette *rue du hault Bourget* est le « prieur de Nostre-Dame ». Or, ce prieur n'habitait pas la rue actuelle du haut Bourgeois, mais bien une maison voisine de l'église paroissiale. On compte environ 110 habitants contribuables dans ce quartier, presque tous chefs de famille; mais à côté d'eux, il y avait à tenir compte des nobles exempts de droit de toutes impositions; quand ils n'auraient été que trois ou quatre, ils occupaient des maisons plus spacieuses que celles du commun peuple.

Celle dite la *rue du petit Bourget, commençant à la porte de la Craffe,* ne comprenait pas, comme l'a cru M. H. Lepage, la *rue du Petit-Bourgeois* actuelle et seulement quelques maisons de la Grande-Rue; mais bien toute la

Grande-Rue, jusqu'aux Cordeliers et environ jusque vers la rue Saint-Michel, peut-être même jusqu'à la rue de la Cour. Aussi, M. Lepage a eu le tort de croire que la *rue de la Boudière* de 1551 allait de la Porte Saint-Nicolas ancienne (place Vaudémont) à la *rue du Petit-Bourgeois* actuelle ; car le rôle de 1551, décèle l'existence dans la rue du petit Bourget, en y comprenant les veuves, de 120 à 140 contribuables chefs de famille, tandis qu'on n'en trouve environ que 90 dans la rue de la Boudière.

Encore une fois, nous dirons que si le nom de *Petit-Bourget* a été donné à la rue du Petit-Bourgeois de nos jours, ce n'a été qu'au point de vue historique, pour conserver le souvenir de cet ancien quartier, qui avait alors plus d'étendue que n'en a cet étroit passage composé seulement de derrières de maisons.

Nous allons essayer d'expliquer en quelques mots, comment des haut et petit *Bourgets*, on a fait les haut et petit *Bourgeois*.

Nous avons dit plus haut que, dans les almanachs du commencement du XVIIIe siècle, notamment dans celui de 1703, le mot Bourget était encore respecté ; mais si nous considérons les personnages qui y habitaient, nous y remarquons : le baron de Mahuet de Leucourt, secrétaire d'État ; Mahuet de Saulcy, premier président de la cour souveraine, et Claude d'Hoffelize, conseiller de Robe ; un peu plus tard, nous y trouvons avec ceux-ci des Ferrari, des Désarmoises, le grand louvetier de Curel, etc. ; en sorte que toute la haute bourgeoisie de Nancy s'y trouvait réunie. Or, il n'a pas été difficile au peuple de traduire le mot *Bourget* en *Bourgeois*, cette appellation répondait mieux d'ailleurs au sens qu'il voulait y attacher.

Si nous consultons Lionnois *(Histoire*, I, p. 363) et si nous comparons ce qu'il nous dit sur les haut et petit Bourgets aux rôles du XVIe siècle, nous acquerrons la preuve qu'il s'agit plutôt de deux quartiers que de deux rues.

« Les *haut et petit Bourgets* étaient autrefois connus sous la seule dénomination de Bourget, que l'on a divisés ensuite en *haut* et *petit*, soit parce que l'un était plus élevé que l'autre, ou qu'une partie eut des habitants plus riches que l'autre. Dans l'origine, ce mot ne signifiait que *Petit Bourg*, par comparaison avec celui de Saint-Dizier, plus considérable. Depuis que les Bourgets furent renfermés dans la ville, on les appela *Boujots*, et le peuple nomme encore les deux rues de ce nom, *haut* et *petit Boujots*. On a cru bien faire en francisant leurs noms én *haut* et *petit Bourgeois ;* mais on a fait oublier leur étymologie. »

D'après les rôles de 1551, 1565 et 1589, la rue du hault Bourget comprenait au moins l'espace compris depuis l'église Notre-Dame jusqu'à l'extrémité de la rue Braconnot, et dans ce quartier figurait la rue du Bordel (V. rue du Petit-Bourgeois).

La marche des contrôleurs ne laisse aucun doute à cet égard. Après avoir descendu la rue du Four sacré (rues Saint-Epvre et Saint-Michel), ils remontaient la rue Nostre-Dame (des États), pénétraient dans le hault Bourget, pour arriver directement sur la Neuve-Rue, ancienne impasse de l'Opéra (V. rue de la Gendarmerie). Pour se retrouver dans les rues du vieux Nancy et déterminer leur emplacement, il est nécessaire d'étudier avant tout la marche des contrôleurs. C'est le guide le plus sûr, pour fixer les anciennes dénominations des rues de notre ville. On verra qu'en suivant cette méthode, nous sommes arrivé à une presque exactitude ; car il faut le dire, dans ces anciens rôles on n'y indiquait pas spécialement toutes les petites rues et ruelles qui se trouvaient comprises par les contrôleurs d'une manière générale, dans une des grandes voies auxquelles elles se rattachaient.

Lionnois ne paraît avoir attaché aucune importance à l'exactitude de la marche des contrôleurs de 1565. Il donne bien une nomenclature des rues, mais une nomenclature fantaisiste, qu'il a arrangée à sa façon, avec laquelle nous ne pouvons pas nous guider, quoique nous nous reconnaissions très bien dans les vieilles rues du Vieux Nancy, avec les rôles de 1551 et de 1589. Nous disons plus, c'est qu'il est absolument impossible que les contrôleurs de 1565 aient pu suivre le tracé que leur impose Lionnois ; eux-mêmes ne se seraient pas reconnus dans Nancy, tant il leur fait faire des sauts de cabri.

La *rue du haut Bourgeois* telle que nous la connaissons, n'a aucune ressemblance avec le *hault Bourget* du XVIe siècle, ni même avec celui de 1611 ; elle n'était alors composée que d'humbles maisons d'artisans, tandis qu'aujourd'hui ses deux façades sont remplies de maisons seigneu-

riales dont la construction n'est pas antérieure au XVIIe
siècle ; plusieurs, tels que l'hôtel de Vioménil, n° 29,
l'hôtel Dupont, n° 27, l'hôtel de Fontenoy, n° 4, etc.,
sont du XVIIIe siècle, ou ont été réédifiés dans le courant
du siècle dernier.

« La rue du haut Bourgeois, dit Lionnois, est une des
mieux bâties de la Ville-Vieille. On y remarque l'hôtel de
Vitrimont, bâti par P. Georges de Vitrimont et la Dame
des Armoises, son épouse, sur les dessins de Boffrand. A
côté est l'hôtel de Mahuet, aujourd'hui à M. de Ferrary,
plus ancien, mais d'une grande étendue et réparé à la moderne ; la maison qui en est voisine, qui a les armes de
Voillot, a un ordre d'architecture singulier ; le petit hôtel
des Armoises, et celui de Rozières, bâti à neuf, terminent
le côté septentrional de cette rue ; et tous ces hôtels ont
l'avantage peu commun à la Ville-Vieille, d'avoir un jardin
contigu. Au côté méridional, on distingue le superbe
hôtel de Ferrary, encore bâti sur les dessins de Boffrand,
aujourd'hui à M. le baron de Vioménil ; et à côté, celui
de M. Dupont, dans le milieu, celui de Champel. Il y a
de plus, dans les autres maisons, quelques-unes d'une belle
apparence et fort commodes. » *(Histoire,* I, p. 356. V. aussi
Essais, p. 380.)

Dans le courant de ce siècle, elle n'a guère subi de
transformations, si ce n'est dans la partie supérieure, qui
communique de l'extrémité de la rue des Loups au Cours
Léopold.

BOURGEOIS (Rue du Petit-)

De la Grande-Rue à la rue des Loups.
(V. rue du haut Bourgeois).
Les plans de 1728 et de 1752 la dénomment *rue au Borde.*
A partir de 1754, elle devient *rue du Petit Bourgeois,* jusqu'à
la délibération du 17 septembre 1791, qui lui donna le
nom de *Petite rue Saint Pierre.*

C'est à propos de ce nouveau vocable, que F.-Ch. Callot
s'écrie dans sa *Manifestation,* p. 7:

« Fine et délicieuse antithèse ! quand le plus petit bourgeois Français est plus que le Roi des Français, quelle

maligne et modeste épigramme, de substituer au nom de tous ces petits Bourgeois, le nom œcuménique du chef des apôtres, le premier vicaire de Jésus-Christ, le souverain de Rome ! »

Nous ne comprenons pas comment M. H. Lepage, en dressant dans ses *Transformations* de Nancy, le tableau des rues ayant porté des noms révolutionnaires, ait fait de la *rue du Petit Bourgeois* et de la *Petite rue Saint Pierre* deux rues distinctes, et qu'il ait porté un point d'interrogation à la suite de ce dernier vocable, comme pour demander où elle était située.

La délibération du 13 pluviose, an II, la nomme *rue de l'Espérance*. Le petit almanach de Nancy pour la 3e année de la République, l'apelle *rue Loke ;* par la délibération du 18 fructidor an III, elle redevient *rue de l'Espérance*.

Les plans de 1817 et de 1835 la dénomment *petite rue Saint-Pierre*. Ceux de 1822 et de 1837 l'indiquent *rue du Petit Bourgeois*, dénomination officielle constatée par le Tableau du 31 décembre 1839.

De même que sa sœur, dite du haut-Bourgeois, elle a plusieurs fois anticipé sur la rue des Loups ; c'est pourquoi on l'a souvent appelée aussi *petite rue du haut-Bourgeois ;* nous ne croyons pas que cette dénomination ait eu à son égard un caractère officiel. (V. rue des Loups.)

L'état des maisons de 1767, lui fait l'honneur d'empiéter sur la rue des Loups, et place l'hôtel de Curel dans la *rue du Petit Bourgeois*, ainsi que *l'arsenal* et *l'Église paroissiale de Notre Dame*.

En observant la marche du recenseur de 1767, la rue du Petit Bourgeois n'était pas encore ce qu'elle est de nos jours, et ni ce qu'elle était au XVIe siècle.

Dans des notes que nous avons prises, sur des extraits des comptes du Domaine de Nancy et du Cellerier, qu'a bien voulu nous communiquer M. H. Lepage, nous avons constaté pour les cens dûs à l'hôpital Saint-Julien, ceux qui étaient assis sur les maisons suivantes en l'année 1538 :

« Maison de Mathis le brigomdinier séant on *Petit-Bourget*, entre messire Daniel Regnart et *la Neuve Rue* » ; c'est à dire sur la Grande Rue en allant derrière les Cordeliers (V. rue de la Gendarmerie.)

« Maison au bout de la *rue du Bordel* », c'est le nom donné à la rue du Petit Bourgeois que D. Calmet qualifie encore de *rue au Borde*.

« Maison on *petit Bourget*, entre la *ruelle du Bordel* et la maison que fut à Jehanne Bazin, faisant le quanton de ladite *rue du Bordel*, du *hault Bourget* d'autre part. »

La rue actuelle du Petit Bourgeois paraît donc n'avoir été, à cette époque, qu'une très pauvre petite ruelle dépendante du grand ou du petit Bourget.

Dans une distribution d'aumônes faite aux pauvres en 1587, le comptable « fait despense de 34 fr. 9 gr., qu'il a délivrés à Nicolas Darbois, distributeur pour les *rues du petit et hault Bourget* aux pauvres d'icelles (1). »

En 1589, le *hault Bourget* comptait 117 habitants (chefs de ménage).

La *rue du Petit Bourget* commençant à la porte de la Craffe en comptait 137.

La *rue de la Boudière*, 88.

En 1611, le quartier des Bourgets était déjà transformé et embelli, mais le plan de La Ruelle est loin de nous donner l'aspect qu'il pouvait avoir au milieu du XVIᵉ siècle, avant l'établissement des nouvelles fortifications.

Par exemple, nous remarquons, à l'extrémité des rues du Petit et du haut Bourgeois, une sorte de petite place au milieu de laquelle coule la fontaine Sorrette, et nous nous demandons, si la maison qui termine là ce pâté n'était pas celle « que fut à Jehanne *Bazin*, faisant le quanton de la *rue du Bordel*, avec celle du *hault Bourget ?* » Oh ! alors nous mettrions la main sur la *rue Bazin*, et nous dirions : la *rue Bazin* n'était pas la *rue de l'Opéra ;* c'était la *rue du Bordel*, maintenant la *rue du Petit Bourgeois*.

Sur cette place s'est élevée, à la fin du XVIIᵉ siècle, une maison presque monumentale, qui porte, de nos jours, le n° 139 de la Grande Rue. Nous avons dit ailleurs (V. nos Promenades historiques) ce qu'elle avait été. Elle était connue au dernier siècle sous le nom de *Luxembourg*, à cause de l'enseigne qui y pendait, quoique réellement elle n'ait pas été à proprement dire une auberge, — du moins nous n'en savons rien.

Cette maison peu remarquable dans son ensemble, l'est

(1) Ces deux rues qui formaient un quartier paraissent avoir été occupées par un grand nombre de pauvres. Sur les quatre quartiers dont se composait alors la Ville-Vieille, celui-ci qui est le premier, passe le second pour la dépense.

cependant, dans quelques détails. On y voit au dessus de la porte d'entrée un écusson qui a été soigneusement gratté en 1791 ; on y voit aussi, à l'angle sur la rue du haut Bourgeois, une statue de Vierge, placée dans une niche parfaitement ordonnée, de grandeur naturelle. Au dessous du piédouche qui la supporte, est accolé un écusson, gratté non moins soigneusement que celui qui surmonte la porte d'entrée donnant sur la Grande-Rue. Bien souvent, nous nous sommes demandé quelles pouvaient être les armes gravées en relief sur ces écussons. En fouillant Lionnois, nous l'avons appris.

« Près de la porte Notre-Dame, à l'angle formé par le côté de ladite porte, dans la direction de la Grande Rue, et les neuves maisons de cette rue, on a placé la fontaine nommée *Sorrette* au n° 43 du plan de La Ruelle, et qui était autrefois à l'angle opposé, près de la maison qui a pour n° 159, *où sont à l'angle les armes du Duc François, père de Charles IV.* » (*Essais*, p. 381.)

Le n° 159 de 1779 avait remplacé le n° 104 de 1767, lequel devint 166 sous la Révolution ; nous ignorons celui de 1816 à 1841, maintenant c'est 139.

Cherchez donc à retrouver une maison dans un tel imbroglio, quand vous n'avez pas la clef du numérotage usité ce jour là.

BRACONNOT (Rue)

De la grande Rue à la place Boffrand, appelée antérieurement cour des Ecuries de l'Opéra.

C'est avec énergie que nous protestons ici contre un tel vocable, que rien ne justifiait.

Braconnot était certainement un savant, un chercheur, un observateur, un bon homme au fond, un peu original, soit dit en passant ; mais il fallait ne pas céder à un excès d'enthousiasme dont feu P.-G. Dumast était si prodigue dans ses écrits. D'autres hommes méritants, d'autres célébrités nancéiennes qui ont bien valu, si ce n'est plus, Braconnot, sont encore à attendre que la Ville reconnaisse leurs véritables bienfaits. Quand ce ne serait que Charles Bagard ; quand ce ne serait que Jean-François

Coste ; quand ce ne serait que *Louis Valentin*, l'introduc-
teur de la vaccine dans notre département. Et puis, il faut
le dire, à part la science, à part tout le savoir d'un homme,
nous méprisons souverainement la question des écus. Eh
bien, c'est avec un sac d'écus qu'on a fait de la *rue de l'O-
péra* la *rue Braconnot*.

Il faut savoir distinguer entre un véritable bienfaiteur et
un donateur. On peut être bienfaiteur sans être pour cela
donateur ; tels : Bagard, Coste, Louis Valentin. Quand on
est donateur, on devient, sans mérite, bienfaiteur contraint
et forcé.

Nous avons émis sur cette question toute notre opinion,
dans nos *Promenades historiques à travers les rues de Nancy*.
Par conséquent, l'incident est clos.

Puisque nous venons de citer nos *Promenades historiques*,
nous devons rectifier ici une erreur typographique qui s'est
glissée à la page 256. Notre manuscrit portait la date du
13 *janvier* 1855, comme celle du décès de Braconnot. On a
imprimé 13 *juin* 1855.

L'Espérance du 14 janvier 1855 écrivait :

« Hier est mort dans notre ville, à l'âge de 75 ans,
M. Henri Braconnot, ancien professeur d'histoire naturelle et directeur du jardin des plantes de Nancy, correspondant de l'Institut de France, chevalier de la Légion
d'honneur. M. Braconnot, dont les connaissances chimiques
sont appréciées de toute l'Europe et dont le nom figure
sur la liste de presque toutes les Sociétés savantes, était
né à Commercy le 29 mai 1780. »

De son côté, *la Meurthe* du même jour annonçait ainsi
sa mort :

« M. Henri Braconnot, chimiste, correspondant de l'Institut, chevalier de la Légion d'honneur et membre de plusieurs académies savantes, nationales et étrangères, vient
de décéder à Nancy le 13 janvier 1855, dans sa soixante-
dixième année. »

Le bulletin de l'*État civil*, publié tous les huit jours, le
fait mourir le 14 janvier 1855 à l'âge de 72 ans.

Ailleurs nous lisons :

« L'honorable et regrettable M. Braconnot, dont la réputation était immense parmi tous les corps scientifiques, a
constitué la ville de Nancy sa légataire universelle, lui
laissant sa fortune et sa bibliothèque, sous la seule condi-

tion d'une rente viagère de 3000 fr. à sa cousine et de 300 fr. à sa domestique. » (*Meurthe*, 16 janvier 1855.)

On n'a et l'on ne peut avoir sur la rue Braconnot, quoi qu'en disent Lionnois et Lepage, que des données très incertaines sur son origine.

Nous avons sous yeux le plan de 1611 ; incontestablement, la rue Braconnot existe telle, ou à peu près telle ; mais, si nous prenons en main tous les plans du XVIIᵉ siècle, qui ont suivi celui-ci, et si nous recourons à ceux du XVIIIᵉ, la partie septentrionale a dix fois changé d'aspect. Jetons un coup d'œil sur les façades qui semblent s'appuyer contre les vieilles fortifications de la citadelle. Elles sont relativement récentes ; leur style architectural nous démontre qu'elles sont de la fin du XVIIIᵉ siècle ; la maison nº 17, dans laquelle est mort l'historien de Nancy, l'abbé Lionnois, porte le millésime de 1770 ; cependant le plan de Dom Calmet indique, dans sa légende, sous le renvoi 117 : « Bastiment entre la ville-vieille et la citadelle. » Mais il est très supposable, que ces bâtiments ont été détruits, pour édifier les facades nouvelles à une époque postérieure. Les maisons que Belprey a dessinées sur son plan de 1754, n'ont aucune ressemblance avec les bâtiments actuels. Nous remarquons aussi qu'il faut arriver jusqu'au plan de Mique, pour trouver la dénomination de cette rue. Les plans de 1728, 1752, 1754 et 1758 sont muets à cet égard, alors qu'ils indiquent les vocables de rues moins importantes.

Du côté méridional, les maisons nº 2 et celles comprises entre la rue de la gendarmerie et les écuries Boffrant ont été également construites à la fin du dernier siècle. Nous en sommes certain pour la maison nº 2, qui, depuis plus d'un siècle, a pour enseigne : *à la Ville de Luxembourg.*

Tout nous dit que les maisons qui existaient au septentrion, dans cette rue en 1611, ont été rasées après 1633. Il a bien fallu les raser, pour établir ce large fossé qui séparait alors la Ville-Vieille de la citadelle, dans la largeur comprise entre ce document incontestable, le *fer à cheval* qui est à l'extrémité de la grande rue et la *porte de la Craffe.* (V. les plans du XVIIIᵉ siècle.)

Tout nous dit que la rue Braconnot est non-seulement l'une des plus anciennes de la Ville-Vieille, mais aussi l'une de celles qui ont subi le plus de transformations.

Si nous demandons à Lionnois son avis, sa réponse est loin de nous satisfaire, et il n'élucide en aucune façon la question que nous posons. Au contraire, il détruit, dans son *Histoire*, ce qu'il affirmait être vrai dans ses *Essais*. Ecoutons-le et comparons ses deux versions :

« On a fait depuis peu le côté de la *rue de l'Opéra*, qui est sur les fossés de la citadelle, et on y a construit de très belles maisons. Cette rue qui est dans la direction de celle du haut Bourgeois, de l'autre côté de la Porte Notre-Dame, aboutit au fer-à-cheval qui sert d'entrée à la Pépinière, et n'a cette dénomination que, depuis que Léopold a fait construire derrière son Palais, la belle salle d'opéra dont on a fait une salle de comédie, que l'on a convertie ensuite en magasin de bleds, dit *le Quartier neuf*, comme nous le disons ailleurs. Nous croyons que c'était la *rue Bazin*, qui est la seule rapportée dans les anciens comptes des deniers levés sur les conduits, ou maisons de Nancy, dont nous n'avons pu trouver la preuve par titres certains. Comme on la nomme avec la *rue derrière les Cordeliers*, qui a son débouché sur cette rue, et où il n'y a rien de remarquable, nous ne croyons pas nous tromper, en lui attribuant cette dénomination. » (*Essais*, p. 380.)

Nous ouvrons maintenant le t. Ier de son *Histoire*, p. 356, et nous y lisons :

« On a construit depuis peu sur les fossés de la citadelle, en la *rue de l'Opéra*, des maisons uniformes qui ornent son côté septentrional. Cette rue opposée à celle du haut Bourgeois, au côté oriental de la Porte Notre-Dame, est voisine du fer-à-cheval, qui sert d'entrée à la Pépinière, et tire son nom de la belle salle d'Opéra, que Léopold avait fait construire derrière son palais, convertie d'abord en une salle de comédie, puis en un magasin à blé, et enfin en un corps de casernes pour les soldats, dit le *Quartier neuf*. C'était anciennement la *rue Bazin*, la seule qu'on ne trouve pas (*sic*) sur les anciens comptes, mais nommée ailleurs avec la *rue derrière les Cordeliers*, qui y a son débouché, formant une impasse, sans avoir rien de remarquable que des maisons fort antiques. »

Sans entrer dans les petites questions de détail qui frappent dans ses deux versions, nous nous demandons comment le méticuleux abbé Lionnois a cru pouvoir affirmer, dans ses *Essais*, que la rue de l'Opéra avait eu autrefois nom rue *Bazin* « qui est la seule rapportée (*sic*) dans les anciens comptes des deniers levés sur les conduits, ou maisons de Nancy, dont nous n'avons pu trouver la preuve par titres certains ; » quand, dans son *Histoire*, il constate que la *rue Bazin* est « la seule qu'on ne trouve pas sur les anciens comptes » (*sic*). Alors, où est-il allé cherché ce vocable ? Sur quoi repose sa première assertion ? Nous sommes bien convaincu qu'il ne l'a pas imaginé ; mais au moins aurait-il dû indiquer où il l'avait pris. Il lui aurait été bien difficile, croyons-nous, de se procurer d'anciens titres ; car les maisons construites, d'abord sous le règne de Léopold, n'ont dû s'élever que sur des terrains ascencés par le Domaine et probablement à titre de tolérance, et elles n'ont dû devenir effectivement propriétés particulières, qu'après la réunion de la Lorraine à la France.

. Nous aussi, nous avons rencontré dans nos recherches, des vocables étrangers, et nous pourrions, de même que Lionnois, leur affecter un emplacement problématique ; par exemple : nous savons qu'il y a eu, à Nancy, une *rue de la grande Tour*, une *rue des Tanneurs*, une *place du Change* autre que la place des Dames ; mais nous nous gardons bien d'en parler, car nous ne savons où elles étaient situées. On trouve bien des choses dans les comptes des receveurs, nous y avons vu mentionnée une *porte rouge*. Il est question aussi d'un *jeu de Paulme*, dans la rue saint Michel, et d'un autre, dans la Neuve Rue. Ce ne sont pas là des indications suffisantes, et il est mauvais, croyons-nous, de dire, sur un ton affirmatif, quand on n'en a pas de preuve, telle chose était là. Qu'on émette une opinion qu'on s'était faite sur des suppositions, rien de mieux. Une idée avancée permet à de plus habiles de découvrir la vérité ; mais il ne faut jamais clore le débat et dire : telle chose était, quand telle chose n'était pas réellement.

Plus on parcourt Lionnois, plus on y trouve de choses surprenantes. Nous avons parlé, dans notre introduction, d'une *rue Willaume Bazin*. Celle-ci a certainement beaucoup de rapprochement avec la « maison que fut à Jehanne Bazin formant le quanton de la rue du Bordel avec celle du hault Bourget ». Il s'agit ici d'un cens dû à l'hôpital Saint-Julien en 1538. Lionnois, dans son Histoire, t. Ier,

p. 377, nous fait une révélation non moins curieuse, se rattachant également à la *rue Bazin*.

« Près de la *porte la Craffe*, dit-il, qui, depuis a été appelée *porte Notre-Dame*, et sur les fossés de la ville (*sic*), avant que Christine de Danemarck renfermât dans la ville les Bourgets, était le Pressoir l'argentier, qui subsistait encore en 1502, selon un compte de l'hôpital Saint-Julien, par lequel il conste que les hoirs de *Willam Bazin* doivent 13 sacs 4 deniers, sur deux maisons, et encore sur un meix *séantz sur les fossés dudit Nancy, à la Porte la Craffe* où est le chaulcheu l'argentier (le pressoir). »

En 1502, les tours de la Craffe étaient construites ; le pressoir l'argentier se trouvait donc en dehors des murs de la nouvelle enceinte, c'est-à-dire dans la citadelle actuelle, et non comme l'a pensé Lionnois, sous toute réserve, dans la rue de l'Opéra, où il place à peu près la rue Bazin.

La rue Braconnot est évidemment ancienne ; elle figure dans les plans de 1611 et de 1617 ; mais qu'est-elle devenue aussi après 1633 ? Elle a subi bien des métamorphoses, elle a souvent été bouleversée, ainsi que la rue du haut Bourgeois, pour la défense de la citadelle ; on a rasé les maisons que nous voyons figurer dans ces deux rues, sur les plans de 1611 et 1617 ; on les a reconstruites ; on a démoli encore celles de la rue Braconnot, pour ne les reconstruire à la moderne, qu'à la fin du dernier siècle, quand la France avait la paisible jouissance de Nancy.

Nous avons dit, en parlant de la rue du haut Bourgeois, que la rue Braconnot actuelle était comprise, au XVIe siècle, dans le hault Bourget. Reste à savoir ce qu'elle était et quel nom elle portait au XVIIe siècle, avant l'occupation de la citadelle par les troupes françaises. En tout cas, elle se rattachait par des liens très étroits à la rue du haut Bourgeois et à la rue de la gendarmerie. Sans être peut-être elle-même une personnalité, en tant que rue, elle subissait toutefois l'influence de l'une ou de l'autre.

Les plus anciens titres que nous avons pu nous procurer sur la rue Braconnot, remontent seulement au 22 septembre 1747 et au 24 janvier 1752. Tous deux sont reçus par Me Tranchot, tabellion général de Lorraine. L'hôtellerie de *la ville de Luxembourg*, vendue en deux fois, est dite dans le premier titre : « une maison située à Nancy, ville vieille, près la porte Notre-Dame, faisant le coin de la grande Rue et de celle qui conduit à l'Opéra. » Dans le deuxième titre, concernant la seconde partie et où pendait l'enseigne de l'auberge : « une maison scituée à Nancy, ville vieille, rue de l'opéra. » Les actes antérieurs disent simplement que les Srs Pommyer, frères, les tenaient de leur ancien. Ces mots *leur ancien* signifient aussi bien leur père que leur aïeul. Nous ferons remarquer, rien qu'à cause du droit d'enseigne contenu dans l'acte du 24 janvier 1752, que les titres devaient être conservés précieusement par les nouveaux acquéreurs. Nous nous trouvons bloqué ici par la vaine formule : « Depuis un temps immémorial et plus que suffisant pour prescrire. » On disait jadis « provenant de leur ancien ». En somme, la formule est même.

Il nous semble que c'est improprement que la rue Braconnot fut appelée, au dernier siècle, *rue de l'Opéra ;* elle ne conduisait pas précisément à l'Opéra, comme le dit l'acte Tranchot du 22 septembre 1747 ; la rue qui y conduisait directement était celle dite des Cordeliers. Maintenant un mot sur l'*Opéra*. Sa situation était à peu près celle qu'occupe de nos jours la nouvelle gendarmerie, c'est à dire entre la porte Saint-Louis, détruite en 1661, et la poterne de la Cour qui se trouvait à l'extrémité de la ruelle des Cordeliers, devenue rue Jacquot.

« Dès 1707, dit Lionnois, Léopold avait fait commencer la salle de l'Opéra, sur le dessin de Bibiane de Bologne, qui en conduisit les ouvrages. Cette salle, qui attirait l'admiration des étrangers, fut peinte par Charles et Provensal. Elle fut achevée en 1709 et S. A. R. Madame vint de Lunéville à Nancy, le 9 novembre, pour en voir jouer toutes les machines. En 1738, le Roi de Pologne en fit démolir toutes les loges et la face du théâtre. Il fit employer le tout à la salle de la Comédie de Lunéville, bâtie en 1734, pendant la régence de S. A. R. Madame ; de sorte que ce superbe monument servit à un magasin pour les entrepreneurs des vivres en 1741. On le démolit en partie en 1749, pour en faire une salle de comédie, qui coûta beaucoup à la Ville. On y représenta, pour la première fois, le 8 février 1750 ; enfin, on en a fait un corps de caserne, pour les Troupes, qu'on nomme le *Quartier Neuf.* »

Le lecteur bénévole, qui a l'intention de nous suivre très

exactement dans la promenade que nous lui faisons faire, fera bien de ne pas se fier entièrement à nous, — nous ne sommes pas infaillible ; mais de suivre les plans que nous indiquons. Ici nous recommandons le plan de Dom Calmet (1728), et celui de Belprey (1754).

Le *Quartier Neuf* est devenu, à la Révolution, par l'arrêté du 13 pluviôse an II, le *Quartier Marat* ; mais l'arrêté municipal du 18 fructidor an III, le dénomme *Caserne de la Pépinière.*

Au commencement du siècle actuel, le Quartier Neuf, nommé la Caserne de la Pépinière, ne plaisait pas au génie : c'était, suivant lui, une vieille baraque, mal construite, élevée sur un terrain mouvant qu'il fallait faire disparaître au plus vite. Bon, les événements ne furent pas d'accord avec les architectes. Mais, en 1818, la plainte du génie se renouvela tellement, et si tellement bien, que la caserne fut détruite. Ce n'était pas la peine d'aller si vite en besogne ; en la raccommodant un peu, les gendarmes de 1871 s'en seraient peut-être bien arrangés. L'expérience a malheureusement prouvé que la gendarmerie nouvelle ne valait peut-être pas la vieille caserne de la Pépinière, qui avait la prétention d'être un Quartier Neuf.

L'existence de cette caserne a troublé certainement l'existence morale de la *rue de l'Opéra*, et aussi de celle *Derrière les Cordeliers.*

La *rue de l'Opéra* a pris le nom de *rue Braconnot*, en vertu de la délibération du Conseil municipal du 7 février 1867.

M. Louis Lallement avait présenté, dans le mémoire dont nous avons déjà parlé, quelques observations que nous reproduisons ici, sans aucun commentaire.

« Le nom de *Lionnois*, l'historien de Nancy, serait mille fois mieux placé à la Ville-Vieille qu'au faubourg Saint-Pierre, où le relègue le travail de la Commission (au n° 49 des rues projetées). Lionnois est mort rue de l'Opéra. Il y a une raison de conserver le nom de *rue de l'Opéra*, à cause de la salle ducale d'opéra, que le Bibiane y avait élevé.

« Aussi proposerons-nous simplement de donner à l'*impasse de l'Opéra* le nom de *rue Lionnois*, et d'appeler *rue Braconnot* la *rue Sainte-Anne*, où l'éminent chimiste fit ses premières expériences. (V. la notice de M. Nicklès.) »

CALLOT (Rue)

De la grande Rue à la place Lafayette, dit le Tableau du 31 décembre 1639; effectivement elle aboutit sur le carrefour de la rue Lafayette.

Avant 1500, elle était appelée *rue Richartménil*.

Elle devint plus tard *rue des Comptes*, à cause de la chambre des Comptes qui fut installée dans l'ancien hôtel Richardménil, au n° 6 actuel. Par corruption, on écrivait souvent *rue des Comtes*; nous la trouvons ainsi dénommée dans les plans de 1754, 1758 de Mique et de 1817. Le plan de Moithey 1773, l'appelle rue de la Monnoye, de même que celle-ci était quelquefois appelée rue des Comptes.

La délibération du 17 septembre 1791, en arrêtant que la rue des Comptes s'appellera *rue de Callot*, explique que ce nom est celui du « fameux graveur de Nancy, renommé dans toute l'Europe et qui aima mieux refuser Louis XIII, que de prêter son burin à un événement désagréable à son Pays et à son Prince. »

Elle conserva cette dénomination jusqu'à la Restauration, qui lui fit reprendre le nom de rue des Comptes; mais la Révolution de 1830 réintégra Callot dans son droit et à sa place.

La rue des Comptes, ou la rue Callot, avant la démolition de l'hôtel de Vioménil, dont l'emplacement a servi à la création de la place Lafayette, allait jusqu'à la rue des Dames prêcheresses, ou rue Lafayette actuelle, et empiétait sur l'espace compris entre l'hôtel de Vioménil et l'hôtel d'Heudicourt, servant de passage de communication de la rue Callot actuelle à la rue des Maréchaux; nous en avons acquis la preuve par plusieurs actes authentiques.

On ne le croirait pas, et c'est cependant vrai, — on devrait supposer tout le contraire, — Fr.-Ch. Callot ne fut pas du tout satisfait de la décision du conseil général de la commune, du 17 septembre 1791, qui honorait cependont la mémoire de son illustre bisaïeul ou trisaïeul :

« Que dirait mon ancêtre Jacques Callot, s'il existait, et qu'il ne pût plus se reconnaître, au nom des anciennes

rues de Nancy, dont il a gravé le plan ? Qu'il serait loin
d'être édifié ! Aussi, héritier de ses sentiments ainsi que de
son sang, je vais finir par l'article de la *rue des Comptes*,
qu'on veut nommer *Callot*. Ce seul article m'est personnel : sans lui, je me serais tu sur le tout. Mais soumis,
comme je le serai toujours, aux lois, je ne fais qu'user de
la liberté qu'a légalement tout citoyen de manifester ses
opinions, et j'use de ce droit comme bon patriote, pour le
bien de mes concitoyens et de notre antique capitale. Bref,
la décision qui vient d'ordonner que la *rue des Comptes*
s'appellera *rue de Callot*, me pénétrerait de la plus vive
reconnaissance, si les rues *Voltaire*, *J.-J. Rousseau*, *Helvé-*
tius et *Riquetti-Mirabeau* étaient remplacées par quatre noms
de nos véritables apôtres. »

Là-dessus nous reconnoissons que la sagesse des Nations
a raison de dire, qu'on ne peut contenter Dieu et ses pères.
Reste à savoir si Jacques Callot aurait eu la prétention
d'être mis hodographiquement sur la même ligne qu'un
apôtre de Jésus-Christ.

Sans nous arrêter davantage à cette question incidente,
ouvrons Lionnois, *Histoire*, t. Ier, page 292 (1) :

« La *rue des Comptes*, appelée d'abord *rue de Richarménil*,
ensuite *des Comptes (computorum)*, a été depuis, et est encore aujourd'hui mal à propos, nommée des *Comtes (comi-*
tum) (2). Nous voyons, par des titres que nous a montrés
M. de Thomassin, propriétaire de l'hôtel d'Havré (3),

---

(1) Le lecteur fera bien de consulter également les *Essais*, p. 164 et
suiv., qui complètent cet article par des indications que Lionnois n'a
pas reproduites dans son *Histoire*.

(2) Cette dénomination s'explique assez par les nombreux hôtels de
familles nobles existant dans cette rue. 'C'est une appellation vulgaire,
qui signifiait que cette rue n'était habitée que par des comtes,
c'est à dire par des familles de la vieille noblesse lorraine.

(3) Ancien hôtel de Richardménil, qui a fait donner son nom à cette
rue. L'hôtel d'Havré porte le n° 6. Le nom de Richardmesnil était
aussi donné, en 1590, à la terre de Turique. C'est ce qui résulte du
compte du Domaine de Nancy de 1590, où on lit : « La maison dite
et appelée *Richardmesnil* alias *Thurique*, au pied de la montagne de
Butthegnémont, ban de Nancy . . . . . consistant ledit gagnage, tant
en maison, pourpris, jardin, commodités, usuaires, aisances et apparte-
nances d'icelui, qu'en 60 jours de terre arable, des prés et 8 jours de
vignes. . . » Dans les cens dus à l'hôpital Saint-Julien, le compte du
Domaine de Nancy de 1538, cite un « Meix situé près la ruelle
messire Regnault de Richartmesnil. »

qu'il a rebâti à neuf, et qui est vers le milieu de cette rue au côté septentrional, que cette maison qui dans l'ancien plan a l'apparence d'une église (1), avait appartenu à Philippin, receveur du duc René II, avant la fuite de Vaultrin de Bayon, receveur général de Lorraine, qui la possédait lors du siège de Nancy, pendant lequel cet officier embrassa le parti du duc de Bourgogne ; et elle est dite séante en la *rue de Richarménil*, et joindante celle d'Antoine Warin, receveur général de Lorraine ; qu'en 1569 dans un compte des deniers levés sur tous les conduits ou maisons de Nancy, elle servait à la recette des aides octroyés au souverain par les Etats ; et que c'était en ces deux maisons, que le Duc venait entendre les comptes que lui rendaient les gens chargés d'en faire le recouvrement ; raison qui a fait donner à cette rue le nom de *rue des Comptes* . . . .

« A cet hôtel ont été réunies, pour sa construction par derrière, trois maisons acquêtées par Hector Ravinel de Myon, en 1464, lesquelles, dans des actes de cette année, sont dites séantes à Nancy, en la *rue par où on va on Châtel*. En effet, sur le derrière de cet hôtel est une cour commune à quatre hôtels voisins, laquelle avait son ouverture ou débouché à travers l'hôtel d'Euvezin, directement devant le Portail des Dames Prêcheresses, où était précédemment le château du Duc. Le comte de Thiersten (acquéreur de Vaultrin de Bayon) acheta encore d'autres maisons, pour faire ses écuries et remises, lesquelles sont dites dans des actes de 1461 et 1467, faisant « le tour-« nant de la rue du Molin et de la rue par où on va on « Châtel. » Ce bout de rue n'occupe encore que l'espace de deux remises, dont une a été vendue à M. de Vassimont, par M. de Heuvry, quoique quelques autres maisons de la rue du Moulin soient de la dépendance de l'Hôtel . . .

« Enfin, dans sept autres petites maisons, dont il est encore fait mention pour l'accroissement de cet hôtel, il

---

(1) Il y a une tour renfermant sans doute un escalier. Cette tour a, en effet, un peu l'aspect d'un clocher. Il paraît que c'était l'usage, en ce temps-là, de mettre une tour à chaque maison seigneuriale. Un plan de 1617, détaché d'un album, peint à l'époque, réduction du plan de 1611, indique bien mieux les hôtels. Les murs sont en jaune et les toitures en rouge. On remarque moins ces tours carrées, ou rondes, sur les plans de La Ruelle, parce qu'elles n'y sont pas peintes.

en est qui sont dites séantes en la *rue montant en la Place dite le Châtel,* d'autres en la *rue sous le Molin.* Par ces titres, nous apprenons que la *rue des Comptes* s'est appelée primitivement *rue de Richarménil ;* 2° Que la résidence des deux receveurs des aides, ou octrois, en cette rue, chez lesquels se rendaient tous les comptes du Prince, lui a fait donner ce nom ; 3° Que ce bout de rue qui sépare l'île de maisons de la rue des Comptes, était autrefois continué jusqu'au Portail des Dames Prêcheresses, et se nommait *rue qui va au Châtel* ou *montant en la place dit le Châtel ;* 4° Enfin, que le retour de ce bout de rue, qui suit les deux remises de cet hôtel jusqu'à la rue du Moulin, avait nom *sous le moulin. Si tous les particuliers avaient eu soin de conserver leurs titres, comme les propriétaires de cet hôtel, combien de choses curieuses ne découvririons-nous pas, et dont aucun auteur n'a jamais fait mention ? »*

Bravo, bravissimo ! Au moins Lionnois était comme nous, et il sentait que sans le titre, sans le document écrit, l'histoire était impossible. Oui, elle est impossible, quand la bonne volonté vient se butter, non devant l'absence de titres, mais devant la mauvaise volonté de certains propriétaires et de certains magistrats.

« Cette *rue des Comptes,* qui n'est pas longue, ajoute Lionnois, a trois autres beaux hôtels, qui en font le principal ornement, tous trois bâtis sous le règne du Duc Léopold. Celui *du Hautoy* (1) est au midi et vis-à-vis de celui que nous venons de décrire ; et au nord-est, sont ceux *de Raigecourt* (2) et *de Malleloy* (3). Celui d'*Euvezin* termine l'angle de cette rue, et a sa face vis-à-vis l'hôtel de la Commanderie, sur la rue des Dames Prêcheresses (4). Le vieil hôtel *d'Heudicourt* (5), qui faisait l'angle opposé en la rue des Comptes, et s'étendait sur la rue des Maréchaux, vient d'être reconstruit et pourvu de fort belles maisons bourgeoises. »

(1) Au n° 7 actuel, puis hôtel de Montluc.
(2) Au n° 10.
(3) Au n° 8. — Nous parions bien que celui de Malleloy est le n° 8. d'après les traditions de famille.
(4) Au n° 2 et 4 de la rue Lafayette.
(5) Au n° 11 de la rue Callot, avait sa façade en face de l'hôtel de Vioménil, détruit pour la création de la rue d'Amerval et de la place Lafayette.

Nous arrivons au vocable actuel de *Callot*.

Nous ferons remarquer d'abord que Lionnois, qui a écrit son histoire pendant la Révolution, de 1788 à 1805, emploie forcément le numérotage révolutionnaire, c'est à dire le numérotage par section, et continue à placer les rues par paroisses, en leur conservant leurs anciennes dénominations. Lorsqu'il a commencé son *Histoire des ville vieille et neuve de Nancy*, il ne pouvait guère, en effet, employer les nouveaux vocables, qui changeaient à tout instant; mais, à partir de la délibération du 18 fructidor an III, il y eut une stabilité certaine, établie pour les dénominations anciennes et nouvelles admises par la municipalité. Ainsi, Lionnois a écrit une histoire du vieux Nancy, et non du Nancy révolutionnaire. Aussi ne le voyons-nous pas admettre les vocables nouveaux; mais si la Restauration n'avait pas eu lieu, si ces nouveaux vocables étaient parvenus jusqu'à nous, sans que les rues qui les ont portés aient repris leurs anciennes dénominations, l'histoire de Lionnois serait incompréhensible, pour presque tous les Nancéiens de notre époque.

Parmi les vocables choisis par la Révolution, il n'y en avait que deux qui se rattachaient à des souvenirs locaux : la rue Châteaufort et la rue Callot. Pour le premier, le Conseil général a expliqué la cause de son choix; pour le second, il rend simplement témoignage à la mémoire de Jacques Callot, mais il ne dit pas, comme pour Château-fort, que Jacques Callot a habité dans la rue des Comptes; il y place le nom de Callot, comme il a placé dans la rue des Dames Prêcheresses le philosophe Helvétius, sans s'inquiéter si Helvétius ou sa femme avait demeuré dans cette rue. En donnant et en conservant à la rue des Comptes, le nom de Callot, le plus illustre des Nancéiens, les Révolutionnaires ont fait preuve d'un grand esprit patriotique. Ajoutons qu'ils ont été en cela les premiers à rendre à la mémoire de Callot, un hommage public bien mérité, qui n'aurait certainement pas été autorisé, sous le gouvernement des Intendants. Il faut bien reconnaître que le motif donné dans la délibération du 17 septembre 1791, devait faire respecter ce vocable nouveau, par les plus ardents révolutionnaires.

Lionnois, qui s'est inquiété sérieusement de quelques maisons historiques du vieux Nancy, qui en a retracé l'histoire sur des pièces authentiques, a dû nécessairement rechercher la maison dans laquelle était né, ou avait vécu Jacques Callot. Nous avons dit ailleurs, qu'il admettait facilement, trop facilement, la tradition, quand celle-ci lui apportait une version probable; mais, rendons-lui cette justice, il ne l'admettait pas, quand rien ne la confirmait.

Or, il parle de Callot, quand il s'occupe de l'église des Cordeliers; mais il n'en dit pas un mot, lorsqu'il écrit l'historique de la rue des Comptes, à une époque où déjà celle-ci avait pris le nom de Callot.

Nous ne savons à quel propos on a prétendu, dans ce siècle, que la maison n° 2 de cette rue, faisant angle sur la grande Rue, avait été la propriété de Callot. Sur quoi s'est-on appuyé? Ceux-là mêmes qui ont lancé cette erreur, auraient été bien en peine de produire un titre, un document prouvant leur allégation. Parce qu'il a plu à M. Y... ou à M. Z... de tambouriner le nom de Callot, pour lui faire une réputation dont il n'avait nul besoin, on a cru ne pouvoir réussir à appeler l'attention du public, sur cette célébrité nancéienne, sans lui avoir donné au moins un logis.

Nous n'avons pas ici autorité, mais nous croyons que « le calcographe de S. A. » n'a jamais habité que le Palais Ducal, où son père et plusieurs autres de sa famille avaient la charge de concierge. Or, il ne faut pas perdre de vue, qu'en ce temps-là, mieux qu'aujourd'hui, le respect de la famille était observé. On ne connaissait pas la scie des belles-mères, et presque toujours les nouveaux mariés vivaient du pot et du feu de leurs parents, et cela durant de longues années; ils ne prenaient de titre de bourgeoisie et ne se séparaient de leurs parents, que lorsqu'ils se sentaient forts de vivre par eux-mêmes, ou à la suite du décès du chef du conduit, de la cheminée, si l'on aime mieux. Le rôle de la cheminée, qui a amené celui du pot et feu, était au dernier siècle, plus important qu'on ne le suppose. Il a gardé son importance dans les communes rurales pour la question des affouages.

Nous n'aimons pas à connaître l'histoire écrite par des enthousiastes. Ce n'est plus de l'histoire, c'est du roman. Créer ou propager une erreur historique dans de semblables conditions, ce n'est pas seulement fausser la vérité, c'est aussi porter une atteinte grave à l'esprit du public, qui exige cependant un certain respect : car si ce n'est point nous qui en sommes victimes, nos enfants le deviendront de notre ignorance. Si dans le doute, il est bon de s'abstenir, il serait préférable encore de chercher à contrôler les faits, que l'on avance quelquefois trop légèrement.

On a écrit que Jacques Callot avait été propriétaire d'une maison dans la rue de la Boudière, si ce n'était dans la rue des Comptes; en effet, le rôle de 1589 constate l'existence, dans la rue de la Boudière, de *Jean Calot archer;* il est le 75ᵉ ou le 76ᵉ contribuable de cette rue, et il en vient encore 47 autres après lui. Son existence sur un rôle ne prouve pas qu'il était propriétaire de l'immeuble ; en outre, le rang qu'il occupe dans le rôle fait écarter la maison qu'on croit avoir été la demeure de Jacques Callot. Celui-ci n'est pas le fils de Jean Callot, archer, mais de Jean Callot, héraut d'armes. A défaut de son acte de naissance, la publication de son mariage, du 11 novembre 1623, le prouve surabondamment.

« *Die sancti Martini.* Noble Jacques Calot (Callot), fils de noble Jacques (lisez Jean) Calot, *héraut d'armes de Son Altesse*, de la paroisse de saint Epvre, d'une part, et damoiselle Catherine Kettinguer (Kuttinger), fille de noble Nicolas Kettinguer, eschevin en la justice de Marsal, paroissienne du mesme lieu, d'autre part » (*Archives* III, 400).

Qu'on se reporte d'ailleurs à la table généalogique, dressée par M. E. Meaume, dans ses *Recherches sur la vie et les ouvrages de Jacques Callot*, et l'on y verra que Jean Callot archer, qui habitait, en 1589, la rue de la Boudière, n'avait aucun lien de parenté avec Jean Callot, héraut d'armes. Dom Pelletier n'est pas moins positif que l'arbre généalogique dressé par le père de madame de Graffigny, publié par M. Meaume, et que Dom Pelletier n'a pas connu.

Avec toute la meilleure volonté, il nous est absolument impossible d'admettre que la maison n° 2 actuel de la rue Callot, qui était occupée, il y a une trentaine d'années, par l'Ecole primaire supérieure, ait jamais été la demeure de Jacques Callot. Nous avons de bonnes raisons pour repousser cette légende, qui n'a pas encore un demi-siècle d'existence, et qui est due surtout à l'imagination féconde d'un écrivain, qui a beaucoup plus voyagé dans le monde des idées que dans le pays de la réalité. Avant de dire : telle chose était là, il faut en avoir des preuves, sinon certaines, du moins très probables, qui militent en faveur d'une hypothèse admissible.

M. Meaume, qui n'est pas un écrivain crédule et qui recherche avant tout le document, n'a pas admis non plus cette tradition. Il la repousse, dans la note 22 de ses *Recherches sur la vie et les ouvrages de Jacques Callot*.

« Malgré toutes nos recherches, dit-il, nous n'avons pu découvrir aucun document certain, à l'aide duquel il serait possible de déterminer la rue et la maison où Callot travailla, à Nancy, depuis son retour d'Italie. Suivant une tradition, Callot aurait occupé la maison qui forme l'angle de la rue portant aujourd'hui son nom, et où se trouve actuellement l'école primaire supérieure. Nous ne savons sur quel fondement repose cette tradition, et nous devons dire que le minutieux Lionnois, qui décrit presque chaque maison de cette rue, appelée des Comptes au temps de Callot, n'en dit pas un seul mot. Cet auteur, qui n'oublie jamais de mentionner les habitations des hommes tant soit peu illustres de Nancy, n'avait probablement pas une grande confiance dans cette tradition, à supposer qu'elle existât de son temps. Cependant, son attention a dû être appelée, par une petite tourelle faisant saillie à l'angle, et dans laquelle on veut que Callot ait travaillé. Ce silence nous paraît significatif.

« Il nous semble impossible de tirer aucune induction d'une mention qu'on trouve dans le « Rolle des bour-« geois, manans et habitans de Nancy, et de la ville « neufve dudit lieu, pour la levée des solz en l'année « 1589 », et de laquelle il résulte qu'il existait, à cette date, un Jean Callot, archer, qui habitait la rue de la Boudière, c'est à dire la partie de la Grande-Rue (ville-vieille), comprise entre la rue des Maréchaux et la petite Carrière.

« Cette mention ne peut évidemment concerner Jean Callot, héraut d'armes, fils de Claude, et père du grand artiste. En effet, Claude Callot était anobli depuis 1584 ; et, par conséquent, il ne payait plus la redevance des sols bourgeois.

« Le personnage indiqué dans les rôles de 1589, ne pourrait donc être que Jean Callot, dit Liégeois. Son fils

Claude avait été anobli, mais Jean était resté roturier, et, comme tel, soumis au payement de la taxe. Du reste, rien ne prouve l'identité, entre la maison qu'on dit avoir appartenu à Jacques Callot, et celle à raison de laquelle Jean Callot, dit Liégeois, était imposé comme roturier. »

Le Jean Callot, archer de 1589, était-il le père de Claude Callot anobli en 1584 ? Nous en doutons. Si ce Jean Callot avait été le père de Claude, s'il était demeuré roturier, nous le trouverions mentionné dans les rôles antérieurs à 1589. Son absence comme chef de conduit, nous fait supposer qu'il n'était pas le père de Claude. Maintenant Claude Callot, anobli en 1584, est-il le même personnage que Claudin Callot ? Nous en doutons encore. Il y avait donc à Nancy d'autres Calllot, que ceux mentionnés par M. E. Meaume. Lionnois dans son *Histoire*, t. II, p. 20 et 22, mentionne trois fois la veuve de Claudin Callot, archer des gardes, comme propriétaire de divers terrains situés « depuis le vieux chemin de la porte saint Nicolas, entre les deux villes, tirant à celle de saint Jean, etc. » registre A daté, par conséquent, de 1591. M. Meaume fait mourir Claude Callot, le grand-père du graveur Jacques Callot, en 1594, et Claudin Callot, suivant le registre A, contenant la déclaration des terrains de la ville-neuve, serait mort avant la confection de ce registre. D'où nous concluons que Claudin est autre que Claude, quoique tous deux aient été archers des gardes. Tous les bourgeois pouvaient l'être. Claudin aurait été, plutôt que Claude, l'hôte des *Trois Rois*. Nous le répétons, il y a ici un amalgame de prénoms, à côté des noms patronymiques, qu'il sera bien difficile de débrouiller. La cause en est simple : autrefois, on donnait aux enfants qui naissaient, les prénoms ou du parrain ou de la marraine, et comme dans les neuf dixièmes des cas, on choisissait pour parrain un proche parent, il en résulte souvent des erreurs inévitables, d'autant plus difficiles à rectifier, qu'on ne connaît pas suffisamment les actes civils de cette époque. D'ailleurs, avant 1594, on ne tenait aucun registre des naissances, mariages et décès: donc pas de contrôle possible.

Dans la note n° 1, de son tableau généalogique de la famille Callot, M. Meaume est indécis, et n'ose dire si Jean Callot dit Liégeois ou Jean Callot, archer, en 1589, sont un seul ou deux personnages, se rattachant plus ou

moins, de près ou de loin, à la famille de Jacques
Callot.

Toujours est-il, qu'il résulte de ces documents que la
maison n° 2 de la rue Callot ne peut prétendre à l'honneur d'avoir eu pour propriétaire ou comme habitant
Jacques Callot, le chalcographe. Rien ne le prouve, et
jamais la preuve n'en pourra être faite. Madame Elise
Woïart a commencé à lancer le ballon, et M. Dumast l'a
regardé monter en se disant : c'est ça ! c'est très ça ! Malheureusement, ce n'est pas ça du tout.

Le 27 janvier 1853, le *Journal de la Meurthe et des
Vosges* annonçait le livre de M. Meaume ; sans tenir
compte des observations et des réserves de l'auteur, il
publiait l'entrefilet suivant, bien rédigé, pour mieux enra-
ciner dans l'esprit public, la fausse tradition qui avait cours :

« A la fin de sa notice historique sur Jacques Callot,
lue à la dernière séance de la Société d'archéologie,
M. Meaume exprime un vœu auquel doivent s'associer
tous ceux qui tiennent à l'illustration de leur patrie: c'est
de voir élever un monument, dans sa ville natale, à celui
qui fut tout à la fois un grand artiste et un grand citoyen.

« L'administration municipale se propose, dit-on, de
faire placer une inscription sur la façade de la maison
qu'on croit avoir été habitée par l'immortel chalcographe :
c'est déjà quelque chose, sans doute, mais pas assez, pour
l'homme qui a conquis une si prodigieuse réputation, et
que Nancy doit s'enorgueillir à jamais d'avoir vu naître. »

Eh bien, nous croyons que l'administration municipale
a bien agi, en ne se laissant pas entraîner par l'engoue-
ment de quelques enthousiastes. Il lui aurait été pénible
depuis d'avoir à revenir sur une décision précipitée.
M. Meaume a bien fait en cette circonstance de jeter le cri
de détresse : casse-cou !

Malgré les recherches, si consciencieuses et si positives
de M. Meaume, cela n'a pas empêché les fanatiques Cal-
lotins de 1877, d'aller, le 26 juin 1877, devant cette maison problématique, jouer une sérénade, et l'illuminer, le
soir, de verres de couleurs. Trop de zèle, trop de zèle !

CARMES (Rue des)

De la rue Stanislas à la rue Saint Jean.

C'est le premier tronçon de la grande artère, qui reçut, à la création de la ville neuve, le nom de seconde grande rue, en attendant que des constructions permissent de lui donner une nouvelle dénomination.

C'est le pénultième jour du mois de mai 1591, que cette voie fut appelée la *rue de la Grande Eglise*. Cette rue commençait seulement à la rue Dom Calmet, du côté de l'orient, et à la rue du Lycée, du côté de l'occident. Les Carmes n'ayant élevé leur maison couventuelle qu'après 1612, sur la place dite alors de la Licorne.

Cette grande voie prit ensuite le nom de *rue des Eglises;* et, pour en désigner les diverses parties, on disait rue des Eglises près les carmes (rue des Carmes), rue des Eglises près la Boucherie (rue Raugraff), rue des Eglises près le Palais (rue des Quatre Eglises). Nous trouvons ces renseignements dans l'almanach de 1703.

Le plan de Dom Calmet de 1728, donne au premier tronçon le nom de *rue des Carmes*.

La délibération du 17 septembre 1791 porte que « la *rue des Carmes* s'appellera *rue de Franklin*, illustre savant, l'un des fondateurs de la Liberté américaine. »

Là-dessus récrimination de F.-Ch. Callot.

« *Franklin !* s'écrie-t-il. Nous avons commencé par l'appuyer contre sa mère-patrie. Dieu veuille que, dans la situation affreuse de nos colonies, la France puisse les conserver, et ne puisse pas trouver d'autres noms encore à afficher pareillement à des rues ! »

Néanmoins, ce vocable lui fut conservé religieusement jusqu'en 1814.

F.-Ch. Callot, qui était un anti-révolutionnaire très exalté, ne considérait alors Franklin que comme un révolutionnaire. Il est bien regrettable que ce critique hodographe, retiré au faubourg Saint Pierre pendant la Terreur, ne nous ait pas laissé son opinion touchant les dénominations données aux rues de Nancy en l'an II.

La rue des Carmes, qui a toujours été habitée par la

Noblesse et la haute bourgeoisie, a vu une longue suite d'hommes qui se sont rendus célèbres dans les annales de la cité. En dehors de cela, elle n'offre aucun intérêt historique. Elle doit son nom au monastère et à l'église des Carmes, qui occupaient tout le carré supérieur compris entre cette rue, celles de la Poissonnerie, Saint Dizier et Dom Calmet.

CHAMPS (Rue des)

De la rue Sainte-Catherine à la rue Girardet.

Elle a eu le rare privilège de conserver intact son nom originel, et d'échapper aux caprices des révolutionnaires et des néo-nancéiens. Ce n'est pas que depuis longtemps on n'ait sollicité les municipalités de la débaptiser. Nous ne savons comment celles-ci ont su résister à tant de sollicitations. Un bon point à nos édiles passés.

Nous avons entendu bien des fois, autour de nous, faire cette réflexion : Quel fichu nom que celui-là ? la rue des champs, qu'est-ce que cela peut bien dire ? des champs ! des champs ! mais il n'y en a pas des champs. S'il n'y en a plus, il y en a eu. Ceux qui ne comprendront pas ce vocable trouveront l'explication suivante donnée par Lionnois dans son *Histoire*, t. II, p. 187 :

« Avant la construction de ces casernes, (de Sainte-Catherine) qui sont dans ce quartier, la Porte sainte Catherine avait été placée au commencement du Jardin botanique, de sorte que ce jardin qui fait face à ce bâtiment militaire, était hors de la ville, et que la rue l'Evêque (Girardet) formait un cul-de-sac fermé par le jardin de l'hôpital saint Julien, qui est derrière la face orientale de la place d'Alliance. Mais depuis qu'on a élevé ce beau corps de casernes, et reculé la porte Sainte-Catherine, pour l'enfermer dans la ville, on a formé la *rue des Champs*, qui donne une issue à la rue l'Evêque, pour communiquer à la neuve rue sainte Catherine et à la porte de ce nom. Il est aisé de juger du motif qui a fait donner ce nom *des champs*, à cette rue *dont le terrain était entièrement hors de la ville.* »

Lionnois commet ici une singulière erreur. La porte

sainte Catherine fut réédifiée telle qu'elle est, sur son ancien emplacement, en 1762; ce n'est qu'en 1770, qu'on l'a transportée et reconstruite là où elle est aujourd'hui. La rue des Champs a été ouverte en 1764, à travers le jardin de l'hôpital saint Julien dans sa partie orientale, contre le mur de ville qui servait de cloture au Jardin botanique. L'arrêt du Conseil des finances qui en ordonne l'ouverture est du 23 août 1763. Pour mieux se rendre compte de son état, le lecteur voudra bien recourir au plan Michel, dit des Fondations. En tous cas, en 1767 elle était numérotée de 520 à 531. L'*Ecu de France*, sur la rue sainte Catherine, avait le n° 532 et la porte portait le n° 533. Quoi qu'en dise Lionnois, la *rue des Champs* n'a jamais été hors des murs de ville, puisque son emplacement était renfermé dans le Bastion Saint Jacques, à l'extrémité du Potager royal (v. le plan de D. Calmet 1728).

Le plan de Belprey, qui nous a laissé en relief la Ville de Nancy, prise au vif, en l'an de grâce 1754, nous dit assez comment ce vocable lui est venu. Néanmoins, elle rappelait que non loin de là, et le plan de Belprey le prouve, il y avait des champs, des jardins, des vergers, des chenevières, etc., enfin tout ce qui se trouve de commode et d'agréable, en fait de vrais champs aux portes d'une ville.

Ce vocable a droit à un certain respect ; ne nous dit-il pas : Jadis, l'enceinte de la ville s'arrêtait ici. Si cette rue avait été ouverte hors du mur d'enceinte de la ville, l'état des maisons de 1767 ne la comprendrait pas dans la paroisse saint Roch, mais bien dans la paroisse saint Pierre, de laquelle dépendaient la Pépinière, la caserne en construction, les Tanneries, les grands moulins et tout le faubourg Saint-Georges. Nous préférons, de beaucoup, les noms de choses aux noms d'hommes ; aussi ne donnerons-nous pas notre approbation à la proposition faite par M. Louis Lallement en 1867, dans son *Mémoire* adressé au Conseil municipal :

« A quoi bon une rue des Champs en pleine ville ? Est-ce parce qu'il y avait là des champs ? Mais il y en avait avant Charles III, dans toutes les parties de la ville neuve. Il conviendrait fort d'appeler la rue des Champs *rue Mique*, du nom des architectes éminents qui bâtirent la magnifique caserne Sainte-Catherine, et qui habitaient le bâtiment actuel de l'Ecole forestière. Les noms des artistes doivent trouver place auprès des monuments qu'ils ont édifiés. »

A ce compte, il n'y aura jamais assez de rues à Nancy pour y placer les artistes de tous genres qui ont contribué à l'embellir. Et pourquoi vouloir lui donner plutôt le nom des architectes Mique, que le nom du sculpteur Sontgen, qui y a habité et qui y est mort (v. nos *Promenades historiques*, p. 321 et 442)? Sontgen a laissé suffisamment de ses œuvres dans notre ville, pour mériter d'y avoir une place semblable à celle des Mique, alors qu'on donne à certaines rues des noms d'artistes qui sont loin d'avoir atteint la célébrité de celui-ci.

Nous renvoyons aussi le lecteur aux vocables *rues Mably* et *Porte Saint-Georges*, pour en tirer telles conclusions il voudra, quant à la *rue des Champs*.

CHANOINES (Rue des)

De la rue de la Primatiale à la rue des Tiercelins.

Avant la Révolution, il y avait deux *rues des Chanoines :* celle-ci, et la rue Mably. Pour les distinguer, on disait : la 1re au levant (la rue Mably), et la 2e au couchant (la rue actuelle des Chanoines). L'état des maisons de 1767 l'appelle *rue Sainte Catherine*.

Le 17 septembre 1791, celle-ci fut nommée *rue de l'abbé de Saint Pierre*, qu'on appelait aussi le *bon abbé*, homme de bien, à qui l'amour du genre humain a dicté des écrits sur la paix universelle, sur le bonheur de tous les hommes et de tous les pays.

Les Jacobins de l'époque trouvèrent cette dénomination par trop aristocratique ; dans ces quelques mots, on trouvait un abbé, un noble et un saint. C'était loin d'être un sans-culottes, que ce citoyen là ; aussi le 13 pluviose, an II, pour ne pas fausser l'opinion du peuple, et maintenir dans leur intégrité les sentiments républicains du plus grand nombre, le conseil général de la commune décida que cette rue serait intitulée : *rue de l'homme de bien*, en mémoire certainement de l'abbé de Saint-Pierre.

A la Restauration, on rendit aux deux rues des chanoines leur ancienne dénomination, de première et de deuxième. La Révolution de 1830, l'appela rue des Chanoines, tout court.

Les nouveaux vocables de l'abbé Mably et de l'abbé de Saint-Pierre, appliqués aux deux rues des Chanoines, suggérèrent à F.-Ch. Callot les réflexions suivantes, qui ne manquaient ni de justesse ni d'à-propos :

« Ces deux rues étaient rues des Chanoines, cela est vrai ; mais aujourd'hui, outre le *tollendus effectus*, il ne faut pas être inconséquent et contradictoire avec soi-même, et dans la même page d'écriture, surtout quand cela est affiché au public. Or, suivant les motifs déterminants, lumineusement énoncés en tête, j'ai lu : 1° Qu'on supprime les noms de *choses*, qui n'existent plus, 2° pour y substituer des noms analogues à la Constitution : j'entends parfaitement cela ; mais voyons l'exécution. Si l'on avait mis *rue Mabli,* rue *Saint Pierre,* même le bon Saint Pierre, j'aurais pu ne faire aucune observation. Mais comme j'ai lu sur cette affiche, que pour éviter une borne de *chanoines,* on se trébuche contre une borne d'*abbés,* il est manifeste (pièces en mains), que cela n'est nullement constitutionnel, ni conforme au régime, ni conséquent, ni d'accord avec soi-même ; car, j'ai bien positivement lu et entendu, qu'il est très dans le sens et dans le régime de la Constitution, qu'un ecclésiastique ne prenne pas le nom d'*Abbé,* pas plus apparemment qu'un *Prince,* qu'un *Duc,* qu'un *Comte,* ou qu'un *Marquis ;* et Montaigne, qui ne cherchait pas ses mots, mais qui les plaçait énergiquement à la chose, aurait dit à cela, de son temps, que c'était *marcher sur sa langue.* »

La rue du Cloître, une partie de la rue de la Primatiale, la rue des Chanoines et la rue Mably, étaient comprises dans ce qu'on appelait, au dernier siècle, le *Clos de la Primatiale,* qui n'était guère habité que par les membres du clergé, attachés au service de cette église non paroissiale.

Le vocable *des chanoines,* donné aux deux rues qui l'ont porté, vient de ce que toutes deux n'étaient composées que de maisons appartenant aux chanoines du chapitre de la Primatiale. Lesquelles maisons étaient en quelque sorte prébendées, et ne pouvaient être aliénées qu'au profit d'un Chanoine ; elles n'appartenaient pas précisément à la succession du chanoine qui décédait ; son successeur était tenu de racheter l'immeuble ; il n'était pas tenu cependant de l'habiter.

En 1767, le Clos de la Primatiale comprenait la rue des chanoines, aujourd'hui rue Mably, et la rue Sainte Catherine, aujourd'hui rue des Chanoines.

La rue des Chanoines (Mably) était composée de quatre maisons appartenant aux suivants :

Nº 38 — 1. M. Anthoine, grand chantre,
   39 — 3. M. de Dombasle, chanoine,
   40 — 5. M. Sallet, id.
   41 — 7. M. Lefebvre, id.
   42 — 9. *Hôtel du Grand-Doyen.*

La rue Sainte Catherine comprenait :

Les nᵒˢ 45 M. de Tervenus, chanoine,
     46 M. de Courcy, id.,
     47 M. de Lignéville, id.,
     48 M. de Bressey, id.,
     49 M. de Brechainville, id.,
     50 *Dépendances de la Vieille Primatiale.*
     51 M. de Lignéville, chanoine,
     52 M. Guilbert, id.,
     53 M. Antoine, id.,
     54 M. de Ravinel, id.,
     55 M. Malvoisin, id.,
     56 M. Lapierre, id.

Nous n'avons pu faire corroborer le numérotage actuel avec l'ancien, pour ces douze maisons canoniales, qui devaient être situées tant sur la rue des Chanoines, que sur la rue de la Primatiale. Ces maisons, séquestrées à la Révolution, furent vendues en partie par le district, comme biens nationaux, sauf celles qui étaient la propriété personnelle des chanoines qui n'émigrèrent pas.

La *rue des Chanoines* étant intimement liée, par son origine, à la *rue Mably*, le lecteur voudra bien se reporter à ce vocable, ainsi qu'à celui de la Porte Saint-Georges.

Les plans en relief du XVIIᵉ siècle, notamment ceux de 1611 et de 1617, légendent la rue Mably, la rue des Chanoines et la façade orientale de la rue Montesquieu sous le nº 3 avec la rubrique : « Les maisons des Doyen et chanoines de l'insigne Eglise Primatiale, » laquelle occupe, comme église provisoire, la façade méridionale de la rue de la Primatiale, comprise entre les rues des Chanoines et Montesquieu. En considérant les anciens plans, 1611 et 1617, on remarque qu'après la deuxième maison, au-dessus de la vieille primatiale, une ruelle étroite met en communication la rue des Chanoines avec la rue Montesquieu actuelle, seulement amorcée, ainsi que la rue Saint-Julien, par un petit pâté de maisons qui s'ajuste à cette ruelle, et qui a sa principale face, sur la rue des Tiercelins.

Cette église provisionnelle, qu'on appela depuis la Vieille-Primatiale, servit au chapitre jusqu'en 1742. Elle tombait en ruines, dit Durival, t. II, p. 30; on acheva de la démolir en 1769, et on construisit sur son emplacement, qui est derrière le chœur de la primatiale, plusieurs maisons canoniales nouvelles.

C'est aussi en 1742, qu'on réunit le chapitre de la collégiale Saint-Georges au chapitre de la Primatiale; de sorte que ces deux églises, édifiées sous les ducs de Lorraine, disparurent presque à la même époque. La première servit d'abord de magasin à blé, avant d'être entièrement démolie; la seconde fut mise à la disposition de Jean Lamour, pour y forger les grilles de la place Stanislas.

CHANZY (Rue)

De la rue de la Poissonnerie à la place Saint Jean.

Premier tronçon de l'ancienne *rue Saint François*, cinquième grande rue de la ville neuve (V. Rue de l'Equitation).

Les différents plans du dernier siècle, 1728 à 1778, l'indiquent *rue Saint Joseph*.

L'état de 1767 et le plan de Mique, la dénomment *rue des Prémontrés*, à cause de la maison couventuelle, et de l'Eglise de cet ordre religieux.

La délibération du 13 pluviose an II, lui donna le nom de *rue de la Force ;* celle du 18 fructidor an III, la dénomma *rue du Lycée*. A un moment donné, elle a porté le nom de *rue Lepelletier ;* l'inscription était encore lisible il y a quelques années, à l'angle de l'église des Prémontrés. En 1811, nous l'avons trouvée appelée *rue du Temple protestant*. La Restauration lui rendit le vocable *de Saint Joseph*, qu'elle a perdu tout récemment; car nos édiles, dans leur séance du 1er mars 1883, ont exprimé le vœu, bien sincère, que la rue Saint-Joseph s'appelle désormais *rue Chanzy*.

Nos rues commencent à devenir pour leurs patrons modernes des camps volants.

La rue Saint-Joseph était ainsi appelée depuis près de deux siècles, en considération de la primitive église des Prémontrés, construite en 1636, et placée sous l'invocation de ce saint. La nouvelle église, qui sert aujourd'hui de Temple aux protestants, n'a été terminée qu'en 1759, et dédiée également à Saint Joseph. Lionnois donne sur cette église, et sur la maison des Prémontrés, des renseignements importants, desquels il ressort que la rue Saint Joseph y avait pris son vocable. V. *Histoire*, II, p. 239.

On a démoli dernièrement, sans respect, une petite chapelle oubliée depuis la Révolution, dite des Carmélites, et placée sous l'invocation de Saint Joseph et de Sainte Thérèse. Quoi qu'on en ait dit pour excuser sa destruction, la chapelle des Carmélites était un petit bijou artistique. La première pierre en fut posée le 20 mars 1715, par la princesse Elisabeth-Thérèse, morte reine de Sardaigne, et le 9 août 1716 on y officiait (V. Lionnois, *Histoire,* II, p. 283).

PROPRIÉTÉ NATIONALE

A VENDRE OU A LOUER

est une inscription qui existait encore au moment de sa démolition survenue en décembre 1882. En 1844, on avait espéré pouvoir en obtenir la cession.

Pendant la Révolution, la chapelle des petites Carmélites subit le sort commun de tous les édifices publics religieux, ou profanes, considérés alors comme biens nationaux. On en fit un magasin quelconque.

La chapelle et le couvent, qui avaient été à louer assez longtemps peut-être, furent vendus, an VI, à Nicolas Poupillier, père, négociant, et à Florentin Seillière, plus tard administrateur des Salines de l'Est.

Les deux acquéreurs se partagèrent amiablement l'immeuble, acquis par acte sous seing privé du 15 germinal, an X, déposé dans les minutes de Me Pognon, notaire à Nancy.

La portion échue à Nicolas Poupillier, père, passa le 10 avril 1809, entre les mains de Pierre-Nicolas Leseure, de son vivant, négociant à Nancy. Celle échue au baron Florentin Seillière ne changea pas de mains, jusqu'à la cession faite au ministère de la guerre, de laquelle nous allons parler.

Afin de se rendre un compte exact de l'importance et de la situation de ce monastère, le lecteur fera bien de se reporter au grand plan de Nancy, dressé par Mique vers 1780.

Par acte reçu devant Anne-Charles-François d'Arnaud, sous-intendant militaire employé dans la 3ᵉ Division, à la résidence de Nancy, le 18 mars 1826, le Département de la guerre, agissant par M. Dieudonné, capitaine-chef du génie à Nancy, acquit, pour porter au complet le quartier de cavalerie de la place de Nancy, de : 1° Elisabeth Picard, veuve de Pierre-Nicolas Leseure, ancien négociant à Nancy, elle à Hammeville ; 2° Pierre-Joseph Leseure, négociant ; 3° Antoine-Félix Leseure, aussi négociant à Nancy ; 4° Marie-Elisabeth Leseure, fille majeure demeurant à Hammeville. Tous quatre stipulant tant en leur nom personnel, qu'au nom et comme se portant fort d'Hélène Leseure, leur fille et sœur ; 5° Et de Jean-Jacques Bolli, négociant à Nancy, mandataire de François-Alexandre Seillière, négociant à Paris, lequel sieur Seillière agissait tant en son nom que comme se portant fort de M. le baron Nicolas Seillière, son père, et d'Emilie Seillière, sa nièce, majeure célibataire demeurant à Paris :

Deux portions du ci-devant *Couvent des Petites Carmélites* à Nancy, situées à proximité du quartier de la cavalerie de cette place.

La 1ʳᵉ *portion* appartenant à la veuve Leseure et à ses enfants, consistait en : 1° un bâtiment qui avait 24 mètres de longueur de façade sur la rue saint Joseph et 32 mètres de largeur. Ce bâtiment aboutissait au midi sur le ci-devant couvent des Prémontrés et au nord à la portion du couvent des petites carmélites, appartenant aux héritiers Seillière ; 2° un jardin situé derrière ledit bâtiment et y attenant ; ce jardin aboutissait, au levant, à la façade de l'arrière corps de logis, et était terminé : au nord, par le mur de séparation avec la propriété des héritiers Seillière ; à l'ouest, par le mur d'enceinte de la ville : au midi, par un mur d'enceinte appartenant à la veuve Leseure.

La 2ᵉ *portion*, appartenant aux héritiers Seillière, se composait : 1º d'un bâtiment qui avait 36 mètres de longueur de façade, sur la rue Saint Joseph, et 32 mètres de largeur, y compris l'église qui se terminait au nord. Ce bâtiment aboutissait : au midi, à la 1ʳᵉ portion, ci-dessus detaillée, appartenant à la veuve Leseure ; au nord, l'église était attenante à la maison de la veuve Robaine ; 2º d'un jardin situé derrière le bâtiment et y attenant au levant. Ce jardin était limité, au midi, par le mur de cloture mitoyenne, entre les héritiers Seillière et la veuve Leseure ; au couchant, par le mur d'enceinte de la ville de Nancy, et au nord, par un mur de clôture appartenant aux héritiers Seillière.

Cette vente fut approuvée par le ministre de la guerre le 9 août 1826 ; car il était question à cette époque, au ministère de la guerre, d'abandonner, pour cause d'insalubrité, les bâtiments des petites Carmélites et des Prémontrés, occupés par la cavalerie. Sur les instances et les démarches de Mgr Menjaud, alors évêque de Nancy, la chapelle fut abandonnée par l'intendance militaire le 10 juillet 1851, et remise à l'autorité diocésaine le 10 septembre suivant. On la fit réparer, et le 14 octobre 1856, elle fut bénite solennellement par Mgr Menjaud, pour servir de succursale à la paroisse saint Sébastien.

L'érection de l'église saint Léon, au faubourg Stanislas, lui fit perdre toute son importance. Aujourd'hui, elle n'est plus.

Quant au vocable actuel, il lui a été donné dans la séance du conseil municipal du 1ᵉʳ mars 1883.

« M. le maire propose de donner à la rue Saint-Joseph le nom du général Chanzy. Nous avons traversé une semaine de deuil universel en France, celle où la patrie a perdu en même temps Gambetta et Chanzy. Dans toutes les villes, on a associé ces deux noms, qui rappellent la défense héroïque de l'honneur français, en donnant à deux rues le nom de ces deux grands patriotes.

« Le conseil adoptant les conclusions de la commission d'administration, émet le vœu que la rue Saint Joseph prenne désormais le nom de *rue Chanzy*. »

Quels que soient les mérites incontestables du général Chanzy, ce vocable est entaché d'esprit politique, et ne répond pas mieux que d'autres aux efforts de quelques-uns de nos hodographes, M. Dumast en tête, qui voulaient, à juste titre, à Nancy, une hodographie purement locale, c'est à dire nancéienne et Lorraine, exempte de tout esprit de parti.

CHARITÉ (Rue de la)

De la place Saint Epvre à la rue du Cheval Blanc.

Avant 1600, cette rue était composée de deux section-nements qui existent encore, et qui portaient des noms différents. La 1re partie, qui commençait à la place Saint Epvre, était appelée rue du *Vieil-Change*; la 2e, qui for-mait le tronçon aboutissant sur la rue du Cheval Blanc, et se dirigeant sur la rue de la Source, était nommée *rue des Etuves*, à cause des étuves qui étaient établies en cet endroit, où s'éleva plus tard l'*hôtel de Lenoncourt*.

Les plans de 1728 et de 1752 la dénomment *rue de Lenoncourt*. Ceux de 1754 et de 1758 n'indiquent aucun nom; mais l'état des maisons de 1767 nous apprend qu'elle était devenue *rue de la Charité*, par suite de la fon-dation de la maison de charité de la paroisse Saint Epvre, qui fut établie dans cette rue, et confiée aux sœurs de Saint Vincent de Paul, là même où elle se trouve encore aujourd'hui; sans doute, que la vente de l'hôtel de Le-noncourt contribua, dans une certaine mesure, à faire adopter ce nouveau vocable, que respecta le conseil géné-ral de la Commune de 1791; celui qui siégeait à l'hôtel-de-ville le 13 pluviose an II, ordonna qu'elle prendrait le nom de *rue Platon*. La délibération du 18 fructidor, an III, remplaça Platon par Brutus, et elle devint *rue Brutus*. Quoique divers almanachs lui conservent ce dernier vocable, an IX et an XI, le recensement de l'an IV lui avait rendu sa véritable appellation de *rue de la Charité*, sous laquelle nous la trouvons toujours désignée, tant sous le premier Empire que sous la Restauration. Cependant en 1815, avant les Cent-Jours, elle est dite quelque part *rue des Dames de la Charité*.

Lionnois est quelquefois bien plus net et plus clair dans ses *Essais*, que dans son *Histoire*.

Nous empruntons à ses *Essais*, p. 351, le passage suivant, qui n'est pas littéralement reproduit dans son *Histoire* :

« La rue de la Charité a deux parties ; l'une, depuis la place Saint Epvre jusqu'à la maison de Mademoiselle de Venette, au-delà de la Boucherie, faisant angle avec celle de M. de Bouillet ; l'autre, depuis cet angle jusqu'à la rue du Cheval Blanc, aboutissant à la rue de la Source. Ces deux parties, qui portent depuis que la Charité a été établie sur cette Paroisse, au commencement de ce siècle, le seul nom de *rue de la Charité*, étaient autrefois distinguées. La première partie, qui avoisine la place, se nommait encore en 1688, *rue du Vieil Change*, selon un acte de vente fait cette année, de la maison nº 218, qui appartient au sieur P. Thomassin. L'autre partie se nommait la *rue des Étuves*, à cause des bains, ou étuves, pour les bains qui étaient dans la maison de M. de Bouillet, ci-devant l'hôtel de Lenoncourt (*sic*). On y voit encore les restes des bouges placés au-dessous du rez-de-chaussée ; et, dans la maison de Charité, le mur mitoyen, qui sépare les deux maisons est formé, dans une grande étendue, par des arcades et des degrés qui conduisaient à ces bains. Cette maison perce et a une autre issue à la rue de la Source, devant l'hôtel du Han, à madame la comtesse de Bassompierre, abbesse de Poussay ; ce qui, autrefois, faisait appeler cette partie de la rue de la Source, rue Derrière les Etuves, comme nous le dirons, lorsque nous en serons à cet article. Entre cette maison de M. de Bouillet et celle de Mademoiselle de Venette, il y a une ruelle murée depuis peu, et qui communique à la rue de la Boucherie. »

Quoi qu'en dise Lionnois, la rue de la Charité s'est appelée, tour à tour, rue des Etuves et rue du Vieil Change ; mais ce dernier vocable nous paraît devoir être plutôt appliqué à la rue du Cheval Blanc, qu'à la rue de la Charité, qui l'a également porté, puisque c'était dans la rue de la Charité que se trouvaient les Étuves, et que la rue du Cheval Blanc aboutissait sur le Vieil Change devenu plus tard l'hôtel de Phalzbourg et de Martigny. Le rôle de 1551 prouve, en quelque sorte, que la rue de la Charité était bien la rue des Etuves, par le nombre de ses habitants, parmi lesquels nous rencontrons Didier Camini, estuveur ; elle vient immédiatement après la rue de la Boucherie, et le contrôleur passe ensuite dans la rue du Vieil Change, où il n'indique que sept ménages; et, à côté, il place la rue Roboam, qne Lionnois dit être la rue du Point du Jour. (V. ce vocable). En 1551, il y avait la rue des Etuves et la rue Derrière les Etuves; dans les rôles postérieurs, on ne mentionne plus la rue Derrière les Etuves, ni la rue rue Roboam, et il y est toujours question de la rue des Etuves et de la rue du Vieux-Change.

La maison des Etuves, devenue plus tard l'hôtel de Lenoncourt, est celle qui ne porte pas de numéro sur la rue de la Charité, et qui se trouve entre la ruelle murée, au-dessus du n° 16, et la pharmacie de Saint Epvre, n° 18.

Ces vieilles étuves paraissent avoir été supprimées dans la seconde moitié du XVIe siècle, sans que nous sachions où elles furent transférées à cette époque. « Le 15 mars 1577, Charles III confirme l'acquisition faite par Claude de Beauveau, de la *maison des Etuves*, appartenant à la ville de Nancy, et lui donne la ruelle joignant ladite maison. » (*Communes de la Meurthe*), II, p. 154). C'est, sans doute, à la suite de cette acquisition, que la maison des Estuves fut convertie, par Claude de Beauveau, en hôtel ou maison noble. Elle dépendait effectivement du Domaine de Nancy: dans les comptes de 1531-1532, on trouve deux dépenses la concernant : l'une, « à un masson pour six bichets de chaux, pour faire le mur de l'estuve qui estait cheut au long de la ruelle »; l'autre, « pour avoir refaict les verrières de la *maison de l'Estuve*. » En 1576-1577, on y fait encore des réparations.

Dans son *Histoire*, t. Ier, p. 283, Lionnois nous apprend que la maison de M. de Bouillet, ci-devant hôtel de Lenoncourt, après avoir passé dans les mains des sœurs de la Charité, fut convertie par l'une d'elles, probablement sous la Révolution, en filature de coton, « qui occupe, ajoute-t-il, avec avantage plusieurs enfants, qui soulagent par leur gain leurs pauvres parents. » Cette maison sert aujourd'hui à l'école tenue par ces sœurs. C'est sans doute après l'an VI.

La première maison dans laquelle a été établie la maison de charité, en 1700, est celle qui porte le n° 18, où se trouve la pharmacie.

Le *Journal officiel* a publié, en février 1883, une intéressante statistique sur les institutions charitables qui existent en France. Quoique ce travail soit incomplet et contienne quelques erreurs de détails, nous le reproduisons, en ce qui concerne les différentes maisons de Nancy.

MAISON DE LA CHARITÉ

DES SŒURS DE SAINT-VINCENT-DE-PAUL

A NANCY

75 filles. — 25 au-dessous de 12 ans. — 50 au-dessus.

Origine. — Fondée en 1701 par les dames de charité de la paroisse Saint Epvre de Nancy (*sic*, v. plus haut); autorisée par décret du 29 novembre 1851.

Ressources. — Quelques pensions de 18 à 25 francs par mois; quatre fondations de 150 et 188 francs par an; produit du travail des enfants; aumônes.

Admissions. — 45 gratuites, les autres moyennant une pension mensuelle; elles comprennent des orphelines ou semi-orphelines de familles indigentes; reçues de 9 à 11 ans, ces enfants sont gardées jusqu'à 21 ans.

Régime. — Elles sont élevées en commun; instruction primaire; travaux manuels et de ménage; classement par âge; séparation pour l'enseignement.

Engagements. — Verbaux; généralement respectés par les parents.

Sortie. — Les élèves sont placées comme ouvrières, ou femmes de chambre, dans des maisons recommandables.

Patronnage. — Il y a celui des maîtresses qui aident les enfants de leurs conseils et de leur appui. — On trouve qu'il est inutile de conférer le droit de tutelle à la Directrice.

La Maison de Charité de la paroisse Saint-Epvre, qui a fait donner son nom à la rue qui nous occupe, fut fondée en 1700, par M. Thirion qui en était curé. Avant la Révolution, elle était administrée par six sœurs de l'institut de Saint Vincent de Paul et de Mademoiselle Legras; elles avaient pour mission de visiter les malades de la paroisse, de leur fournir des remèdes, le bouillon, la viande et le pain, d'instruire les jeunes filles pauvres, de leur apprendre les principes de la religion, à lire et à écrire.

Ces six personnes, qui représentaient à Nancy l'institut de Saint Vincent de Paul, ne furent point inquiétées à la Révolution, et continuèrent à diriger jusqu'à sa suppression, la maison de charité de la paroisse Saint Epvre, ainsi que l'école qui en dépendait. La maison de charité fut seule supprimée, l'école continua à fonctionner. De même que les sœurs de Saint Charles, elles furent tolérées, sans quitter leur habit.

La loi du 16 vendémiaire, an V, ayant placé les divers hospices sous la surveillance d'une commission administrative, fonctionnant dans chaque commune, les maisons de charité de Boudonville et de Saint Epvre furent supprimées, par un arrêté de l'administration centrale du 4 fructidor an VI, et leurs biens et leurs charges réunis aux autres hospices de la commune de Nancy (*Annuaire du citoyen pour l'an VII*, p. 163). L'hospice Notre-Dame remplaça, pour la Ville-Vieille et les Trois-Maisons, les deux charités supprimées. C'est alors que les sœurs de Saint Vincent de Paul se consacrèrent exclusivement à l'instruction des jeunes filles, dans la maison qu'elles n'ont cessé d'occuper depuis. L'orage révolutionnaire était passé.

Quoique les sœurs de Saint Charles et les sœurs Watelottes aient été autorisées à se réorganiser, dès les ans IX et X, celles de Saint-Vincent-de-Paul ne le furent que le 8 novembre 1809. Le décret impérial de cette date, qui leur donne une existence légale, prouve en quelque sorte que l'institut n'avait pas été dissous.

« ART. 1er. — Les lettres patentes du mois de novembre 1657, concernant les sœurs hospitalières de la Charité, dites de Saint Vincent de Paul, avec les lettres d'érection et les statuts y annexés, sont confirmés et approuvés, à l'exception seulement des dispositions relatives au supérieur général des missions, dont la congrégation a été supprimée, par notre décret du 26 novembre dernier, et à la charge par lesdites sœurs de se conformer au règlement général du 18 février dernier, concernant les maisons hospitalières, et notamment aux articles concernant l'autorité épiscopale et la disposition des biens.

ART. 2. — Les lettres patentes, les lettres d'érection, et le règlement énoncés en l'article précédent, demeurent annexés au présent décret.

ART. 3. — Les sœurs de la charité continueront de por-

ter leur costume actuel, et en général, elles se conforme-
ront, soit pour les élections de la supérieure et des offi-
cières, aux louables coutumes de leur institut, ainsi qu'il
est exprimé dans lesdits statuts dressés par Saint Vincent
de Paul. » (*Meurthe,* 14 novembre 1809.)

Nous ne devons pas omettre de parler ici des *soupes économiques* établies en l'an X dans la maison des sœurs de
Saint Vincent de Paul. En même temps, nous rectifions
une erreur commise par M. Henri Lepage dans ses *Transformations de Nancy* (*Annuaire* pour 1884, p. 23).

Le *Journal de la Meurthe* du 23 ventose, an X, n° 819,
donne pour la première fois un supplément, entièrement
consacré aux soupes économiques fondées le 1er du même
mois (20 février 1802), et non, comme l'a dit M. Lepage,
en l'an XII.

« La *Société philanthropique* de cette ville, vient d'établir
des soupes économiques, dont la distribution est confiée
aux Dames hospitalières de l'hospice de la Charité de Saint-
Epvre, sous la surveillance des administrateurs. La direction de cet établissement est confiée à un conseil d'administration composé de onze membres. Il a été formé
le 1er ventose, sous la protection des autorités civiles, et
les souscriptions abondantes qui ont été fournies par le
Préfet, le Général divisionnaire, Mgr l'Evêque, la Commune et toutes les principales autorités constituées, ont
mis l'administration à même de distribuer *plus de 4,000
soupes dans le courant du mois de ventose.* Cet établissement
doit être considéré comme un acheminement à d'autres
mesures, qui auront pour but l'extinction de la mendicité
dans cette commune, ainsi qu'on y est parvenu dans d'autres départements environnants.

» La Société philanthropique, malgré toute sa bonne
volonté, ne pourrait remplir ses vues, si tous les bons citoyens ne venaient se réunir à elle, et ne convertissaient
les aumônes abondantes qu'elles font journellement, en
bons de soupes économiques. Ils peuvent, à cet effet, envoyer leurs souscriptions chez le citoyen *Coriolis,* négociant, place des Vétérans (aujourd'hui place des Dames),
nommé trésorier de l'administration ; le prix des soupes
est fixé provisoirement à *deux sols,* faisant un décime. On
ne peut souscrire que par nombre complet de trente soupes, et elles ne sont distribuables que les 1er, 11 et 21 de

chaque mois, de manière qu'il y ait toujours dix jours entre la souscription et la distribution.

» Les souscripteurs reçoivent une carte, pour chacune des soupes pour lesquelles ils souscrivent; la faculté de distribuer les cartes leur appartient, à moins qu'ils ne préfèrent en laisser le soin à l'administration.

» La confection des soupes économiques n'a été arrêtée, qu'après de nombreuses expériences, qui ont assuré qu'une portion de cette soupe pesant une livre et demie, ou trois quarts de kilogrammes, peut suffire à la nourriture d'un individu pendant une journée; elle est principalement d'un grand secours dans les familles nombreuses, ces soupes sont d'un goût agréable, et les enfants les mangent avec plaisir. La Société philanthropique rend trop de justice aux sentiments d'humanité dont sont animés ses concitoyens, pour ne pas être assurée qu'ils s'empresseront de se réunir à elle, et viendront achever de consolider un établissement, dont les avantages sont reconnus, et dont les résultats doivent être si heureux, en parvenant à ne plus rencontrer de mendiants dans les rues de Nancy.

» L'*Administration des soupes économiques.* »

L'*Annuaire statistique* du département de la Meurthe, pour l'an XII, imprimé en l'an XI, complète cette note (p. 185) :

« *Soupes économiques.* — En ventose dernier, une société philanthropique a formé, à Nancy, un établissement de soupes économiques pour les indigents de cette ville; elle a nommé dans son sein un conseil de 11 membres, chargés spécialement du soin de la confection des soupes et de leur distribution.

» Les membres des différentes autorités et plusieurs citoyens de Nancy, se sont empressés de seconder les vues bienfaisantes de la Société, en souscrivant pour un certain nombre de soupes.

» Ce potage est de bonne qualité et très nutritif; chaque ration de 7 hectogrammes, dont le prix n'excède pas 10 cent., peut aisément nourrir une personne pendant un jour. Du 1er ventose au 1er fructidor dernier, le nombre des souscriptions s'est porté à 16,180 rations, dont on a distribué 15,673.

NOMS DES MEMBRES DU CONSEIL D'ADMINISTRATION
DES SOUPES ÉCONOMIQUES.

Président : *André*, commissaire du gouvernement près le Tribunal criminel ; Trésorier : *Coriolis*, négociant ; Econome : *Mandel*, pharmacien ; Trésorier-adjoint : *Lallement*, vérificateur de l'enregistrement ; Econome-adjoint : *Dumas*, ancien Commissaire ordonnateur des guerres.

ADMINISTRATEURS CHARGÉS DE DISTRIBUER LES BONS DE
SOUPES PAR SECTION.

« *Vigneron*, juge au Tribunal ; *Thieriet*, professeur à l'Ecole centrale ; *Mengin*, ingénieur ; *Messin*, homme de loi ; *Sansonnetti*, idem ; *Mennessier*, Directeur des contributions.

« *Nota*. — Les soupes se distribuent tous les jours à 11 heures dans la maison des Dames de charité de Saint-Epvre. »

L'annuaire pour les ans XIII et XIV et les annuaires postérieurs, ne mentionnent plus les soupes économiques. Faut-il en conclure que cette administration avait cessé de fonctionner ? C'est notre avis. Le Consulat qui s'était montré libéral, tolérant et philanthropique, devenait autoritaire, à mesure qu'il approchait de la couronne impériale. Napoléon, empereur, ne fut pas moins révolutionnaire, que les Jacobins de l'an II ; il désorganisa les services publics, pour les centraliser et les mettre dans les mains de son gouvernement. On lui répétait tellement qu'il était le sauveur, le génie tutélaire de la France, qu'il avait fini par prendre son rôle au sérieux : il voulait être un novateur hors ligne, un inventeur de plats réchauffés ; aux yeux de la multitude, tout cela était superbe, et il se trouvait toujours des adulateurs qui claquaient à tout propos et à outrance. Ajoutons que le préfet Riouffe était bien fait, pour seconder le charlatanisme de son auguste maître.

On lit dans le journal officiel de la préfecture de la Meurthe, le 3 avril 1812 :

« Par son arrêté du 30 mars dernier, relatif à l'exécution du décret impérial du 24 du même mois, qui ordonna une distribution extraordinaire de secours dans les départements de l'Empire ; M. le baron de l'Empire, préfet du département de la Meurthe, considérant que la première des mesures à prendre, doit être l'organisation des comités de bienfaisance, auxquelles le décret confie l'*Administration des soupes* dans chaque canton, a désigné pour faire partie du comité de la ville de Nancy, MM. *Dumast* père, ancien commissaire ordonnateur des guerres ; *Mandel*, pharmacien, membre du conseil municipal et de la commission des hospices ; et M. *Charlot*, curé de la paroisse Notre-Dame. Chaque comité, dès l'instant de son organisation, se réunira au chef-lieu de canton et dans les villes ayant plus de 10,000 fr. de revenus, à l'hôtel de la mairie, pour s'occuper de la confection de l'état des indigents de son territoire, de reconnaître les lieux où il pourrait être plus convenable d'établir les fourneaux et de préparer les soupes. Les comités pourront user des facultés que leur offriraient, à cet égard, les établissements de bienfaisance, avec les administrations desquels ils se concerteraient à cet effet. »

En résumé, cet établissement fondé par décret impérial, est la copie des soupes économiques créées en l'an X par la Société philanthropique de Nancy ; mais, en l'étendant à toute la France, Napoléon créait ce que nous appelons aujourd'hui les distributions du Bureau de Bienfaisance, puisqu'ici ce sont les bureaux de bienfaisance qui fournissaient la plus large part, en y affectant les revenus qui leur étaient alloués.

Le 2 juin suivant, dans un compte rendu émané de la préfecture, les éloges les plus pompeux sont décernés à Napoléon, comme initiateur de cette nouvelle institution.

« *Préfecture.* — *Soupes économiques.* — La distribution des soupes à la Rumfort s'opère dans ce département de la manière la plus satisfaisante. Grâces au zèle et à l'activité des membres du comité de bienfaisance de Nancy, les distributions ont commencé dans cette ville, dès le 1er avril ; et, si dans les autres cantons, l'exécution du décret du 24 mars a éprouvé quelque retard, MM. les sous-préfets, les maires, les ecclésiastiques et les notables ont su lever tous les obstacles, et les distributions sont depuis longtemps en pleine activité. Il résulte des comptes du mois d'avril, qu'il a été distribué 171,314 soupes dans le département. Les comptes du mois de mai présenteront un résultat beaucoup plus complet.

« Tous les jours les indigens de la ville de Nancy reçoivent 1500 portions de soupe, confectionnées par les sœurs hospitalières, avec les soins désintéressés qu'elles mettent toujours dans les devoirs de bienfaisance et d'humanité, dont elles sont chargées.

« Les indigents trouvent dans ces distributions une nourriture saine et un secours salutaire, dans les circonstances actuelles.

« Aussi, de tous les points du département, du sein de la cabane du pauvre, des bénédictions s'élèvent vers l'auguste souverain qui fait ainsi de sa puissance, l'usage le plus digne de sa grande âme et le plus cher à l'humanité.»

Nous n'avons pu savoir jusqu'à quelle époque ces distributions ont eu lieu. Il n'en est plus question dans le journal du temps. Elles ont dû cesser probablement dans le courant de l'année 1812, puisqu'elles n'avaient été instituées qu'à titre de secours extraordinaires.

Nous ne voyons rien se faire de semblable sous la Restauration, même durant les années calamiteuses de 1817 et 1818, pendant lesquelles les ouvriers et les indigents ont beaucoup souffert de la cherté du pain. Le 6 janvier 1817, le ministre de l'intérieur avait mis à la disposition du préfet de la Meurthe « une somme de 50,000 fr. pour venir au secours de la classe indigente. » Les distributions se faisaient alors à domicile ; on ne rend pas compte ordinairemeut des opérations de ce genre. Les secours à domicile avaient un grave inconvénient : les pauvres ne pouvant utiliser avantageusement les dons en nature qui leur étaient faits revendaient les pommes de terre et les fagots qu'on leur distribuait.

Pendant le rigoureux hiver de 1829, on continua les secours à domicile, sans songer que les soupes économiques étaient un moyen plus efficace de pratiquer la charité, et de venir en aide aux pauvres. Il se peut aussi, qu'on ne se rappelait plus, en 1829, ce qui s'était fait si avantageusement de 1802 à 1805, et en 1812.

« Nous sommes informés que le Bureau de bienfaisance de la ville de Nancy, outre la délivrance hebdomadaire du pain, à laquelle il fait participer pendant toute l'année plus de 300 indigents, a distribué depuis le mois de sep-

tembre dernier, à titre de secours à domicile, environ
7000 fr. en numéraire, 5000 tandelins de pommes de terre
et 20,000 fagots.

« Ces dépenses ont été effectuées tant avec les revenus
de l'établissement, qu'au moyen des dons faits par le Roi
et par madame la Dauphine, lors de leur passage en cette
ville, des diverses offrandes versées par des personnes
charitables, et du produit des concerts donnés au bénéfice
des pauvres. »

Mais ajoutons que l'indigent n'avait ni graisse, ni lard,
ni sel, ni combustible, pour cuire ses pommes de terre.
Que représentent 20,000 fagots ? un feu de paille dans
chaque ménage. D'ailleurs le journal ajoute :

« Cependant, malgré ces secours abondants, la rigueur
de la saison réclame encore, en faveur de la classe si nombreuse des indigents, la continuation des distributions de
combustibles qu'il serait à désirer de voir se prolonger
pendant toute la durée des froids. » (Meurthe, 15 février
1829.)

L'hiver de 1831 à 1832 était non moins rigoureux que
celui de 1829. Au lieu de procéder par les secours à domicile, on reprit le système des soupes économiques. Nous
n'avons pas trouvé dans les journaux de l'époque : la
Meurthe et le Courrier (le Patriote n'était pas créé), d'avis
préalables annonçant la création d'un fourneau spécial et
la distribution des soupes gratuites. C'est au moment où
la distribution va cesser, que la Meurthe en parle, dans son
numéro du 17 février 1832, sous ce titre : « Distribution
des soupes gratuites par les sœurs de Saint-Vincent-de-
Paul. »

« Nous ne devons pas passer sous silence, dit ce journal,
un fait digne d'un vif intérêt, puisqu'il s'agit des pauvres.
Nous voulons parler de ces soupes qui, depuis le 9 janvier,
sont, chaque jour, distribuées par les sœurs de Saint-Vincent-de-Paul, dans leur maison, rue de la Source, de dix à
onze heures du matin. Chaque soupe se délivre sur un
bon donné aux pauvres, par la personne qui a voulu l'en
gratifier : le bon coûte au bienfaiteur 10 centimes. Cette
soupe se compose de pain, de riz, de lard et de légumes.
La portion est copieuse, et il n'est personne qui, en
goûtant cette soupe économique, n'ait à s'applaudir que
le pauvre trouve là un aliment que le riche ne dédaigne-

rait pas. Plus de 350 soupes sont distribuées chaque jour, de cette manière ; et rien n'est comparable à l'ordre qui préside à cette distribution, si ce n'est la rapidité avec laquelle elle se fait. Ce genre de secours nous paraît précieux, puisqu'il fournit le moyen de donner aux malheureux, une chose aussi nécessaire à leurs besoins, que favorable à leur santé. Là, rien de perdu ; pour que le don profite, il faut de suite le consommer. Quelques pauvres, qui préfèrent les profits du pavé, vendent leurs billets, dans la crainte que l'attente de la distribution ne les prive d'avantages supérieurs. C'est un inconvénient, sans doute ; mais c'est aux personnes qui donnent des bons à y remédier, en faisant un choix plus judicieux, parmi les malheureux qu'elles veulent secourir.

« L'idée de ces soupes, encouragée par l'autorité municipale, a été accueillie avec un vif empressement, par la charité publique ; et, jusqu'au 28 février, 18,000 soupes auront été données à la classe indigente. Pour pouvoir en obtenir d'une aussi bonne qualité, et à un prix si modique, on conçoit qu'il a fallu être secondé par le zèle et le désintéressement des sœurs de Saint-Vincent-de-Paul. Ce sont elles qui préparent et font cuire les soupes, avec ce soin, cette propreté qu'on ne peut attendre que des femmes, et des femmes chez qui le sentiment religieux porte à toute sa puissance l'amour du pauvre et le dévouement à ses besoins. Applaudissons à de pareils efforts. Exprimons le vœu que l'hiver prochain les distributions aient lieu dans plusieurs hospices, afin que le bienfait soit plus également réparti entre les pauvres des différents quartiers de la ville....»

Le *Courrier Lorrain* du 23 février 1832 publiait l'avis suivant :

« *Soupes gratuites.* — Les personnes qui ont fait usage de ce nouveau mode de secours sont prévenues que, pour ne pas interrompre trop brusquement les distributions qui devaient cesser le 27 février, on a jugé à propos de les continuer à trois ou quatre jours d'intervalle, pendant le mois de mars, qui est aussi pour le pauvre une époque difficile à traverser, et que ces distributions, au nombre de dix, auront lieu comme les précédentes, chez les sœurs de Saint-Vincent-de-Paul, à dater du 1er mars, les lundi et jeudi de chaque semaine, jusqu'au 2 avril. Les feuilles de cette troisième et dernière série, dont le prix n'est que d'un franc, sont déposées chez les mêmes personnes qui ont déjà procuré le placement des feuilles de première et deuxième séries. »

Il semble résulter d'une note publiée le 1er novembre 1831, par le *Courrier Lorrain*, que l'établissement de la distribution des soupes gratuites aurait été décidé, en suite du compte rendu présenté pour l'exercice de 1830-1831, par le bureau de bienfaisance et la commission des secours temporaires. Les opérations de cet exercice avaient eu pour but de créer des ateliers de charité, et de faire obtenir aux indigents et aux pauvres ouvriers, le pain à un taux moins·élevé que le cours ; un boni en étant résulté, on publia la note à laquelle nous faisons allusion :

« L'hiver dernier, des cotisations mensuelles avaient été souscrites à Nancy, pour procurer à la classe indigente, d'une part, plus de travail, et de l'autre, un abaissement sur le coût de sa nourriture. Le compte d'emploi des fonds recueillis (43,697 fr.), vient d'être publié par la commission, qui avait été chargée de diriger les secours temporaires. On y remarque les détails suivants : 2686 ménages, composés de 9358 individus, ont eu, pendant cinq mois, la miche de 16 livres à 8 sous de moins que le cours. Cette dépense s'est élevée à 31,994 fr. 10 c. La caisse du bureau de bienfaisance était épuisée ; la commission l'a mise à même de ne pas interrompre ses secours, en lui versant une somme de 4000 fr. L'administration municipale manquait de fonds, pour soutenir ses ateliers de charité ; de nombreux ouvriers, sans ouvrage chez eux et employés à la réparation des chemins vicinaux, allaient être renvoyés ; une somme de 3,982 fr. 18 c. a suffi pour occuper ces malheureux jusque l'arrivée de la belle saison. Le reliquat en caisse est de 3,167 fr. 55 c. ; il vient d'être décidé que ces fonds seront employés à l'établissement d'une chaudière à vapeur, pour la confection des soupes économiques. »

CHARLES III (Rue)

Où commence-t-elle ? où finit-elle ? Il y a dix ans, en 1872, elle commençait à la rue Sainte Anne, et finissait à la rue de l'Equitation, en y comprenant la *petite rue de Grève*, à l'est, qu'on appelait communément *petite rue Sainte Anne*. Depuis, cette rue a été prolongée en ligne droite, jusqu'au canal de la Marne au Rhin, à partir de cette *petite rue de Grève* que nous indiquons ; de sorte qu'elle en forme actuellement deux : l'ancienne, qui a son numérotage depuis 1841 ; et la nouvelle, dite *rue Charles III prolongée*, à laquelle, pour être logique, un numérotage inverse doit être appliqué, s'il ne l'est déjà.

L'ancienne *rue de Grève,* qui est devenue, en 1867, *rue Charles III*, ne semble pas avoir subi le sort commun à tant d'autres rues. Les révolutionnaires n'y ont pas touché. On a donné quelquefois, avant la Révolution, le nom de *rue des Capucins*, à la partie comprise entre la rue Saint Dizier et la rue Saint Nicolas, sans que, cependant, cette dénomination ait eu un caractère officiel.

A la fin du dernier siècle, c'était dans la rue de Grève que se tenait la Tappe des vins, ou le Marché aux vins, qui avait été établi originairement sur la place du Marché.

« Ordonnons que le marché des vins continuera à être établi au Fauxbourg Saint Nicolas, depuis la Fontaine de ce nom, en remontant la rue de Grève, jusqu'à celle des Quatre Eglises exclusivement, avec défense d'en exposer ailleurs, sous peine de dix francs d'amende.» (*Ordonnance de Police* du 2 juin 1779).

Nous n'avons pu savoir à quelle époque le marché aux vins avait été transféré en cet endroit.

Lorsqu'en 1777-78, l'ingénieur en chef des ponts et chaussées de Lorraine et Barrois, de concert avec M. le maréchal comte de Stainville, conçut l'idée d'agrandir et d'embellir la ville de Nancy, il voulait en faire un vaste rectangle et prolonger les voies de la ville-neuve, jusqu'aux nouvelles lignes d'alignement tracées à l'Est et à l'Ouest de la Ville-Vieille.

Parmi ces voies, il s'agissait notamment de prolonger

la rue des Tiercelins, jusqu'au nouveau mur d'enceinte, et la relier à la place du Marché (V. rue des Tiercelins).

Quant aux rues de la Hâche et de Grève, ce projet n'était qu'à l'état d'embryon, mais promettait d'éclore un jour.

La Révolution, en effaçant tous les souvenirs du vieux Nancy, avait fait oublier notamment les arrêts du conseil du Roi des 15 avril 1774, 12 juin 1778 et 19 juin 1784; les nancéiens ne connaissaient même plus le projet, et moins encore le plan de l'Ingénieur Lecreulx, et du maréchal de Stainville.

Ce plan avait été tellement bien conçu et bien mûri, qu'il avait prévu toutes les nécessités qui se sont imposées depuis dans notre ville, principalement par la création du canal à l'Est et du chemin de fer à l'Ouest, qui accroissaient les intérêts commerciaux, et assuraient l'existence des industries qui, jusqu'alors, n'avaient fait qu'y végéter.

Nous avons sous les yeux plusieurs documents publiés en octobre 1842, dans le *Journal de la Meurthe*, appelant l'attention de la municipalité sur les nouvelles percées de rues à pratiquer, dans la ville neuve, pour faire aboutir directement les centres commerciaux, au canal et au chemin de fer.

Les auteurs de ces divers articles ignoraient absolument l'existence du plan de l'ingénieur Lecreulx, et des arrêts du conseil du Roi, que nous venons de rappeler.

Les habitants de la rue de Grève (Charles III) furent les premiers qui attachèrent le grelot. Comme, à cette époque, la municipalité avait l'intention de relier la place de la Carrière au Cours Léopold, par une voie directe, qui devait se trouver dans l'axe de la grande allée de la Pépinière, ils demandèrent le reculement des octrois, jusqu'aux nouvelles grandes voies de communication, et, en attendant mieux, au moins le prolongement de leur rue à l'est et à l'ouest, jusqu'au mur de ville.

Les motifs exposés par les pétitionnaires de la rue Charles III, étaient de nature à balancer en faveur de leur projet la décision du conseil municipal, lorsqu'inopinément, inopportunément, surgit une pétition à peu près identique de la part des habitants de la rue des Tiercelins, élevant à leur égard des prétentions qu'on peut taxer d'absurdes; car, sous une question de rivalité de rues, se posait une question de personnalités et de préjugés, plus absurdes encore.

Si les rues de la Hache et des Orphelines n'ont pas pétitionné, à leur tour, c'est qu'alors elles n'étaient habitées que par de petits commerçants de détail, qui n'avaient ni l'autorité ni le pouvoir des gros bonnets des pauvres et médiocres rues des Tiercelins et de Grève, tant il est vrai que le capital absorbe le travail, même le plus intelligent.

Entre la rue des Tiercelins et la rue de Grève, il y avait un écart immense, un préjugé à détruire : la rue des Tiercelins était une rue aristocratique, dans toute la force du terme ; la rue de Grève, au contraire, était une rue maudite, qui aboutissait à l'est sur *la Paille Maille.* C'en était assez sur ce nom, pour faire reculer tous les conseillers municipaux de ce temps-là. Elever *la Paille Maille* à la dignité de rue, s'écriait-on, autant transporter la rue des Dominicains dans la rue des Artisans. Ces gens-là ne comprenaient pas, qu'en assainissant les rues malpropres, par des voies larges, on les assainissait, tout à la fois, au point de vue hygiénique et au point de vue moral. Si, dans cette question, une rue devait avoir la priorité, c'était la rue de Grève. Le conseil municipal en a décidé autrement, par ses délibérations subséquentes. En tout cas, après 33 années d'étude, il a fini par rendre justice à la rue de Grève. C'est un peu ce qui prouve la tenacité des préjugés dans les esprits.

La rue de Grève méritait une attention plus grande de la part de l'administration, parce qu'elle aboutissait, plus directement, à l'ouest, sur la voie ferrée en projet, et à l'est, sur le canal en construction, tandis que la rue des Tiercelins n'a pas d'issue directe sur la rue Saint-Dizier, et que son trafic, tant que ce percement ne sera pas fait, ne sera jamais considérable ; puisqu'à l'ouest, il lui manque un débouché direct, qui s'impose et qu'on sera obligé d'ouvrir, tôt ou tard. Il ne s'agit plus que d'une question de temps et d'opportunité.

Nous avons dit plus haut, qu'en 1842, l'administration municipale avait conçu le projet de relier le Cours Léopold à la Petite Carrière, par un large boulevard, qui se serait trouvé dans l'axe de la grande allée de la Pépinière. Ce projet, qui n'est pas encore exécuté, ne fut pas abandonné ;

car c'est en vue de son exécution, que la nouvelle église de saint Epvre a été reculée d'environ dix mètres. En tout cas, en 1867, on avait encore l'espoir que ce projet serait exécuté, et dans le tableau dressé par la commission d'administration, indiquant les noms à donner aux percées nouvelles qu'on projetait, le vocable de *Charles III* avait été réservé pour ce boulevard à créer.

M. Louis Lallement présenta, dans son mémoire, ces quelques observations qui ne manquent ni de justesse ni d'à propos :

« Du moment où l'on crée à Nancy une nomenclature historique, pour nos rues et nos places, on ne saurait, sans la plus criante injustice, oublier ou mal placer Charles III, le fondateur de la Ville Neuve. La commission propose ce nom pour le boulevard projeté, pour mettre la petite Carrière en communication avec le Cours Léopold. En admettant que cette voie coûteuse doive jamais être percée, il est probable qu'elle prendrait le nom de la vieille place Saint Epvre, qu'elle supprimerait entièrement, et d'ailleurs, disons-le tout de suite, le nom de Charles III ne saurait être plus mal placé ! Sans doute, ce duc, comme tous les autres, habita le Palais Ducal ; mais à Nancy, Charles III doit avant tout être considéré comme créateur de la ville-neuve ; et, par conséquent, c'est au cœur de la ville-neuve qu'il faut chercher la rue qu'on lui consacrera, sans oublier que, lorsqu'il fit sortir de terre la seconde ville de Nancy, on voulait l'appeler de son nom *Charleville,* le prince refusa, afin de laisser grandir le seul nom de Nancy. Le mieux, le plus convenable sous tous les rapports, pour mettre en lumière, comme il le mérite et sur une vaste échelle, le nom du glorieux fondateur de la ville-neuve serait assurément d'appeler *rue Charles III* la rue Saint-Dizier ; mais enfin, si l'on hésite à toucher au nom de cette grande et magnifique voie, il est indispensable d'appeler *Place Charles III,* la place Mengin, c'est à dire la partie de la place du Marché, sur laquelle s'élevait autrefois l'hôtel-de-ville, entre le marché-couvert et Saint Sébastien. »

C'est à la suite de ces observations, que le conseil municipal fit de la rue de Grève, la *rue Charles III.*

Quant à la *place Charles III*, nous l'aurions admise dans toute l'étendue de la place : place Mengin et Marché Cou-

vert. Mais nous aurions repoussé, comme nous la repous-
serons chaque fois que l'occasion s'en présentera, la
substitution du vocable *Saint Dizier*, pour cette première
rue créée à la ville-neuve par Charles III.

Saint Dizier est un vocable essentiellement historique,
qui ne doit pas être changé. Puisque c'est le village de Saint
Dizier, qui a formé dans cette rue le premier noyau des
habitants de la ville-neuve.

CHEVAL BLANC (Rue du)

De la place des Dames à la rue de la Source.

Antérieurement au XVIIᵉ siècle, suivant Lionnois, elle
était connue sous le nom de *Ruelle Saint Jean*, dans
laquelle se trouvait la *Ruelle de l'Etang*, où fut établie
l'hôtellerie du *cheval blanc*, qui donna son nom à cette rue,
aujourd'hui l'une des plus anciennes de la Ville-Vieille.

Elle n'est dénommée dans aucun des plans du dernier
siècle, sauf dans celui de Mique, qui la désigne sous le
vocable actuel, ainsi que l'état des maisons de 1767 et le
recensement de l'an IV. C'est dire que celui-ci fut respecté
par les révolutionnaires des diverses nuances qui administraient la cité à cette époque.

Au XVIᵉ siècle, la *rue du Cheval blanc* n'était certainement qu'une petite et étroite ruelle, et elle ne s'étendait
pas au-delà du n° 10 actuel, la partie supérieure, correspondant de la rue de la Charité à la rue de la Source,
étant donnée comme *rue des Etuves*. D'ailleurs, le vocable
actuel n'était pas absolument admis pour son étendue, au
dernier siècle.

Nous expliquerons, en parlant de la rue du Point du
jour, comment la rue du Cheval blanc a pu être, en 1551
et en 1565, la *rue Roboam*, ou *rue Roubonneau*, que Lionnois place certainement à tort dans la rue du Point du
jour. Nous nous contenterons, dans le présent article, de
critiquer cet auteur, par l'application qu'il fait des vocables
de ruelle Saint Jean et de ruelle de l'Etang, à la rue qui
nous occupe. Lionnois n'ayant vu qu'un seul rôle du XVIᵉ
siècle, et ignorant la marche des contre-rolleurs, a été

entraîné à commettre, et à propager de nombreuses erreurs.

« Dans un compte rendu, le 24 septembre 1502, par Mᵉ Nicolas Gaultier, prêtre, dit Lionnois, dans son *Histoire*, t. Iᵉʳ, p. 297, des revenus de l'hôpital saint Julien, on voit que les enfants Mengin doivent tous les ans, à la saint Jean, 6 sous 9 deniers obole, et autant à Noël, sur leur maison séant en la *rue de la Poterne*, devant la grande maison (1), entre une maison qui est aux religieux de Belprès, d'une part, et Jehan, potier de terre, d'autre ; et encore sur un petit meix séant en la *ruelle Saint Jean*, entre les hoirs de Jean Renal, d'une part, et la *ruelle de l'Etang*, d'autre part.

« La *ruelle saint Jean* est la *rue du Cheval blanc*, à laquelle une hôtellerie, qui avait pour enseigne un cheval blanc, a donné ce nom. Au milieu de la rue, dans l'endroit où était autrefois la *ruelle de l'Etang*, qui s'étendait jusqu'au monastère des Religieuses (Dames-Prêcheresses), on voit dans une petite niche, enchâssée dans le mur, une tête de saint Jean, et au-dessous, sur un marbre noir, ces mots :

ENTREZ EN JOYE

SORTEZ EN PAIX

APRÈS GRAND TRAVAIL UNE FIN

C. B.   1622   C. D. E.

Ce que Lionnois ne savait pas, et ce que nous savons, par divers actes de vente de l'hôtel de Custines et de ses dépendances, c'est que cette maison est dite « *la maison du cheval blanc.* » Puisque nous connaissons l'hôtellerie, puisque la plaque commémorative, en quelque sorte, nous indique sa création, nous pouvons fixer au XVIIᵉ siècle la substitution du vocable actuel, à l'ancienne dénomination de ruelle saint Jean, si toutefois celle-ci a existé.

Aujourd'hui, une partie de l'hôtellerie est occupée par l'*Imprimerie Saint-Epvre,* renommée pour ses publications

(1) La rue de la Poterne est prise ici pour la rue des Escuyeries, devenue rue du Bon-Pays. La vraie rue de la Poterne, conduisait de cette rue sur le bastion des Michottes (V. Rue du Bon Pays).

religieuses, et pour la bonne exécution de ses travaux typographiques.

Il ne faut pas croire que l'inscription dont nous venons de rapporter le texte, et qui existe encore, faisait allusion à une maison de débauche. Aux XVIe et XVIIe siècles, presque toutes les hôtelleries en avaient de semblables ; c'était une bonne enseigne où aimaient à se rencontrer les francs-buveurs appartenant à l'ordre de la Boisson.

En 1779, Lionnois dit, dans ses *Essais*, p. 361, que « cette rue communique de la place des Dames à la rue de la Source. » Oui, mais seulement depuis la suppression de la *rue de Lenoncourt,* qui avait remplacé la *rue des Etuves,* pour prendre le nom de rue de la Charité. Dans toute son étendue actuelle, le vocable *du cheval blanc* a raison d'être, parce que le passage et la cour de cette hôtellerie étaient communs à l'hôtel de Custine, sur la place des Dames, et à l'hôtel de Ville, sur la rue de la Source (n° 10).

Le vocable de Ruelle Saint Jean, que lui donne Lionnois, lui a-t-il jamais été appliqué ? Nous en doutons, et nous ne croyons pas avec cet auteur, que la ruelle de l'étang, voisine de la ruelle saint Jean, ait jamais été dans l'emplacement qu'il assigne à ces deux ruelles dans la ville vieille. Nous avons trouvé plusieurs meix d'une contenance trop grande, trois jours environ de·terrain, situés dans la ruelle de saint Jean et dans la ruelle de l'étang, qui ne nous permettent pas d'admettre absolument la version de Lionnois. Du reste, cet auteur, à la suite de la citation que nous venons de lui emprunter, fait une remarque qui enlève beaucoup de poids à ce qu'il vient d'avancer :

« Cette ruelle de l'Etang, non plus que l'Etang, ne subsiste plus depuis·la fondation de la Ville-Neuve. L'Etang était dans l'intérieur des hôtels de Custine et de Ville, et la ruelle était dans l'endroit où est aujourd'hui l'unique porte cochère de la rue du Cheval blanc, laquelle, pour cette raison, est commune, ainsi que la cour intérieure, aux hôtels de Custine et de Ville, et la maison voisine de cette porte. Lorsqu'en 1715, on bâtissait l'hôtel de Custine, actuellement à M. le marquis de Ludres, on voyait encore dès vestiges de cet étang.» *(Histoire* I, p. 297.)

Ce que Lionnois prend pour les vestiges de l'étang, n'était, en réalité, que l'ancien cours du ruisseau de la Boudière. Nous avons pu voir, comme lui l'a su pour les fondations de l'hôtel de Custine, lorsqu'on a fait des fouilles sur la Place des Dames, pour la pose des gros corps de conduite des eaux de la Moselle; et, en 1882, celles pour y établir un égout, que ce terrain était composé de cailloux et d'une terre un peu jaunâtre, tandis qu'un peu plus haut, le sol est une terre argileuse ardoisée. En admettant même qu'il y ait eu, en cet endroit, un étang vers 1502, où se trouvaient les meix dont il est question ? Nous trouvons encore ce meix frappé du même cens, au profit de l'hôpital Saint Julien, dans les comptes de 1538, où il est dit situé en la *ruelle Saint Jehan*. Dans un acte du 28 avril 1443, rapporté par Lionnois dans ses *Essais*, p. 331, intervenu entre le chapitre de Saint Georges et le Procureur de Saint Michel, il est ascensé trois heures de meix, ainsy comme elles se contiennent séant on ban dudit Nancy, au lieu con dit en la *ruelle de l'Estanche...* » Or, selon nous, la ruelle de l'étang et la ruelle de l'Estanche sont une seule et même chose.

Serait-ce, par hasard, la tête de saint Jean Baptiste, placée dans la niche au-dessus de la plaque d'enseigne, qui aurait amené Lionnois à trouver dans cette rue une ruelle Saint Jean ? C'est possible, mais ce serait là une singulière mystification, dont Lionnois aurait été la première victime, en tirant une conclusion stable d'un objet, placé là, momentanément.

Il faut remarquer qu'aux XVe et XVIe siècles, Nancy avait trois faubourgs hors de ses murs : le village de Saint Dizier, et le faubourg Saint Nicolas qui se reliait, par des chemins et des ruelles, au faubourg Saint Thiébaut, qu'on appelait aussi l'Estanche, à cause du moulin situé près de la commanderie et de l'étang Saint Jean.

A la création de la ville neuve, il y avait une rue Saint Jean, devenue depuis la rue de la Poissonnerie; cette rue, ou plutôt ce chemin Saint Jean, avait une infinité de sentes ou ruelles, qui conduisaient dans les jardins qui l'environnaient. Lionnois en donne encore la preuve dans la désignation des terrains composant l'ancienne Esplanade, avant la création de la ville neuve, t. II, p. 19 et suivantes.

Nous avons donc l'intime conviction, que les ruelles Saint Jean et de l'étang n'étaient pas, comme le dit Lionnais, dans la rue du Cheval Blanc, mais bien dans la partie supérieure des rues de la Poissonnerie et Saint Joseph.

Il y a eu, à Nancy, plusieurs hôtelleries ayant pour enseigne un cheval blanc, notamment l'hôtellerie des halles, 54, rue Stanislas, lorsque Pierre Dubois en était le propriétaire censitaire.

L'enseigne du *cheval blanc* n'est pas ce qu'un vain peuple pense. A cette enseigne et au vocable de la rue qui nous occupe, se rattache une particularité historique, oubliée maintenant par les générations actuelles.

Nancy, comme capitale, jouissait, de même que Paris, d'une prérogative essentielle aux capitales. Elle avait le droit, pour les chevaux composant sa poste, de les choisir blancs. C'est pour cette raison qu'on nommait les chevaux de la poste de Nancy les chevaux d'argent. La coutume s'en est conservée jusqu'à la création des chemins de fer. A cette occasion, rappelons une petite anecdote qui s'est passée en 1848 à l'hôtel de l'Europe. Des gardes nationaux de Strasbourg, se rendant à Paris, mirent pied à terre dans cet hôtel; au moment de leur départ, suivant l'usage antique et solennel, on attela à la berline qui devait les conduire à Toul des *chevaux blancs*. Ils virent dans cet acte une insulte à leur dignité de Député et de républicains démocrates, et réclamèrent, à cor et à cri, des chevaux rouges. On eut beau leur expliquer que l'usage était admis, même sous la révolution, ils s'entêtèrent et force leur resta ; on substitua des chevaux bais, bruns ou rouges aux *chevaux blancs* traditionnels.

Nous avons de fortes présomptions de croire qu'au XVIIᵉ siècle la rue du cheval blanc et la rue de la charité, formant ensemble une sorte de fer à cheval, dont les extrémités reliées par la rue entre les deux places, étaient comprises sous le vocable commun de *rue du vieux Change*, sous lequel nous avons trouvé mentionnée la place des Dames, connue antérieurement comme *place du chastel*. Ce ne serait donc que dans le milieu ou à la fin du XVIIᵉ siècle, que le vocable de *cheval blanc* lui aurait été appliqué.

D'après les rôles de 1572 et de 1582, en suivant attentivement la marche des contrôleurs, la rue de la charité était alors la *rue des Etuves*, et la rue du cheval blanc la *rue du vieil change*. Dans ces deux rôles, il n'est plus fait mention de la *rue derrière les Estuves*, qui, en 1551, suivait la *rue Naxon*; elle était donc supprimée par le fait, et le vocable de Naxon avait prévalu.

Il est d'autant plus admissible de reconnaître, dans la
rue du Cheval blanc, la rue du vieil change, que cet édifice
situé au nord-est de la place des Dames, n°s 17-19, était
voisin de la rue qui nous occupe ; et la grande *place du
chastel* a également porté, à diverses époques, le nom de
place du change, ou de place du vieil change.

Il est incontestable que la rue du Cheval blanc doit son
nom à l'hôtellerie, dont la devise, gravée sur une plaque
de marbre noir, datée de 1622, se voit encore au-dessus de
la porte d'entrée, murée depuis longtemps.

Lionnois et d'autres ont dit et répété, que cette hôtellerie avait pour enseigne le cheval blanc ; mais où en est la
preuve ? On trouve bien cette enseigne indiquée quelque
part ; nous-même, venons de dire que, dans les titres de
l'hôtel de Custine, il est fait mention de la maison dite du
cheval blanc ; rien ne prouve, du moins, que cette enseigne
ait été appendue au-dessus de la devise, gravée sur la
plaque de marbre noir.

Déjà le lecteur nous considère comme un sceptique, et
se demande quelle mouche nous pique pour poser ces
questions.

Nous allons nous expliquer.

Lionnois a donné l'inscription du marbre, tous nos historiens, tous nos nancéistes qui ont eu occasion d'écrire
sur Nancy, ont rarement manqué l'occasion de rapporter
plus ou moins exactement le texte de cette inscription, de
parler de la rue du Cheval blanc et de faire intervenir dans
ses origines, la ruelle Saint Jean, la ruelle de l'étang, etc.
M. H. Lepage, M. Louis Lallement, et bien d'autres
encore, aussi bien que nous, ont répété, à satiété, ce qu'a-
vait écrit le bon abbé Lionnois. Mais l'abbé Lionnois, pas
plus que tous ceux qui l'ont suivi, n'a examiné l'encadrement qui entoure la plaque de marbre noir, sur laquelle
on lit :

ENTRÉS EN JOYE

SORTÉS EN PAIX

APRÈS GRAND TRAVAIL UNE FIN

Au mois d'août 1884, M. Louis Lallement, passant par
hasard devant cette enseigne, y jeta machinalement
un coup d'œil. Il l'avait vue cent fois, il la connaissait

bien. Pour la cent unième fois, il découvrit ce que personne n'avait jamais vu, ce que nous-même n'avions pas remarqué ; car, il faut le dire, une couche épaisse de badigeon jaunâtre recouvre tout l'encadrement de la plaque de marbre et enlève à cet encadrement tout ce qu'il y a de plus intéressant et de plus artistique. Or, M. Lallement vit dans cet encadrement des dessins au trait, notamment un cheval parfaitement dessiné. Nous nous rencontrâmes dans la rue de la Source ; il me fit part de cette découverte, et aussitôt je me rendis devant l'enseigne si curieuse à plus d'un titre. J'en ai fait faire un dessin.

Au-dessus des mots : *Entrés en joye,* on remarque un petit cheval sellé, non bridé, gravé au trait dans la taille qui sert d'encadrement supérieur. Le cheval est bien fait, et dans de bonnes proportions.

A droite et à gauche, deux enfants nus, debout, de face, portant une écharpe légère en sautoir, ont une main appuyée sur la plaque de marbre ; dans cette main, une branche de laurier qui vient encadrer le cheval par devant et par derrière, en tête et en queue ; ils ont la tête tournée vers les passants et indiquent avec l'autre bras élevé, l'index allongé, que c'est ici l'enseigne du *cheval blanc,* et paraissent convier les voyageurs à y entrer pour s'y reposer.

L'encadrement inférieur se compose de deux branches de lauriers, étendues en forme de guirlandes.

En somme, les dessins de cette enseigne méritent d'être respectés ; car ils constituent avec la plaque de marbre noir toute l'enseigne de l'hôtellerie du XVIIe siècle.

CITADELLE (Rue de la)

Entre la Porte Notre Dame (de la Craffe) et la Rue de Malzéville.

Avant 1769, la Ville n'avait rien à voir dans la Citadelle, qui ne relevait que de l'État-Major représentant le Domaine du Roi.

Nous savons qu'après 1769, on indiquait l'adresse de ses habitants, en disant *à la Citadelle.*

Cette rue paraît avoir été créée vers cette époque ; la

maison qui porte le n° 15, le justifie par l'inscription suivante :

$$17 - \begin{array}{c} \text{SAINTE} \cdot \text{MARIE} \\ \overline{\text{PRIE} \cdot \text{POUR} \cdot \text{NOUS.}} \end{array} - 69$$

L'état des maisons de 1767 ne la mentionne pas, puisque la Ville n'avait rien à y voir.

En l'an IV, elle est désignée *Citadelle* et porte les n°s 1
à 21 inclus, de la huitième section.

Elle ne paraît avoir été appelée *rue de la Citadelle*, qu'a-
près la Révolution de Juillet. En tous cas, le 31 décembre
1839, elle figure dans le tableau des rues de notre ville.

C'est seulement en novembre 1882, qu'on l'a prolongée jusqu'à la rue de Malzéville, et qu'on y comprend la
maison n° 2 de cette rue et celle de l'octroi, qui est en
face, n° 1 de la rue du faubourg des Trois-Maisons.

Sans doute, qu'en donnant à l'ancien pont de la Citadelle ce nouveau vocable, on a l'intention de donner à la rue
nouvelle en construction, qui part de la rue de la Citadelle
pour aboutir sur la rue Claudot, un autre vocable supprimant cette partie faisant retour de la rue de la Citadelle.

Le vocable qu'on a conservé et prolongé, n'est pas à
dédaigner. La citadelle de Christine de Danemark, mère
du duc Charles III, tend à disparaître. Qui sait ce qu'il en
restera dans dix ans ? Le bastion le Duc n'est plus, et
bientôt on menacera le Marquis. La citadelle du XVIe siècle est une vieille poule dure à cuire. On doit savoir, à
l'Hôtel de Ville, qu'on n'a pas de ses plumes sans eau
chaude. Il ne suffit pas de quelques coups de pioche pour
la démolir, et on ne renverse pas ses murailles avec la
même facilité que le cintre de la *Cour des Pages.*

A propos de la composition du mortier qui lie sa maçonnerie, nous avons publié, dans le *Journal de la Société
d'Archéologie Lorraine,* la note suivante que nous croyons
bon de reproduire ici :

LE MORTIER DES REMPARTS DE LA CITADELLE

Un de nos amis, qui s'occupe d'analyses chimiques,
nous ayant demandé de lui faire parvenir des échantillons
du mortier qui lie la maçonnerie des anciens remparts de
la Citadelle, nous adresse la note suivante que nous nous
faisons un devoir de publier :

« Le mortier des anciens remparts de Nancy est formé de gros gravier et de mortier simple, le tout ayant acquis une dureté assez grande ; car les résultats analytiques indiquent la formation, dans l'intérieur de la masse, d'une certaine quantité de feldspath. Le rapport entre le gros gravier et le mortier est le suivant :

Cailloux. . . . . 31.66 p. %.
Mortier . . . . 68.34 —

Le mortier privé des cailloux a la composition ci-dessous :

Silice ou gravier fin. 68.074
Chaux. 12.601
Magnésie 2.434
Alumine 4.431
Oxyde ferrique 1.123
Acide sulfurique. 0.276
Acide carbonique 8.135
Fluorure de calcium. . . . . . . *Traces*
Eau de combinaison. 2.926

TOTAL. 100.000

« Les ouvrages de chimie les plus intéressants ne rapportent que trois analyses de mortiers contemporains, — je veux dire ayant quelques siècles d'existence. — Ce sont, d'après Bauer : 1° celle du mortier d'une porte de Vienne (Autriche) ; 2° le mortier d'une tour de la forteresse de Dresde ; 3° le mortier d'une maison de la même ville. Pour Dresde, l'âge de l'échantillon de la forteresse des Dresde était trois siècles ; celui de l'échantillon de la maison, un siècle ; pour Vienne, environ 50 ans.

	VIENNE	DRESDE	
		FORTERESSE	MAISON
Sable.	51.42	6.10	79.200
Chaux	18.26	4.20	4.300
Alumine et fer oxydulé . .	4.80	1.80	0.176
Silice soluble	1.11	6.20	2.100
Acide carbonique. . . .	18.70	18.70	13.600
Eau	3.31		
Magnésie	5.04	» »	» »

« Comme vous le voyez, les résultats sont très variables;
et si on fait la somme des éléments, on arrive à constater
que les dosages ont été incomplets. Ceux que je donne
pour les vieux remparts de Nancy se rapportent exactement à 100 gr. — bien entendu, séparation faite des cailloux, dont le rôle n'a pas été important dans la transformation subie pendant quelques siècles, par ce mortier.

« Si, maintenant, on tient compte des observations recueillies dans ces derniers temps, par divers ingénieurs,
sur les transformations que subissent les mortiers pendant
leur durcissement, on peut facilement grouper les chiffres
de la première analyse, et arriver, pour la véritable composition du mortier des remparts de Nancy, à ce nouveau
résultat :

Gravier fin, silice		49.367
Silicate d'alumine 14.239 (en combinaison)		19.917
— de chaux. 5.678 (feldspathique)		
— — en excès		7.000
— de fer.		2.723
Carbonate de chaux		12.552
— de magnésie		5.046
Sulfate de chaux		0.469
Fluorure de calcium.		Traces
Eau de combinaison.		2.926
TOTAL.		100.000

Ajoutons à cette note, aussi curieuse qu'intéressante,
que les remparts de la Citadelle ont pour le moins trois
siècles et demi, tout près, d'existence.

CH. COURBE.

Dans la note 22 de son *Nancy*, M. P. G. Dumast, dans
un style imagé qui lui était propre, déplore amèrement la
destruction de la voûte des Chameaux, qu'il considérait
comme « le seul fragment de l'enceinte primitive, nationale, — le seul pan de muraille *vraiment lorrain* qui de-
meurât encore debout. » A cette phrase vient s'ajouter la
note *a*, ainsi conçue :

« Les remparts de la Citadelle (à l'exception des portes),
bien que rebâtis sur les fondements et d'après les modèles

lorrains, sont l'œuvre des garnisons étrangères *(sic)*. Quoi-qu'ils rappellent encore une ombre chère au patriotisme, ils n'avaient pas été construits pour le pays, mais contre lui. L'unique mur tout à fait national, c'était donc le dé-bris sacré de la courtine d'Haussonville-Vaudémont : celui précisément qu'on vient de jeter bas... afin d'arriver à quoi ? afin de dépeupler et de rendre superflue la Porte Royale, élevée sous le règne de Stanislas. » (p. 213.)

Nous avouons ne pas comprendre le cri de détresse de M. Dumast, et si nous le lisons bien, il nous dit et nous affirme que les remparts de la Citadelle n'ont rien de Lor-rain, qu'ils ont été construits par les Français, soit en 1552, soit en 1633. Que signifient ces mots : « sont l'œuvre des garnisons étrangères? » Les ouvrages de la Citadelle ont été commencés au moins en 1530, c'est à dire 22 ans avant que les Français vinssent, pour la pre-mière fois en Lorraine, sous la conduite du roi Henri II. Les comptes particuliers rendus par le cellerier, de 1530 à 1540, mentionnent des travaux faits aux fortifications de Nancy : au boulevard de la porte de la Craffe, près la tour le vannier. Ce sont les premiers bastions qui ont servi d'amorce à la Citadelle, et qui défendaient la porte de la Craffe. En 1566-67, celle-ci n'était pas encore enfermée dans les fortifications que fit construire, à cette époque, Charles III. Par conséquent, ce n'est pas lors de l'occupa-tion de 1552-53, que les bastions le Duc et le Marquis ont été édifiés : puisque la porte Notre Dame des Champs, qui est dans la courtine qui reliait ces deux bastions, a été construite en 1595-1596.

« Suivant Lionnois, dit H. Lepage, dans ses *Communes de la Meurthe*, II, 148, c'est à cette époque (1567) que Charles III, prévoyant les désordres qui allaient arriver en France, résolut de mettre sa capitale à l'abri de l'ennemi. Le plan que lui donna Orphée de Galéan, « grand capi-« taine et habile ingénieur, pour corriger les défauts de la « ville-vieille, lui fit supputer, non seulement la dépense « qu'exigerait cette fortification, mais encore celle de la « nouvelle ville qu'il voulait ajouter à l'ancienne... Il « convoqua les Etats, et leur exposa la nécessité de fortifier « plusieurs villes et châteaux de ses duchés, et notamment « la ville ancienne de Nancy, qu'il voulait agrandir et « rendre plus forte. Tous les députés lui accordèrent les

« aides qu'il demanda, à la condition que les deniers qui
« en proviendraient ne seraient employés qu'aux ouvrages
« desdites fortifications ; et ils préposèrent des commis à
« la distribution de ces deniers. Dès l'année 1567, des
« ouvriers furent employés aux fortifications de la Ville-
« Vieille, *pour démolir les anciennes, et en reconstruire d'au-*
« *tres, suivant le nouveau plan*... Par le relevé des journées
« de chaque semaine, depuis 1570 jusqu'en 1573, on voit
« plus de 1,500 manœuvres employés à conduire la terre
« des ouvrages de la Ville-Vieille seulement. En 1574, on
« en trouve déjà pour ceux de la Ville-Neuve... »

« Il paraît bien, ainsi que le dit Lionnois, que les travaux des nouvelles fortifications furent commencés en
1567 ; les comptes du Trésorier-général, pour 1566-67 et
1567-68, font, en effet, mention d'une somme de près de
1,700 francs, dépensée pour cet objet ; mais il n'y a pas
une seule note, ni dans ces comptes, ni dans les suivants,
ni dans les lettres patentes, ni dans aucun autre document, qui parle des plans donnés par Orphée de Galéan.
C'est, ainsi que je l'ai dit plus haut, un nommé Antoine
de Bergamo, qui était fortificateur de Nancy ; Jacques
Beaufort avait la charge de contrôleur des ouvrages et
fortifications de cette ville ; et Florent de Belleau était
maître-maçon des ouvrages et fortifications de La Mothe ;
enfin, en 1587, un nommé Jérôme Citoni était ingénieur,
fortificateur et visiteur général des villes et forteresses de
Lorraine et Barrois. »

Depuis 1854, que M. H. Lepage a écrit ses *Communes
de la Meurthe*, il a trouvé d'autres ingénieurs et fortifica-
teurs, dont l'existence ne laisse aucun doute sur la réfec-
tion des fortifications de la Ville-Vieille, bouleversées dès
1567 par Charles III. Ce prince avait la manie des fortifications ; plusieurs fois il a fait changer celles de la ville-
vieille ; et, au moment de sa mort, il revenait sur les
plans tracés de celles de la ville neuve. Un bastion était-il
construit, une courtine était-elle faite, on se croyait
exempt de corvées, on allait se reposer des fatigues de la
veille, quand, survenait tout à coup, un nouvel ingénieur
plus ou moins italien qui proposait d'autres plans, en
faisant ressortir les avantages du système de défense qu'il
préconisait. Charles III succombait à la tentation : de nouveaux fossés se creusaient, de nouvelles murailles s'é-
levaient.

Quoi qu'en dise feu P. G. Dumast, la ville-vieille de 1611 n'a aucun espèce de rapport, — en tant que fortifications — avec la ville-vieille de 1552-53.

Charles III a tant de fois modifié et changé les fortifications de ses deux villes de Nancy, que nous défions bien le plus malin de nous dire de quelle époque date exactement tel ou tel bastion.

En somme, les ouvrages de la citadelle — en voie de démolition — datent de 1567 à 1598. C'est une période trentenaire, dans laquelle nous ne voyons rien qui puisse justifier l'assertion imaginée par M. Dumast dans son *Nancy, Histoire et Tableau,* p. 213.

Malheureusement, cette bourde immense, lancée comme une bulle de savon par un homme qui jouissait d'une certaine autorité en histoire locale, a été accueillie, recueillie et chauffée avec soin, comme un benjamin de famille, par les nancéistes qui ont écrit après M. Dumast.

Ayant mal interprété le texte de Lionnois, l'idée de M. Dumast a prévalu chez ceux-ci. Ouvrez n'importe quelle histoire moderne de Nancy, c'est Louis XIII qui a construit et créé la citadelle.

Le plan de 1611 est là. On ne peut le contester, celui-là ; c'est un original qui a traversé les siècles avec la Pompe funèbre, et Lionnois en a donné un quasi fac-similé. La citadelle y est figurée, donc ce n'est pas plus Louis XIII que Henri II, qui l'ont faite.

Louis XIII savait bien, en entrant à Nancy, que la Citadelle, forteresse inexpugnable, serait pour ses troupes un excellent camp retranché commandant la Ville-Vieille. Il fit immédiatement combler une partie des fossés ; et, en homme qui prend possession d'un héritage, dans l'espoir de le conserver toujours et à jamais, il y fit élever un corps de casernes, — elles subsistent encore, — des magasins, une chapelle détruite en 1877 ; enfin, il mit ses troupes à l'aise dans cet étroit espace, condamna aux habitants le passage par les portes de la Craffe et de la Citadelle ; et, pour le remplacer, ouvrit, dans la courtine, entre le bastion des Dames et le retranchement du bastion le Duc, la porte dite Saint-Louis. (V. rue de la gendarmerie.) En même temps, il isolait la Citadelle de la ville-vieille, en faisant creuser un fossé partant depuis le bastion de Danemarck jusqu'à l'angle du retranchement du bastion le Duc, soit sur l'emplacement de la rue de la Craffe et derrière les maisons de la rue Braconnot. Il changeait le vocable de la porte extérieure, qu'il nommait *porte de la Citadelle*, au lieu de *porte Notre-Dame*. C'est tout ce que Louis XIII a fait dans la Citadelle. Quant à dire qu'il l'a créée, que les fortifications sont de son époque, que les remparts ont été élevés par lui, les plans de 1611 et de 1617 démentent cette assertion, quelque peu téméraire.

Chaque fois que les troupes françaises occupèrent Nancy, soit sous le règne de Charles IV, soit sous celui de Léopold, et encore du temps de la régence de S. A. R. Madame, elles s'emparaient de la Citadelle, qui leur servait de retranchement. A la cession de la Lorraine en 1737, elle devint en quelque sorte la propriété de l'Etat-major, tout le gouvernement militaire y était réuni.

La ville ne pouvait y exercer aucune autorité : ses habitants se prétendaient exempts de toutes charges et impositions quelconques. C'est sur les instantes sollicitations des officiers municipaux, qui ne pouvaient y faire appliquer les règlements de police, que M. de Stainville obtint un arrêt du 4 mars 1769, daté de Versailles, anéantissant leur prétendu privilège et les obligeant à se soumettre à tous les règlements de la police urbaine, et à supporter leur part des charges publiques. A la suite de cet arrêt, on fit combler ce qui restait des fossés intérieurs, et les maisons qui bordent, à l'ouest, la rue de la Citadelle furent construites (V. Lionnois, *Histoire*, I, 382). Il n'y a pas très longtemps qu'on a comblé les fossés, à l'est de la rue. Leur emplacement sert maintenant de magasin de dépôts, au service de la voirie.

Louis XIII a trouvé un endroit convenable, préparé pour y retrancher ses troupes, il n'a fait que l'aménager à sa propre convenance. En agissant ainsi, il n'a fait qu'user du droit qu'a le vainqueur de se mettre en sûreté, d'assurer la conservation de ses troupes, de les garantir contre toute surprise.

De là à dire qu'il a construit les bastions le Duc et le Marquis, qu'il a fait les remparts, comme le voudrait M. Dumast, il y a loin.

Les comptes du receveur des Domaines de Nancy, de de 1635 à 1660, prouvent qu'il ne s'est agi que de travaux d'aménagement dans l'intérieur de la Citadelle, qui existait de fait, sans avoir ce nom.

1635-1636. — Mémoire de travaux faits pour la construction de la Citadelle de Nancy, sous la direction de M. des Touches, ingénieur, par le commandement du marquis de Sourdis, gouverneur général de la Lorraine. — Dépenses pour ouvrages à la porte Saint-Louis, etc.

1642. — Dépenses pour étançonner les ponts dormants de la Citadelle et de la porte Saint Georges, afin de passer du canon. — Réfections aux cinq ponts dormants de la Citadelle.

1646. — Réfections au pavé du grand pont de la Citadelle. Déclarations d'ouvrages faits aux fortifications, Citadelle et corps de garde de Nancy ; ponts neufs faits à la Citadelle du côté des champs ; — Fontaine amenée à la Citadelle ; — Réparations à la barrière sur le pont au dedans de la vieille porte de la Citadelle.

1648. — Dépenses pour ouvrages au magasin à poudre de la Citadelle ; — dépenses faites pour munir la Citadelle.

1649. — Dépenses pour ouvrages au petit pont de la Citadelle.

1656. — Marché pour le premier pont levis de la Citadelle, du côté de la ville.

1659. — Réparations aux bâtiments de la Citadelle. — Ouvrages au nouveau magasin à blé de la Citadelle.

1660. — Façon du pont levis pour la Citadelle.

On peut se référer pour ces divers objets à l'*Inventaire sommaire des archives départementales*, dressé par H. Lepage.

CLOITRE (Rue du)

De la place de la Cathédrale à la rue de la Primatiale.

Le tableau de 1839 la classe comme rue, et prétend qu'elle se nommait antérieurement *rue du Cloître*. Jusqu'à présent, rien ne nous a prouvé l'exactitude de cette assertion : pas un acte, pas une affiche, pas une annonce.

L'auteur des *Tables synchroniques* ignore son origine, et croit à tort qu'elle a été prise dans le jardin du Primat, comme on y avait pris jadis, pour relier la rue de la Primatiale à la rue du Manège.

Le recensement de l'an IV la nomme *rue de la Voûte*. Nous ne savons si c'est là un nom véritablement officiel ; car il n'en est pas question dans les délibérations du Conseil général de la commune. Alors, cette rue n'avait pas de numéro de section, et cependant le commissaire recenseur y relève l'existence de six ménages.

L'état de 1767 ne la mentionne pas. Existait-elle déjà ? c'est probable et c'est douteux ; car si elle existait, sans doute que les petites maisons qui sont adossées à la Cathédrale y seraient rapportées, d'où il faut en conclure, qu'elles n'étaient pas alors construites.

Les plans de Mique et de Moithey sont les seuls du dernier siècle qui l'indiquent. Si l'on se reporte au plan de Lerouge, de 1752, on voit que tout l'emplacement qui occupe de nos jours l'ancien évêché, était à l'état de place. Le plan de Belprey de 1754 nous montre que le palais primatial n'était pas encore construit.

Lionnois, généralement si minutieux dans son *Histoire,* pour une infinité de choses de moindre importance, a négligé la création de cette rue. Cependant, il l'avait vue naître ; il savait comment elle s'était formée ; car alors il avait une trentaine d'années. Eh bien, il ne nous en dit rien. Ouvrons son *Histoire,* t. III, p. 301, et nous y lisons :

« A l'est de l'église Cathédrale-Primatiale est le palais primatial, superbement rebâti à neuf, par M. le cardinal de Choiseul, archevêque de Besançon, et avant-dernier primat de Nancy. Ses armes sont à la porte d'entrée qui communique à une vaste cour, sur laquelle est le principal corps, qui a jour sur un jardin. Le premier avait été bâti par M. Antoine de Lenoncourt, second primat de Lorraine, en partie des deniers de l'église et en partie des siens. Il le fit commencer au mois de mars 1609, et il fut en état d'y loger au 1er octobre suivant. Il est marqué n° 2 au plan de Laruelle. »

Le cardinal de Choiseul ayant été primat de Lorraine de 1742 à 1774, et les plans antérieurs à cette dernière date ne figurant pas le palais épiscopal ; nous avons pensé qu'il avait été édifié entre 1760 et 1774 ; c'est aussi en même temps, qu'aurait été construite la rue du Cloître. Le hasard, qui nous a souvent favorisé de ses caprices,

vient encore une fois nous servir à propos. Nous trouvons
dans un recueil de pièces manuscrites, une procuration
sur timbre de un sol dix deniers, dont copie collationnée
est délivrée le 31 janvier 1761, par Pierson notaire au
Bailliage royal de Nancy. L'original reçu par Wathier et
Chappé, notaires royaux à Nancy, le 15 mars 1760, est
demeuré annexé à un contrat de constitution reçu Pierson
le 28 janvier 1761.

Par cet acte « l'Illustrissime et Révérendissime seigneur
Monseigneur Antoine Cleriadus de Choiseul-Beaupré,
archevêque de Bezançon, grand aumônier du Roy de
Pologne et Primat de l'insigne Eglise primatialle de Lorraine, demeurant ordinairement en son palais archiépis-
copal de Besanzon, et étant présentement en cette ville,
dans son palais primatial » constitue pour son mandataire
général et spécial « M. Mathieu Lallemant, receveur général des Domaines et Gabelles de Lorraine et Barrois, rési-
dant à Nancy, auquel il donne plein pouvoir de pour lui
et en son nom, accéder et signer les contrats de prêts, qui
pourront être faits pendant l'absence de mondit seigneur,
en exécution de l'arrêt du Conseil d'Etat de sa Majesté,
du 7 octobre 1758, pour être employez, au désir dudit
arrêt, à la construction de l'hôtel primatial, pour raison
desquels prêts, ledit sieur Lallemant est autorisé à affecter
et hypothéquer les fonds de la primatie, comme mond.
seigneur y est autorisé lui-même par ledit arrêt. »

Cet acte nous apprend aussi, que M. le prélat de Bouzey était chargé de la surveillance et de la direction des
travaux, et de fournir aux ouvriers les mandements de
paiement que devait effectuer M. Mathieu Lallemant, sur
les deniers qui proviendraient desdits prêts. Au dos de la
pièce dont nous rapportons les principaux termes, nous
lisons cette déclaration :

« Nous approuvons les payemens faits par les mande-
mens de M. le Prélat de Bouzey, ainsy que ceux qui ont
été faits depuis sa mort jusqu'à présent, et autorisons
M. Lallemant à payer doresnavant ce qu'il conviendra,
pour le bâtiment du Palais primatial, sans ordre ou autre
mandement, que le présent, nous en rapportant à ce qu'il
fera à ce sujet. A Nancy le 8 juillet 1762.

« LE CARDINAL DE CHOISEUL ».

Nous avons donc la preuve qu'en 1762, le Palais primatial, devenu aujourd'hui propriété des sœurs de la Providence et des frères de Saint-Joseph, était seulement en
construction : par conséquent, nous avons l'époque de la
création de la rue du Cloître.

Il nous reste à dire pourquoi cette petite rue, qui n'est
pas indiquée dans l'état des maisons de 1767, et qui n'est
dénommée dans aucun plan du dernier siècle, a pris le
nom qu'elle porte aujourd'hui.

En vertu des chartres, ordonnances et règlements
concernant le corps des marchands de 1340, 1370, 1399,
1571, 1613 et 1626, le chapitre de la Collégiale de Saint
Georges était investi du pouvoir de contrôler les marchandises mises en vente, et de rendre la justice entre les
marchands ; il avait aussi le droit, avant que la Caffouse
ou Poids public, ne fût réunie au Domaine royal, d'y
exercer sa juridiction ; en un mot, tout ce qui concernait
le commerce et les arts et métiers, relevait de la « Justice
du Cloître de Saint Georges ». Depuis le règne du duc
Raoul, fondateur de cette collégiale, jusqu'en 1742, la
foire dite de Saint Georges, qui s'ouvre maintenant le
20 mai de chaque année, se tenait dans la grande rue
devant le portail de l'église collégiale, et dans la rue des
Vents, le long du Cloître de cette église. On sait qu'en
1742, le chapitre de cette collégiale fut réuni à celui de la
Primatiale ; lors de cette translation, la foire qui se tenait
aux abords de la collégiale, suivit le chapitre et se tint
jusqu'en 1755, tant sur la place de la Cathédrale, que sur
l'emplacement du Palais primatial, construit par le cardinal de Choiseul. Il en fut de même de la « Justice du
cloître de Saint-Georges » qui, jusque là, s'était tenue
dans le cloître de la collégiale.

« Cette jurisdiction, dit l'almanach de 1703, s'étend
sur le corps des marchands, des charpentiers, massons,
ardoisiers, recouvreurs, menuisiers, serruriers, tonneliers,
fourbisseurs et autres, dont le chapitre fait choix des
maîtres, reçoit leurs sermens, étalonne avec eux les
mesures, fait rendre leurs comptes, et fait exercer entre
eux la justice dans son cloître. »

D'un autre côté, elle a exercé jusqu'en 1779, le droit
de veto et de contrôle sur la construction des cheminées :
suivant l'article Ier du titre XVII du code de police de

1768, il est « fait aussi défense à tous entrepreneurs, maçons et autres, de faire couvrir les âtres pendants des cheminées qu'ils auront construites, avant que la reconnaissance ait été faite par la *maîtrise du cloître de Saint Georges*, des jambages et de la manière dont ils auront été posés sur les poutres, sous pareille peine de 50 francs d'amende, contre toute personne, de quelque état elle soit, qui n'aura point appelé à ladite visite ladite maîtrise, laquelle demeure autorisée, en ce cas, à faire lever les carreaux du foyer, pour reconnaître si la construction est conforme, ou non, aux règles de l'art, et, dans tous les cas, sera obligée de dresser un procès verbal de sa visite, pour demeurer en son greffe, et le double être remis au Lieutenant-général de Police. »

Il ne faut donc pas croire, comme on l'a dit, que le vocable actuel de cette rue se rattache à l'existence d'un cloître quelconque, qui n'a jamais existé près de la primatiale, mais bien à la Justice ou à la Maîtrise du cloître de Saint Georges, qui y exerça, jusqu'en 1779, sa jurisdiction, tant sur les corps des marchands que sur les corps des métiers. Il y a là un souvenir historique qui a sa valeur, et qui mérite d'être respecté.

CONSTITUTION (Rue de la)

De la place Stanislas à la rue Saint Georges.

Le sens de ce vocable ne s'explique pas dans cette rue; il se comprenait dans la rue Saint-Dizier ; il se comprendrait dans la Grande Rue, mais sa place n'est pas dans l'ancienne *rue de la Congrégation*.

Il date seulement de la Révolution de juillet. Il a paru à d'autres qu'à nous un non sens. En 1840, on en avait reconnu l'inopportunité, et l'on avait fait des démarches près de l'administration municipale, pour lui substituer le nom de Léopold. Le *Patriote*, journal d'opposition, avait même appuyé cette proposition ; mais l'administration municipale tenait essentiellement à le conserver. Pourquoi ?

La rue de la Congrégation, transformée par Stanislas, aurait dû devenir, en 1830, la rue Pierre Fourier, si le mot de Congrégation déplaisait à ceux qui avaient vu les missions, et non être la rue de la Constitution.

De quelle Constitution a-t-on voulu parler ? à laquelle est-il fait allusion ? est-ce à une constitution politique ou à la Constitution civile du Clergé ? Nul ne le sait. Pour nous, ce vocable est déplacé, tout comme la rue qui le porte depuis 1830.

En 1728, cette rue occupait une autre place. On en retrouve les traces, et même l'alignement, dans la première cour de l'hôtel actuel des Postes et Télégraphes. Elle correspondait alors à la rue du Cloître. Stanislas, en la transportant à l'extrémité de la place Royale, qui porte aujourd'hui son nom, la rendit un peu boiteuse, pour la faire aboutir au portail de la Cathédrale-Primatiale. La vieille *rue de la Congrégation* fut supprimée, et celle-ci la remplaça dans le même vocable, jusqu'au 17 septembre 1791, que le Conseil général de la commune lui appliqua la dénomination de *rue des Etats-Unis*. C'était là, il faut bien le reconnaître, un vocable qui ne froissait aucune opinion. Au contraire, il y avait plusieurs sous-entendus dans ces mots des *Etats-Unis*. C'était tout à la fois la réunion des Trois Ordres, l'appel à la concorde. Les farouches révolutionnaires de l'an II et de l'an III acceptèrent ce vocable sans répugnance.

Cependant F.-Ch. Callot, dans sa *Manifestation*, protesta contre cette nouvelle dénomination ; et ce, à propos de la petite rue de la Primatiale, à laquelle on venait de donner le nom de rue de la Cathédrale :

« Quelle chétive ruelle, pour lui donner le nom imposant de rue de Cathédrale ! La seule rue et majestueuse qui devrait être appelée la *rue de la Cathédrale*, c'est celle spacieuse, directe au portail, et qui en est la véritable et noble avenue ; c'est celle dite jusqu'à présent *de la Congrégation*. Mais les Dames de la Congrégation étant supprimées, il est dans le sens de supprimer le nom de la rue : *Nam sublata causa, tollitur effectus.*

« Quel nom va t-on lui donner ? où se fixera un choix si facile ? sera-ce en Lorraine ? sera-ce en France ? sera-ce en Europe ? en Asie ? en Afrique ? Ces trois parties du monde forment cependant notre vaste continent. Non ; le cercle est encore trop étroit. Il faut traverser l'immensité de l'océan, aborder au nouveau monde et chercher en Amérique.... Quoi ? un nom pour le coin d'une rue. Ah ! Nancy ! Nancy ! quelle illustre reconnaissance ne dois-tu pas à Christophe Colomb ! Lisons l'article.

« Rue de la Congrégation.

« RUE DES ETATS-UNIS.

« Eh ! bon Dieu ! que ne voyons-nous affiché à toutes les rues et battues au tambour, la *paix* et l'*union* dans la France, plutôt que d'aller chercher si loin, des noms insignifiants en eux-mêmes, et si contrastants avec notre langue, douloureuse et cruelle position ! »

Dans des affiches et annonces, on la trouve quelquefois mentionnée, sous le Consulat et sous l'Empire, *rue du Petit Paris*. Ce nom n'avait rien d'officiel ; il indiquait seulement, que dans cette rue existait la plus vaste hôtellerie de Nancy ; laquelle n'a pas eu depuis sa pareille.

La Restauration a eu tort de lui rendre le nom de *rue de la Congrégation*, et l'on s'explique facilement que, par revanche, les hommes de Juillet l'aient intitulée *rue de la Constitution*. Si les congrégations étaient devenues odieuses, sous le règne de Charles X, ce n'était pas une raison pour jeter là, sur un tapis de paix, une pomme de discorde.

Nous ne savons pour quelle raison le plan de 1758 la qualifie de *rue de la Primatiale*. A notre avis, c'était la meilleure appellation qui puisse lui être appliquée ; au moins celle-ci ne pouvait donner lieu à aucune interprétation fâcheuse.

En somme, le vocable que nous discutons en ce moment n'a aucune valeur, il n'a même pas pour lui l'avantage d'un intérêt historique : il ne se rallie à aucun fait mémorable, à aucune action digne d'être marquée. La rue est trop neuve, pour avoir droit à le porter, alors que nous le comprenions fort bien dans la rue Saint Dizier, ou dans la Grande Rue, où il avait sa raison d'être, à cause du serment exigé des Ducs par les Trois ordres à leur avènement et à leur première entrée dans la capitale. Rien de semblable ici, au contraire. A l'occident était et est encore l'hôpital Saint Julien ; à l'orient, était le monastère de la Congrégation, et la maison de charité de la ville neuve. Quoi de constitutionnel entre les deux ?

Nous le disons hautement, nous le répétons non moins

hautement, en hodographie, c'est le plus faux et le plus mauvais vocable qu'ait pu choisir jamais la ville de Nancy. Qu'on en juge par les faits.

« Depuis la construction de la Place Royale, le Roi de Pologne ayant pris, dans l'hôtel de Rouerck et le jardin de l'hôpital Saint Julien, toute la longueur de la nouvelle rue qui conduit à la Primatiale, a fait présent de l'ancienne à ces Religieuses et aux particuliers qui y avaient des maisons, mais à charge d'y bâtir. C'est pour remplir cette obligation, que ce monastère a fait construire cette belle maison à porte cochère, sur laquelle est dans une croisée, une niche remplie d'une Vierge, nº 81, par laquelle on va à leur église, qui se trouve maintenant dans une cour intérieure.

. . . . . , ...

« Toutes les maisons placées au côté oriental de cette rue nouvelle, dite de la Congrégation, sont, à partir du fer-à-cheval, formé par les bureaux de l'Intendance, à l'angle de la rue d'Alliance, jusqu'au coin de celle qui conduit à la porte Saint Georges, très belles et bâties dans le goût moderne. C'est sur cet alignement qu'est située, sous le nº 83, la maison de charité.

« Le côté occidental de cette même rue est coupé transversalement par la petite rue Saint Julien (Rue Pierre Fourier) et forme deux parties : la supérieure, placée derrière l'hôtel-de-ville, est occupée par l'hôtel de Rouerck et le jardin qui en dépend ; l'inférieure n'offre à la vue, qu'un grand mur de huit pieds d'élévation, qui ferme le jardin de l'hôpital Saint Julien, et en cache les bâtiments.» (Lionnois, *Histoire*, II, p. 493.)

Les bureaux de l'Intendance, dont il est question dans cette citation, sont occupés, de nos jours, par un bizarre effet des choses, par les bureaux de la Préfecture. L'entrée de ces bureaux, telle que nous la voyons, formait déjà au dernier siècle « une tour creuse faisant face sur les rues d'Alliance et de la Congrégation. » On sait suffisamment que l'Intendance occupait le Pavillon Alliot, autrement dire l'ancienne Préfecture, place Stanislas, 2, et nous avons ouï dire, et même lu quelque part, que pour communiquer de l'hôtel aux bureaux de l'Intendance, un pont avait été établi à la hauteur du premier étage. Cette verrue en plancher qui a disparu au mois de septembre 1882 en était, paraît-il, un dernier vestige conservé, on ne sait comment ni pourquoi.

COUR (Rue de la)

C'est maintenant une rue supprimée, qui allait de la grande Rue à la place Saint-Epvre.

Quoiqu'elle soit bien supprimée aujourd'hui, par le fait de la création de la nouvelle place, que Mgr Trouillet, curé de Saint-Epvre, a fait établir devant la basilique, pour la dégager et en faciliter l'accès, il reste encore le côté septentrional.

RUE DE LA COUR N. D.

qui nous rappelle au moins l'antique ruelle devant la Cour, que nous voyons figurer sur le plan La Ruelle de 1611.

Les plans postérieurs à cette époque, soit ceux de 1728, 1752, 1754, 1758, 1778 et autres, la mentionnent sous le vocable de *rue de la Cour*.

La municipalité de 1791 n'y toucha pas ; mais celle qui administrait la cité, le 13 pluviose an II, arrêta qu'elle s'appellerait *rue de l'Unité* ; celle du 18 fructidor an III la nomma *rue de la Reconnaissance*.

La Restauration lui rendit, en 1814, son vocable naturel *rue de la Cour*.

Page 350 de ses *Essais*, Lionnois retrace en peu de mots son historique.

« La *rue de la Cour* dite jusqu'au règne de Léopold *Ruelle devant la Cour*, étant alors encore bien moins large qu'aujourd'hui. On a pris six pieds sur toutes les maisons du côté de Saint-Epvre, et on a détruit les arcades devant les maisons de la Place, qui ont pour numéros 209 et 210, afin de faciliter le passage des voitures, pour les marchés. On n'a laissé que celle (l'arcade) qui touche la Paroisse, laquelle paraît aussi ancienne que l'Eglise. »

C'est en 1723, qu'a eu lieu cet élargissement et l'alignement du côté méridional. Ce qui en reste est donc, sauf la maison qui a sa façade sur la place, de la première création de la rue, soit les maisons n°s 2 et 6.

Nous croyons que Lionnois a anticipé sur la vérité, en écrivant, dans son *Histoire*, t. Ier, p. 364 : « *Ruelle devant la Cour*, depuis son élargissement *rue de la Cour* ». La vérité est que, dans le rôle de 1572, figure après la *rue du Fossel des chevaulx* (des Etats) une *rue devant la Cour*, qui n'est pas la continuation de la *rue du Petit Bourget* venant se souder à la *rue de la Boudière*. Entre *rue* et *ruelle*, il y a une différence tellement notable, que les contrôleurs du XVIᵉ siècle ne mentionnent ces dernières dans aucun de leurs rôles ; la rue devant la Cour de 1572 n'était autre que l'ancienne *nœufve rue*, autrement dire *derrière les Cordeliers*. (Voyez rue de la gendarmerie.) Il est possible qu'au XVIIᵉ siècle, on ait appelé la rue de la Cour, *ruelle devant la Cour ;* en tous cas, nous n'en avons pas de preuve, et si Lionnois lui attribue ce vocable, d'après le rôle de 1565, il a certainement confondu la ruelle des Cordeliers avec la ruelle de la Cour.

Son vocable lui vient de ce qu'elle était le passage direct, de l'hostel des Ducs à l'église paroissiale de Saint-Epvre, à laquelle les gens de cette maison se rendaient, certains jours de fête, pour assister aux offices de la paroisse, dont dépendait le Palais ducal.

Dans son introduction au Rôle des habitants de Nancy, en 1551-1552, M. H. Lepage attribue à la rue de la Cour, sans être cependant affirmatif, le vocable de la *rue du Chastel*, qui vient après la rue de la Monnaie, et avant que le contrôleur entre dans la rue derrière Saint-Epvre. Il suffit de voir le nombre et la composition des habitants de cette rue, pour l'écarter de la ruelle de la Cour, alors très étroite et très peu habitée. (V. Rue Lafayette.)

Depuis longtemps, cette rue était condamnée à disparaître entièrement ; car, en 1842, le conseil municipal avait conçu le projet de relier le cours Léopold à la Carrière, par un boulevard tracé en ligne droite, dont le point de départ était la grande allée de la Pépinière. Que ce projet ne soit pas entièrement abandonné, ou qu'il continue à s'étudier et à se mûrir, nous n'en savons rien ; toujours est-il, que ce n'est pas sans raison, qu'on a repoussé l'idée de placer le nouveau saint Epvre dans l'île des maisons comprises entre les rues de la Boucherie et de la Charité. Maintenant que, grâce au concours de M. Trouillet, la moitié de la besogne est déjà faite, la nécessité de ce boulevard s'impose naturellement ; et, quoiqu'il arrive, nous croyons que, dans un temps plus ou moins rapproché, il sera réclamé par la population.

D'après le projet de M. Trouillet la rue de la Cour subira encore de nouvelles modifications, pour être alignée à la Petite carrière; la maison n° 63 de la grande Rue recevrait un accroissement assez important; on réduirait un peu les n°ˢ 2, 4 et 6, et la maison n° 14, de la place saint Epvre, tomberait jusqu'à la troisième arcade. Il va sans dire, qu'on profiterait de ce remaniément, pour supprimer totalement les arcades, ce qui donnerait une plus grande facilité de passage à la rue saint Epvre, si étroite, à l'extrémité de cette dernière maison. (V. Bulletin administratif de la ville de Nancy, année 1879).

Quoiqu'il arrive, la rue de la Cour est condamnée à être supprimée, ainsi que la rue des Dames. Ces deux rues, qui n'en sont plus, n'ont plus raison de n'être pas rattachées; la première, à la place saint Epvre; la seconde, à la place des Dames.

CRAFFE (Rue de la)

De la Grande-Rue au Cours Léopold.

Jadis ruelle borgne, ayant un assez mauvais renom, devenue rue, par le comblement du fossé qui était au pied du mur du bastion, dont la plate-forme avait reçu la dénomination de *champ d'asile*. Ce champ d'asile servait, avant 1840, de dépôt à quelques entrepreneurs. Il y avait, à l'endroit où sont bâties les deux seules maisons de cette rue, à droite en montant, un petit café borgne qu'on appelait *la souricière*. D'aucuns disent que c'est sur cet emplacement que se trouvait *le champ d'asile*. Nous le voulons bien. Le plan de 1835 l'indique comme Ruelle; celui de 1837 la nomme champ d'asile. La municipalité de 1839, en sa délibération du 30 décembre, lui consacrant le grade de rue, déclare que, précédemment, elle était sans dénomination. N'en déplaise à la municipalité de ce temps-là, mal informée et peu chercheuse, la ruelle du champ d'asile avait un nom. Il n'y a pas une sente, la plus petite que l'on puisse imaginer, qui n'ait un nom; mais observons-le bien vite, nos édiles ont toujours considéré les sentes, sentiers, ruelles, chemins et impasses, comme des choses indignes de leur haute appréciation. Si Messieurs les administrateurs municipaux de 1839 avaient bien voulu parcourir le recueil des affiches, déposées à la mairie avant d'être apposées sur les murs de la cité, — mais qui dit qu'on en fait un recueil ? — Il y auraient appris que, le 14 septembre 1830, la rue de la Craffe s'appelait *rue du Rempart*, et qu'au n° 19, on mettait en vente *au champ d'asile*, 48 tabourets, 2 banquettes en velours d'Utreck vert, un billard et un gros fourneau de fonte, avec son plateau en rosette.

Voilà le *champ d'asile* dévoilé, le rendez-vous des vieux de la vieille.

Enfin, en 1867, la municipalité effaça la *rue du champ d'asile* et en fit la *rue de la Craffe*, de la porte de ce nom, dont les tours furent élevées en 1463.

Ce changement n'était pas bien nécessaire.

Cette rue fut ouverte vers 1769, non comme rue, seulement comme ruelle, longeant un fossé construit au XVIIe siècle, pendant l'occupation Française, pour isoler la citadelle de la ville-vieille ; on trouve les traces de ce fossé derrière les maisons construites sur le côté septentrional de la rue Braconnot. Pour faire, de cette ruelle, la rue que nous connaissons, sous le nom de la Craffe, il fallut combler ce fossé. Vers 1855, elle subit un changement de direction, dit H. Lepage, dans ses *Transformations de Nancy*.

M. Louis Lallement demandait, en 1867, qu'elle fût appelée rue Ligier-Richier. Nous ne nous expliquons pas plus ce vocable que celui de la Craffe. Cependant, M. Louis Lallement fait valoir d'assez bonnes raisons, qui, néanmoins, ne nous ont pas converti à sa religion :

« Le nom de Ligier Richier serait donné à la rue du champ d'asile, peu éloignée des Cordeliers, où se trouve l'admirable mausolée de Philippe de Gueldres, dû au ciseau de ce célèbre sculpteur ; le musée lorrain possède aussi deux statues de ce grand artiste.

« On se demande ce que signifie le nom de *champ d'asile*, rapproché de la manufacture des Tabacs ? C'est un vocable ridicule, à faire disparaître à coup sûr. »

Cette dénomination était donnée à la rue de la Craffe et au bastion, bien longtemps avant que la manufacture provisoire des Tabacs eût été installée dans la rue des Glacis ; il n'y a donc aucun rapprochement à établir, entre celle-ci et le champ d'asile. Ce vocable doit n'avoir eu d'autre cause, que l'enseigne du petit cabaret qui existait dans l'endroit où sont construites les deux seules maisons de cette rue, peu dignes, à notre avis, d'être patronnées par une illustration artistique.

Tout anodin que semble ce vocable, il a cependant une origine politique, et doit dater de la Révolution de Juillet.

Voici ce qu'on lit, dans le Dictionnaire universel de Larousse, au mot *champ d'asile* :

« A la deuxième rentrée de Louis XVIII, beaucoup de Français, poursuivis par une réaction implacable, se réfugièrent aux Etats-Unis, où il leur fut accordé 100,000 acres de terrain sur le golfe du Mexique, entre les rivières del Morte et la Trinité, pour y fonder une colonie. Ce lieu de refuge, cet établissement de proscrits, reçut le nom de *champ d'asile*. Pendant que les frères Lallemand organisaient la petite république, composée surtout d'anciens militaires, les libéraux ouvraient en France des souscriptions, et Béranger excitait l'intérêt public par sa belle chanson du *champ d'asile* ; une autre, portant le même titre, était rimée par Naudet, et suffisait pour illustrer le musicien Romagnesi. . . . . »

Remarquons qu'il y avait, à Nancy, un nombre considérable d'anciens militaires ayant servi sous la République et sous l'Empire, tout dévoués encore à ce dernier régime ; car, à Nancy, le Consulat et l'Empire furent acceptés comme une ère de paix ; on était las des évènements de la Révolution. Les cent jours y trouvèrent de nombreux partisans, et si la terreur blanche, la réaction royaliste n'a pas fait ici un grand nombre de victimes, c'est grâce à l'accueil fait par la population à *Monsieur* frère du Roi. Tout en adulant la Restauration, on regrettait Napoléon, que l'on considérait comme une victime, et non sous le vrai jour. On aimait Napoléon, parce que Joséphine avait été bienfaisante à Nancy, et parce que l'Empereur savait flatter l'amour-propre des Lorrains, en attachant à sa personne un grand nombre d'entre eux.

Lorsque parut la chanson de Béranger, la légende napoléonienne était dans tout son éclat. N'était pas lorrain, qui n'était pas Napoléonien. Un vrai lorrain ne pouvait être royaliste sincère. On pouvait être Jacobin ou Napoléonien, mais royaliste, jamais ! Les royalistes du temps sont ou des timides ou des étrangers. Les lecteurs qui n'auront pas confiance en nous, n'ont qu'à parcourir le *Journal de la*

Meurthe de 1814 à 1818, et ils y trouveront des preuves de ce que nous avançons.

Tenons compte aussi de ce petit cabaret, connu sous le nom vulgaire de *Souricière*. Ah ! la souricière, on le sait, était le lieu de réunion des vieux soldats, des bonapartistes, des carbonaro. — Comment donc ne pouvait-on pas accepter en 1830, après le rigorisme de la Restauration, le vocable du *champ d'asile*, qui rappelait à tant de vieux braves leur ancienne splendeur ? Ajoutez à cela la chanson de Béranger, celle de Naudet, et vous aurez le comble de la chose.

Nous nous sommes étendu bien longuement sur ce vocable ; il n'offre peut-être pas tout l'intérêt qu'on pouvait être en droit d'y trouver. Néanmoins, nous croyons qu'il ne faut pas chercher ailleurs sa cause, son origine : Rendez-vous des vieux soldats de l'Empire, au champ d'asile.

CREVAUX (Rue)

De la rue de la Visitation à la place Saint-Jean.

DAMES (Ancienne rue des)

De la Place des Dames à la Place Saint Epvre.

Depuis le dégagement de la basilique Saint Epvre, c'est maintenant une rue supprimée, de laquelle il ne reste plus que la partie occidentale.

Avant la Révolution, cette rue, étroite et de peu de parcours, était dite *rue entre les deux places*.

L'état de 1767 la qualifie de *Petite rue des Dames*, et le plan Mique la mentionne comme *Petite rue entre les deux Places*. Les plans du XVIIIᵉ siècle l'indiquent sans la dénommer.

Le Conseil général de la commune arrête le 17 septembre 1779 que « la petite rue du passage, entre les places des Dames et de Saint Epvre, s'appellera *rue de l'Union*. »

Elle a conservé ce nom jusqu'à la Restauration, qui lui

enleva presque sa qualification de rue. Elle est devenue rue des Dames seulement en 1830.

Au dernier siècle, cette rue était non seulement fort étroite, mais les constructions qui s'y élevaient étaient fort anciennes, surtout sur le côté oriental. Nous savons, par d'anciens titres, que les maisons avaient peu de valeur, à cause de leur peu de solidité, et aussi par suite de l'élargissement de la rue qui la frappait, en vertu des arrêts du Conseil du Roi ; le nouvel alignement leur faisait perdre environ six pieds de profondeur. Ceux qui ont encore connu cette rue, avant que le côté oriental fût démoli, peuvent se souvenir que les maisons n° 32 et 34, reconstruites sur le nouvel alignement, avaient bien reculé de cet espace. Ces deux maisons, et celle qui portait le n° 36 faisant angle sur la place Saint Epvre, sont les dernières qui ont disparu vers 1879.

En parlant de la *petite rue des Dames Prêcheresses*, qui est entre les deux Places, Lionnois dit, en 1779, dans ses *Essais*, p. 351 : « Cette rue est fort étroite, et les maisons en sont fort hautes. Selon le nouveau plan, agréé par le conseil du Roi, elle doit être élargie. » Il ajoute dans son *Histoire*, p. 382 : « Elle a déjà reçu cet élargissement dans sa partie occidentale, par la démolition de maisons qui tombaient en ruines. » Une des dernières disparues de cette façade, vers 1842 à 1844, porte le n° 19 sur la place des Dames.

Lorsque le Conseil municipal de 1867 s'amusait à remanier, tant bien que mal, l'hodographie de notre ville, M. Louis Lallement avait proposé de donner à cette petite rue le nom de René II. L'idée était certainement bonne, puisque ce duc avait été le créateur de la place Saint Epvre et qu'en face de cette rue s'élevait sa statue équestre.

« Le nom de *Rue René II* sera avantageusement donné à la *rue des Dames* actuelle, sise entre les deux places Saint Epvre et des Dames ; tout vis à vis la statue de René II. Le nom du sauveur de Nancy vaut bien cette commémoration ; et, d'ailleurs, le Conseil municipal est instamment prié de le remarquer, — il n'y a JAMAIS EU dans cette rue de couvent des Dames Prêcheresses ; ce monastère occupait l'emplacement de l'hôtel actuel du Receveur général (1), l'église était dans la rue Lafayette. »

(1) Non pas l'hôtel, mais les maisons n° 7 et 9, qui ont été réunies depuis peu à la maison n° 11.

DIDION (Rue)

De la rue Sainte-Anne à la rue des Fabriques.

Dans les plans de 1728, 1752, 1754, 1758 et 1778, elle est appelée *rue Sainte Catherine*.

L'état des maisons de 1767, et le plan Mique la dénomment *petite rue Sainte Catherine*, qui était son vrai vocable.

Le 13 pluviose an II, la *petite rue Sainte Catherine*, *derrière les Tiercelins*, fut baptisée *rue Barra ;* nous pensons que la *rue Sainte Catherine et derrière les Orphelines*, visée par la délibération du 18 fructidor an III, qui lui donne le nom de *rue de la Gendarmerie*, est aussi à peu près la même (V. rue des Orphelines).

A la Restauration, elle est devenue *petite rue Sainte Catherine*. Mademoiselle Didion étant morte en 1836, léguant à la ville environ 200 à 250,000 fr., la municipalité reconnaissante fit gratter l'inscription ci-dessus, et fit peindre à la place *rue Didion*. C'est sous cette dernière dénomination, que nous la présente le Tableau du 31 décembre 1839.

Suivant Lionnois, ce serait cette rue qui aurait été jadis la *Ruelle du pendu ;* et là dessus, il nous brode, dans son *Histoire*, t. III, p. 302, une anecdote qui a tout l'air d'un conte de bonne femme, et qui, pour le moins, nous semble tout à fait légendaire. Après nous avoir entretenu des maisons de la rue Mably et de la rue des Chanoines, il ajoute :

« Derrière ces maisons canoniales, au-delà de la rue des Tiercelins, il y a encore trois rues directes, savoir: de Sainte Anne, de Sainte Catherine et du Manège, lesquelles sont de plus traversées par la rue des Orphelines, et par une autre petite dite aussi de Sainte Catherine, sur lesquelles nous ne trouvons rien de remarquable, sinon que cette petite rue de Sainte Catherine était existante, lorsqu'on fit l'arpentage des terrains de la ville et se nommait la *ruelle du Pendu*. Quelque temps auparavant, un maître carrieur, que l'on appelait alors rocheur, parce qu'il arrachait des pierres de roche, eut dispute avec des ouvriers qu'il employait, et en blessa un assez grièvement, pour que la plainte en fût portée au magistrat. La crainte ne lui permit pas d'en attendre le jugement, et il se pendit à la fenêtre de sa maison. Le lendemain, dès le matin, la nouvelle en fut portée dans toute la ville, qui accourut à ce spectacle horrible, lequel a fait donner à cette petite ruelle nom de *Ruelle du Pendu.* »

La contradiction de Lionnois est bien flagrante, quand on lit, au t. I, p. 415, l'extrait qu'il fait du procès-verbal de distribution des rues du pénultième jour du mois de mai 1591 :

« Aussi y a-t-il cinq rues traversantes, la première dite de Saint Jean (Poissonnerie), la seconde des Moulins (Saint Jean et Saint Georges), la troisième Saint Jacques (Saint Thiébaut et de la Fayencerie), la quatrième neuve rue (de la Hache), la cinquième rue de Grève (Charles III); outre une autre petite, anciennement dite *ruelle du Pendu,* aujourd'hui des Orphelines, selon qu'il est plus particulièrement décrit et représenté au plan auquel le présent procès-verbal est attaché. »

Ce qui vient quelque peu contrarier cette assertion, et déplacer cette prétendue légende de la *ruelle du Pendu,* c'est le compte du receveur du Domaine de Nancy, qui porte, en dépense, pour l'année 1589, une somme de « huit francs payée à Mengin Contal, tarillon, pour avoir fait un fossé pour écouler les eaux depuis la *rue du Pendu,* jusqu'au ruisseau de l'hôpital. » En jetant les yeux sur le plan de La Ruelle de 1611, on remarque que le ruisseau venant de l'étang Saint Jean, après avoir traversé le carfour du Pont Meugeart, traverse l'hôpital Saint Julien, le seul alors établi dans la ville neuve, pour sortir de la ville, par le bastion Saint Jacques. Il est évident qu'on n'a pas créé alors un fossé, depuis la rue Didion, pour amener les eaux dans le ruisseau de l'hôpital; non loin de là, il y avait un autre ruisseau, qui traversait la Paille-maille et duquel on trouve des traces dans les plans postérieurs. La ville-neuve était sillonnée alors par plusieurs petits ruisseaux de décharge, qui ont fair donner le nom de *rue des petits ponts,* à la rue des ponts actuelle. Nous croyons donc que la *rue du Pendu* était plus rapprochée de l'hôpital Saint-Julien, et ne devait pas être éloignée de la *rue des Tanneurs,* qui existait à cette époque, 1589, au faulxbourg sainct Nicolas.

Il est impossible, aujourd'hui, de déterminer l'emplacement des anciennes rues du faubourg Saint Nicolas qui, au XVIᵉ siècle, n'étaient que des chemins de communication, souvent de simples sentiers.

En poursuivant nos recherches dans le compte du receveur du Domaine de Nancy, nous trouvons mentionnée cette dépense qui nous indique à peu près où se trouvait la *ruelle du pendu*.

« A Pierre Richardin, masson, 45 fr., pour avoir démoli le pont de pierre qui était érigé sur le ruisseau, *vers la ruelle du pendu* et charger la taille, pendants et roche, vers la maison *Claudin Meugeart*, pour y ériger de nouveau un autre pont. »

Tout le monde sait que Claudin Meugeart a habité près la rue Saint Julien, et près la rue qui porte encore son nom (V. rue du Pont-Mouja).

Ce qui a pu faire croire à Lionnois, que la ruelle du pendu était ou la rue Didion, ou la rue des Orphelines, ou le bas de la rue de la Hache ; — car Lionnois n'est pas d'accord avec lui-même, sur son emplacement, — c'est qu'en son temps, la petite rue Sainte Catherine ou la rue Didion, était, avec la rue du Four et la ruelle Sainte Anne, la plus étroite rue de Nancy la neuve.

Dans les comptes des receveurs de ville, de 1626-1627, il est fait mention d'une dépense pour « élargissement d'une ruelle qui va vers le Paille-Maille, pour pouvoir y passer chars et charrettes. » Il n'y a de rue étroite, allant sur le Paille-Maille, que la rue Didion ; elle y aboutissait directement, lorsque ce jeu existait sur les remparts, dans la continuation de la rue du Manège, qui n'a été créée, comme nous le dirons plus loin, qu'en 1715.

Le mot de *ruelle* implique nécessairement l'idée d'une rue étroite. En se représentant, en 1788, la ruelle du Pendu, Lionnois n'a cherché qu'à trouver une rue à laquelle il pourrait appliquer ce vocable, dans la limite du possible.

En jetant les yeux sur le plan de 1611, on voit que la rue des Orphelines est relativement large, à côté de la rue Didion, qui est très étroite ; c'est donc bien cette ruelle qui va vers le Paille-Maille, qui a été élargie en 1626-1627.

Pour nous, la rue du Pendu et la rue des Tanneurs devaient se trouver dans les environs du Pont Meugeart.

La vérité exige aussi que nous disions, qu'il arrivait souvent autrefois, que lorsqu'une rue perdait son vocable,
on le donnait à une autre rue. Nous voyons ce fait se
produire pour la rue Jacquard et la rue des Etats, qui se
sont appelées *rue Reculée*, pour l'Impasse de l'opéra, la
Carrière et la rue de la Hache, qu'on a nommées successivement *rue Neuve*. Ajoutons encore, que le procès-verbal
du mois de mai 1591, n'est pas d'accord avec les documents antérieurs, sur la situation de la *ruelle du Pendu*,
qu'il considère plutôt comme un chemin conduisant à des
jardins, qu'à une ruelle proprement dite, c'est-à-dire une
ruelle bâtie de maisons habitables.

En lisant attentivement le procès-verbal, sans tenir
compte des remarques que Lionnois y a introduites à chaque phrase, on voit que la ruelle du Pendu est un point
de repère, dont l'emplacement n'est pas déterminé d'une
manière précise.

« Des héritages qui sont au traiet de l'hôpital, vers les
prés, ce qui est resté de jardinage, entre la rue Saint Jean
et dudit hôpital au devant d'icelui, et qui est au rôle des
héritages condamnés, sur la grande place d'entre ledit
hôpital et la porte Saint Nicolas, est estimé à 50 francs
l'hommée; ce qui est du continent dudit hôpital, entre
les deux rues de part et d'autre d'icelui et même en la rue
et place destinée à faire la boucherie et la terre, jusqu'aux
jardins marqués sur le plan de G, et à 20 francs l'hommée;
et ce qui est des vieux jardins derrière les maisons de l'ancien faubourg Saint Nicolas, tirant depuis ledit hôpital et
place susdite, en montant vers la *ruelle du Pendu*, marqué
sur ledit plan de H à 25 francs l'hommée; le reste qui était
en terres labourables, jusqu'à ladite *ruelle du Pendu* d'héritages vagues, quelques-uns ès environs des boulevarts et
remparts, vers les prés et les grands moulins, en nature de
terres arables, marqués sur le plan de G à 16 francs; le
surplus des jardins derrière les maisons, depuis ladite *ruelle
du Pendu* jusqu'au boulevard de la Madelaine, sous la
même cotte de J aussi à 25 francs. »

Ce document nous montre une ruelle du Pendu très
longue, mais ne la place pas, comme l'a cru Lionnois, soit
dans la rue des orphelines, soit dans la rue Didion. D'ailleurs ces deux rues n'étaient pas comprises dans la ville-
neuve (V. Porte Saint-Georges).

DOM CALMET (Rue)

De la rue Saint Dizier à la rue des Carmes.

Le carré qui la sépare de la rue de la Poissonnerie formait, au commencement de la création de la ville neuve, une place qui avait nom *place de la Licorne*, « à cause, dit Lionnois, t. II, p. 2, de l'hôtellerie de ce nom, situé dans la maison de M. de Thiriet, et les deux voisines dans la petite rue des Carmes (1). Dès l'an 1591, cette place de la Licorne avait déjà ce nom, dans le rôle des places distribuées en la Ville de Nancy, et servait au marché des vins, foins, pailles et bois. Elle contenait 484 toises de Lorraine de l'ancien cimetière, outre ce qui s'en trouvait dans l'espace des rues Saint Dizier et des Carmes. »

Un peu plus loin, le même auteur ajoute, p. 3 :

« Les Carmes ayant obtenu, en 1715 (1615), la place de la Licorne pour y bâtir un monastère, en laissant entre leur bâtiment et les maisons qui existaient, la rue dite *Petite rue des Carmes*, celle de l'Esplanade devint plus régulière, par le retranchement des deux rentrants considérables, qui y subsistaient précédemment. »

On peut supposer que le nom de *place de la Licorne* lui a été conservé, jusqu'à l'établissement des Carmes.

Lionnois, t. III, p. 124, nous semble confirmer cette supposition en écrivant ce qui suit :

« Vers le milieu de cette face méridionale, (de la place du Marché) est la maison nommée depuis longtemps le *Cœur enflammé*, à cause d'un cœur qu'on a peint et coloré, avec des flammes sur sa face. Ce fut primitivement une auberge, établie par le fils de Claude Fusy, qui, dans la petite rue des Carmes, ne trouvant plus la place à laquelle son hôtellerie avait donné le nom de *Licorne*, étant remplie par l'église et le monastère de ces religieux, s'établit sur cette place, dès que M. de Vignier eut autorisé le marché, qui y attira les gens de la campagne, et ce cœur enflammé lui servait d'enseigne. »

---

(1) La maison de M. Thiriet, avocat, portait le n° 375 de la paroisse Saint Roch ; par conséquent, l'hôtellerie de la Licorne comprenait les maisons 9, 11 et 13 actuels de cette rue.

Nous ferons remarquer, que c'est en 1645 que M. Vignier, intendant du Roi de France en Lorraine, a créé le marché, qui s'est tenu depuis sur la plaee de la Ville Neuve, qu'en 1615 les P. P. Carmes avaient été mis en possession du terrain occupé par leur établissement.

Nous savons qu'en 1703 le bureau des Postes était situé dans la grande rue de la Ville-Vieille, près de l'enseigne de *la Licorne*, du côté de la Ville-Neuve ; mais nous ignorons si, à cette époque, l'hôtellerie de la rue Dom Calmet, dont parle Lionnois, existait encore.

Nous avons vainement cherché à quelle époque cette rue avait été appelée *petite rue des Carmes ;* nos efforts ont été infructueux. Elle n'est dénommée sur aucun des plans du dernier siècle, auxquels nous nous référons ordinairement, pour ce travail. Nous la trouvons ainsi nommée, dans le tableau des rues dressé par paroisse, vers 1764, et dans l'état des maisons de 1767. Dans les almanachs antérieurs à 1763, on n'indique les adresses de ses habitants que sous la rubrique *rue des Carmes* ou *rue Saint Dizier*. Dans l'acte de vente de la maison presbytériale de S^t. Roch (n° 1 actuel), reçu par Pierre, tabellion le 21 juin 1738, cet immeuble est dit situé *rue des Carmes*. L'avocat Jean Nicolas Thiriet est indiqué en 1747, rue *Saint Dizier,* et en 1764 et années suivantes, *petite rue des Carmes*, n° 375. Nous pouvons supposer, qu'elle n'a pris ce dernier vocable, que vers 1763 ou 1764, quand les noms des rues ont été fixés d'une manière officielle.

Le 17 septembre 1791, le Conseil général de la commune décida que « la *petite rue des Carmes* s'appellerait *rue de Molière*, un des plus beaux génies que la France ait produits, et le peintre le plus habile des mœurs. » Elle a conservé ce vocable jusqu'en 1814.

Dans sa *Manifestation*, F.-Ch. Callot ne manque pas de critiquer cette nouvelle dénomination.

« La petite rue des Carmes sera la

RUE DE MOLIÈRE.

« L'impasse à l'Opéra, le tragique à la Visitation, le comique, cela est juste, où le mettre ? On le met aux Carmes. Eh ! ne pouvait-on pas trouver quelque rue de Tartuffe, pour placer le nom de ce grand maître, qui a si bien peint le manège des faux dévots, le manège des femmes savantes, le manège des avares ? Ah ! s'il vivait, comment ne peindrait-il pas le manège des manèges ? »

La petite rue des Carmes, ayant donc repris son vocable ancien, en 1814, le Conseil municipal de notre ville décida le 7 février 1867, qu'elle deviendrait *rue Dom Calmet.* Nous sommes loin d'approuver ce choix, aussi bizarre que la rue Jacquard dans la rue Derrière, la rue Saint-Urbain dans la petite rue Derrière, etc.

M. Louis Lallement, dans la proposition qu'il soumettait à cette époque au Conseil municipal, disait :

« La petite rue des Carmes ne se rattache aucunement au souvenir de Dom Calmet. Le nom de rue Dom Calmet peut être donné, soit à la partie supérieure de la rue des Ponts, soit à la partie haute de la rue Notre-Dame, parce que là était l'abbaye de Saint-Léopold (aujourd'hui le couvent de la Visitation), dont ce savant religieux fut abbé. Le mieux serait peut-être d'appeler *place Dom Calmet,* la place Saint Jean, qui n'est pas éloignée de l'ancienne abbaye bénédictine de Saint-Léopold.

« Il n'y a absolument aucune raison d'appeler rue Dom Calmet, la petite rue des Carmes. Dom Calmet était bénédictin, et non pas carme.

« On propose pour la petite rue des Carmes le nom de *rue Deruet ;* ce peintre nancéien avait décoré de son pinceau l'église des Carmes, bâtie sur le côté septentrional de la petite rue des Carmes. »

De plus, nous aurions ajouté que Deruet avait habité la rue des Carmes, et qu'il possédait une maison dans ces parages ; en outre, Claude Desruets, ou Deruet, fondateur de la chapelle Saint-Nicolas de l'église des Carmes, y fut enterré le 22 octobre 1660, et sa femme en 1680. Le vocable indiqué par M. Louis Lallement avait l'avantage d'être historique et logique.

· A la suite d'un article publié dans le *Journal de la Meurthe,* le 7 novembre 1840, on lit le post-scriptum suivant, qui n'est pas sans intérêt :

« P. S. Si l'on jugeait à propos, quoique Dom Calmet ne soit pas né à Nancy, de lui dédier une rue, selon le désir exprimé dans un article du *Patriote* qui renferme des idées très bonnes à peser, ce ne paraît pouvoir être que la rue des Ponts, qui, comme vient de le dire un de ses habitants, n'a plus de ponts depuis longtemps, tandis que nos contemporains y ont encore vu les tours carrées de la belle abbaye de bénédictins, où demeura cinq ans, Dom Calmet, en qualité de supérieur. »

DOMINICAINS (Rue des)

De la place Stanislas à la rue Saint Georges.

C'est le premier tronçon du faubourg Saint Nicolas, qui existait déjà au temps du Duc René II, puisqu'à cette époque, les sœurs grises y avaient établi leur maison conventuelle.

A la fondation de la Ville Neuve, le *faubourg Saint Nicolas* devint la *première grande rue* de la ville neuve; puis, vers 1611, la *rue Saint Nicolas*.

Les plans de 1728, 1752, 1773 de Mique et l'état de 1767, la dénomment *rue neuve Saint Nicolas*. Ceux de 1754 et de 1758, l'appellent *rue des Jacobins*. Le graveur Collin et d'autres documents de cette époque, tels par exemple la délibération du 13 pluviose an II, la désignent *rue des Dominicains*.

Le Conseil général de la commune décida, le 17 septembre 1791, que « la *Rue neuve Saint Nicolas*, ou *des Dominicains*, prendrait le nom de *Jean-Jacques Rousseau*, philosophe éloquent, instituteur des Peuples, que la Nation Française s'est empressée de mettre au rang des grands hommes. »

F.-Ch. Callot, qui n'était pas, tant s'en faut, un enthousiaste admirateur de Voltaire et de Rousseau, désapprouve d'une manière assez vive le choix de ce vocable.

« Saint Nicolas est le patron universellement reconnu de la Lorraine, dit-il, p. 19 de sa *Manifestation*. Quel patron, grand Dieu, veut-on substituer, dans la capitale de cette Lorraine ? Pourquoi le fait-on et comment le fait-on ? A propos du nom de Saint Nicolas, que vous voulez effacer des rues, prenons cette occasion pour soumettre à tous les gens sensés une observation que tous, je pense, trouveront juste. Saint Nicolas est le patron très révéré de la Lorraine. La souveraineté étant au peuple, le peuple étonné et scandalisé, a-t-il été consulté avant cet acte arbitraire, acte qui peut heurter sa piété et sa conscience? Voilà pour cette conscience, que vous tracassez sans aucune nécessité! Voyons à présent les dangers civils qui peuvent en résulter, les abus et les suites qui peuvent en surgir, faute d'une prudence prévoyante dans le possible des résultats. L'ancien nom de cette rue, se trouvant donc changé et remplacé par celui de Rousseau, ou tel autre que vous voudriez ; tout cela étant annoncé, battu, placardé et qui, plus est, taillé sur la pierre ou peint à la brosse ; qu'alors les citoyens, vieux habitans de pères en fils de la rue Saint-Nicolas, murmurent de cet impromptu de changement, continuent avec affectation, de la nommer toujours de même; ils vous déplairont. Les rapports, les exagérations, les tournures calomnieuses trotteront alors, n'en doutez pas ; les nuances se foncent toujours. L'homme est homme, lorsqu'il se plaint. Ne redevient-il jamais homme, quand il use de l'autorité?

« Quelle est la nécessité de ce changement? Aucune. Quelle est son utilité? Aucune. Au contraire, cela aurait, et très longtemps, les plus grands inconvénients, pour le commerce par l'ambroglio des adresses des correspondants. Pour les étrangers arrivant à Nancy, pour leurs affaires pressées, et requettant la piste des gens à qui ils ont à parler. Malgré tout cela, pourquoi donc une pareille ordonnance a-t-elle été, avec appareil, promulguée? Serait-il possible qu'elle ne fût venue que du désir, qu'un monument si important datât d'un tel Consulat?... Alors, je n'aurais à y répliquer que par le plus pitoyable vers que je connais, et qu'on attribue à Cicéron :

O fortunatam nætam, me Consule Romam!

O Rome fortunée !

Sous mon Consulat née.

« Pour toutes les autres rues de cette capitale, aussi dangereusement qu'inopinément changées, on doit appliquer la simple et sage observation ci-dessus. »

On voit que déjà F.-Ch. Callot formulait, à cette époque, une observation qu'on trouve exposée par les intéressés, chaque fois que les administrations municipales changent le vocable adopté pour une rue. Il faut souvent de longues

années, pour faire adopter, par le public, une dénomination qui, souvent, lui déplaît. Nous nous souvenons que longtemps après les modifications apportées aux noms de nos rues en 1867, quand un étranger demandait à un nancéien où se trouvait telle rue, par exemple, la rue Héré :
— Rue Héré ? se demandait le nancéien, rue Héré !... connais pas ; il n'y a pas de rue comme ça à Nancy. Nous avons entendu faire cette réponse plus de vingt fois, à propos des nouvelles dénominations données subitement à quelques-unes de nos rues. On n'est vraiment pas logique à l'hôtel de ville ; ainsi, quand on a proposé de donner à la rue des Tiercelins le nom de Guerrier-Dumast, la municipalité aurait objecté que le changement de nom de cette rue, offrirait quelques inconvénients pour les commerçants qui l'habitent. Mais l'on a été bien moins scrupuleux, quand on a débaptisé la rue de la Poissonnerie pour la placer sous le vocable de Gambetta. Il nous semble qu'il y avait au moins autant d'intérêts particuliers, si ce n'est plus, à sauvegarder, dans la rue de la Poissonnerie, dix fois plus commerçante que la rue des Tiercelins.

Revenant à la manifestation de F. Ch. Callot, nous observerons que ce critique n'est pas de bonne foi, quand il dit qu'on a enlevé le vocable de Saint Nicolas, pour lui substituer entièrement celui de J.-J. Rousseau. Cette rue était plus communément appelée *rue des dominiquains*, ou *rue des Jacobins*, que *rue Neuve Saint Nicolas;* et, sous ce vocable, demeuraient encore placés la *rue Saint Nicolas*, jusqu'à la rue de la Hache, et *le fauxbourg Saint Nicolas*, jusqu'à la rue des Fabriques.

Voyez, rue du Pont-Mouja et rue Saint-Nicolas, pour les changements qui ont été apportés ensuite, dans leurs dénonciations primitives.

Malgré les justes observations de F.-Ch. Callot, le vocable de J. J. Rousseau fut maintenu et confirmé pour la rue des Dominicains, seulement par les délibérations du 13 pluviose an II, et du 18 fructidor an III.

La Restauration abolit la paternité du philosophe J.-J. Rousseau, et rendit à cette rue le nom d'un ordre religieux qui n'existait plus. A la révolution de juillet, elle redevint un instant rue Jean Jacques Rousseau. Ce vocable ne lui fut pas conservé ; il était plus dans l'habitude du peuple, de la dénommer rue des Dominicains ; l'administration municipale, comprenant que les relations commerciales s'opposaient à une nouvelle dénomination, ne maintint pas sa décision ; mais avant la Révolution de 1848, à peine la nouvelle en fut-elle apportée à Nancy, que le Conseil d'organisation décida « que toutes les places, rues et carrefours des communes, établissements publics, etc., qui porteraient des dénominations rappelant des souvenirs de la famille d'Orléans ou les traditions monarchistes, recevraient une dénomination nouvelle, ou reprendraient leur ancienne. » En conséquence, la *rue des Dominicains* reprit son nom révolutionnaire de *J. J. Rousseau*.

Mais, lorsque l'homme du 2 décembre fit effacer sur les bâtiments publics ces mots : *Propriété nationale, liberté, égalité, fraternité ;* lorsqu'il fit scier nuitamment les arbres de la liberté plantés en 1848, il recommanda aux administrations de tenir la main ferme contre l'anarchie. J. J. Rousseau fut encore balayé de la rue la plus commerçante et la plus fréquentée de Nancy. Décidément, le philosophe du XVIIIᵉ siècle n'a pas de succès à Nancy. Déjà, en 1755, le jeune Palissot l'avait persifflé dans sa pièce intitulée : *le Cercle ou les originaux*; et maintenant, depuis longtemps, on ne veut pas de son patronnage, malgré les efforts de ses disciples.

Lionnois, qui ne parle guère de la rue des Dominicains, dans son *Histoire*, si ce n'est des édifices religieux et de quelques maisons particulières, remarquables par leur architecture ou par quelques-uns de leurs habitants, nous en donne un aspect plus général dans son *Calendrier pour 1797, an V :*

« La rue principale, y dit-il, p. 33, et la quatrième qui aboutit à la place du Peuple, est celle qu'on nomme à présent de *Jean Jacques Rousseau* et plus connue sous le nom *des Jacobins* ou *Dominiquains*, qui y avaient leur église et maison. C'est une des plus fréquentées de la ville, et dont les bâtiments nouveaux, faits sur l'emplacement des deux monastères abolis, et bien ornés par des négociants et artistes, font disparaître tout ce qu'elle avait conservé de son goût antique, et y établissent une grande partie du commerce. »

Depuis l'an V, la rue des Dominicains n'a certainement fait que croître, commercialement, et s'embellir sous tous les rapports.

Le commerce de nos jours a répudié les petites boutiques du dernier siècle. Nous n'y voyons plus Rois, marchand, ni Monfort, fourbisseur, ni Martin, son successeur, ni Martin, potier d'étain, ni Soyez, chandelier, ni Michel Ransonnet, horloger, ni Dominique Boulanger, cordonnier, ni Willemet, apothicaire, ni Pierrot et Larose, fourbisseurs, ni Dorvazy, faiseur d'images, ni la veuve Leclerc, imprimeur. Toutes ces modestes boutiques ont disparu, pour faire place à de somptueux magasins. C'est à qui affichera le plus grand luxe, et étalera les marchandises les plus fraîches et les plus riches.

Mon Dieu, que diraient nos pères du dernier siècle, s'ils comparaient notre rue des Dominicains, avec leur vieille et antique rue neuve Saint Nicolas, garnie de ses bancs de pierre, de ses perrons, de ses trappes de caves, de ses échoppes, accolés au mur des sœurs grises et des Dominicains !!! Que diraient-ils ? Hélas ! leurs cheveux blanchiraient d'étonnement. Nous pourrions les rassurer, car on y vend bien un peu une liqueur quelconque, pour rendre aux cheveux blancs leur couleur naturelle.

C'est égal, voilà une rue qui n'est pas bien grande, mais qui a une bien grande page dans l'histoire de Nancy. Elle est si grande, que nous n'osons pas en retracer l'historique. Il ne faudrait pas seulement que nous nous arrêtions devant le monastère des sœurs grises, il nous faudrait parler de son église et du Portail de celle-ci ; nous serions entraîné à raconter l'histoire de leur établissement, dans le faux-bourg Saint Nicolas ; et puis, les Dominicains jaloux, viendraient aussi nous réclamer une petite part de célébrité. Les Jacobins de la Révolution nous diraient : un instant, c'est aussi de nous qu'il faut parler, nous avons tenu nos clubs chez les ci-devant Jacobins, qui n'étaient pas sans culottes, comme nous l'étions. Ensuite, les imprimeurs revendiqueraient une large part d'éloges, et comme nous n'en sommes pas très prodigues, ils pourraient nous en vouloir. Ne faudrait-il pas que nous parlions de l'établissement du Casino ?

De grâce, lecteur, permettez-nous de ne pas vous la bailler plus longue. La rue des Dominicains est une mine historique à exploiter, si nous commencions par elle, nous n'en finirions plus, tant elle est remplie de souvenirs de toutes sortes.

DROUÏN (Rue)

De la place Saint Georges à la petite place qui sert de carrefour à cette rue, ainsi qu'à celles des Fabriques et du Manège.

Cette rue, très ancienne, était une continuation de la *rue Paille-Maille*, et porte ce nom dans les plans de 1754 et 1758. L'état de 1767 et le plan de Mique en font deux rues, divisées par la rue des Tiercelins. La partie qui prend naissance à la porte Saint Georges, était dénommée *rue des Jardins*, et celle qui aboutit sur la Paille-Maille, en partant de la rue des Tiercelins, était appelée *rue du Rempart*.

Ce serait à la Révolution de Juillet, qu'on aurait supprimé cette seconde partie, pour ne faire qu'une seule *rue des Jardins*.

C'est en 1878, au moment où la municipalité convoitait la démolition de la porte Saint-Georges, qu'elle décida que la rue des Jardins prendrait le nom de *Rue Drouin*.

M. H. Lepage ajoute en note, dans ses *Transformations de Nancy*, p. 100 :

« Les Drouin, natifs de Nancy, furent une famille de sculpteurs distingués. L'un d'eux, Florent, est auteur de la statue équestre de Saint Georges, qui surmonte la porte de ce nom (1606-1608) ; de *la Cène* de Saint-Epvre, transférée au Musée lorrain ; des bas-reliefs de la face intérieure de la porte Notre-Dame, etc. »

Le nom de *rue des Jardins* lui est venu, de ce qu'au dernier siècle, tout le côté de la rue Drouin actuelle et des Fabriques, touchant au mur de la ville, contenait fort peu de maisons, et était occupé par de nombreux jardins, ainsi que le prouvent les grands plans du dernier siècle. Pour le peuple, c'était la rue qui conduisait aux jardins ; du reste, la rue du Manège, qui n'était pas de si vieille création, était encore en partie composée, dans son île, de jardins particuliers, qui avaient leurs entrées sur la rue Drouin.

Dans la séance du Conseil municipal de Nancy, du 13 novembre 1878, M. Henrion, au nom de la Commission d'administration, lut au Conseil, un rapport sur le *changement des noms de plusieurs rues*, duquel nous extrayons le passage suivant :

« L'administration a été touchée aussi de quelques demandes de changement de noms de rues, qu'il est nécessaire de vous faire connaître.

« La rue des Jardins et la rue des Jardiniers, deux rues voisines, sont sujettes à une confusion que l'on éviterait, en modifiant le nom de la rue des Jardins, qui n'a aucune signification actuelle, et qui ne rappelle, sans doute, qu'une situation topographique ancienne. Le même citoyen a inspiré le nom de *Jacobi* (V. rue des Glacis), nous a signalé que cette rue des Jardins touche à la porte Saint-Georges, sur laquelle s'élève la magnifique statue de saint Georges, due au ciseau du sculpteur *Drouin*. Ce grand artiste, qui fut membre de l'Académie de sculpture de Paris, était un enfant de Nancy ; il était sculpteur du duc Charles III, le fondateur de la ville-neuve. Drouin est auteur de la Cène de Saint-Epvre (1582), conservée au Musée lorrain, des beaux bas-reliefs de la seconde porte Notre-Dame (1596), etc. Si, pour éviter la confusion dont il est parlé plus haut, il vous semblait utile de changer le nom de la rue des Jardins en *rue Drouin*, vous trouveriez l'occasion de faire revivre, en le tirant de l'oubli, le nom d'un des plus dignes enfants de la cité. »

Comme il était question, dans le même rapport, de restituer le nom de *Châteaufort* à la rue du Manège, M. Spire proposa de donner le nom de *Châteaufort* à la rue des Jardins ! ! !

Le Conseil repoussa, avec juste raison, le nom de Châteaufort, et décida que la rue des Jardins prendrait le nom de Drouin.

Ce jour là, le Conseil ne fut pas conséquent avec lui-même. Ayant refusé d'admettre le nom de Jacobi, pour la rue des Glacis, il devoit logiquement respecter la rue des Jardins, et sacrifier la rue des Glacis et la rue des Jardiniers, dont les vocables, relativement modernes, n'ont rien d'historique.

Le nom de Drouin n'est pas suffisant ; ils ont été deux frères : on a voulu rappeler l'un d'eux, il fallait précéder son nom par son prénom, et écrire *rue Florent Drouin*, ou *rue des Drouin*, si on a voulu rendre hommage aux deux.

A l'égard du laconisme usité dans le style hodographique, nous faisons plusieurs remarques et observations, qui nous ont été suggérées, en feuilletant les documents qui se rattachent à la rue Drouot.

DROUOT (Rue)

De la rue Saint-Dizier à la rue Saint-Nicolas.

A pour patron un homme de bien, 'une pure gloire militaire, un patriote sincère qui, toute sa vie, est demeuré fidèle aux principes embrassés dans sa jeunesse.

Elle a été ouverte sur l'emplacement de l'ancienne église des Dames du Saint-Sacrement, dans l'hiver de 1841-42.

On lit à ce propos, dant l'*Espérance* du 28 mai 1842 :

« Le Conseil municipal de Nancy, a décidé, dans sa dernière séance, que le nom du général Drouot serait donné à la nouvelle rue, que l'on perce en ce moment, et qui doit unir les rues Saint-Nicolas et Saint-Dizier. Le Conseil municipal, en rendant au brave général, pendant sa vie, ce premier témoignage public de gratitude, aura été le fidéle interprète des vœux de tous nos concitoyens.»

La Meurthe du 29 mai dit, de son côté :

« Tout le monde applaudira avec nous, à cette résolution du Conseil municipal : jamais hommage civique ne fut plus justement décerné. »

Il serait à désirer que, pour respecter cet hommage et conserver le souvenir de la délibération du Conseil municipal, on inscrivît sur la plaque émaillée *rue général Drouot.* Pourquoi la municipalité actuelle ne ferait-elle pas, pour le général, ce qu'elle a fait tout récemment pour l'*abbé Grégoire?* Qu'elle fasse donc de la rue Drouot *rue général Drouot,* afin d'éviter les confusions.

Il faut tenir compte, que nous avons à Nancy trois Drouot, qui ont été des bienfaiteurs : le général et son frère le pharmacien, et M. Drouot, ancien ingénieur des mines, fondateur de l'école professionnelle des jeunes filles.

Nous trouvons la même observation formulée par M. Larcher, dans la séance du Conseil municipal, du 10 novembre 1881.

A propos de l'article 54 des recettes du budget additionnel : Rente du legs fait à la ville, par M. Drouot, « M. Larcher fait observer que la ville possède une statue Drouot, une rue Drouot et une école Drouot, qui prêtent à la confusion. Il serait bon de distinguer les deux personnes portant le même nom, en ajoutant au nom de l'ancien conseiller municipal, son prénom, et au nom du général Drouot, sa qualité. »

Rien n'est plus logique, et nous sommes étonné que l'administration municipale n'ait pas encore, à l'heure qu'il est, donné satisfaction à la proposition émise par M. Larcher. Elle ne pourra pas objecter que ce projet est ruineux; il suffira d'une simple délibération du Conseil, pour amender le vocable de la rue Drouot. Aujourd'hui ce vocable, dans sa simplicité primitive, n'a plus le sens qu'il pouvait avoir, avant le legs fait à la ville, par le conseiller municipal Drouot.

Il y a d'ailleurs, à Nancy, de nombreux nouveaux-venus, qui ignorent ce qu'était et ce qu'a fait le général Drouot,

A ce propos, nous ne pouvons nous dispenser de citer ici un article écrit dans ce sens, par le *Progrès de l'Est,* le 28 juin 1878. Nous sommes surpris, que l'administration municipale n'en ait pas tenu compte depuis, et qu'elle ait continué à poser des plaques indicatives, qui sont des énigmes pour beaucoup de personnes un peu étrangères à l'histoire de notre ville :

« Il ne suffit pas que telle rue, telle place, rappelle, par son nom, un héros, un savant, un bienfaiteur de l'humanité, ou évoque le souvenir d'un grand fait, d'une bataille ou d'une découverte ; il faut, ou du moins il faudrait, qu'en lisant ce nom sur la plaque, le passant apprît qu'il appartenait à un général, à un poète, à un philanthrope ; il faudrait qu'il sût en quelle année il naquit, en quelle année il mourut, et, s'il s'agissait d'un évènement, en quelle année il s'accomplit.

« J'entends qu'on se récrie, sur l'importance qu'il faudrait donner à nos plaques indicatrices, sur la dépense qui résulterait de cette innovation. Ces appréhensions sont vaines, et ma proposition est des plus pratiques et des plus simples.

« Pour les rues nouvelles, comme pour toutes celles dont les plaques seraient à remplacer, l'innovation ne rencontrerait aucune difficulté, comme on le verra ; pour les anciennes rues, dont les plaques seraient à changer, on pourrait procéder annuellement, par série, si l'on ne voulait pas charger le budget d'une seule année de cette dépense, qui, au résumé, se réduirait à deux ou trois milliers de francs, peut-être.

« Que faudrait-il, au résumé, pour transformer nos plaques, en tables biographiques ? un mot et deux chiffres, pas davantage.

« Il suffirait, en effet, de placer au-dessous du nom, la profession, la qualité, ou le titre de la célébrité, à la reconnaissance publique de l'homme dont on aurait voulu éterniser le souvenir, en faisant précéder cette mention de la date de la naissance, et en la faisant suivre de la date de la mort. »

	RUE DROUOT	
	GÉNÉRAL	
1774		1847
	4e Section.	

Voilà certainement une excellente idée, à laquelle tout le monde applaudirait, si elle était mise en pratique par la municipalité. Ce genre d'épigraphie apprendrait au moins au public, pour quelle cause on a donné tel nom à telle rue; il saurait ainsi, que tel nom se rapporte à tel personnage.

Par exemple, nous avons la *rue Gilbert*. On pensera moins au poète, qu'à tout autre homonyme. Il y a un *quai Choiseul;* à quel Choiseul est-il applicable ? Est-ce à Choiseul d'Ische, le défenseur de la Mothe ? Est-ce au ministre de Louis XV ? Est-ce à Choiseul de Stainville ? ou est-ce à toute la nombreuse famille des Choiseul ? Eh bien, nous avouons bien humblement que nous ignorons absolument, à quel Choiseul on a voulu consacrer ce souvenir. En 1879, on a créé la *rue Grandville;* ce nom a des homonymes, et n'est pas précisément celui d'un personnage : il est tout aussi bien celui d'une campagne ; en écrivant *rue J.-J. Grandville*, puisque c'est ainsi que signait le caricaturiste, l'équivoque n'était plus possible, même pour les étrangers. Nous pourrions ainsi nous arrêter à chacune des rues qui portent le nom d'une célébrité, et faire, sur chacun de ces noms, les remarques les plus singulières. En faisant précéder le nom patronymique du prénom, ou des initiales des prénoms portés par le personnage, ou en faisant suivre son nom de sa qualité, ou de sa profession, on met ce personnage en relief, et l'on évite de prêter au quiproquo. Ainsi admis: J.-J. Grandville; Henri Braconnot; Jacquot, sculpteur; J.-B. Claudot, peintre; etc., etc., en ajoutant, comme le demandait le *Progrès de l'Est*, la date de la naissance et la date de la mort du personnage, à qui on fait les honneurs de l'hodographie.

Il est évident que le public ne s'arrêtera pas à tous ces détails, pour indiquer l'une de ces rues; il continuera à dire: rue Drouot, rue Braconnot, rue Claudot, rue Grandville, etc.; mais, au moins, ceux qui ne savent pas, apprendront-ils que, si telle rue porte tel nom, c'est parce que ce nom est celui d'un personnage marquant, qui s'est distingué dans la carrière qu'il avait embrassée, qu'il est né en telle année, et qu'il est mort en telle autre.

Les plaques indicatives des noms de rues ne doivent pas être des rébus; elles ne sont plus indicatives, quand elles obligent à chercher une solution, dont tout le monde n'a pas la clef; il faut qu'au contraire, elles instruisent tout le monde, et qu'elles évitent de prêter au quiproquo, et quelquefois au ridicule. En instruisant ceux qui ignorent, — et ils sont nombreux, — on rappelle sans cesse à ceux qui n'ignorent pas, qu'il y a des exemples à suivre dans toutes les carrières.

Nous ne sommes pas partisan de l'obcurantisme, et nous ne croyons pas, que pour instruire, il faut être obscur, et obliger ceux qui ne savent pas à apprendre; il faut d'abord, à notre avis, les aider à s'instruire, par des indications simples, concises, qui leur permettent de découvrir de suite la vérité, sans être exposés à propager des erreurs, qui ne se renouvellent que trop souvent.

Le peuple demeure indifférent devant un nom, fût-il le plus célèbre, quand il ignore ce qu'a fait celui qui l'a porté.

Il paraît que la rue Drouot était depuis longtemps projetée, lorsqu'elle a été créée en 1841. Nous trouvons dans le *Journal de la Meurthe*, du 19 septembre 1821, l'annonce suivante, qui constate qu'on avait alors l'intention de l'ouvrir:

« A vendre, en gros ou par lots, une maison et un jardin de 71 ares 1|2 (3 jours 5 hommées et plus), situés à Nancy, rue Saint-Dizier, ayant issue sur la rue de Grève, *longeant la nouvelle rue qui fera le prolongement de la petite rue du Four*, le tout *entre ce prolongement* d'une part et la rue de Grève d'autre.

« Cet immeuble qui renferme une habitation agréable, convient d'ailleurs à tous genres d'établissements, comme pensionnat, magasins, entrepôts, manufactures, etc.; sa valeur enfin augmentera lors de l'*ouverture du prolongement de la rue du Four.*

« S'adresser à Mᵉ Marchal, notaire à Nancy, et à M. Pinodier, ancien conseiller de préfecture, propriétaire, rue du Pont-Mouja, n° 9. »

Il s'agissait alors du vaste immeuble connu sous le nom de Mont de Piété, et qui a été acquis, en partie, par M. Elie-Baille, le 15 octobre 1837, sur les époux Vaudré, ancien directeur du Mont de Piété. Dans cet acte, la maison est dite « située à Nancy, rue Saint-Dizier, ayant son entrée principale dans une rue projetée, faisant continuation à celle du Four. »

ÉCURIES (Rue des)

De l'hôtel des Pages, autrement dire de la Division à l'hémicycle de la place Carrière.

Cette rue, qui n'a jamais été qu'une ruelle, doit son nom aux écuries qu'y fit construire, contre le rempart, le Duc Charles III, en 1571, cinq ans après la création de la rue Neuve, devenue plus tard la Carrière. Ces écuries étaient destinées à remplacer celles qui se trouvaient derrière la Monnaie (V. Impasse du Bon-Pays).

La rue des Ecuries avait autrefois trois issues : la première sur l'hémycicle de la Carrière, la deuxième par la voûte de l'hôtel des Pages, et la troisième sur la Carrière, près de l'Arc-de-Triomphe. Jusqu'alors le préau des anciennes prisons du Palais de Justice et la cour des écuries de la Division formaient la rue des Ecuries qui venait en retour sur la Carrière à côté du grand escalier monumental de l'Arc-de-Triomphe. De la voûte de l'hôtel des Pages, on allait par une pente douce sur la Terrasse de la Pépinière. Pour avoir une idée plus nette de son ensemble, le lecteur devra se reporter au plan en relief de Belprey et à ceux de Lerque et de Michel.

Les prisons de la Conciergerie, près du Palais de Justice, détruites en 1871, furent édifiées, entre l'escalier monumental de l'Arc-de-Triomphe et le Palais de Justice, vers 1759, c'est alors qu'on supprima cette partie de la rue des Ecuries, en élevant, entre le Palais de Justice et l'hôtel des Pages, cet affreux mur qui devrait être abattu depuis longtemps.

Nous ferons remarquer que cette rue, qui était assez fréquentée au dernier siècle, à cause du passage qui conduisait sur les Remparts, est devenue complètement déserte depuis l'installation des prisons de la Conciergerie, à son extrémité méridionale.

Il est bon de rappeler ici dans quelles circonstances et comment les prisons de la Conciergerie, devenues inutiles depuis la construction des nouvelles maisons d'arrêt, de Justice et Correction dans la rue de l'Equitation, 66, ont disparu. Il nous suffit d'ouvrir le procès-verbal de la séance du Conseil municipal du 5 mars 1871, pour le savoir :

« M. le Maire expose au Conseil que le bâtiment des anciennes prisons adossées à l'ancien hôtel de Craon, affecté au service de la Cour, a été construit en 1794, sur l'emplacement de la rue des Ecuries qui, alors, au lieu de n'avoir de débouché que par la place du Palais du Gouvernement avait accès près de l'Arc-de-Triomphe, ainsi que le constatent les anciens plans de la ville, par une arcade semblable à celle qui lui fait face et qui fait communiquer la Carrière à la place Vaudémont. Ne serait-ce pas le cas, aujourd'hui que nos chantiers de secours manquent de travail, de dégager le bâtiment de la Cour d'un accessoire dont l'existence aujourd'hui complètement inutile fait honte à l'humanité et à la justice, et de restituer à la place, en même temps que son ancien aspect, la libre sortie de la rue des Ecuries et une communication directe avec la Terrasse de la Pépinière ?

« M. Simette rappelle que le travail de démolition était déjà résolu en principe, au moment où l'ambulance prussienne est venue s'installer à la Cour et en empêcher l'exécution ; il est certain que le palais de la Cour et la place ne feront que gagner à ce dégagement, qui assure du travail à nos chantiers.

« Sur l'observation de M. Grégoire, il est entendu que le travail commencerait aussitôt l'ambulance évacuée.

« La proposition est adoptée. »

Il est toutefois regrettable, au point de vue de la viabilité urbaine, que le programme exposé par le Maire n'ait pas reçu toute son application, et qu'on n'ait pas rendu à la rue des Ecuries sa libre sortie sur la place de la Carrière, non pas que l'ouverture de cette rue soit bien nécessaire, mais la ville rentrait dans la propriété d'une voie qui est sienne. On a sans doute reculé devant certaines difficultés matérielles qui s'expliquent aisément par la pente du terrain en cet endroit.

Nous reconnaissons que la création de la place actuelle est relativement préférable à l'ouverture de la rue.

Puisque nous venons de parler des prisons de la Conciergerie démolies en 1871, nous devons rectifier la date de leur construction que M. le Maire de la ville de Nancy fait seulement remonter à 1794. Nous ne savons qui lui a fourni ce renseignement, en tous cas il est erroné; si M. le Maire s'était donné la peine de consulter les anciens plans auxquels il renvoie, il aurait vu qu'en 1780 les prisons de la Conciergerie affectées au service de la chambre de la Tournelle étaient déjà construites sur l'emplacement de cette partie de la rue des Ecuries. Le grand plan de Mique les indique sous le renvoi n° 23 de sa légende. Elles ont dû être édifiées vers 1759, au moment où les grilles qui ornaient l'entrée de cette rue ont été transportées aux deux extrémitées de la Carrière. Le plan Michel, dit le plan des Fondations, 1758, indique encore cette rue aboutissant près l'Arc-de-Triomphe à l'angle du Palais.

EQUITATION (Rue de l')

De la place saint Jean à la rue des Quatre-Eglises.

Autrefois cette rue commençait sous le vocable de *saint François* à la naissance de la rue saint Joseph, c'est à dire au haut de la rue de la Poissonnerie, maintenant dite Gambetta. Elle était originairement la *cinquième grande rue* de la Ville-Neuve et aboutissait au bastion de Saurupt. Elle n'est donc que le 2e tronçon de cette voie principale, séparée du 1er tronçon par la place saint Jean.

Comme elle fait un retour sur la rue des quatre Eglises, vers son extrémité, au-delà de la maison d'arrêt, nous avons à parler également de la seconde partie est, qui porta successivement, de la rue de la Hache à la rue des quatre Eglises, les noms de *rue de la Tabagie*, de *rue de Dublin*, que les géographes nancéiens ont écrit *rue du Belin* (Plans 1754 et 1758) et après 1780 *rue du Tabac*. Le plan de Mique et l'état de 1767 qualifient cette seconde partie *Rue du Rempart*, dénomination que nous lui retrouvons à la Restauration, et dans le plan de 1837.

La vraie rue de l'Equitation avait pour limites : d'une part la place saint Jean et la rue de la Hache, la rue de Grève seulement depuis la Restauration.

Les plans de 1728, 1752, 1754, 1758 et 1778, la dénomment *rue saint François*. L'état de 1767 et le plan de Mique donnent à cette dernière partie le nom de *rue des Pénitents*, à cause des Pénitents noirs qui étaient établis à l'angle de la rue du Moulin saint Thiébaut près du manège actuel de la cavalerie.

Le conseil général de la commune décida le 17 septembre 1791 que « la *rue des Pénitents* reprendrait le nom de *saint François* qu'elle avait auparavant ».

F.-Ch. Callot qui aimait à professer le système des contradictions trouva encore dans cette décision matière à chicane.

« Il est bien malheureux pour un Père, dit-il page 12, de revenir prendre son nom dans une capitale où tous ses Enfants viennent de perdre toutes choses. »

Mais décidément Mᶜ Callot devait être un avocat fort retors. Ne devait-il pas, au contraire, applaudir à la restitution de cet ancien vocable ?

Nous avons constaté à diverses époques antérieures et postérieures à la Révolution que la *rue des Pénitens* était dénommée sans caractère officiel tantôt *rue des écuries*, tantôt *rue du Manège*, tantôt *rue des Juifs*. Cette dernière appellation vulgaire se conçoit, car la partie comprise entre la rue saint Thiébaut et la rue de la Hache était occupée par de nombreuses familles juives ; d'ailleurs la synagogue placée dans le centre de cette partie lui attirait cette dénomination toute naturelle. Dans une annonce du mois de juin 1806, nous la trouvons dénommée *rue de la Synagogue*. La maison portant le n° 272, composée de deux corps de logis était mise en vente.

C'est par la délibération du 13 pluviose an II qu'elle a

reçu le vocable de *rue de l'Equitation*, sans doute à cause du manège de cavalerie établi en cet endroit, vers 1769, sur l'emplacement de l'ancien cimetière qui servit aux paroisses saint Sébastien et saint Roch, et qui fut abandonné aux Pénitents pour inhumer les suppliciés. Cette dénomination prévalut jusqu'à la Restauration. Elle redevint alors *rue saint François*.

Il est probable que l'ancienne *rue du Rempart* comprise entre la rue de la Hache et la rue des quatre Eglises ne subit pas les mêmes transformations ; elle est encore ainsi dénommée dans les plans de 1817, 1822, 1835, 1837.

Le nom de *Rue de l'Equitation* n'a été donné pleinement à cette voie que par la délibération municipale du 30 décembre 1839.

Nous avons expliqué le vocable *de la Tabagie*, en parlant de la manufacture de tabac de la rue des Artisans.

Nous donnons à la rue de la Salpétrière l'explication du vocable de *Dublin*, qu'une partie de la rue de l'Equitation semble avoir porté notamment en 1754 et 1758.

La *Rue du Rempart* s'explique ; car du côté du mur de ville (v. rue des Artisans et rue Drouin) on n'avait pas encore construit à la place des terrassements des remparts. Les plans du dernier siècle en font foi et Lionnois le dit très bien, t. II, p. 508.

Les Pénitents avaient leur maison, chapelle et cimetière (ancien cimetière paroissial) sur la rue saint Thiébaut et sur la rue de l'Equitation, où se trouvent aujourd'hui le magasin à fourrages et le manège.

Il est étonnant que cette partie de la rue de l'Equitation, si variable dans ses vocables, n'ait pas été dénommée quelque part rue de Cimetière.

Nous avons parlé plus haut des vocables *de la Synagogue* et *des Juifs*. Il s'agit de les expliquer plus nettement que nous venons de le faire. Parler de cette partie de rue c'est retracer historique de la nation juive dans la capitale de Lorraine. Nous avons trouvé cette tâche toute faite dans la *Statistique du département de la Meurthe* publiée en l'an XIII par le gouvernement, mais dont M. Marquis, préfet de la Meurthe, était le principal auteur. Nous avons dit dans nos *Promenades historiques* que Regnard de Gironcourt y avait collaboré dans une large mesure. En effet, ce travail s'arrête au 1er vendémiaire de l'an X, et en l'an IX on était loin de supposer que le gouvernement en entreprendrait la publication.

Le préfet Marquis dont nous ne saurions trop louer le zèle, l'activité, la clairvoyance, le dévouement, la loyauté, la franchise, fut un des premiers préfets qui se trouvèrent en mesure de répondre aux questions du gouvernement. Si l'on considère qu'il y avait à peine deux ans qu'il se trouvait à la tête de l'administration du département de la Meurthe, lorsqu'il rédigea la plupart des articles qui composent son *Mémoire ou Statistique*, on est surpris de l'esprit d'observation qui le caractérisait. Ce qu'il y a surtout de remarquable dans cet immense travail, c'est la grande franchise, la sincérité de l'auteur. Il ne flatte personne, ni les contribuables qu'il administre, ni le gouvernement qu'il sert. Il ne craint pas de froisser les uns ou les autres. Dans l'intérêt général du public, il expose franchement et loyalement la situation morale et matérielle de son département, et, chose rare, chez les administrateurs qui émargent au budget, il remontre avec autant de courtoisie que de sincérité les fautes commises depuis la Révolution.

La *Statistique* du préfet Marquis n'est plus aujourd'hui un livre bannal, c'est un livre rare d'abord, et ensuite c'est un document précieux qui a une valeur historique, qu'on peut seulement apprécier de nos jours. En parcourant ce travail si consciencieux, on reconnaît l'homme studieux du XVIIIᵉ siècle qui ne dédaigne aucun petit détail, qui ausculte son sujet, qui l'étudie et en dissèque chaque pièce avec une patience éprouvée.

Jamet, Lancelot, Durival, Mazoier n'ont pas mieux fait leurs *Dénombrement et Description de la Lorraine et du Barrois*. Marquis est pour la Meurthe ce que Durival a été pour la Lorraine et encore nous croyons qu'il surpasse ce dernier. Durival est sous contredit un excellent annaliste; Marquis est plus qu'un statisticien, c'est un observateur positif, qui tire les conclusions les plus graves des détails les plus mesquins. On peut en juger par l'article suivant:

NOTICE SUR L'ÉTABLISSEMENT DES JUIFS EN LORRAINE.

» Depuis plusieurs siècles, un grand nombre de juifs allemands étaient venus successivement s'établir en Lorraine, où ils furent tolérés indéfiniment jusqu'en 1721. A cette époque, le Duc Léopold ordonna aux familles dont l'établissement ne remontait pas à quarante ans, de s'en éloigner. Cet ordre fut ensuite mitigé, et, en 1733, 180 familles furent admises à jouir du droit de protection, moyennant un tribut particulier de 10,000 livres de Lorraine ; elles s'organisèrent alors en communauté sous la direction d'un rabbin et de plusieurs syndics.

» Le roi de Pologne Stanislas rendit, en 1753, un édit qui leur fut très favorable, en déclarant que sous le nom de *famille* seraient compris tous les descendants des mâles issus d'un même chef. Déjà leur nombre effectif surpassait 300 ; et à mesure que les principes de la tolérance religieuse se développèrent, les familles juives s'accrurent : le Parlement de Nancy se contenta même d'exiger de ceux qui venaient des pays étrangers pour se fixer dans son ressort, un certificat de bonnes vie et mœurs signé des syndics de Nancy.

» La communauté des Juifs de Metz ayant obtenu le droit de faire juger les contestations qui surviendraient entre eux, selon leurs propres coutumes et usages, par un tribunal formé dans le sein de leur communauté et présidé par le rabbin, ce privilège s'était étendu ensuite aux Juifs de Lorraine ; et un recueil de leurs lois, traduites en langue française, avait été déposé en conséquence au Parlement de Nancy, qui recevait les appels de ce tribunal d'exception ; mais depuis la Révolution, ce tribunal a cessé d'exercer aucune juridiction.

» Les Juifs ont, dans le département de la Meurthe, quatre synagogues, placées à Nancy, à Lunéville, à Lixheim et à Phalsbourg ; le principal rabbin réside à Nancy. On distinguait les Juifs allemands des Portugais établis dans d'autres parties de la France, par une observation bien plus scrupuleuse des rites de leur religion, parce qu'ils suivaient un autre commentaire de la Bible ; mais ils ont aujourd'hui, les hommes surtout, abandonné en grande partie ces observances, principalement en ce qui concerne le régime diététique.

« A l'exception d'un petit nombre de familles aisées, qui faisaient le commerce de toiles, d'étoffes, ou la banque, les autres Juifs de Lorraine ne subsistaient que par le métier de maquignon, de fripier, et plus généralement encore par l'usure ; on a même observé qu'il y avait des individus de cette nation impliqués dans moitié au moins des affaires criminelles. Des hordes nombreuses n'avaient même d'autres ressources que de parcourir en mendiant la Haute-Allemagne et les provinces frontières de la France, où leur secte avait des établissements. Les lois rendues en leur faveur par l'assemblée constituante, tendent sans doute à les tirer de cet état de dégradation ; mais l'on n'a aperçu jusqu'ici d'amélioration sensible que parmi ceux qui jouissaient d'une certaine fortune.

» Ces derniers se sont empressés d'user du droit commun d'acquérir des propriétés territoriales (1) ; leurs enfants suivent les écoles publiques, et quelques-uns mêmes s'y sont distingués ; d'autres ont mérité le grade d'officier dans les armées de la République ; mais les efforts que l'on a faits pour les appliquer aux arts mécaniques ou au travaux de l'agriculture n'ont eu que très peu de succès. Les frères Cerf-Beer avaient élevé, dans cette louable intention, une manufacture à Tomblaine près de Nancy ; ils ont été obligés de l'abandonner à défaut d'ouvriers (2). Le haut prix de l'argent a d'ailleurs fortifié parmi les Juifs l'habitude de vivre avec les produits de l'usure ; et l'on ne peut espérer de les fixer à des occupations utiles que, quand cette trop facile ressource ne leur présentera plus les mêmes avantages.

« Ce qui contribuera encore davantage à répandre chez la nation juive des idées plus sociales, ce sera sans doute l'admission de leurs enfants dans nos écoles élémentaires. Exclus auparavant de tous les établissements d'éducation, ils ont croupi dans la plus grossière ignorance, ils ont été nécessairement étrangers à tous principes libéraux. Leurs connaissances se réduisaient, sauf quelques exceptions, à savoir lire leurs livres de prières, et à écrire dans un jargon barbare composé de mots allemands, français et hébreux. Ils mettent déjà plus d'intérêt à procurer quelque instruction à leurs enfants, et il y a lieu d'espérer que,

---

(1) Les Juifs possédaient ce droit avant la Révolution ; d'ailleurs pour être considérés comme chefs de famille, il fallait qu'ils fussent propriétaires de la maison qu'ils habitaient.

(2) Leurs coreligionnaires préféraient vivre de trafic et ne voulaient pas se livrer au travail manuel. Il répugnait aussi aux catholiques de travailler dans un établissement fondé et dirigé par des Juifs.

dans la suite, ils chercheront à se rendre dignes des bienfaits d'une grande Révolution, qui les a élevés au rang de
citoyens. » (*Statistique du Département de la Meurthe*,
p. 111.)

Lorsque Napoléon prit, en 1808, des mesures contre les
Juifs, ceux de la Communauté de Nancy présentèrent un
mémoire au préfet de la Meurthe dans lequel ils exposent
leur situation morale, et indiquent en quelque sorte leurs
moyens d'existence. Ce document très curieux est malheureusement rédigé par un illettré. Le reproduire en corrigeant les fautes qu'il renferme serait lui enlever toute la
saveur de sa naïveté. Depuis longtemps nous avons hésité
à le livrer à la publicité, surtout d'une manière isolée,
revêtant en quelque sorte un caractère de parti pris. Il se
trouve ici à sa place — et l'on aurait tort de supposer que
nous le faisons avec une intention malveillante, — c'est,
nous le répétons, un document historique se rattachant à
l'opinion donnée plus haut par le préfet Marquis, et com-
plétant les renseignements qu'il fournit dans sa *Statistique*.

« Les habitants de la commune de Nancy professant la
Religion Judaïque se composent d'environ cent trente ménages, parmi lesquels 10 à 12 seulement ressortissent des
anciennes familles y établies depuis plus de 90 ans, peuvent
être envisagées comme étant très à leurs aises, le surplus
est ou dans la médiocrité de fortune, ou dans une grande
misère.

« Avant la Révolution, cette commune capitale de la
cidevant province, les Juifs y demeurant alors au nombre
de *cinquante ménages environ*, sollicitèrent et obtinrent du
Gouvernement des Lettres patentes du Roy qui les auto-
risaient d'aquérir un terrain près de la Ville pour y placer
un cymetière, comme également de bâtir dans l'intérieur
de la Ville une synagogue. Elle fut bâtie et inaugurée en
1789, ainsi qu'un hospice et cimetière hors de la ville.
Tous les Juifs résidants dans la Province dépendaient du
Rabin et des sindics domiciliés à Nancy, reconnus du Gouvernement et du Parlement de Nancy et ne faisant qu'une
communauté. Ils les administraient tant pour ce qui concernait le culte que pour les affaires civils usitées et réser-
vées entre eux.

« Depuis leur admission au droit de citoyen en vertu
du décret de septembre 1791 cette Communauté s'est dis-

soute et l'entretien de la Synagogue espèce d'Ediffice ainsi que le salaire du Rabin a resté à la charge des habitants Juifs de Nancy, qui se cottisent volontairement à cet effet et dont le nombre des contribuables se réduit à peu faute de moyen d'une part et de mauvaise volonté peut-être de l'autre.

« Dans le nombre des ménages ressortissant des anciennes familles on distinguent particulièrement les maisons cy après :

« Celle du sieur *Berr-Isaac Berr*, la plus ancienne de toutes passe pour une des bonnes maisons de commerce de cette ville ; avant la Révolution elle faisait un grand commerce d'étoffes des Indes par succession de feu son père à qui la ville de Nancy doit en quelque sorte l'état florissant de son commerce ; le sieur Berr Isaac Berr a continuée cette branche de manière qu'elle lui a mérité de la considération et de l'estime public. Il avait obtenu du Gouvernement des lettres patentes des naturalisation en vertu desquelles il s'est rendu propriétaire d'immeubles. En l'an 1992 il a réalisé parti de sa fortune en acquisition de biens nationaux, et a acheté le local de la cidevant Ferme générale en cette commune, dans lequel il a formé une fabriqué de tabac où plusieurs ouvriers Juifs y travaillent. Cette fabrique montée depuis 14 ans passe aujourd'hui pour une des plus conséquentes des douze autres qui se sont montés et élevés depuis.

« Le fils aîné dudit sieur Berr est receveur de la Loterie Impériale depuis sa recréation de l'an 6. Le fils cadet a déjà quelques renommées dans la Littérature et Belles-Lettres, il suit le Barreau et est déjà membre de quelques sociétés de savant, le fils le plus jeune est à la tête de la fabrique de tabac se vouant à la même partie.

« La maison de *Salomon Moyse Levy*, associés avec ses fils et gendres passe pour une des meilleurs maison de commerce de cette ville. Cette maison jouissait déjà d'une grande réputation avant la Révolution, elle faisait des spéculations utiles et avantageuses au delà des mers, et faisait prospérer le commerce de Nancy. Le sieur Levy avait également obtenu de l'ancien Gouvernement des Lettres-patentes de naturalisation ; du depuis elle a continuée et même augmentée ses relations commerciales. Elle a acquis égallement beaucoup d'immeubles rurales.

« Un des gendres du sieur Berr, le sieur *Maas* a monté depuis quelqu'années une fabrique de draps à Tomblaine près Nancy, dans un local appartenant aux sieurs Cerf-Berr frères, a la tête de laquelle fabrique un Juif en est le directeur, et pluieurs autres y travaillent ; il y a déjà environ 8 à 10 métiers battants en ce moment. Ledit sieur Maas associés avec ses frères neveux du sieur Berr, entretiennent depuis 1793 une fabrique de poudre et amidon dans un local loué de cette commune ou il ny a presque que d'ouvriers Juifs.

« La maison de *Mayer Marx* passe également pour une bonne maison de commerce, elle continue de père en fils de s'occuper des entreprises de fourrages et autres pour le service du Gouvernement.

« Les frères *Cerf-Berr*, quoique domiciliés depuis plusieurs années à Paris font partie des 120 ménages Juifs établis en cette commune comme n'ayant quitté ce domicile que momentanément à cause des liquidations à faire de leurs différentes entreprises pour le service des armées. Ils sont de très fort propriétaires de l'arrondissement. Ils ont succédés et acquis sur leurs cohéritiers la grande terre de Tomblaine et dépendances que le sieur Cerf Berr père également naturalisé en vertu de lettres patentes du Roy avait acquis en 1785 dans l'intention de se fixer à Nançy avec toute sa famille. Il est mort en 1792 et dont lesdits frères Cerf Berr propriétaires actuels payent annuellement de forte contribution foncier.

« Les autres maisons juives se composent de marchand mercier en gros et en détail, de marchand épicier, de marchand de chevaux et dont parti fournisse les remontes aux régiments à cheval, de banquiers, courtiers de change et de commerce, et tous ou du moins la majeure partie d'icelles, sont propriétaires d'immeubles soit en maisons soit en bien rurales.

« Il y a deux ou trois soupçonnés de faire le métier de l'usure, les autres simples rentiers se bornent pour les capitaux qu'ils font valloir au cours de la place, qui varie entre 8, 9 et 10 pour cent par an ; les plus part de ces sortes de négociations se font par l'entremise des courtiers de change et quant aux actes notariés aucune plainte ne s'est fait entendre jusqu'à ce jour.

«Parmis, la classe médiocre et industrie se borne à des

marchands bouchets, marchand bestiaux, marchand foi-
rains et roullant, frippier, bijoutier, etc., leurs enfants en
partie vont aux écoles secondaires, apprennent des métiers.
Il y a déja d'ouvriers en orphevrerie qui gagnent leur vie ;
un tailleur s'est établi depuis quelques années en cette
commune qui ne manque pas d'ouvrages et fait des élèves
parmi ses coreligionnaires.

« On ne voye pas encore aucun s'occuper de la culture
de terres, le sieur Berr propriétaire de différents champs
près de la Ville en a donné gratuitement à quelqu'uns de
ses coreligionnaires à charge qu'ils les cultivent eux mêmes.
Il y en a qui l'ont accepté et y plante des pommes de
terre. Il faut espérer qu'ils y prendront goût et habitudes.

« La classe des pauvres qui est la plus forte se compose
principalement de vieillard des deux sexes et n'existe que
par la charité et les bienfaits des hommes aisés de leur
Religion. »

La Synagogue fut construite en 1747, mais ce n'était
qu'un petit bâtiment servant de lieu de réunion pour y
dire les prières en commun. Elle fut agrandie en 1788 et
véritablement inaugurée en 1789. Cette dernière construction fut autorisée par lettres patentes du 8 juin 1737 et
mise à la charge de la communauté.

On l'agrandit encore successivement en 1842, 1860 et
1862.

Leur cimetière était ainsi que leur hôpital, situé au
faubourg Saint Jean, sur la place dite des Drapiers, à peu
près vers le pont du chemin de fer, non loin de la porte.
Sans doute qu'ils furent établis en même temps que la
première synagogue, c'est à dire au milieu du dernier
siècle.

En 1825, quelques Juifs de Nancy jetèrent les bases
d'une société ayant pour but de procurer aux jeunes israélites les moyens d'apprendre un métier manuel et de s'appliquer au travail. Les statuts de la *Société des Amis du
travail de Nancy* furent arrêtés le 17 mars et approuvés le
28. Elle fonda une maison d'apprentis spécialement destinée aux jeunes israélites pauvres du département, qui voulaient venir à Nancy y apprendre un métier. Les enfants y
étaient nourris et entretenus ; mais ils logeaient soit chez
leurs patrons, soit chez ceux de leurs coreligionnaires qui
voulaient bien les recueillir. Cette société qui aurait porté

de grands fruits, si elle s'était mainteuue, n'exista que trois années, aux termes des statuts. On n'essaya pas en 1828 de la reconstituer ; d'ailleurs, si les sociétaires ont eu à se louer de quelques jeunes gens, ils ont eu aussi à lutter contre les préjugés, contre l'apathie des jeunes gens et surtout contre l'esprit d'indépendance, de cosmopolitisme et de mercantilisme dans lequel ils étaient élevés, malgré les récompenses et les avantages que leur assurait la société, pendant et après la période d'apprentissage.

Nous avons déjà entretenu le lecteur de la Tabagie ou Fabrique du Tabac, qui était située, au dernier siècle, sur l'emplacement actuel des prisons. Depuis que cette fabrique avait été transférée dans l'impasse de la rue des Artisans, les bâtiments qui avaient servi à son exploitation furent appelés la *Ferme générale*, sans doute parce qu'ils servaient de magasin pour les matières fabriquées et de logement aux chefs de la Ferme des tabacs. Nous n'avons trouvé la ferme générale mentionnée dans aucun des almanachs de Lorraine et Barrois, et c'est cependant sous cette dénomination que les bâtiments qui la composaient furent vendus par le directoire du district de Nancy, le 27 vendémiaire an IV, à Jean-Frédéric Muller et à Berr-Isaac Berr, qui y établirent une manufacture de tabacs sous la raison sociale Berr et Cie.

Voici l'opinion du citoyen préfet Marquis sur les fabriques de tabacs qui existaient à Nancy à cette époque :

« La culture du tabac qui longtemps avait été libre et prospère en Lorraine, sous les ducs, avait cessé dès longtemps avant 1789 ; et cette branche de commerce se trouvait exclusivement dans la main de la ferme générale : elle avait à Nancy une manufacture, qui vendit la dernière année de son privilège, 314,032 livres de tabac au prix moyen de 3 liv. 8 sous la livre.

« Depuis que la fabrication est redevenue libre, il s'est élevé à Nancy dix manufactures qui emploient quarante moulins, et dont la fabrication a été évaluée, pour la contribution assise sur cette partie à 92,000 kilogrammes ; mais on ne peut guère compter sur l'exactitude des bases de cette évaluation. Les tabacs de Nancy sont un mélange préparé de feuilles d'Alsace et d'Amérique : les diverses proportions de ces mélanges forment les différences des qualités. Le prix en gros varie de 2 francs à 1 franc 20 centimes la livre de seize onces poids de marc, et l'on donne une once de bon poids. Ces tabacs sont fort recherchés dans l'intérieur; on en fait même des exportations assez considérables en Suisse, en Souable et jusqu'en Bavière.

« Il paraît que le commerce en est très lucratif; car la plupart des sociétés qui ont élevé ces fabriques, ont acquis des fortunes considérables; mais leur concurrence commence déjà à diminuer. » *(Statistique,* p. 211.)

Lorsque Napoléon établit le monopole de la culture et de la fabrication des tabacs, Nancy fut désignée pour être le siège d'une manufacture des tabacs. A cet effet, le comte Antoine Français, conseiller d'Etat à vie, directeur général de l'administration des droits réunis, grand officier de la Légion d'honneur, demeurant à Paris en son hôtel, rue Saint Avoil, agissant pour et au nom du gouvernement français acquit par actes Collin et son collègue, notaires à Paris, des 17 et 19 juin 1812, des sieurs Berr-Isaac Berr, Jean-Frédérick Muller et Elisabeth Behaghel, épouse de ce dernier, de lui autorisée, manufacturier des tabacs à Nancy et connus sous la maison Berr et compagnie. Une maison avec toutes ses circonstances et dépendances, formant autrefois les bâtiments de *l'ancienne Ferme générale* sise à Nancy, département de la Meurthe, *rue de l'Equitation,* et bornée au nord par ladite rue, au midi par le mur qui sépare les terrains dépendants de l'hôpital militaire et de la Maison de secours et au couchant par la propriété du sieur Mirau, menuisier.

Dans la vente sont compris la caisse de fermentation construite dans les grands magasins à droite en entrant, et même celles que lesdits Muller et Berr auraient pu faire construire depuis qu'ils sont propriétaires desdits immeubles, ainsi que les boiseries, placards et trumeaux qui y existent.

Si les actes de vente sont datés de 1812, nous devons dire que le gouvernement français jouissait de l'immeuble depuis un an environ.

Le 12 mai 1811, M. le Maire de la ville de Nancy faisait insérer cette note dans le *Journal de la Meurthe,* avec la signature: « De la part de M. le Maire. »

« P. S. — Sa Majesté Impériale et Royale vient d'adopter l'établissement d'une fabrique de tabac à Nancy; l'on doit ce bienfait aux soins des grandes autorités et des autorités locales. »

En organisant la manufacture des tabacs, on réserva aux fabricants dépossédés, qui voulurent bien les accepter, les meilleurs emplois.

« S. Exc. le Ministre des finances et M. le Conseiller d'Etat, directeur général des droits réunis, ont nommé pour la régie de la manufacture des tabacs établie à Nancy :

» M. *Muller*, régisseur.

» MM. *Delasalle*, garde-magasin ; *Guénon de la Canterie*, contrôleur de 1re classe, chargé de la comptabilité ; *Masson* fils, contrôleur de 1re classe, chargé de la fabrication ; *Zibelin*, garde-magasin adjoint ; *Messein* fils, aide-garde-magasin ; quatre contrôleurs ordinaires ; *Courtois* l'aîné, *Voirin* fils, *Ferry*, *Wouters*, chefs de fabrication ; *Neret*, *Duhoux*, *Didion*, *Gortaud*, chefs d'ateliers.

» Le régisseur ci-dessus dénommé, prévient tous les ouvriers, tant hommes que femmes qui ont travaillé dans les différentes fabriques de tabac, de se présenter chez lui, depuis six heures du matin jusqu'à midi, afin de se faire inscrire sur les registres et de se munir à cet effet de certificats des chefs de fabriques où ils ont travaillé, qui attestent leurs bonnes conduite et mœurs. » (*Meurthe* 24 mai 1811.)

Le surlendemain, 26 mai, ce journal rectifiait et complétait la note précédente :

» En citant l'organisation de la fabrique des tabacs à Nancy, nous avons omis de dire que les contrôleurs ordinaires sont : MM. *Semeladis*, *d'Hauterive*, *Lippmann Berr* fils et *Vautrin ;* et pour les bureaux : « MM. *Tisserand*, 1er commis ; *Gargeanville*, 2e commis ; de *Latour*, expéditionnaire ; et *Boismarsal*, aide-garde-magasin. »

Non seulement on avait réservé des emplois aux anciens fabricants, mais aussi à leurs principaux employés, comptables, commis, etc.

La nouvelle manufacture devait être en activité vers le mois de Juillet, car le 2 août 1811 Blaise et Cie publient l'avis suivant :

» Nous avons l'honneur de prévenir le commerce que notre fabrique de tabac connue sous la raison Blaise et Cie se trouvant abolie par le décret de Sa Majesté, nous avons quitté cette branche de commerce et renonçons à toutes sortes d'affaires. »

Pas tant que cela, puisque la même année Blaise montait à la place de sa fabrique de tabac sa sucrerie dans la rue de la Pépinière, dont l'entrée était par la rue Sanislas, 50, de nos jours.

On trouve dans la *Meurthe* du 24 novembre 1811, un extrait fort intéressant du règlement de police intérieur de la nouvelle manufacture des tabacs. Nous croyons devoir le reproduire, car il est peu connu et n'a pas été cité par M. H. Lepage dans son mémoire sur la *Culture du tabac en Lorraine*, dans lequel il parle cependant de la manufacture impériale.

» On nous a remis un exemplaire du règlement de police intérieure de la manufacture des tabacs, établie à Nancy; on y reconnaît l'esprit de justice, de moralité et de bienfaisance qui caractérise l'établissement utile dont sa Majesté a bien voulu favoriser cette capitale.

» Le titre V qui établit une masse de secours, appartenant exclusivement aux ouvriers, présente, art. 52, un avantage bien remarquable. Cet article et le suivant sont ainsi conçus:

» A chaque mariage qui sera contracté entre hommes et femmes, tous deux ouvriers de la manufacture depuis deux années révolues, et qui n'auront pas encouru le blâme de leurs chefs, les époux recevront un lit complet composé comme il suit: couchette en bois de chêne; paillasse en toile de chanvre; deux matelas moitié laine et moitié crin; recouverts en coutil rayé du poids de 18 à 20 kilogrammes; un traversin; deux coussins; deux paires de draps; deux couvertures de laine. Le tout sera marqué du timbre de la manufacture.

» 53. — Les mariages entre ouvriers et ouvrières de la manufacture, qui jouiront des bénéfices accordés sur la caisse de retenue, se feront tous les ans le jour de la S. Napoléon. Toutefois le Régisseur pourra changer la fixation de cette époque, s'il juge recevables les motifs de ceux qui le demanderaient. Les officiers supérieurs et les chefs de fabrication assisteront à la cérémonie nuptiale. »

Les articles suivants paraissent encore plus dignes de ce grand établissement.

» 54. — Lorsque le sort appellera sous les drapeaux, un jeune homme ouvrier de la manufacture, dont on aura été content, il lui sera payé par la caisse un napoléon de 20 fr.

» 55. — Le conseil d'administration se réserve de lui faire d'autres gratifications, si les chefs militaires lui accordent des certificats de bravoure et de bonne conduite et il sera reçu de droit à la manufacture, s'il revient porteur d'un congé en bonne forme. »

Ces avantages étaient immenses pour la population ouvrière, qui n'avait pas trouvé chez les fabricants les mêmes ressources d'économie et de bien-être. L'administration sut par ces moyens s'attacher les meilleurs ouvriers des anciennes fabriques; malheureusement la Restauration de 1814 négligea la manufacture de Nancy; elle fit plus, elle désorganisa complétement le service administratif et celui de la fabrication. Par ce fait, elle se créa à Nancy non seulement des mécontents, mais encore des ennemis. La Chambre consultative des manufactures et arts de notre ville profita du retour de Bonaparte, pour solliciter du gouvernement le rétablissement de la manufacture dans son organisation primitive; malgré la bonne volonté de celui-ci, les événements marchaient avec trop de rapidité, pour que Nancy obtînt ce qu'il réclamait.

La loi du 28 avril 1816 sur la culture du tabac, enleva à notre ville sa manufacture, qui fut supprimée.

A partir du 23 janvier 1817, le directeur des contributions indirectes, Ponus, faisait de temps à autre des ventes à l'enchère, dans une des salles de la ci-devant manufacture royale des tabacs, des meubles, qui garnissaient les bureaux de l'ancienne direction de la Meurthe, et du matériel qui n'avait pu être transporté à Strasbourg. Le 25 juin 1818, on vendait au plus offrant 220 tonneaux et 115 caisses vides. C'est la dernière annonce que nous avons recueillie, sur cette manufacture.

En 1819 on affectait une aile des bâtiments à un dépôt de mendicité, précédemment installé provisoirement à la maison de secours (V. rue des quatre Eglises).

Suivant M. H. Lepage « les bâtiments de l'ancienne manufacture, situés rue du Rempart, devenus désormais inutiles, furent vendus par le domaine, le 24 mars 1820, moyennant la somme de 36,100 fr. au sieur Fouquier, propriétaire dans le département de la Seine-Inférieure. » (Annuaire, 1875, p. 43.)

Ce qu'il y a de certain, c'est qu'en 1822 ils étaient convertis en *Maison de correction.* Cette prison nouvelle a longtemps porté le surnom de *Tabac*, comme la maison d'arrêt était désignée sous celui de *la Monnaie*, et la maison de justice *la Conciergerie*. La création de cette nouvelle prison est due à M. le vicomte de Villeneuve, préfet de la Meurthe, qui dans la première tournée, qu'il fit en 1820, fut frappé de l'état déplorable dans lequel se trouvaient les prisonniers, tant à Nancy que dans les chefs-lieux d'arrondissement. Il comprit qu'il fallait séparer les condamnés des prévenus, qui exerçaient sur ces derniers une fatale influence. A cette époque les prisonniers n'étaient pas soumis au travail obligatoire, et passaient la journée à jouer et à se quereller.

Plusieurs fois on agita la question de réunir les trois maisons d'arrêt, de justice et de correction ; elle ne fut résolue que vers 1854. On choisit comme l'endroit le plus favorable l'ancienne manufacture des tabacs, où était établie la Maison de correction.

L'adjudication des travaux eut lieu à la préfecture le 15 décembre 1855. Ils étaient divisés en six lots et furent adjugés, savoir :

Le premier lot, maçonnerie, à M. Aubertin, entrepreneur de bâtiments; le 2e, charpente et couverture, à M. Sidrot fils, charpentier; le 3e, plâtrerie, à MM. Guillaume fils et Canaux fils ; le 4e, menuiserie, vitrerie et peinture, à MM. Mayer et Mathieu jeune, menuisiers, et à M. Thiébaut, peintre et vitrier; le 5e, serrurerie et ferronnerie, à M. Tisserand, serrurier; le 6e, ferblanterie et fontainerie, à M. Clément, ferblantier.

On commença les travaux dans les premiers jours de mars 1855, et en 1857 s'opérait la translation des trois maisons d'arrêt, de Justice et de Correction dans le nouvel établissement.

ÉTATS (Rue des)

De la Grande-Rue à la place de l'Arsenal.

C'est en 1867 que la municipalité a cru devoir lui consacrer ce vocable, qui ne répond pas, selon nous, à l'objet qu'on a voulu rappeler, parce que la rue elle-même n'a pas l'aspect sévère et majestueux qui convient à un tel souvenir.

Nous sommes bien convaincu que c'est elle dont il est question dans les rôles de 1551 et de 1589, sous le nom de *rue Notre Dame,* à cause de l'église située à son extrémité supérieure. Nous observerons qu'elle était la seule pouvant être habitée par des contribuables, car la partie de celle du Point du Jour qui a eu aussi cette dénomination, n'était pas encore ce que le plan de La Ruelle nous représente avec les hôtels d'Haussonville, de Moy, de Mérigny et leurs dépendances.

Il est tellement vrai que la rue des Etats était, en 1551, la rue Notre Dame, c'est que, dans la division de Nancy par quartiers, qu'a donnée M. H. Lepage dans ses *Transformations,* il est dit dans une pièce citée par cet auteur que le premier quartier de la ville-vieille était composé « depuis la porte de la Craffe et jusqu'à la ruelle Notre Dame qui finit à l'artillerie (l'Arsenal) et ruelle des Cordeliers finissant au rempart y compris ladite ruelle. »

Dans le rôle de 1572 elle est appelée la *rue sur le Fossel des chevaux.* Dans celui de 1582 elle est dite la *rue Reynette.* Nous verrons dans un instant que la rue Nostre Dame, la rue sur le Fossel des chevaux, la rue Reynette et la rue des Morts n'ont jamais été qu'une seule et même rue.

En lui donnant le nom de *Reynette,* a-t-on voulu rappeler le souvenir de Huyn Reynette, président des comptes de Lorraine, qui eut la tête tranchée vers 1505 ? (V. place des Dames).

Au XVIIe siècle, elle est dénommée *rue des Morts,* vocable qu'elle a conservé pour ainsi dire jusqu'en 1867. Cette dénomination vulgaire s'expliquait, en ce qu'elle conduisait à un cimetière, dit du Terreau, qui se trouvait sur l'emplacement actuel dē la rue de la Manutention et d'une partie de l'hôtel des Loups.

D'un autre côté, les oratoriens qui desservaient la paroisse Notre Dame, avaient leur maison conventuelle à l'extrémité supérieure de cette rue touchant l'église Notre Dame, et au-dessous se trouvait le cimetière de cette paroisse et le leur, touchant la maison n° 6 de nos jours. Lorsqu'on construisit, il y a deux ou trois ans, l'écurie qui a son entrée dans cette rue, près de cette maison, on dut enlever des terres pour la placer au niveau de la rue. Or, ces fouilles ont fourni des tombereaux d'ossements.

La délibération du 13 pluviose an II lui donne, par

dérision sans doute, le nom de *rue des bons vivants;* mais celle du 18 fructidor an III lui restitua son ancien vocable de *rue des morts.*

L'état de 1757 ne constate dans cette rue qu'une seule maison portant, sur le côté septentrional, le n° 146, appartenant à Louis Pierron, et au-dessus la propriété des PP. de l'oratoire. Au côté méridional, elle compte, n° 154, l'hôtel de Moy; 155, François Thirion, cordonnier; 156, Barthelémy Miette; 157, les P. P. de l'oratoire; 158, Nicolas Petitbon; 159, Jean Poirot, bonnetier; et, 160, Nicolas Carré.

Si l'on consulte le plan de 1611, on voit que la rue des Loups n'était pas créée, et qu'elle formait une place, là où M. de Curel construisit son hôtel.

Le même plan de 1611 nous donne l'aspect de cette rue, avec son immense cimetière qui était alors appelé cimetière Saint Jacques, au septentrion et au midi, entre l'hôtel de Moy et les maisons qui ont face sur la Grande Rue; derrière celles qui forment le côté méridional de la rue des Etats existait un gayoir ou abreuvoir de chevaux.

Dans les comptes du Cellerier de 1552-1553, il est question de: « La fontaine de la Court, à l'endroit du *cimetière St Jacques du prioré N. D.* et en la rue au loing du grant mur de la court allant aux cordeliers; » et un peu plus loin nous trouvons aussi cette mention: « Pavel fait sur les cors de fontaine de la maison à l'endroit des *bouticles de dessus le fossel des chevaulx,* du costé du *cimetier de Monsieur Saint-Jacques.* »

Dans le même compte, il est question, en 1480, du « *Salveux des fossez devant l'Eglise N. D.* pour mettre les poissons de l'état de Mme pendant le carême. »

En 1597, il est encore mentionné une « dépense faite pour *la fontaine et saulvoir de l'arcenal.* »

Les maisons faisant face sur la rue et appuyées sur le fossé des chevaux étaient du Domaine de la ville, qui les avait ascensés à divers particuliers. On en a la preuve dans les comptes du Trésorier-Général de 1531-1532 et de 1541-1542. Dans les premiers, nous trouvons les deux mentions suivantes qui ne sont pas dépourvues d'intérêt historique :

« Me Gabriel, peintre, dem^t à Nancy doit chacun an au terme de saint Remy 30 gr. sur une bouticle qu'il tient de la ville par ascensement, séant sur le foussé des chevaulx du costé devant la maison de M^r le Duc. »

« Martin Crocque, ymagier (1), doit chacun an au terme sainct Remy 30 g. sur une bouticle qu'il tient de la ville par ascensement joindant à celle de Françoys le fourbisseur, qui touchoit à celle de Jehan du Pont, orphevre, sur le fossé des chevaux du costé du cymetière Nostre Dame, montant vers l'artillerie. »

Dans les comptes de 1591 il est encore question des « censives des maisons d'alentour du fosset des chevaulx. »

Quoiqu'en dise Lionnois, la *rue des Etats* s'est appelée *rue Notre Dame* durant tout le XVIᵉ siècle. Nous en avons la preuve par les rôles de 1551-1552, de 1565-1566 sur lequel cet auteur a fait son tableau des noms anciens et actuels des rues de Nancy la vieille, et aussi par le rôle de 1589.

Lionnois dit, t. I, p. 363 de son *Histoire*, dans le tableau des noms de rues, que dans le compte de 1565-1566 « on n'a point parlé de la Place Notre Dame, de la petite rue Notre Dame et de celle des Morts, parce qu'il n'y avait personne sujet à l'imposition en ces rues. » C'est une erreur qui s'explique par la situation que faisait prendre cet auteur à la rue Notre Dame, de son temps alors la rue des Loups. Il ignorait que toute cette partie depuis la rue Saint Michel en y comprenant la place de l'Arsenal, la rue des Loups et celles des haut et petit Bourgeois formait le hault Bourget. La rue Notre Dame (des États) ne comptait, en 1551, que trois chefs de famille contribuables, payant l'impôt des trois gros par mois.

Le savant abbé Lionnois auquel nous ne pouvons certainement refuser une large part d'éloges — ce serait non seulement de l'ingratitude de notre part, mais encore en quelque sorte une véritable injustice, car Lionnois a fait tout ce qu'il a pu faire pour reconstituer l'histoire de la ville de Nancy ; — le savant abbé Lionnois, disons-nous, n'a pas su, parce qu'il n'a pas pu, en son temps, reconstituer, d'après les documents écrits, le Nancy du seizième siècle ; aussi est-il tombé quelquefois dans des erreurs monstrueuses qu'on doit lui pardonner. Nous comprenons sa position de prêtre. Lorsqu'il a écrit son histoire, les

_____

(1) Le sculpteur Martin Croque ou Crock ou Crocx était mort en 1551, car nous trouvons sa veuve demeurant dans la neufve rue, (rue derrière les Cordeliers).

dépôts publics étaient fermés et les gens qui auraient pu le renseigner avaient détruit leurs titres. Il ne pouvait donc écrire son histoire que sur des documents incertains qu'il avait recueillis avant la Révolution, mais qu'il ne pouvait plus contrôler depuis la Révolution, soit à cause de son caractère de prêtre, soit à cause du peu d'urbanité qu'on trouvait chez les nouveaux administrateurs de la Cité.

Lionnois n'a refait le vieux Nancy que, grâce à la complaisance de quelques propriétaires et de quelques amis influents, qui ont pu sortir pour lui du Trésor des chartres des pièces relativement importantes, en somme de peu de valeur. Nous savons bien un peu aussi, nous, ce que c'est que d'essayer d'écrire l'histoire de Nancy. Lionnois n'a certainement pas eu communication des registres paroissiaux ; nulle part il n'y fait allusion : il ne cite aucun acte de baptême, de mariage ou de décès. Les actes civils qu'il a consultés se résument dans les épitaphes funéraires. Ce n'est pas suffisant. Tout en ayant en mains des documents certains, il a laissé planer sur son livre un caractère d'incertitude qui se dévoile à chaque page. Très exact ici pour tel fait, il est forcément incomplet et absent, là où nous exigerions de lui, si nous pouvions avoir le droit de l'exiger, une certaine rectitude.

La *rue des Morts* (des Etats) a été notamment pour lui l'objet des plus incroyables suppositions, — fort excusables du reste pour un historien qui n'avait pas, en son temps, sous la main les documents qui ont été recueillis depuis. Ainsi nous constatons plusieurs faits risqués dans le paragraphe suivant qu'il a consacré au cimetière Saint Jacques (t. I, p. 365) :

« *Le cimetière du Prieuré de Notre Dame*, que le Duc Thiéry obtint pour les religieux en 1145 : *Usibus eorum et in eodem Loco atrium consecrari fecit*, porte un titre du duc Mathieu I, de cette année. Il occupait près de la moitié de la *rue des Morts*, ainsi nommée depuis très longtemps, à cause de ce cimetière *(sic)*. Il est gravé dans le plan de Nancy de La Ruelle, en 1611, et dans celui de Belpré, en 1754 (1). Depuis 1593, époque de l'érection des paroisses de Nancy jusqu'en 1774, ce cimetière a été commun aux

(1) Il figure également dans les plans de Mique.

deux paroisses de cette ville. Les habitants s'étant fort multipliés, on en assigna un plus vaste hors de la ville, en l'endroit où était ci devant l'église de Saint Dizier et son cimetière (1). Il ne servait que pendant l'été, et pendant l'hiver les inhumations des deux paroisses se faisaient au cimetière du Prieuré. Mais sur la fin de son Épiscopat, M. Drouas, dernier évêque de Toul Diocésain, ayant interdit tous les cimetières de la ville après quelques années, pour laisser consummer les corps, on a vendu les terrains aux propriétaires des maisons voisines qui y ont fait des jardins qui rendent leurs habitations plus salubres que le cimetière (2).

« Il y avait dans ce cimetière une chapelle dédiée à saint Jacques, et dont la dotation a été unie à la paroisse Saint Nicolas. . . »

FABRIQUES (Rue des)

De la rue Saint-Dizier, près la Porte Saint-Nicolas, aux rues du Manège et des Jardins.

Au temps de D. Calmet, ce n'était pas, à proprement dire, une rue : la partie qui s'appuyait sur le mur de ville était encore en terrassements. Elle y figure, mais comme un simple chemin. C'est à partir du plan de 1754 que nous la trouvons indiquée *rue Paille-Maille*.

Comme à la fin du dernier siècle plusieurs industriels, tels que les frères Marmod et autres, y avaient établi des fabriques de divers genres, le conseil général de la commune décida le 17 septembre 1791 que « *la rue de la Paille-Maille* s'appellerait *rue des Fabriques.* »

A vrai dire, le choix de ce vocable ne nous déplaît pas. C'est peut-être un des meilleurs de l'arrêté du 17 sep-

(1) Le cimetière des Trois Maisons a été créé sur les glacis, vers 1769, et n'a aucune analogie avec le cimetière Saint Fiacre, près de la Paroisse du faubourg, auquel Lionnois semble faire allusion ici.

(2) La délibération du Conseil de ville autorisant la vente de ces terrains est du 2 décembre 1775, mais les actes de cession se sont faits lentement. C'est en conséquence de cette vente qu'a disparu la chapelle Saint Jacques qui figure encore sur le plan de Belprey (1754).

tembre 1791, comme étant le plus conforme aux idées du temps et aux motifs sur lesquels se basait le conseil général de la commune, pour transformer les dénominations des rues de Nancy. Les mots *Paille-Maille* rappelaient bien un jeu ; mais comme ils avaient eu la malencontreuse idée de désigner sous ce vocable les rues Jeannot et Sainte Anne, habitées par de très pauvres gens, couchant sur la *paille* et n'ayant ni sou ni *maille*, cette dénomination était devenue odieuse pour ce quartier, et les collets montés de ce temps-là considéraient la *Paille-Maille* comme l'endroit le plus abject de tout Nancy ; d'ailleurs, F.-Ch. Callot ne se gêne pas pour nous apprendre que « la rue de Nancy la plus sale et la plus deshonnête » était la rue Paille-Maille. Nous lui en demandons bien pardon, ce n'est pas très exact, car la rue des Fabriques était encore en ce temps occupée en grande partie par des jardins et des derrières des maisons. Le recensement de l'an IV nous dit quelle était à peu près sa population, et certes, sans avoir égard à la saleté, les rues Jeannot et Sainte Anne pouvaient bien revendiquer un peu, et même beaucoup, de la mauvaise opinion que ce contemporain professait pour la *rue des Fabriques*.

« Serait-ce donc, des Fabriques des assignats ? ce périlleux papier, aussi honteux que désespérant, est tout notre simulacre. Nous n'avons plus ni *paille* ni *maille*. Passe donc que cette *rue Paille-Maille*, qui rappelle des *choses* que nous n'avons plus, soit aujourd'hui baptisée rue des Fabriques des Assignats, puisqu'on veut des dénominations dans le sens et dans les fruits de la Révolution. »

La qualification nouvelle, que lui conteste avec tant d'aigreur le dernier descendant de Jacques Callot, n'a pas peu contribué à l'amélioration morale de ce quartier, par l'établissement successif de plusieurs industries qui sont venues s'y fixer dans la suite.

En l'an IV, cette rue ne comprenait que 33 maisons, dont plusieurs étaient des derrières de la rue Jeannot actuelle, alors *rue de la Gendarmerie*.

1814 en refit la *rue de la Paille-Maille*, et la Révolution de Juillet la renomma *rue des Fabriques*.

Son extrémité, qui formait une petite fourche allant sur la rue des Jardins à l'ouest, et à l'est sur la rue du Manège, en face la rue des Orphelines, était appelée *la Paille Maille*.

Cette partie est maintenant convertie en une petite place non dénommée.

Le plan de 1611, nous montre pour amorce de la rue du Manège, deux jardins assez distants l'un de l'autre, dans l'un desquels existe une petite maison. C'est sans doute ce dernier qu'on trouve rapporté dans les lettres patentes du duc Henri, du 23 février 1619, ainsi conçues :

« Nostre cher et bien aymé Pierre Moreau nous ayant tesmoigné toutes sortes de bons et agréables services depuis seize ans et plus, que nous l'avons retenu à nostre service pour la science et adresse particulière dont il s'est rendu recommandable en l'exercice des armes..., nous lui avons donné une maison... seize devant *le Paillemaille* dressé proche la porte sainct Georges...; ladicte maison bastie en forme de pavillon avec un parterre joinct à icelle... » Cette maison fut rachetée par Charles IV, en 1626, pour la somme de 12,000 francs. (*Communes de la Meurthe*, II, 179.)

Il résulte de cette mention que le jeu de mail était bien situé près de la porte Saint-Georges, et non comme l'a écrit Lionnois, t. III, p. 88, dans le carré du Refuge, occupé de nos jours par la Maison de Secours. Du reste, nous avons des preuves surabondantes que la Paille-Maille était voisine des rues du Manège, des Orphelines et Didion. (V. ces différents vocables.)

Nous avons dit plus haut, que la rue des Fabriques devait son nom notamment à la création de la manufacture Marmod frères. C'est ici le cas de réparer une omission et de rendre hommage à « ces généreux citoyens aussi précieux à l'Etat et mille fois plus dignes d'être consignés dans les fastes de l'histoire, que les noms et les faits de tant de héros prétendus qui n'ont travaillé pour leur gloire, qu'en faisant périr une multitude de leurs semblables. » (Lionnois, t. I, p. 614.) En même temps nous aurons à présenter le tableau de l'industrie dans notre ville au commencement du siècle, en empruntant les parties les plus saillantes à la *Statistique* du préfet Marquis. Pour juger de l'importance des services rendus par les frères Marmod, il faut mettre sous les yeux du lecteur ce qu'en ont dit Lionnois, dans son *Histoire*, et le préfet Marquis dans sa *Statistique*.

« Les sieurs Marmod sont Lorrains, originaires de Blâmont, domiciliés à Nancy vers 1784. Voyant qu'en cette ville il n'y avait pas de manufacture en siamoise et toile de coton, et que la grande consommation qu'on y en faisait, transportait un argent immense en Allemagne, d'où s'en faisait l'importation : sur l'invitation du sieur Rolin, curé de Saint Nicolas, pour occuper les jeunes gens indigents de sa paroisse, ils se déterminèrent à faire monter quelques métiers de tisserands, et une filature de coton par le moyen des mécaniques alors inconnues en Lorraine.

« Cet établissement ainsi commencé fut successivement augmenté, au point d'avoir entretenu, dans moins des trois premières années, et dans les bâtiments qu'ils firent construire à cet effet dans la *rue Paille-Maille*, plus de 400 jeunes gens de l'un et de l'autre sexe ; sans y comprendre encore un plus grand nombre d'autres qu'ils occupaient dans la ville et les environs, après avoir été instruits à ces ouvrages, aux frais des sieurs Marmod.

« En 1787, la grande consommation qu'ils faisaient de coton teint, la difficulté qu'ils éprouvaient quelquefois de s'en procurer d'assez beau, et surtout le désir qu'ils avaient de fournir de l'ouvrage à ceux qui imploraient leurs secours, leur firent naître le projet de monter une teinturerie, en surmontant en peu de temps les obstacles qui s'élevaient contre cet établissement, principalement pour le rouge, auquel ils ne purent parvenir qu'à force d'essais. Il ne leur suffisait pas d'acquérir pour eux les connaissances nécessaires à ce travail ; il fallait de plus en enseigner la manipulation à des ouvriers qui, n'y étant pas plus versés qu'eux, n'avaient ni le même intérêt au succès, ni les mêmes lumières pour profiter des résultats de chaque opération.

« Par cette découverte, qui réussit au-delà de toute espérance, nos généreux citoyens, se trouvant trop resserrés dans leur première teinturerie de Nancy, qui ne suffisait plus au roulement de leur fabrication en toile, divisèrent cette teinturerie, en conservant à Nancy celle des cotons rouils, bleus foncés et bleus célestes, et en transférant à Jarville celle des cotons rouges. » (*Histoire*, t. I, p. 614.)

Les frères Marmod ont été les premiers à construire sur les anciens remparts de la Paille-Maille ; leur exemple a été suivi, et leur industrie a fait convertir en logements d'ouvriers des derrières de maisons qui ne formaient que des écuries et des remises.

En l'an IV, la partie de la rue des Fabriques comprise dans la première section portait les n°s 582 à 614 inclus. C'était au n° 613 que se trouvait leur établissement, dans lequel demeuraient : Jean-Baptiste Monzey, négociant, 29 ans; leur beau-frère et associé, Nicolas Marmod, 38 ans, et Marianne Dumonzey, sa femme, 27 ans. (1) Sans doute que l'autre frère habitait Jarville; nous le retrouvons plus tard demeurant au n° 5 actuel de la rue des Tiercelins où ils avaient un magasin, et un autre habitait Domèvre, près Blâmont.

Nous avons dit ailleurs, qu'à cette époque la paroisse Saint-Nicolas était la plus pauvre de toute la ville, surtout la partie qu'on appelait la Paille-Maille. En établissant une manufacture dans ce quartier, les frères Marmod rendaient à la population le plus éminent des services. On en jugera par l'exposé que fait le préfet Marquis des débuts de leur industrie, et de la persévérance de leurs efforts au milieu de difficultés sans nombre, dont nous ne pouvons nous faire aujourd'hui qu'une idée très imparfaite.

« Messieurs Marmod frères, dit le préfet dans son rapport, désirant donner de l'occupation à une foule de jeunes gens oisifs de la ville de Nancy, avaient conçu le projet d'y établir une manufacture de coton, de rouenneries, etc.; et quoique sans expérience dans cette partie, mais à l'aide seulement des plans de machines qu'ils trouvèrent dans l'*Encyclopédie*, et des conseils de quelques teinturiers, ils parvinrent à monter successivement, de 1785 à 1789, quatre-vingt-deux métiers de tisserands, cinquante mécaniques à filer de soixante-une broches chacune; et deux teintureries, dont l'une à Nancy et l'autre à Jarville.

« Ces ateliers occupaient 86 ouvriers principaux; 400 filles, tant fileuses que dévideuses; et 30 autres personnes à la teinturerie de Jarville.

« Les propriétaires entretenaient en même temps 40 autres métiers en ville, et 30 à 40 dévidoirs; ils avaient encore à Rothau, département du Bas-Rhin, 40 métiers de mouchoirs et faisaient filer vingt milliers de coton à Fénétrange, où ils avaient 18 métiers de tisserands.

---

(1) Les frères Marmod étaient : Antoine-Dieudonné-Benoît et Jean-Claude-Nicolas. Jean-Baptiste Demontzey, beau-frère de ce dernier, avait épousé Elisabeth-Marie-Anne Mathieu.

« Les produits de la manufacture et de ses divers accessoires furent pour la même année ; savoir :

80 métiers en toiles 5/8, fond rouge, donnèrent 48,000 aunes, à 3 livres, ci . . . . 144,000 l.

38 métiers en 5/8, fond blanc, 11,400 aunes à 2 livres, ci 22,800

22 métiers en siamoises 13/16, fond blanc, 6000 aunes à 3 livres. ci 18,000

40 métiers en mouchoirs divers, 3000 douzaines à 18 livres, ci 54,000

180 métiers ont fabriqués en 1879 pour . . . 238,800 l.

Les marchandises ci-dessus pouvaient contenir :

1,500 livres fil blanc et gris,

15,000 — coton rouge,

7,350 — — de couleurs diverses.

« Indépendamment des cotons employés à cette fabrication, on en vendit encore en 1789 :

8,000 livres du rouge, numéros divers, à 7 livres, prix moyen, ci. . . . . 56,000 l.

8,000 livres bleu et rouille, à 4 liv. 10 s., ci 36,000

11,650 livres blanc écru, à 3 liv. 10 s., ci. . 40,775

27,650 livres de cotons divers ont été vendus 132,775 l.

« Il faut observer que la plupart des ouvriers des deux sexes n'étaient que des apprentis, qui, dans les années suivantes, auraient fait bien plus d'ouvrage proportionnellement, si la Révolution n'eut pas désorganisé la fabrique. Sur le montant total de ces produits, la main d'œuvre absorbait seule une somme de 150,000 livres qui se distribuait, savoir, pour le travail à la journée à raison de 24 sous pour un bon ouvrier, de 15 sous pour celui d'une capacité inférieure, et de 8 à 10 sous pour les ouvrières.

« Les ouvrages de filature étaient payés à la livre ; en sorte qu'une bonne ouvrière pouvait gagner de 15 à 18 sous.

« Les bénéfices des fabriques furent d'environ 40,000 fr. ; la dépense d'entretien d'environ moitié, et le surplus de la vente représentait la valeur des matières premières.

« On tire les cotons en laine, dits à longue soie, des ports du Hâvre, de Nantes et d'Amsterdam ; et ceux du Levant par Trieste et par Marseille. Les premiers étaient employés pour toutes les toiles de coton et mouchoirs à fond rouge, et ceux du Levant pour les toiles bleues et les siamoises, ainsi que pour la majeure partie de ceux que l'on vend en blanc écru, bleu, rouille et rouge des Indes.

« Les cotons qui sont filés au petit rouet n'exigent aucune préparation ; ceux filés aux mécaniques ordinaires s'apprêtent avec du savon dissous dans de l'eau tiède. MM. Marmod avaient tenté de faire faire leurs toiles à navette volante ; mais, malgré les sacrifices qu'ils avaient faits pour y déterminer leurs ouvriers, un seul a consenti à travailler de cette manière ; et quoiqu'il eût fait presque le double d'ouvrage qu'avec la navette ordinaire, et qu'il fût payé au même prix, il en a discontinué l'usage par esprit de parti. ·

« En 1789, on vendait environ les deux tiers du produit des filatures, des teintures et des toiles fabriquées, dans l'Alsace, dans le pays messin et dans la Lorraine ; l'autre tiers aux foires de Francfort, en Suisse et en Allemagne ; mais depuis que les circonstances de la Révolution ont surenchéri le prix du produit de ces fabriques, on ne peut plus soutenir la concurrence à l'étranger, avec les cotonnades du pays de Berg ; et l'exportation est nulle.

« Les mêmes causes avaient réduit en l'an IX la fabrication à 20 métiers et à 15 mécaniques, qui occupent en tout 80 personnes ; la vente des toiles et des mouchoirs ne s'est portée qu'à 46,000 francs.

« La teinturerie de Jarville n'a occupé que 4 hommes et 12 filles, seulement pendant 4 mois de l'année. La vente de ces cotons teints qui avaient été filés pour la plus grande partie dans le département des Vosges, a été de 90,000 francs.

« Les ateliers de teinturerie sont distribués· d'une manière fort ingénieuse, et construits de façon à tirer le plus grand parti du combustible. On y fait bouillir, pendant quatre heures une chaudière contenant 250 setiers, avec trois seizièmes de stère de bois. » *(Statistique, p. 208.)*

Le gouvernement de l'Empire fut fatal à l'industrie nancéienne. L'année 1811 est remarquable par les nombreuses faillites qui sont déclarées dans notre ville, à la suite du blocus continental ; et les malheureuses expéditions lointaines qu'entreprenait Napoléon étaient loin de remédier au mal. Dans une de ses tournées départementales, en

juin 1811, le préfet Riouffe, baron, dore la pillule à tout
le monde : aux industriels, aux commerçants, au peuple ;
il ment partout, et ses grandes phrases ne guérissent pas
les grands maux qui vont s'accroissant. En 1812, les plus
fortes maisons de Nancy: Marmod, Marin, Gloxin et tant
d'autres tombent sous le faix.

En juillet 1812, Berr-Isaac Berr, ex-fabricant de tabac et
membre du Conseil municipal de Nancy, se rendait acquéreur de la fabrique Marmod de la rue des Fabriques, composée de maisons, jardin, bâtiments, teinturerie, hangars
et autres ; ladite fabrique, connue autrefois sous le nom de
fabrique des sieurs Marmod, située à Nancy, ville neuve,
rue des Fabriques, n° 163, ci-devant Paille-Maille, entre la
veuve Catoire d'une part et Chevreuil, représentant Thiébaut, d'autre.

En 1819 et 1820, les désastres de 1811 et 1812 se continuent sur notre place : avec les Poupillier-Colbus, dispa-
raissent les Marcot, les Marmod et les Marin.

Dans les premiers jours de la Révolution, les manufactures qui s'étaient créées quelque temps auparavant se
trouvaient dans une situation prospère, et plusieurs fabricants pour subvenir aux besoins du peuple, les conver-
tirent en ateliers de charité ; malheureusement, la produc-
tion ne trouvant plus d'écoulement facile dut se restreindre
et réduire considérablement le nombre des ouvriers qui
y étaient employés. C'est ce qui est arrivé notamment à
la manufacture Renaud et Cie, à la manufacture Maubon-
Gand et à plusieurs autres fabricants de moindre importance.

Nous ignorons dans quelle rue était située la fabrique
Renaud, c'est pourquoi nous la mentionnons ici.

« Les rigueurs de l'hiver de 1788 à 1789, dit l'auteur
cité plus haut, ont été l'occasion de l'établissement de
cette fabrique. Ses auteurs, qui étaient officiers municipaux de la ville, ne pensèrent d'abord qu'à former un
atelier de charité ; ils se déterminèrent ensuite à acheter
des bâtiments considérables, où ils montèrent des métiers,
dont le nombre fut porté successivement jusqu'à 26.

» Mais la mise des fonds, qui était d'environ 80,000 fr.,
provenant en grande partie d'emprunts, les associés, qui
avaient eu la délicatesse de ne faire aucun remboursement
des assignats, furent forcés de se liquider en numéraire,

dès qu'il reparut, ce qui devait nécessairement perdre un établissement aussi récent.

» Il est réduit aujourd'hui à trois métiers, qui emploient annuellement 700 quintaux de laine : on la tire de la Suisse, depuis que l'établissement des barrières a rendu beaucoup trop cher le transport de celles du Languedoc et de la Provence.

» La fabrication de ces laines donne 138 pièces, savoir : 100 pièces de ratine en 7/8 et 4/4 de largeur et de 21 aunes à 8 fr. 75 cent. l'aune; 38 de coating en 4/4 et 9/8 de 18 à 20 aunes, à 10 fr. 50 l'aune.

» La manufacture emploie 17 ouvriers et 26 femmes; elle fait tondre, friser, teindre et fouler dans les usines de ce genre qui existent dans les environs. »

Les droits de barrières établis par la loi du 14 brumaire, an VII, deviennent ruineux pour l'industrie, en augmentant d'une manière très sensible les frais de voiture. Les droits étaient perçus à la sortie : « Ainsi, supposons que vous partez de Nancy pour aller à Lunéville, vous payerez à la sortie de Nancy les droits jusqu'à Lunéville, où vous ne payerez rien en entrant; mais quand vous sortirez de Lunéville pour aller plus loin ou pour revenir à Nancy, vous payerez à la sortie de Lunéville, et ainsi pour chaque lieu où sont placées les barrières. » (*Meurthe*, 14 nivose, an VII.)

Ces droits, qui servaient à l'entretien des routes, s'acquittaient autrefois à l'entrée des communes, où il y en avait des placées : ceux-ci étaient moins élevés que ceux appliqués à la sortie. Voici en quoi consistaient ces droits dans toute l'étendue du département de la Meurrhe :

« Pour chaque cheval ou mulet, attelés à une voiture suspendue, 15 centimes ou 3 sous. Pour chaque cheval ou mulet, montés par son cavalier, 10 cent. ou 2 s. Pour chaque cheval ou mulet, attelés à des chariots ou charette, 5 c. ou 1 s. Pour chaque cheval ou mulet chargés à dos, menés en laisse ou en bande, 5 c. ou 1 s. Pour chaque cheval ou mulet attelés à des charettes, chariots et voitures non suspendues, employées au roulage et au transport des marchandises qui circuleront entièrement à vide, 5 c. ou 1 s. Et pour chaque bœuf ou âne attelés comme ci-dessus à des voitures à vide, 2 cent. 1/2 ou 6 deniers, le tout par chaque distance et sans progression. » (*Ibid.* 27 floréal an VIII.)

On comprend que ces droits étaient fort onéreux pour le roulage, lorsque les marchandises venaient ou allaient dans un département éloigné. Outre les droits de barrières, il y avait encore, dans certaines villes, à acquitter des droits d'entrepôt.

Le premier soin du Conseil général de la Meurthe, qui siégeâ pour la première fois dans la première quinzaine de Thermidor an VIII, fut de supplier le gouvernement de remettre, à dater du 1er vendémiaire suivant, la construction, réparation et entretien des routes à la charge de toutes les communes, et de supprimer les barrières, dont l'existence répugnera toujours au caractère national ; de rendre enfin un règlement coërcitif, contre les communes ou les particuliers, qui refuseraient ou négligeraient de faire des chemins vicinaux.

On n'a pas tenu compte de ce vœu, puisqu'en l'an X les barrières étaient affermées à Nancy au citoyen Blancheur fils, marchand, près la Comédie, n° 242.

Suivant le préfet Marquis, la Révolution aurait porté une grave atteinte et causé un énorme préjudice à l'industrie et au commerce de la province.

« Ce serait se refuser à l'évidence, dit-il, p. 190 de sa *Statistique*, que de douter de l'état de décadence et de langueur où le commerce est tombé, par suite des évènements de la révolution ; trop de causes également puissantes ont attaqué les sources de sa prospérité, pour que le résultat de leur influence soit encore un problème. . .

« Indépendamment encore des causes générales et communes à toute la France, le reculement des douanes ne pouvait qu'ébranler fortement, et même dénaturer en partie le commerce de la ci-devant Lorraine, notamment celui de la ville de Nancy, qui en faisait la plus riche partie.

« En effet, si, d'un côté, une communication libre avec tous les pays étrangers donnait un grand mouvement au commerce du pays ; d'un autre, l'impossibilité d'introduire les produits industriels dans l'intérieur de la France, autrement que par contrebande, devait gêner l'établissement de plusieurs espèces de fabriques.

« Mais, quoique les avantages et les inconvénients de cet ordre de choses aient été l'objet d'une discussion de plusieurs années avant la Révolution, sans que l'on pût s'accorder sur le parti qui méritait la préférence, les négociants ne doutent plus aujourd'hui qu'ils n'aient perdu au changement de relations ; et, bien qu'ils se soient empressés de diriger leurs spéculations vers les fabriques, il leur faudra bien du temps pour regagner, par ce moyen, les avantages que leur donnait le commerce d'entrepôt. »

Marquis parle entre autres d'une manufacture de draps et ratines, créée par un sieur Bertrand.

« Les commencements de cette usine, établie en l'an III, furent assez heureux : il y avait cinq métiers, qui employaient environ 120 ouvriers à la fabrication des coatings, des ratines, de quelques draps à tissu serré, mélangés et en hautes couleurs.

« Les pertes que le commerce de ce département a successivement essuyées depuis quelque temps, les entraves qu'il a éprouvées, ont décidé le propriétaire à suspendre cette année sa fabrication ; et il attend des circonstances plus prospères pour se livrer à de nouvelles entreprises. » *(Ibid.,* p. 215.)

On trouvera une note assez curieuse sur la manufacture Maubon-Gand, à l'article que nous consacrons à la rue de l'hôpital militaire ; nous parlons également de la fabrique de produits chimiques de Mathieu, au cours Léopold.

Ces diverses industries, ainsi que celles dont nous venons de parler, se sont fondées librement, sans jouir, comme autrefois, du monopole exclusif, accordé pour une période déterminée par des lettres patentes spéciales qui empêchaient toute concurrence.

La déclaration du Roi Louis XVI, touchant les arts et métiers et abolissant les maîtrises, était un grand pas dans la voie du progrès commercial et industriel. Cette déclaration fut accueillie dans notre province et dans les Trois-Evêchés, avec un enthousiasme si sincère, si vrai, si grand que nous avons peine à croire à la Révolution. On se demande tout d'abord comment des mercenaires à la merci d'un seul, ayant salué avec tant d'enthousiasme cette ère de liberté relative et immense, aient été aussi ingrats envers un souverain magnanime. N'avons nous pas vu les Juifs qui devaient tant à Louis XVI, qui leur avait ouvert le commerce en 1779, qui les avait affranchis de certains droits.... bestiaux, en 1784, demander sa tête en 1792 ? Les royalistes ont fait un martyr de Louis XVI. Ils ont eu raison. Il a été le martyr de son époque, et c'est sur sa tête que se sont accumulées les folies de ses prédécesseurs. Nous sommes libre, indépendant de toute attache; nous n'appartenons à aucune coterie, à aucun parti, nous aimons la liberté par dessus tout; nous la désirons pour tous, nous l'exprimons franchement, loyalement et nous ne redoutons pas les critiques. Eh bien, Louis XVI, le Roi martyr, à notre avis, a été le meilleur souverain de la France. A Nancy surtout, ses bienfaits ne devraient pas être ignorés. Nos pères, ses contemporains, le savaient bien, et, eux, qui avaient vu le règne de Stanislas, qui avaient assisté aux réformes de Louis XV, bénissaient Louis XVI, lorsque la Révolution survint. Sans le vouloir, les Lorrains étaient devenus royalistes, sans être Français. Ils ne devinrent Français que pour lutter contre les ennemïs communs du territoire, fussent-ils même autrichiens, c'est à dire les descendants de leurs anciens souverains légitimes.

Ainsi, au moment de la Révolution, le commerce et l'industrie étaient, grâce à Louis XVI, relativement libres dans notre pays. Les monopoles avaient disparu en partie, et tout faisait présumer une ère de prospérité. Malheureusement cette lueur d'espérance ne dura pas longtemps. L'initiative privée avait fait beaucoup dans une période de dix ans, mais elle succomba en moins de quatre ans, par de mauvaises mesures, par une législation qui ne répondait pas aux aspirations d'une province nouvellement réunie, en fermant à notre commerce et à notre industrie leurs principaux débouchés. La loi du maximum, comme on peut bien le penser, ne fut pas non plus étrangère à la décadence de nos manufactures, qui ne firent dès lors que péricliter dans la suite.

Trois industries importantes s'exploitaient à Nancy, au moment de la Révolution : la chandelle de Nancy, la liqueur de Lorraine et la boule vulnéraire de Nancy. Ces trois branches, qui se trouvaient entre les mains de plusieurs industriels et qui faisaient vivre un certain nombre de familles, ne tardèrent pas à disparaître par les mêmes causes qui ont amené la chute de la manufacture de toiles peintes, établie à la chartreuse de Bosserville. Nancy était aussi renommé pour ses confitures et ses liqueurs, que pour sa chandelle et sa boule d'acier. Les frères Boisserand, Banon et Mathieu ont attaché leurs noms à ce qui concernait la confiserie et la siropterie. Banon et Mathieu avaient même surpassé les frères Boisserand, dans l'art de fabriquer les liqueurs et les produits similaires.

Sous la rubrique : *Liqueurs et confitures*, le préfet Marquis s'exprime ainsi dans sa Statistique, p. 212 :

» Un étranger attaché au roi de Pologne, duc de Lorraine, avait apporté ce genre d'industrie à Lunéville, et comme ces liqueurs, connues sous le nom de *liqueurs de Sonnini* ou de Lunéville, étaient d'une excellente qualité, on les recherchait jusqu'en Amérique ; elles ont été la matière d'un commerce considérable qui a fait la fortune de leur auteur. Après sa mort, la fabrication a passé à Nancy entre les mains des frères Boisserand, qui en ont eu encore un débit plus étendu, sous le nom de *liqueurs de Lorraine*.

« Ce commerce était purement industriel pour le pays : les matières premières n'étaient point le produit de son sol ; le sucre venait de Hollande par eau, et la faveur du prix sur les sucres de France, était de 30 à 35 p. 100 : les eaux-de-vie venaient du Languedoc, aussi par eau jusqu'à Châlon-sur-Saône, d'où les voituriers de Saint-Claude les transportaient par terre, mais à très bas prix, au moyen des retours avantageux que leur procuraient les diverses branches du commerce d'entrepôt.

« Les évènements de la Révolution, et la suppression des franchises de la province, ont singulièrement réduit cette fabrication, qui est presque abandonnée. La ville de Phalsbourg, dépendant aujourd'hui du département de la Meurthe, possédait aussi une fabrique d'eau de noyau, qui jouissait de la plus grande réputation : sa vente allait à 40,000 bouteilles par an ; elle ne se porte aujourd'hui qu'au tiers. »

Léopold-Sigisbert Mandel, maître apothicaire et oncle de Jean-François-Sigisbert Mandel, aussi maître apothicaire dans la rue Saint-Dizier, est mort à Nancy, le 2 février 1744, à l'âge de 44 ans, laissant un fils qui publia en 1805 une *Instruction sur les vertus de la boule d'acier de Nancy*. Cet ouvrage indique les cures opérées par ce spécifique et les moyens de s'en servir ; l'auteur s'y donne comme l'inventeur du remède. Quelque temps après sa découverte, il quitta Nancy pour s'établir à Offenbach, près Francfort-sur-le-Mein, où il fut reçu bourgeois. Nous ignorons par qui sa découverte fut propagée ; en tout cas, il avait déjà à Nancy un imitateur ou un contrefacteur de sa boule d'acier, dans la personne du concierge de l'hôtel de ville, qui publiait, le 16 février 1771, l'avis suivant, dans les *Affiches de Lorraine* :

« Claude-Charles Gœury, concierge de l'hôtel-de-ville, débite un recueil des discours faits à Madame la Dauphine, depuis son entrée en France jusqu'à Châlons inclusivement.

« Ledit Gœury fait et vend la véritable *boule vulnéraire dite d'acier*, très fine, et embaume les oiseaux. »

Fut-il recherché à cette occasion par le collège royal de médecine ou par le corps des apothicaires ? c'est ce que nous ne saurions dire ; toujours est-il, que nous avons trouvé dans le même journal, à la date du 18 septembre 1773, une annonce qui fait supposer que la fabrication et la vente de ce spécifique lui avaient été interdites.

« Le sieur Gœury, concierge de l'hôtel-de-ville de Nancy, sur l'approbation de la commission royale des médecins, vient d'obtenir un brevet de Sa Majesté, qui lui permet de continuer à composer, vendre et débiter, tant à Nancy que partout ailleurs, la *boule vulnéraire d'acier, dite du Mans* (sic), sans préjudice néanmoins des maîtres apothicaires des autres villes et notamment de celle de Nancy. »

Nous n'avons trouvé nulle part d'annonces concernant la vraie *boule vulnéraire de Nancy*. Le 24 brumaire an X, on lit dans la *Meurthe* :

« *Pierre par excellence*, composée par le citoyen Cupers, approuvée par le citoyen Bayard, président du Collége de médecine, le 3 mars 1759 ; elle est détersive, dissicative, propre à guérir les ulcères ; pour arrêter les gonorrhées, pour nettoyer les yeux et arrêter le sang des plaies, pour les cataractes commençantes et les ulcères scorbutiques. Se vend chez la citoyenne Poirot, rue Voltaire, ci devant rue Saint-Nicolas, n° 471. »

En même temps que paraît cette annonce, le préfet Marquis écrivait :

« Une autre branche de commerce qui s'est soutenue pendant longtemps dans la même ville, c'était la préparation de la boule d'acier, connue sous le nom de *boule de Nancy*. On en faisait des envois considérables dans toute l'Europe, notamment en Russie; mais la vente de ce médicament est presque anéantie, parce que la licence des temps révolutionnaires en a autorisé la contrefaçon, qui n'est cependant pas sans inconvénient ni sans danger. » (*Statistique*, p. 212.)

François Marin, cadet, Mathieu Croizier, François Febvrel, négociants à Nancy, Sébastien Keller et Antoine Boyé, négociants à Lunéville, se rendirent adjudicataires le 27 ventôse an VI devant le district de Nancy, moyennant le prix de 330,000 francs, de la Chartreuse de Bosserville et de ses dépendances,

Les acquéreurs s'étaient associés dans le but d'installer dans cet immense monastère une fabrique de toiles peintes, genre de fabrication qui a fait la prospérité et la richesse de Mulhausen (Mulhouse) dans le Haut-Rhin. Cette manufacture était appelée à rendre de grands services et à assurer la prospérité dans cet endroit, alors presque désert; mais elle subit le sort commun des autres industries de notre province, et elle ne tarda pas, grâce aux fautes du gouvernement, à péricliter, quoiqu'elle ait été dirigée par des mains habiles, versées dans les connaissances du commerce et de l'industrie. Un bon commerçant sombre avec les plus forts capitaux, quand l'Etat ne sait pas protéger son commerce ou son industrie. C'est ce qui est arrivé ici.

« Une Société, formée de quelques-uns des principaux négociants de Nancy, dit le préfet Marquis, a acheté en l'an VI, la belle chartreuse de Bosserville, à une lieue de cette ville; on l'a appropriée pour l'établissement d'une fabrique de toiles peintes; et pour la diriger, les propriétaires ont attiré de la Suisse un artiste très habile.

. « Si des capitaux considérables, une grande expérience du commerce, et une active industrie, suffisent pour faire prospérer une manufacture de ce genre, il n'est pas douteux que celle de Bosserville ne rivalise bientôt avec les plus célèbres : sa situation est avantageuse et elle réunit toutes les aisances locales que l'on peut désirer.

« Elle tire les toiles blanches de l'Inde, de la Suisse et du midi de la France, dans la largeur d'un mètre à un mètre trente centimètres, et ses impressions sont d'un fort bon teint.

« Il y a déjà 60 tables en activité, et l'on y occupe 80 ouvriers, plus 80 filles ou femmes et 60 enfants; leurs salaires journaliers vont de 60 centimes jusqu'à 3 fr. 50 cent., suivant l'âge et le travail,

« Les propriétaires se plaignent de la facilité avec laquelle la négligence des douaniers laisse introduire en fraude, par le département du Rhin, une quantité considérable de toiles imprimées en Angleterre : la concurrence de ces marchandises n'a pas permis jusqu'à présent d'exporter à l'étranger les produits de la manufacture; tout se débite dans les départements de l'intérieur. » (*Statistique*, p. 208.)

En 1812, Marin l'aîné, qui était propriétaire pour un tiers de la chartreuse de Bosserville, était déclaré en état de faillite. Sa maison, rue Saint-Nicolas, n° 2, dite à la Vierge, fut vendue devant Marchal le 4 mai 1812. L'annonce de la vente de la chartreuse est publiée dans le *Journal de la Meurthe* du 12 février et 29 mars 1812; on donne dans ce dernier numéro la description exacte du domaine, avec toutes ses aisances et dépendances. Marin le cadet, qui habitait la maison n° 31 de la rue Saint-Nicolas, paraît avoir succombé comme négociant en 1808; il ne restait plus que Marin le jeune, qui vivait tranquillement de ses revenus dans la grande maison qui porte son nom au faubourg Saint-Pierre, voisine du Séminaire, qui l'a acquise sur sa veuve en 1821.

Quand aujourd'hui on parle de la chandelle de Nancy, tout le monde vous rit au nez, sans savoir que cette fabrication spéciale a été, au dernier siècle et encore au commencement de celui-ci, une des plus importantes branches de l'industrie locale. Il ne faut pas s'en étonner; si la broderie a pris plus tard la renommée de la chandelle de Nancy, celle-ci était non moins estimée et non moins recherchée. Nancy, on le voit dans ce chapitre, a eu ses spécialités : la chandelle, la boule d'acier, la broderie, ses macarons et ses bergamottes, pour ne parler que des petites industries, qui n'exigeaient ni d'immenses ateliers, ni un grand matériel.

La famille Soyer, originaire de Reims, établie dans notre ville dans le courant du dernier siècle, avait la réputation de fabriquer les meilleures chandelles. Le père Soyer, le plus ancien chandelier, demeurait vers 1757 dans la rue des Dominicains; ses fils étaient également chandeliers; un seul, Jean-Baptiste Soyer, le père de M. Soyer-Willemet, bien connu dans le monde des lettres, s'était adonné à la peinture.

Sans compter l'exportation, il se faisait à Nancy une très grande consommation de chandelles. Les rues de la ville étaient éclairées par des chandelles; lorsqu'un incendie éclatait nuitamment dans la ville, chaque bourgeois était tenu, aux premiers sons de la cloche d'alarme, de placer une chandelle allumée sur la fenêtre de son logement; les cafés, les billards, le théâtre et autres lieux de réunion n'étaient éclairés que par des chandelles. Les administrations faisaient une grande consommation de chandelles. Une somme de 1950 l. 6 s. « pour chandelles et lampions » est inscrite au budget de la ville pour 1793, rien que pour la commune; en y ajoutant le bois de chauffage 3200 l., on obtient un total de 5150 l. 6 s. (art. 11 et 12 du budget), l'article 14 comprend : « Bois et lumières de la garde nationale dans les corps de garde 7500 l. » En résumé, la commune dépensait alors près de 13,000 fr. par an, pour l'éclairage et le chauffage de ses bureaux et des corps de garde.

Nous n'avons pas le chiffre de l'éclairage qui se consommait dans les bureaux du Directoire et dans ceux du district; mais nous avons fait remarquer dans nos *Promenades historiques*, qu'un des premiers actes du premier préfet de la Meurthe, M. Marquis, avait été de supprimer dans les bureaux des administrations le travail de nuit, en obligeant les employés à venir et à s'en aller plus tôt, afin de ne plus faire, comme précédemment, grasse matinée pour bâiller aux mouches l'après-midi, et principalement afin de réduire les frais d'éclairage et de chauffage. Cette réforme, accueillie favorablement par le public de ce temps, qui y voyait une ressource de grande économie, fixa la popularité du nouveau préfet. Elle passe de nos jours inaperçue dans les annales, et l'on n'en tire aucune conséquence. Cela se conçoit, la chandelle est presque pour nous un mythe; n'avons-nous pas l'huile, le pétrole, l'essence, le gaz pour nous éclairer? Mais nos pères — il y en a qui vivent encore — n'ont connu que la chandelle; on avait bien des huiles indigènes, extraites du colza ou d'autres plantes oléagineuses, mais elles n'étaient pas épurées, elles étaient fumeuses, puantes, brûlant et éclairant mal, faute d'appareils convenables : les lampes à trois becs, usitées du temps, des Grecs et des Romains, les boules de verre et les lampions de fer blanc propres aux lanternes étaient, il y a un demi-siècle, l'éclairage du commun peuple. Quant aux quinquets et autres lampes de ce genre, pour en voir les spécimens, il fallait entrer dans une maison tout à fait aristocratique.

Autrefois, nous le disons, la chandelle était considérée, après le pain, comme un objet de toute première nécessité, d'autant plus qu'on la devait, en bien des cas et forcément, aux gens de guerre de passage : le feu et la lumière ! Elle était rare quelquefois : les fabricants ne pouvaient satisfaire à toutes les demandes ; et, d'un autre côté, les matières premières utilisées ailleurs ou méprisées faisaient défaut. Il arrivait souvent que les bouchers de la campagne ne trouvant pas à vendre leur suif le jetaient sur le fumier : les frais d'un déplacement à la ville ne leur paraissait pas suffisamment rémunérateur, et puis il fallait tenir compte aussi, dans les frais généraux, des droits de barrières et d'octroi, établis par les fermiers généraux sur toutes les voies carrossables, qui empêchaient le trafic d'un grand nombre de denrées.

Un accapareur de chandelle ou un accapareur de suif étaient mis sur la même ligne qu'un accapareur de blé : dans l'opinion du peuple, le crime des premiers égalait le crime du dernier. Nous n'en voulons pour preuve, que cet extrait du procès-verbal de la séance du 15 floréal an II de la République (4 avril 1794) de la deuxième société populaire de Nancy.

» Présidence de Vulliez (Williez).

» Après l'ouverture de la séance, le concierge de la Société se plaint qu'il ne peut se procurer de la chandelle pour éclairer la salle. Un citoyen ayant observé que la citoyenne Dauverge en avait une provision, la Société arrête, sur la motion de ce membre, que cette citoyenne sera invitée d'en prêter à la Société. Deux membres ayant été en députation chez elle, quelques minutes après ces membres reparaissent et déposent sur le bureau *huit livres de chandelles*, qu'ils annoncent avoir reçues de la citoyenne Dauverge, qui leur a déclaré que *c'était la moitié de sa provision*. Gilbert annonce qu'il croit savoir qu'une citoyenne *tient cachées* une grande quantité de chandelles ; en conséquence, la Société le charge avec un autre membre de se rendre chez elle, pour l'engager fraternellement de partager sa provision avec la Société, pour ses besoins. Un membre voudrait qu'à l'instar des Jacobins, la Société commence ses séances à 6 heures précises. A l'ordre du jour.

Si les détenteurs de chandelles obtempéraient facilement aux injonctions de la Société populaire, alors redoutable, ils mettaient moins d'empressement à satisfaire les besoins du peuple, tout sans-culotte que pouvait être celui-ci, et même avec son argent à la main.

On trouve dans les délibérations du Conseil général de la commune du 15 frimaire an II (5 décembre 1793) une autorisation donnée aux cafetiers et maîtres de billards, de laisser jouer dans leurs établissements jusqu'aux heures indiquées par le règlement de police, à condition toutefois, de ne brûler pour leur éclairage que de la bougie. Par conséquent, pas de chandelles.

On comprendra dès lors comment la popularité dont jouit Marquis lui fut acquise, dès les premiers jours de son administration.

On nous observera qu'il y avait alors des bougies : oui et non ; car la bougie de ce temps là ne ressemblait guère à la bougie d'aujourd'hui ; d'ailleurs, certaine chandelle de Nancy remplaçait avantageusement ce qu'on était convenu d'appeler la bougie, ainsi qu'il résulte de cette annonce publiée le 27 février 1783.

» Le sieur Nicolas Soyer, marchand-chandelier à Nancy, rue Saint-Jean, vis-à-vis de l'église saint Roch n° 377, (n° 13 actuel) vient d'établir une nouvelle fabrique de *chandelles moulées* ; elles ont, par le dernier degré de raffinement et par les différentes matières qui les composent, la durée, l'éclat et la transparence de la *bougie*. Elles ne sont susceptibles ni de couler, ni de répandre aucune odeur ou fumée. Il continue également de faire le commerce de chandelles ordinaires. »

Il est bon de remarquer que la bougie, la vraie bougie n'était pas facile à se procurer. Il fallait donc que l'industrie locale y suppléât. La cire n'était pas commune dans notre province, tandis que le suif y était relativement abondant.

Sous les ducs de Lorraine, la fabrication et le commerce des chandelles avaient été absolument libres, quoiqu'il existât une corporation de maîtres chandeliers. C'est seulement sous le règne de Stanislas qu'on obligea les bouchers, les chandeliers et les particuliers de fondre les suifs dans un établissement créé à cet effet, au faubourg Saint-Pierre, dans le canton de Nabécor, n° 79 de cette paroisse. On appelait cet établissement la *Fonderie royale des suifs en branches*. Cette fonderie exclusive, établie dans un but purement fiscal, sous les apparences d'un but hygiénique, par l'arrêt du 31 janvier 1750, souleva de la part des intéressés de vives protestations, auxquelles mit fin un autre arrêt du Conseil royal des finances et commerce, ordonnancé par Stanislas, le 12 septembre suivant.

Nous n'avons pu déterminer l'emplacement qu'occupait dans le faubourg saint Pierre la Fonderie des suifs. Il est permis de croire qu'elle était la propriété d'un particulier protégé du chancelier, car à l'immeuble était attaché le privilège de la fonte des suifs. L'annonce faite le 28 septembre 1771, dans les affiches de Lorraine, en fournit la preuve. »

« Belle maison située au faubourg saint Pierre de Nancy, vulgairement appelé la *Fonderie royale*, avec tous les jardins qui en dépendent, et le privilège exclusif de la fonte des suifs, à vendre en gros ou en détail. — La maison, par sa grandeur et ses aisances, est propre au commerce et à toutes sortes d'usuines *(sic)* ; elle est située au dehors et tout près de la porte saint Nicolas, sur la chaussée qui conduit à Pont saint Vincent. Il y a de belles fontaines et quantité d'autres commodités qui en dépendent ; les jardins sont grands et spacieux, et les murs qui les entourent sont garnis d'espaliers de bons fruits. — Le privilège exclusif de la fonte des suifs sera vendu avec ladite maison et ses dépendances, ou séparément, si on l'exige. — Me Eslin notaire.

L'arrêt de 1750 avait eu pour effet de paralyser un instant cette industrie, qui était appelée à devenir florissante, et qui le devint en effet. Il résulte d'une note que nous n'avons pas sous les yeux, que peu de temps après la mise en vente de la Fonderie royale, la fonte des suifs redevint libre, sauf l'acquit du droit fiscal et la déclaration de la fonte, lorsque le maître chandelier se préparait à cette opération, qui avait lieu hors ville. De la préparation et de la fonte de la matière première dépendait la bonne qualité des chandelles. C'est ce qui a fait la réputation des Soyer, qui étaient aussi bons fondeurs que bons mouleurs.

Cette industrie est une de celles signalées spécialement par le préfet Marquis, dans sa *Statistique*, p. 216.

« Les chandelles de Nancy ont une grande réputation : elles sont préférées en Suisse et dans la Haute-Allemagne, à celles des autres fabriques des départements voisins ; les frères Soyer sont les ouvriers de ce genre qui en ont le plus perfectionné la qualité. Les fabriques de Nancy font annuellement des exportations considérables de chandelle, dans les Etats que je viens d'indiquer. »

En parcourant la Notice biographique sur François Simonin, publiée en 1861, par M. Adolphe Simonin, son fils, nous relevons cet alinéa :

« En 1818, F. Simonin prit, conjointement avec Braconnot, un brevet d'invention pour l'exploitation d'un produit qu'il nomma *Céromimène*, et qui eût pu être pour lui la source d'une belle fortune ; car c'était le point de départ de la bougie stéarique. Nul doute qu'il ne fût arrivé à perfectionner ses procédés de fabrication, s'il n'eût été arrêté par une question de détail ; je veux parler du tressage des mèches auquel il ne songea point : tressage qui suffit pour empêcher le coulage des bougies, et qui ne put être conjuré par la mèche simple. Quoique F. Simonin ait renoncé à l'exploitation de son brevet, on doit lui rapporter l'honneur d'avoir cherché à supprimer l'éclairage au suif. » (p. 5.)

L'auteur s'arrête là, et n'en dit pas davantage. Cependant cette innovation dans l'éclairage ne fut pas entièrement perdue, car nous avons trouvé, dans la *Meurthe* du 7 octobre 1821, l'annonce suivante :

« Avis. — MM. Simonin et Deroche, préviennent le public que l'établissement qu'ils ont formé en cette ville pour la fabrication des *bougies céromimène*, pour lesquelles ils ont été brevetés *(sic)*, a été monté cette année d'une manière à répondre à toutes les demandes qui peuvent leur être adressées. Ils espèrent contenter, par la beauté des produits qu'ils ont singulièrement perfectionnés, les personnes qui voudront bien s'adresser à eux.

« Nota. — On doit continuer, pour s'en procurer, à s'adresser à leur fabrique, deuxième rue des chanoines, n° 9. Le prix est de 2 fr. la livre. »

F. Simonin n'est pas le seul inventeur de la bougie de Nancy. Il doit en partie la découverte de ses procédés à Braconnot, qui s'en est beaucoup occupé et qui l'a mis sur la voie. . . . de la lumière. Nicklès, dans son discours de réception à l'académie de Stanislas, avait pris pour texte : « Braconnot, sa vie et ses travaux. » Au chapitre IV de cette notice, il dit la part prise par Braconnot dans la découverte de la bougie.

« Dès 1815, Braconnot avait entre ses mains l'acide stéarique, qui ne fut réellement découvert qu'en 1820, par M. Chevreul; Braconnot avait cependant reconnu que ce corps pouvait s'obtenir en traitant les corps gras, soit par l'acide sulfurique, soit par les alcalis; il avait remarqué qu'il s'unissait facilement avec les acides et qu'il était très soluble dans l'alcool; cependant il ne sut pas reconnaître sa nature et se borna à le considérer comme une espèce de cire. Un pas de plus et il constatait le véritable caractère de ce composé, qui a donné le jour à une grande et belle industrie, celle de la bougie stéarique.

« Toutefois, il songeait à ce mode d'éclairage plus commode et moins insalubre, et un chimiste de ses amis, pharmacien à Nancy, M. F. Simonin, avait pris l'initiative de la fabrication en grand. Dès 1818 il fabriqua de la bougie avec de la stéarine et en livra une assez grande quantité au commerce, mais ce n'était pas encore de l'acide stéarique, ou si l'on veut c'était, comme l'a fait voir M. Chevreul, cet acide plus de la glycérine, moins de l'eau; les bougies de stéarine avaient donc encore une grande partie des inconvénients de la chandelle; elles ne se mouchaient pas toutes seules, car les mèches tressées et imprégnées d'acide borique n'étaient pas inventées; les temps, comme on le voit, n'étaient pas encore venus, la question n'était pas encore mûre; aussi, pour l'amener à maturité n'a-t-il fallu rien moins qu'une vingtaine d'années de travaux accomplis dans les divers centres civilisés.

« La bougie stéarique actuelle a donc eu sa transition; elle ne procède pas immédiatement de la chandelle, comme on l'a cru; entre le suif et l'acide stéarique, il y a un échelon, *la stéarine*, qui devait d'abord être franchi; *natura non facit saltum*, a dit Linnée, cela est vrai même des phénomènes de l'ordre moral; les idées *à priori* n'existent pas plus que les inventions *à priori*, les unes et les autres ont

une cause occasionnelle, et ce n'est jamais que par grada-
tion qu'elles arrivent à maturité.

« Cet épisode de l'histoire de la bougie stéarique mérite
d'autant plus d'être rapporté, qu'il est complètement
ignoré des chimistes et qu'il n'est consigné que dans le
Répertoire des brevets d'invention, immense arsenal où fouil-
leront nos neveux, lorsqu'ils voudront trouver des armes
perfides contre les inventeurs contemporains. »

A la fin de son travail, Nicklès donne comme pièce
justificative, sous le document n° IX, « copie du certificat de demande d'un brevet d'invention délivré aux
sieurs Simonin et Braconnot, domiciliés à Nancy (Meurthe), » daté du 29 juillet 1818. Ce certificat se termine
ainsi :

« Les travaux longs et multipliés des sieurs Braconnot
et Simonin, sur cet objet, leur permettent de donner à
cette nouvelle branche d'industrie une grande extension ;
ils pourront utiliser beaucoup de matières grasses jusqu'a-
lors rejetées comme n'étant propres à peu ou point d'usage,
telles que les graisses de chevaux, de chiens, d'os, celles
gâtées, les beurres rances, etc., etc. L'échantillon de
Céromimène ci-joint a été extrait du suif de mouton. »

La grande question était celle-ci ; Braconnot n'avait pas
trouvé la vraie stéarine et Simonin n'avait pas trouvé les
mèches qui convenaient à cette nouvelle chandelle. Faute
de bonnes mèches, la bougie, qui était une vraie mine à
exploiter, passa en des mains plus habiles, et Nancy perdit
dès lors la réputation qu'il avait acquise avec sa chandelle.

Les derniers fabricants de chandelles patentés étaient,
en 1843 :

Aimez, rue Saint-Dizier, 88 ; Baradez (veuve), rue
Saint-Dizier, 58 ; Baret, faubourg Saint-Pierre, 7 ; Blaise,
rue Saint-Julien, 13 ; Flambeau, place Saint-Epvre, 18 ;
Lenoble, rue Saint-Dizier, 118 ; Péchoin, rue des Quatre-
Eglise, 87 ; Voinier, rue Saint-Georges, 64.

La fabrication de la bougie était représentée, à la même
époque, par la maison Mougenot, rue Saint-Dizier, 49.

Il ne reste plus aujourd'hui, comme fabricant de chandelles, que M. Lenoble, rue Saint-Dizier, 122, et, comme
fabricant de bougies, que M. Victor Liégey, successeur de
la maison Mougenot.

FAYENCERIE (Rue de la)

Entre la rue Saint-Dizier et les rues Saint-Nicolas et du Pont-Mouja.

Avant le percement de la rue de la Primatiale, qui lui a servi longtemps de prolongement, elle était appelée *rue Saint-Jacques*, dénomination qu'avait aussi la rue Saint-Thiébaut, dont elle est elle-même la suite naturelle.

C'est à la suite de la création de la petite rue de la Primatiale, entre les rues Montesquieu et Saint-Nicolas, que cette partie nouvelle fut dénommée *rue de la Fayencerie*.

Le 13 pluviôse an II, on donna à ces deux rues le nom bizarre de *rue Loustalot,* qu'on écrivait aussi *Loustatot*.

La délibération du 18 fructidor an III supprima cette dénomination et disjoignit les deux rues, rendant à la *rue de la Fayencerie* sa dénomination précédente.

Nous ignorons absolument quelle est la cause de ce vocable, qui paraît lui avoir été appliqué dans le courant du XVIIᵉ siècle. En tout cas, il a une origine, et si nous en avons perdu aujourd'hui la trace, il faut admettre que la tradition deux fois séculaire qui nous l'a transmis, ne l'a pas conservé intact, sans une raison valable. Il faut dire aussi que, dans le courant du dernier siècle, à tort ou à raison, elle a été appelée *rue des Fayenciers* ; mais alors, disons-le, elle était occupée en grande partie par des orfèvres et joailliers. Nous la trouvons ainsi dénommée dans les anciens almanachs et sur une adresse gravée en 1720 : « Au bon pasteur, Jean-Joseph Cheuallié, à la *rue des Féanciers.* » Ce Chevallier était pelletier et demeurait dans la maison n° 1 de la rue de la Fayencerie, faisant angle sur la rue Saint-Dizier.

Cette dénomination lui serait-elle venue de ce qu'autrefois, peut-être, les fayenciers, les marchands de fayence, se tenaient dans cette rue les jours de marché ? Nous n'en n'avons pas trouvé la preuve.

La rue de la Fayencerie n'existait pas avant 1591, car la rue du Pont Mouja et la rue Saint Nicolas, qui formaient alors le faubourg Saint Nicolas, étaient garnies de maisons dont les jardins de celles du côté ouest s'étendaient sur la partie qui devint plus tard la rue Saint Dizier, et sur la face opposée, les jardins empiétaient même sur la rue saint Julien actuelle.

En 1591, la rue de la Fayencerie était occupée par la maison de feu Daniel Jacquemin, mesurant 44 toises 6 pieds et demi, laquelle, dit le registre de distribution, a été débattue pour faire régner ladite rue Saint-Jacques jusqu'en la rue Saint-Nicolas. (Lionnois, *Histoire*, t. III, p. 139, 142, 146.)

FOUR (Rue du)

De la rue Saint-Dizier à la rue des Quatre-Eglises.

Ancienne ruelle, élargie à la fin du dernier siècle, et dont le vocable n'a pas varié probablement depuis sa création.

Elle doit son nom à un four banal qui y était établi à peu près dans le milieu, dont l'érection ne remonte qu'à 1668, suivant les comptes du Célerier.

Elle n'est dénommée dans aucun des plans du dernier siècle. Nous savons seulement, par l'état des maisons de Nancy dressé en 1767, qu'elle était appelée *rue du Four* au nº 304 de la Paroisse Saint-Nicolas, tandis qu'au nº 242 de la même paroisse, sur la rue Saint-Dizier, elle est dite : *Entrée de la rue du Four*. Le vocable qu'elle porte n'est pas antérieur à 1764 époque de son élargissement. Nous croyons même qu'elle n'était pas dénommée autrement, que par les *fours de la porte saint Nicolas*.

On se demandera naturellement pourquoi, sur la rue des Quatre-Eglises, elle était dite *rue du Four*, et, sur la rue Saint-Dizier, indiquée comme *Entrée de la rue du Four*.

Nous avons résolu cette question dans le *Journal de la Meurthe et des Vosges* du 23 juillet 1881. Nous nous contenterons donc de reproduire ici cet article, tel que nous l'avons publié.

Journal de la Meurthe, 23 juillet 1881 :

Le plan de Belprey nous met sur la voie de la vérité. En 1754, la rue actuelle du Four n'était ni une rue, ni une ruelle, ni un cul-de-sac, c'était un coupe-gorge comme on n'en voit plus.

Nous la voyons sur ce plan avec trois portes cintrées,

l'une sur la rue des Quatre-Eglises, la seconde à peu près au milieu, la troisième sur la rue Saint-Dizier ; c'est celle qui existait encore en 1767.

La *rue du Four* n'était pas alors de vieille création ; elle avait à peine deux ans d'existence. Elle a été ouverte, ou plutôt élargie, « en exécution de l'arrêt du conseil des finances du 9 avril 1764 pour former une nouvelle rue, en place de la ruelle de communication des fours banaux, entre les rues Saint-Dizier et des Quatre-Eglises. » (*Archives,* t. III, p. 11.)

Nous n'avons pas à rechercher l'étymologie de sa dénomination, qui résulte des fours qui y étaient établis (1).

Mais nous nous posons une autre question. Pourquoi et comment cette ruelle a-t-elle été créée ?

Nul ne se douterait qu'elle a un lien de parenté excessivement étroit avec la rue des Ponts, à propos de laquelle quelqu'un se demandait un jour pourquoi on avait donné et qu'on conservait à celle-ci un nom qui n'a aucune analogie avec son état actuel. En effet, la rue des Ponts de nos jours était primitivement appelée rue des Petits Ponts. Si l'on n'y voit plus de pont aujourd'hui, elle en a eu plusieurs autrefois.

Rue des Ponts, rien de mieux, puisque le mot est consacré par l'usage, mais pourquoi *rue des Petits Ponts.*

Si le nancéiste dont nous parlons s'était bien rendu compte du vieux Nancy, il aurait reconnu que la rue dite des Ponts n'était pas traversée par un seul cours d'eau, le canal Saint-Thiébaut, mais par plusieurs, entre autres par celui qui devait franchir le carré des Grandes carmélites, celui des Tiercelines, celui du Saint-Sacrement, etc.

Lionnois, t. III, p. 72, dit que dans la distribution des terrains du premier carré « on réserva dix pieds de large sur ces rues (de l'Eglise et des Ponts) pour un canal à recevoir les eaux de pluie et *du fossé.* » Dans la distribution du carré des Tiercelines, il dit, p. 125, qu'on donna « à la veuve de feu Didier Garnier 70 pieds de face finissant au canal qu'il convient de faire, et pour lequel on laissa 10 pieds de largeur. »

Quoi qu'on en dise, et malgré tout, l'origine de la *rue*

---

(1) Ces fours, démolis en 1764, furent transportés ailleurs, on ne dit pas où. V. l'arrêt du conseil des finances du 5 janvier 1765.

du Four est intimement liée à celle de la *rue des Ponts* ; comme celle de la rue du Manége l'est à la baraque en planches que fit construire Léopold sur une partie (méridionale) de ce qui avait été jadis la place Saint-Georges.

Ainsi s'explique la rue du Four, encore très étroite et figurant mal en face de la rue Drouot, nouvellement percée, (1842) au bout de laquelle elle s'ajuste en rechignant, comme si elle sentait tout le poids de sa naissance avortée. Elle n'a donc pas eu à son origine plus de 10 pieds de Lorraine de largeur, c'est à dire 2 mètres 85 cent. C'est presque comme par miséricorde qu'on l'a élargie en 1764 ; sans doute qu'elle avait la réputation d'être « mal famée ».

Tous les plans modernes, depuis 1817 jusqu'au dernier publié par H. Christophe, la dénomment rue du Four. Son vocable a été respecté par la Révolution. En l'an IV, elle comprenait les nos 162 à 166 inclus de la 4e section, à laquelle elle appartient encore.

Un arrêt de la chambre des comptes de Lorraine, servant de réglement pour les fours banaux de Nancy, rendu le 15 février 1738, vise notamment le four banal de la rue Saint-Dizier, alors nommé four de la porte Saint-Nicolas comme celui de la Douane, à l'angle des rues Notre-Dame et Saint-Jean, était appelé four de la porte Saint-Jean.

Cet arrêt qui nous laisse entrevoir ce qu'était alors la rue du Four, non encore dénommée, a de plus l'avantage de jeter un certain jour sur la question si controversée de la banalité des fours. Le Réquisitoire expositif du Procureur général de la chambre des comptes vaut la peine d'être rapporté textuellement :

« Que, quoique le bourgeois de la Ville-Neuve de Nancy ait la liberté d'avoir dans sa maison un four pour y cuire, cependant ne lui étant pas permis d'admettre des voisins ou autres étrangers à y cuire leurs pâtes, par rapport à la banalité à laquelle ceux qui n'ont point ces commodités sont astreints aux deux fours des portes Saint-Jean et de Saint-Nicolas ; pour établir une règle qui puisse prévenir le dépérissement des pâtes dans ces fours banaux, et dans celui qui dépend du domaine en la Ville-Vieille, notre dite chambre, sur les réquisitions du remontrant, par son arrêt du 22 may 1731, a ordonné que ceux qui y voudraient cuire un matin, seraient tenus d'avertir la veille, et dans la matinée du jour pour l'après-midi, le fermier ;

à l'effet de quoi, ils souscriraient sur le registre qu'il est tenu d'avoir, et de leur donner une marque pour être rapportée avec les pâtes, en réglant les heures d'enfourner, sçavoir : à sept heures du matin, en été, et à huit heures, en hyver ; et l'après-midi, à deux heures, sans préférence ni acceptation de personne, avec défense à ces fermiers de recevoir aucunes pâtes de ceux qui en feraient cuire, et de percevoir au delà de deux francs pour la cuite d'un résal de bled, et par proportion pour le bichet et autres parties d'icelui ; cet arrêt signifié à Beto, fermier de ce tems et actuel, contient plusieurs autres dispositions judicieuses pour la police qui appartient à la chambre sur lesdits Fours, lesquelles dispositions, en veillant à l'intérêt du public en même tems qu'à la conservation des Usuines, en prévenant les causes des accidens de feux qui pourraient arriver, de même qu'elle fit par un autre arrêt du 16 octobre 1728, mettent à couvert celui du fermier.

« Que, malgré ces réglements, il reçoit journellement des plaintes de la conduite de Beto dans son exploitation, de son peu d'assiduité à suivre les heures fixées, de même que de ses violences et emportemens, voulant même se faire payer au delà des taxes fixées en 1731, quoique les bois soient diminués de prix, et qu'au lieu de deux francs, à quoi notre dite chambre a réglé la cuite du resal de bled ; le Conseil par un arrêt de règlement rendu pour les fours de Saint Nicolas, le 10 juillet de la même année, n'ait attribué que 16 sols par resal ; à quoi il estimait qu'il était important de pourvoir, d'autant plus que ce particulier, qui n'était précédemment fermier que des fours de la porte Saint Jean, s'est rendu adjudicataire dans la nouvelle ferme de l'un et l'autre, en sorte que le public est nécessité d'avoir affaire à lui seul, tandis que lorsqu'il y avait deux fermiers, la vue de s'attirer des banaux les engageait à les servir avec plus d'exactitude et de ménagement.

« Que le Remontrant est également averti que quelques particuliers ayant des portes de communication de leurs maisons dans le passage des fours de la porte Saint Nicolas, qui peuvent tout au plus leur en procurer un pendant le jour, s'ingèrent de déposer des voitures, des bois, souvent même du fumier, et y fréquentent à toutes heures de nuit avec lumière, et prétendent y avoir passage aux heures induës, ce qui étant contre le bon ordre et contraire à la police publique et pouvant occasionner des embrasemens, le Remontrant se trouve obligé de requérir qu'il y soit pourvu par un règlement convenable. A CES CAUSES, a requis qu'il plût à notredite chambre, vu ses deux arrêts des 16 octobre 1728 et 22 mai 1731, signifiés audit Beto, ensemble celui rendu au Conseil le 10 juillet de la même année, joints à son réquisitoire, ordonner que les deux premiers seront suivis et exécutés suivant leur forme et teneur, et lui enjoindre, et aux autres fermiers, présent et à venir, de s'y conformer, à peine de vingt cinq francs d'amende, applicable moitié au dénonciateur et l'autre à notre Domaine; à l'effet de quoi ils seront, ensemble le présent, imprimés, affichés ès lieux accoutumés de cette ville, et à lui signifiés à ses frais; lui enjoindre pareillement d'en tenir un exemplaire dans un lieu apparent et à portée d'être lû, et à lui de mettre dans l'un des deux fours qu'il n'exploitera point, un commis ou préposé en chef qui occupera l'appartement destiné au fournier sans y pouvoir mettre de locataire, lequel, conjointement avec lui, demeurera responsable des contraventions qui pourraient y être faites de la part des domestiques et autres employés, si mieux n'aime le sous-fermer à personnes solvables.

« Faire défenses à tous ceux qui ont des issues de leurs maisons sur le passage qui communique de la rue Saint-Dizier à celle des Quatre-Eglises, d'y déposer ou laisser déposer aucune voiture, bois et fumier et d'y fréquenter de nuit avec lumière à peine de vingt cinq francs d'amende, applicable comme dessus.

« Enjoindre au fermier de tenir la grande porte intérieure dudit passage fermée et aux particuliers celle qui aboutit sur la rue Saint-Dizier, sçavoir: depuis le 1er octobre jusqu'au 1er mars à cinq heures du soir jusqu'à sept heures du matin, et depuis ledit jour 1er mars jusqu'au 1er mai à sept heures du soir jusqu'à six heures du matin, et depuis le 1er mai jusqu'au 1er octobre à neuf heures du soir jusqu'à cinq heures du matin. » (Rec. des Ord., t. VI, p. 104.)

L'arrêt qui intervient est rendu conformément aux conclusions du Procureur général.

Il résulte de ce qui précède, que la rue du Four était un passage très étroit divisé en deux parties, dont l'une supérieure, du côté de la rue des Quatre-Eglises, était la propriété exclusive du domaine ; et l'autre inférieure servait de passage commun aux propriétaires des maisons voisines, ayant façade sur la rue Saint-Dizier.

Il semble encore résulter du réquisitoire du Procureur général, qu'il n'y avait, en 1738, que deux fours banaux pour la ville-neuve : ceux-ci et ceux de la douane rue Saint-Jean. D'ailleurs, les dispositifs des arrêts du 16 octobre 1728 et du 22 mai 1731, qui sont reproduits en suite de celui du 15 février 1738, ne mentionnent que ces deux fours, suffisants sans doute pour le nombre d'habitants soumis à la banalité ; car certains bourgeois, propriétaires · de maisons à la ville-neuve, jouissaient d'un droit que n'avaient pas ceux de la ville-vieille. Charles III, pour attirer un plus grand nombre d'habitants dans sa nœufve ville, avait octroyé, ceux qui y bâtissaient des maisons nouvelles à y élever des fours à leur usage particulier, les exemptant ainsi d'une banalité déjà établie au profit du Domaine par un édit de 1571. C'est ce qui explique les réserves faites dans les arrêts des 22 mai 1731 et 15 février 1738, à l'égard des habitants ayant fours particuliers dans leurs maisons.

Le dispositif du premier de ces arrêts est ainsi conçu :

« La chambre a enjoint à tous bourgeois et autres, de quelque qualité et condition ils soient, résidans en la ville-neuve de Nancy, de porter leurs pâtes ès fours banaux d'icelle, à peine de cinq francs d'amende, de confiscation des mêmes pâtes et de tous dépens, dommages et intérêts du fermier, sauf à ceux qui ont des fours dans leurs maisons, d'y cuire, conformément aux Privilèges à eux accordés, avec défense à eux, de même qu'aux pâtissiers et boulangers, d'y laisser cuire leurs voisins ou autres, aux mêmes peines, à moins que s'étant présentés ainsi qu'il sera dit ci-après et que le fermier ne leur ait permis, ce qu'il ne pourra refuser lorsqu'il aura des pâtes en suffisance pour remplir ses fours pour la cuite immédiatement suivante ; ordonne à ceux qui voudront cuire, d'avertir le fermier la veille pour le lendemain matin, et dans le même jour pour l'après-midi ; à l'effet de quoi, ils souscriront sur le Registre que le fermier tiendra à cet effet en papier timbré et sans aucun blanc, par l'annotation du nom et de la quantité de pâtes que l'on prétend cuire, et le fermier sera tenu de leur donner une marque empreinte sur du carton, laquelle ils représenteront, lorsqu'ils apporteront leurs pâtes ; dans lequel registre il insérera ceux qui se présenteront desquels il ne pourra cuire les pâtes, avec annotation de leurs soumissions et de la liberté de les porter ailleurs ; ordonne pareillement aux fermiers d'enfourner en été à sept heures et en hyver à huit heures du matin, l'après midi à deux heures, sans préférence ni acceptation de personne, de bien cuire et conditionner leurs pâtes ; à l'effet de quoi, défenses lui sont faites, que l'on fasse ou cuise des gâteaux, et au cas qu'en présence des maîtres et maîtresses, ou de leur aveu, il lui en soit présenté pour enfourner, il ne pourra le faire qu'après que toutes les pâtes seront placées, ou avant l'heure d'enfourner ; et pour éviter le changement des pains, chaque particulier sera tenu de mettre une marque sur les siens et de la faire connaître au fournier par la représentation d'une pareille dont le propriétaire sera porteur, au moyen de quoi le fermier demeurera responsable des changemens qui pourront être faits, et de tous dépens, dommages et intérêts des particuliers ; fait défenses aux mêmes fermiers d'exiger ni même recevoir aucune pâte de ceux qui feront cuire, et au delà de trois gros par demi bichet et au dessous, six gros par chacun bichet qui est à raison de deux francs par chacun resal pour cuite, à quoi la chambre a fixé sa rétribution quant à présent, jusqu'à ce qu'il en aura été autrement ordonné, à peine de vingt cinq francs d'amende pour chacune contravention, même de plus grande en cas de récidive, et de punition exemplaire s'il échet, dont le tiers appartiendra au dénonciateur ; ordonne en outre que le règlement du 16 octobre 1728 sera exécuté et conformément à icelui, fait défenses aux fermiers de poser aucunes cloisons dans les halles où sont les fours, d'y pratiquer aucune écurie, tenir aucun bétail et de poser aucun fourage ni braise sur les greniers ; leur enjoint de les éteindre dans les endroits destinés à peine de cent francs d'amende, de tous dépens, dommages et intérêts ; desquelles peines les fermiers et cautions demeureront responsables, et eux du fait de leurs commis pour raison des contraventions au présent règlement, lequel sera lu, publié et affiché ès lieux ordinaires et accoutumés, et seront obligés les mêmes commis d'en tenir un exemplaire dans un lieu apparent desdits fours, à portée d'être lu d'un chacun, à peine de cinq francs d'amende. »

Nous observerons que les fours de la rue du Four et de la rue Saint-Jean étaient domaniaux, c'est pourquoi ils relevaient de la chambre des comptes, tandis que les autres fours banaux de la ville neuve appartenaient à la ville et étaient régis par ses fermiers ; aussi ne trouve-t-on aucune pièce concernant ceux-ci dans le *Recueil des Ordonnances*.

GAMBETTA (Rue)

Ci-devant *rue de la Poissonnerie*.
De la place Stanislas à la place Thiers.

Le vocable qu'elle porte actuellement date seulement du 3 janvier 1883, et c'est depuis les premiers jours du mois de septembre de la même année que cette rue aboutit à l'occident sur la place Thiers. De l'aveu même du plus chaud partisan de son prolongement, la rue Gambetta ne serait pas la plus belle rue de Nancy depuis qu'elle a été percée. On lit dans le *Progrès de l'Est* du 8 septembre 1883 :

« *Rue Gambetta.* — Le percement de la rue Gambetta est un fait accompli. Les propriétés riveraines de la rue, du côté de la place Thiers, sont closes. La maison que M. Simonet fait construire par M. Jasson s'achève. Des ouvriers sont occupés au nivellement de la chaussée. On peut, dès à présent, juger de l'aspect général que prendra la nouvelle percée. En venant de la rue Gambetta sur la place Thiers, l'œil aperçoit une masse de verdure qui n'est pas sans charme, et la gare disparaît, à moitié enfouie dans le sol. Etant donnée son architecture, personne ne le regrettera.

« En sortant de la gare pour entrer dans Nancy, l'aspect est moins satisfaisant. On trouve devant soi une longue avenue étroite, étranglée une première fois à la hauteur du lycée, une seconde à la hauteur du bâtiment du cercle dit de la Préfecture. La nouvelle entrée de Nancy sera assurément plus commode que belle. »

La rue de la Poissonnerie a toujours joui de malheur ; elle n'a pas été heureuse dès sa naissance, les troupes françaises ont étranglé son impasse, en s'emparant des écuries provisoires adossées contre le mur du couvent des carmélites. Le ridicule s'est attaché, en 1836, après sa fontaine

qui fut la première fontaine-borne ou borne-fontaine établie
à Nancy, et qui suscita à cette époque une avalanche de
malédictions sur la municipalité. Le peuple, pour s'en
venger, nomma cette fontaine le *casse-cou municipal*. Son
prolongement jusqu'à la place Thiers fut difficilement admis en principe, par l'administration municipale. La façade
nouvelle du Lycée, mur et grille, ainsi que la principale
porte d'entrée de cet établissement, ont soulevé bien des
critiques. Enfin, le nom de Gambetta attribué à la rue de
la Poissonnerie est loin d'être un choix heureux, non pas
que celui-ci prête à aucune allusion choquante, mais parce que les souvenirs de la rue de la Poisonnerie et sa situation ne peuvent s'allier ni se confondre avec le nom d'un
homme qui fut, en son vivant, le chef d'un parti politique.
On en jugera par l'historique que nous allons tracer.

En 1611 cette rue n'existait qu'à l'état de projet et avait
reçu le vocable *de Saint-Jean*. Cela résulte de plusieurs documents authentiques publiés depuis.

Elle fut aussi appelée *rue des Minimes*, après l'établissement de ce monastère.

La partie supérieure qui formait un cul-de-sac depuis la
rue Saint-Joseph était depuis longtemps nommée le *cul-de-
sac des Carmélites*, quand Mique le désigna ainsi dans son
plan ; mais, pour l'hôtel-de-ville, il était toujours et devait
demeurer une continuation de la *rue de la Poissonnerie*.

A l'avènement du règne de Léopold, le côté méridional
de cette rue (nméros impairs) était presqu'entièrement
construit ; il ne s'agissait plus que de créer une façade
opposée formant le côté septentrional. A cause des droits
de l'état-major français sur l'Esplanade, Léopold n'autorisa, en 1715, à y élever que des maisons en bois. La première qui fut construite en pierres est celle qui porte, dit-
on, aujourd'hui le n° 27 de la rue Stanislas ; elle était la
propriété de Samuel Lévy, qui la fit édifier en 1717.
M. Dubois de Riocour fit élever l'hôtel qui y est adossé, et
qui porte le n° 26 de la rue de la Poissonnerie, à peu près
vers le même temps.

Ce on dit nous paraît en contradiction formelle avec la
distribution de terrains faite, en 1725, aux propriétaires qui
n'avaient fait construire sur la rue de la Poissonnerie, après
1715, que sur une profondeur de 25 pieds. La maison de
Samuel Lévy aurait donc avancé sur l'Esplanade de 15 pieds.
(V. rue Stanislas).

Le bâtiment de *la Poissonnerie*, qui a donné son nom à l'ancienne *rue Saint-Jean*, n'a été construit sur l'emplacement des nᵒˢ 1 et 1ᵇⁱˢ de la rue Saint-Dizier qu'en 1731.

Elle n'est pas dénommée dans le plan de 1752, mais les plans de 1754 et 1758 en font la *rue de la Poissonnerie*, depuis et y compris le cul-de-sac des Carmélites, jusqu'à la rue des Champs. (V. rue d'Alliance.)

Sous la Révolution, elle n'a subi aucun changement de vocable. Il ne faut pas trop s'en étonner, car il aurait fallu compter avec les Poissonnières, écaillières, harengères, Dames de la halle, qui ne ménageaient pas l'expression de leurs sentiments énergiques à Monsieur le Maire et à Messieurs de l'hôtel-de-ville, quand ceux-ci, par mesure de simple police, attentaient à leurs droits : changer le nom de la rue de la Poisonnerie, c'était enlever leur enseigne. Les municipaux durent donc y regarder à deux fois, avant de prendre une semblable mesure, qui aurait pu leur créer bien des embarras.

Le Conseil municipal semble avoir oublié, par sa délibération du 3 janvier 1883, l'origine de ce vocable et l'historique de cette rue. Il suffisait cependant d'ouvrir Lionnois, qu'on lit peu, t. II, p. 232 et suivantes :

« Le marché du poisson, dit ce savant nancéiste, s'était toujours tenu devant et autour de la fontaine de la Place Saint Epvre, ce qui fut continué jusqu'au règne du duc Henri. Nous avons vu que les marchands qui apportaient du poisson à Nancy et les harengères avaient place, en 1645, sur le marché entre les deux villes. En effet, à mesure que la ville-neuve commença à se peupler, il fallut en partager les marchés pour la commodité des habitants. Les marchands étrangers étalèrent entre les deux villes, et les poissonniers, sur le marché de la ville-neuve, près de l'ancien hôtel-de-ville. Sous le règne de S. A. R. Madame Elisabeth-Charlotte d'Orléans, douairière du Duc Léopold, on construisit sur l'Esplanade une salle de comédie, et sous cette salle, on plaça une fontaine pour la Poissonnerie des deux villes. Du côté de la rue Saint-Dizier, on mit un marbre dans le mur avec ce mot gravé : *Comédie*, et sur la *rue Saint-Jean* qui, depuis, a pris ce nom de *Poissonnerie*, un autre marbre portant cet autre mot : *Poissonnerie 1732*, lequel subsiste encore en cette année 1788. On représenta dans cette salle de Comédie jusqu'au 8 février 1750, qu'on commença à se servir de l'ancien Opéra derrière les Cordeliers, que l'hôtel de ville fit reconstruire à grands frais, et convertir peu après en un corps de casernes, dit aujourd'hui le Quartier Neuf. Nous avons un règlement de police du 12 décembre 1733, qui ne nous laisse rien ignorer de l'établissement de la Poissonnerie. »

Lionnois reproduit le texte de ce règlement de police, qui doit être aux archives de la ville, dans lequel le magistrat ordonne à l'article 3e qu'à l'avenir, à commencer du 18 du mois de décembre 1733, les Poissonniers et revendeurs « se tiendront sous la salle de la Comédie nouvellement construite, sur l'Esplanade, lequel endroit sera ci-après nommé *La Poissonnerie*, ou marché aux poissons, commun aux deux villes.

« En 1754, ajoute Lionnois, la nouvelle salle de la Comédie sur la Place Royale, paraissant devoir toujours servir à cet usage, on résolut de convertir le bâtiment de la Poissonnerie et Comédie, dont on avait fait un magasin à blé, en une *Renfermerie* pour les femmes et filles libertines, à laquelle on donna le nom de *ciment* (1), parce que, par l'ordonnance de police du 17 août 1754, celles qui y étaient renfermées devaient être obligées d'y piler du ciment. En conséquence, le marché du poisson fut de nouveau transféré sur la place de la ville neuve, et le bâtiment de la Poissonnerie et Comédie arrangé en maison de correction. Le bas procura le logement du concierge, des ateliers pour le ciment, des cachots pour les rebelles, et une infirmerie pour celles qui seraient infectées de quelque maladie honteuse. Le premier étage fut destiné à la chapelle, à une infirmerie pour les malades ordinaires, et à deux grands ouvroirs où elles furent occupées à filer de la laine ; car l'article des Lettres-patentes qui condamnaient ces malheureuses au ciment n'a jamais été exécuté (2). Les

(1) Lechien, Marbrier, fut chargé vers 1759 de substituer sur la plaque de marbre le mot *Cimenterie* au mot *Comédie* qui s'y lisait encore. Mais en 1760 la Ville ayant acquis la Vénerie, elle passa un traité en 1761 avec Lebel, l'un des vendeurs et manufacturier, pour y recevoir les filles libertines. La Vénerie avait été incendiée le 13 novembre 1760, c'est ce qui a fait reculer le traité à 1761.

(2) Quoi qu'en dise Lionnois, qui semble vouloir atténuer les rigueurs des Lettres-patentes du 17 août 1754, l'art. 4e a été exécuté au moins jusqu'en 1760.

second et troisième étages furent employés aux salles des lits, où elles couchaient séparément. Dans les trois premières années, elles furent aux frais du Roi, qui donnait pour chacune d'elles six sous par jour, et leur travail était à leur profit. Le nombre de celles qui y furent renfermées est très considérable. Mais le Roi ayant cessé de payer pour elles, la Ville qui en fut chargée trouva la dépense trop considérable. La plupart furent renvoyées, et les autres, à la fin de la quatrième année, furent confiées au sieur Lebel pour les employer à son compte dans sa manufacture de la Vénerie . . . .

« Depuis ce temps, M. le prélat Bouzey, grand doyen de la Primatiale, ayant fait sa fondation au monastère du Refuge, les femmes et filles libertines y furent transférées... et *la Poissonnerie* fut rétablie au rez de chaussée comme ci-devant (en 1761), et le haut du bâtiment converti en magasin de blé, comme on le voit encore en cette année 1788.

« Avant l'érection de la Place Royale, le bâtiment de la Poissonnerie était ouvert, par des arcades, sur la rue de l'Esplanade, comme sur celle de Saint Dizier ; mais le Roi, ayant donné à tous les particuliers de cette première rue 13 pieds de profondeur pour s'aligner sur le pavillon du sieur Jacquet, sur la Place Royale, la Ville a fait construire le bâtiment qui avance sur cette rue, et qui est moins élevé que celui de la Poissonnerie. C'est là qu'était le logement du concierge. »

Les ordonnances de police du 8 mars 1776 et du 7 mars 1783 réglaient la tenue du marché de la Poissonnerie.

Il était expressément défendu aux herbiers et marchands de légumes de s'installer, sans une autorisation expresse du lieutenant général de police, aux abords de la Poissonnerie, sous peine de dix francs d'amende. Le bâtiment de la Poissonnerie était exclusivement réservé aux Poissonniers-revendeurs. Les poissonniers forains, les pêcheurs et les grenouillers étaient « tenus d'étaler, vendre et débiter leurs poissons au devant du mur de clôture des P. P. Carmes, en commençant à l'angle près de la croix, et descendant jusqu'à la maison numérotée 352 exclusivement. » Les contrevenants s'exposaient à dix francs d'amende et à la confiscation de leurs marchandises.

La Poissonnerie paraît avoir existé dans ce bâtiment

jusqu'en 1817, époque à laquelle le rez de chaussée fut
converti en magasin pour les pompes et seaux d'incendie.
En 1829, on adossa sur la façade de la rue Saint Dizier une
fontaine monumentale qui a été démolie vers 1838, et
achetée par le propriétaire du château de Ludres, qui l'a
fait reconstruire dans la cour de ce château.

Avant et pendant la Révolution, les poissonnières, qu'on
appelait les Dames de la halle, jouissaient de certains droits
et prérogatives, desquels elles se montraient fort jalouses ;
droits et prérogatives qu'elles s'étaient arrogés, en leur
qualité de représentantes du peuple. Ainsi elles se faisaient
un droit et un devoir d'aller saluer et complimenter un
grand personnage de passage à Nancy ; quand un nouveau
maire, royal ou républicain, entrait à l'hôtel-de-ville, elles
ne manquaient pas d'aller le congratuler. Y avait-il une
fête nationale ou patriotique, à l'occasion de la naissance
d'un prince ou d'une victoire remportée sur l'ennemi, vite
les Dames de la halle tournaient à cette occasion un petit
compliment fort expressif, tantôt dans le langage rustique
du peuple, tantôt sous une forme plus grammaticale. Leur
corporation devait être assez riche, puisque la plupart de
leurs compliments nous sont parvenus imprimés, tantôt sur
des feuilles in-4°, tantôt en cahier in-8°. Nous en avons
trouvé plusieurs dans divers recueils factices qui nous sont
passés entre les mains. Il en est trois surtout qui ont appelé notre attention. Le premier est un compliment fait
en l'honneur d'Etienne Mollevaut, élu maire de la Ville de
Nancy par 600 électeurs sur 30,000 habitants, le 16 novembre 1790.

Nous les reproduisons les uns après les autres, dans leur
ordre chronologique, parce qu'ils nous semblent indiquer
chacun l'esprit de la population :

Le premier doit être de mars 1790 et prononcé lors de
la formation des municipalités (in-8° de 4 pp.).

DISCOURS

DES DAMES POISSONNIÈRES DE NANCY

A Monsieur le Maire,

Nosseigneurs les Officiers municipaux et Notables de ladite ville.

« NOSSEIGNEURS,

« Nous ne venons pas ici, comme ces beaux Messieurs, vous faire un discours enluminé de fleurs de rhétorique, car notre éducation se borne à connaître un tant soit peu l'arithmétique, à distinguer le saumon d'avec le goujon, les hommes méchans d'avec les bons ; mais comme nous avons l'avantage de vous connaître, nous vous supplions de ne pas dédaigner notre compliment et d'accepter de nos mains la couronne civique ; la recevant, vous nous comblerez de joie.

« Ah ! c'est bien avec raison que chacune de nous disait, que l'on ne pouvait, pour nous gouverner, faire un plus beau choix ; car tous ceux qui y ont été nommés étaient et sont encore l'élite des citoyens de cette Cité. Leur conduite passée, leurs vertus et leurs rares talens nous en sont les sûrs garans. Il n'y avait que faire de tant de scrutins, de sons de cloches, de bruits de tambours et de tant de train pour vous nommer ; car nous, dans une minute, nous vous aurions tous cités.

« Nous sommes certaines que vous n'épargnerez ni veilles, ni soins pour procurer du pain aux pauvres, ramener l'abondance dans cette ville, et que vous ferez tout ce qui dépendra de vous pour prouver que vous êtes devenus les pères du pauvre, de la veuve et surtout les protecteurs de l'orphelin, et que vous ne souffrirez pas qu'aucun citoyen soit lésé ; qu'en outre, vous prêterez la main à ce que le pain soit de meilleure qualité qu'il ne l'a été jusqu'à présent.

« Nous sommes aussi assurées que, s'il y avait de l'aristocratie, elle tomberait ; parce que vous êtes les défenseurs de la Constitution, de nos Droits, et de notre Liberté ; et si quelques méchans osaient l'altérer, nous vous supplions de les livrer entre nos mains, et nous jurons de les mettre à la raison, car nous ne sommes pas plus chiches d'une poignée de sottises que d'un plat de poissons.

« Nous sommes toutes Lorraines, et nous voulons qu'un chacun ait la franchise des bons Lorrains.

« Il est vrai que la charge que vous avez acceptée de gouverner une ville comme celle de Nancy est forte, et qu'elle exige beaucoup de soins et de fatigues ; mais nous espérons alléger votre fardeau par la plus grande soumission à vos décrets, par notre confiance en vous, et par la plus vive reconnaissance.

« Après avoir bu un coup à vos santés, nous nous occuperons à faire de bons gros garçons, qui, quand ils seront en âge, prendront les armes pour faire exécuter les décrets de l'Assemblée nationale, ainsi que les vôtres, et pour soutenir la Liberté Française. Dès leur plus tendre jeunesse, nous leur apprendrons qu'il n'est point de bonheur sans la Liberté, et point de Liberté sans le maintien d'une sage Constitution.

« En attendant, nous nous occupons d'adresser des vœux au Ciel pour vos santé et prospérité.

« Nous nous disons, avec le respect le plus profond,

« De NOSSEIGNEURS,

« Les très humbles et très obéissantes servantes,

« Les Dames·Poissonnières de Nancy.

« *Signé :* Mère CARÊME ; Mère RITER, doyennes ; Mère PERRIN ; Mère CARÊME-HYMONET ; Mère JOLLY ; Marguerite CARÊME-BOURBON ; Anne BARBIER-MI-ROUFFLE ; Marguerite LECLERC ; JOLLY la jeune ; Barbe DUPUY-PHILBERT ; Marguerite LHAAYE-JACQUEMIN ; Petites filles CARÊME ; Anne RICHARD ; Jeanne BOURBON ; Anne BOURBON ; Jeanne HYMONET.

Nous ne commenterons pas ce discours, qui est loin d'être l'expression de la vérité. Les membres qui composaient le corps municipal avaient été élus par les districts des paroisses à une infime minorité, tant les abstentions furent nombreuses ; ils étaient plutôt les élus d'une coterie de clocher, que les représentants de la commune. On les avait surtout chargés de veiller à l'alimentation et à la bonne fabrication du pain ; mais pour atteindre ce but, il y avait des réformes à faire, qu'il n'était pas dans leur pouvoir d'opérer.

Le second discours des Poissonnières se rattache à l'élection d'Etienne Mollevaut, qui fut nommé maire de la ville de Nancy le 16 novembre 1790, par 600 électeurs sur une population de 30,000 âmes. Ce discours n'a été prononcé qu'à l'occasion du nouvel an de 1791. Il s'adresse au maire et aux membres du Conseil général de la commune :

» MONSIEUR LE MAIRE,

» Pour vous faire un compliment comme vous l'méritez, y n'a pas fallu nous creuser longtemps la cervelle ; nous avons tout d'suite trouvé dans not' cœur ce qu'il nous fallait dire. Cependant si not' compliment sent un peu la carpe, i n' faut pas vous en étonner, y faut ben que la tonne ait un p'tit goût de hareng : v'là une petite couronne de feuilles de lauriers que nous vous présentons, quand elle serait d'or moulu elle ne vaudrait pas vot' mérite ; mais c'est égal, ça n'empêche pas que nous vous aimons comme un brave citoyen, un honnête homme et un bon père de la ville *(sic)*.

» Nous savons ben que les aristocrates ont voulu vous donner du tintoin, mais is y ont cassé leur pipe, et le mal quis ont voulu vous faire est tourné à leur honte et à votre profit, car nous vous aimons toujours davantage et vous nous avez ben prouvé que c'était tout ce que vous demandiez, puisque vous avez quitté une belle et bonne place pour avoir celle d'être not' père. »

— Puis se tournant vers les membres du Conseil général de la commune, l'orateur continue :

« Pour vous autres, Messieurs, nous vous connaissons bien tous aussi. On dit que j'sommes des bêtes ; mais je ne l'sommes pas si fort, puisque je vous avons choisi pour être dans les municipalités. Nous donnerions jusqu'à not' dernier goujon pour que vous y restiez bien longtemps, car j'sommes ben sûres que vous nous ferez du bien tant que vous pourrez ; mais pourtant que not' intérêt ne vous rende pas négligent à l'endroit de vos femmes, dà ; je m' voulons pas qu' vous nous fassiez bien aises à leurs dépens.

» Mère CARÊME ; Madame RUTEUR ; Mesdames RICHARD ; BOURBON, HIMONET, PERRIN, MIROUFFLE, JOLY, PHILBERT, JACQUEMIN, LECLERC. »

Après une courte allocution du Maire, appropriée à la circonstance, les Dames Poissonnières entonnèrent sur l'air du Maréchal, les couplets suivants :

Enfin, sans tant de compliments,
Je vous croyons de braves gens
Qui conduirez bien la nacelle,
Malgré les vents, malgré les flots ;
J'aurons la paix et le repos ;
Le poisson reviendra d'plus belle,
Tôt, tôt, tôt, — battez chaud,
Ramez tôt, bon courage,
Vous avez tous cœur à l'ouvrage.

Avec vos soins, avec le temps,
Vous n'verrez pas d'mécontems ;
Que votre zèle se redouble,
Avec plaisir j'obéirons ;
S'il le faut même, je payerons,
Car vous ne pêcherez pas en eau trouble,
Tôt, tôt, tôt, — battez chaud,
Ramez tôt, bon courage,
Chacun aura cœur à l'ouvrage.

Ce discours et les couplets sont imprimés sur 3 pp. in-8. On trouve ces deux pièces reproduites dans le *Journal du département de la Meurthe et des départements voisins*, n° XXVI du 6 janvier 1791.

Quelques mois plus tard, le pain étant devenu cher, elles se présentèrent en corps à l'hôtel-de-ville, et tinrent au maire et au Conseil général de la commune un langage des plus énergiques. Ce n'est pas tout à fait un compliment qu'elles leur adressèrent, bien au contraire ; car elles leur reprochèrent de les avoir loués trop tôt. A cette époque, leurs démarches à l'hôtel-de-ville et leurs discours ne sont pas chose rare.

Le 21 avril 1793 de l'an II de la République Française, nous les voyons apporter une Adresse aux Commissaires députés par la Convention Nationale.

Cette adresse, 2 pp. in-4°, est imprimée à Nancy, chez Guniard, imprimeur du District, rue de l'Esplanade, près la porte Stanislas, n° 381. Contrairement à tous les autres discours publics, celui-ci n'est pas signé, il se termine :

« Par les Citoyennes Poissonnières. » Le langage révolutionnaire de celui-ci est tout à fait différent des autres :

ADRESSE

DES CITOYENNES-POISSONNIÈRES

AUX COMMISSAIRES DÉPUTÉS

Par la Convention Nationale.

« CITOYENS-COMMISSAIRES,

« Les Poissonnières de Nancy ne se sont jamais démenties, depuis le commencement de la Révolution ; c'est à cette constance d'opinion qu'elles attachent leur gloire et toutes leurs jouissances. Hé bien, citoyens Commissaires, c'est au nom de la liberté de la langue qui fut toujours l'appanage de leur profession, qu'elles sont bien aises de vous dire, que vous savez distinguer, comme elles, entre l'opinion de pensée et la malveillance d'actions. Que l'on ne châtie pas les malades en délire pour des rêves creux qui ne passent pas leur oreiller, cela est juste : mais que doit-on faire des fous furieux et des scélérats qui, de gaieté de cœur, déchirent le sein de leur Patrie ? La réponse est bientôt faite : enchaîner les premiers et guillotiner les autres.

« Citoyens, pendant que vous êtes au milieu de nous, unissez nous à la cause commune par le lien invincible de la force éclairée par la sagesse ; électrisez toutes les armes par la communication du feu sacré de la Liberté, et le symbole de votre mission restera à jamais gravé dans nos cœurs. »

Au dernier siècle, la rue de la Poissonnerie comptait quatre couvents, deux d'hommmes et deux de femmes : les Minimes — 1592 ; les Carmes — 1611 ; les Carmélites du second couvent, ou Petites carmélites — 1636 ; les religieuses de la Visitation — 1630.

L'hôtel de France mériterait une page à part ; c'est une des plus anciennes hôtelleries de Nancy, mais elle a changé bien souvent d'enseigne. Nous ignorons à quelle époque elle a été fondée et quelle était sa première enseigne. Elle s'est appelée hôtel des Dames de France, à l'occasion du passage des princesses Adelaïde et Victoire en juillet 1761.

François Balet, dit Saint Denis, en était le propriétaire. A sa mort, cette hôtellerie fut achetée par François Digout, qui tenait l'hôtel d'Angleterre, le plus renommé de Nancy; ayant vendu celui-ci comme maison bourgeoise, il substitua son enseigne à celle des Dames de France. A la Révolution, l'Angleterre étant devenue ennemie de la France, il prit pour enseigne, au Temple de la Paix. Mouchy, son successeur, à l'avènement de l'Empire, en fit l'hôtel de l'Aigle Impérial. A la Restauration, il devint hôtel Royal, et Montfort en fit l'hôtel de France.

A partir de l'époque où Digout en fut propriétaire, il servit de pied à terre à tous les personnages les plus distingués qui s'arrêtaient à Nancy. La liste en serait longue, si l'on pouvait relever les noms des illustrations qui y ont logé. Il fut mis davantage à la mode par Joséphine en l'an VI, lorsqu'elle n'était alors que « la femme » du premier Consul. Jusqu'en 1809, elle y descendait régulièrement deux fois dans l'année : en allant et en revenant de Plombières.

A la Restauration et sous le gouvernement de juillet, il ne perdit rien de son importance ni de sa renommée, quoiqu'il cessât près de dix ans d'être hôtel ; mais Montfort, qui le rouvrit en 1835, sut lui rendre son ancienne réputation et reconquérir la clientèle princière et aristocratique, qui lui était autrefois habituelle.

Depuis plus d'un siècle, la rue de la Poissonnerie a été le siège principal des bureaux pour les Diligences, Messageries Royales et Carrosses publics. Ces bureaux ont donné naissance à une infinité d'auberges, cabarets et vendant vin, dont quelques-uns, qui existent de nos jours, doivent leur origine. Il en était chez eux comme des places des voitures. Il y en avait pour toutes les bourses.

Nous croyons avoir retracé dans ce qui précède l'historique de la rue de la Poissonnerie, bien connue en dernier lieu par ses hôtelleries, auberges, marchands de vin, bureaux de diligences et autres.

Les souvenirs historiques ne lui font pas défaut.

Ouvrons maintenant le compte-rendu de la séance du Conseil municipal du 3 janvier 1883.

« M. le Maire a cru devoir convoquer le Conseil d'urgence, à l'occasion du triste évènement qui est venu frapper de stupeur la France entière : la mort de M. Gambetta, le grand patriote, élu député à l'Assemblée Nationale par notre département.

« Il propose au conseil de nommer dans son sein une députation qui devra assister aux obsèques que l'Etat se propose de faire à ce grand citoyen.

« M. André approuve, sans réserves, la proposition de M. le Maire ; il croit cependant qu'on ne doit pas se contenter d'envoyer des délégués aux funérailles d'un homme qui a tout fait pour sauver l'honneur de la Patrie ; il faut perpétuer son souvenir, en donnant son nom à la principale rue de la Ville. La rue Saint-Dizier, qui réunit le faubourg de Strasbourg au cœur de Nancy, devenant la rue Gambetta, rappellera à nos concitoyens que le plus ardent désir du grand patriote que nous venons de perdre, était de rendre à la France les provinces que la guerre néfaste de 1870-71 lui a enlevées.

« M. le Maire répond que M. André a prévenu son intention ; il a préparé à cet effet un projet de délibération, qu'il se propose de soumettre au conseil après la nomination des délégués, projet en vertu duquel la rue de la Poissonnerie prendrait à l'avenir le nom de rue Gambetta. Cette rue, prochainement terminée, mettra en communication la place Thiers avec la principale place de la ville, la place Stanislas. L'union de ces deux noms, Thiers et Gambetta, montrera combien la ville de Nancy a su apprécier le dévouement à la patrie de ces deux illustres citoyens.

« M. le Maire donne lecture des deux projets de délibération suivants :

. . . .

« 2° Le Conseil, considérant que la ville de Nancy, placée à l'extrême frontière, a pour devoir de perpétuer la mémoire des évènements de 1870, si cruelle qu'elle puisse être, et d'éterniser avec elle le souvenir impérissable de celui qui, sans jamais désespérer du sort de la France, sut, en face de l'ennemi, organiser la défense nationale ;

« Décide que la *rue de la Poissonnerie*, qui doit prochainement être prolongée jusqu'à la place Thiers, s'appellera désormais *rue Gambetta*.

« Ces projets mis aux voix sont adoptés à l'unanimité. »

La rue de la Poissonnerie a eu aussi son heure de joyeuse célébrité, à propos de la suppression de la fontaine monumentale qui y avait été adossée en 1829. Elle fut remplacée en 1835 par une de ces énormes bornes-fontaines, dont il reste encore un échantillon tout à fait contemporain sur la place Lafayette.

La question de la fontaine de la Poissonnerie a passionné tous les esprits pendant près de deux années. Cette question se rattachait à celle des fontaines de la Carrière, du Château d'eau, de la Pépinière, etc. Depuis 1830, la municipalité n'avait pas la main heureuse dans ses entreprises, et ses inovations pêchaient par l'absence de bon goût.

La première fontaine-borne a été celle de la rue de la Poissonnerie ; malgré les critiques sévères qui furent adressées à l'administration municipale, soit par la voie des journaux, soit par des pétitions, celle-ci les imposa à la ville, et fit démolir successivement toutes les fontaines monumentales, pour les remplacer par ce que le peuple appelait les fontaines casse-cou. La *Passotte*, les *Casse-cou* et le *Triomphe de la canule* sont les plus beaux exploits de l'édilité de 1830 à 1840. Aussi le public et les journaux du temps en ont beaucoup glosé.

Le tolle a été soulevé contre la fontaine de la rue de la Poissonnerie par M. de Mahuet, dans la lettre suivante qu'il adressait, le 16 février 1836, au Rédacteur du *Journal de la Meurthe*:

« Monsieur, une fontaine-borne, monument d'art et d'architecture moderne, vient d'être construite dans la rue de la Poissonnerie, sans doute plutôt pour garantir de l'humidité la maison n° 32, que pour l'utilité et l'embellissement de la rue. Préserver sa maison de l'humidité n'est point une chose à négliger, quand cependant il ne doit en résulter aucun accident; mais malheureusement j'en ai fait l'expérience contraire, car en rentrant chez moi, à dix heures du soir, j'ai failli me casser bras et jambes contre cette borne: heureusement j'en ai été quitte pour la peur. Mais comme d'autres personnes ne s'en tireraient peut-être pas aussi adroitement que moi, je vous prie, Monsieur, d'insérer ma lettre dans votre journal, afin de lui donner toute la publicité possible, pour avertir mes concitoyens d'éviter le *casse-cou* qui se trouve au milieu du petit pavé de la rue de la Poissonnerie. »

Si M. de Mahuet avait fait partie du Conseil municipal, comme par exemple l'ingénieur Guibal, il est évident qu'on aurait supprimé le casse-cou municipal, dès le lendemain de l'accident.

La lettre de M. de Mahuet n'eut d'autre effet que d'attirer l'attention du public et de donner occasion aux journalistes de critiquer ci et là, faiblement, la *fontaine-borgne* ou le *casse-cou*. Il n'en fallait pas davantage pour échauffer l'opinion générale. Tout le monde en jasait, la fontaine-borgne était devenue le sujet de toutes les conversations ; on en parlait d'autant mieux et plus, que nul n'en voulait et qu'en sourdine se signait une pétition éloquente.

La *Meurthe,* toujours bien informée, cria casse-cou le 29 juin à son amie l'administration municipale. Celle-ci ne tint pas compte de cet avis et laissa courir les évènements :

« Nous avons signalé dans le temps, tout ce qu'a de disgracieux et même de dangereux la borne-fontaine placée en haut de la rue de la Poissonnerie. Le Conseil municipal a enfin pris en considération les plaintes qui se sont élevées à ce sujet, et a décidé la translation de cette fontaine à l'angle des rues d'Amerval et de la Pépinière. Mais voici que les habitants de la rue et du carrefour de la Poissonnerie, peu soucieux d'aller faire de l'eau à un demi-quart de lieue de chez eux, viennent d'adresser une pétition tendant à conserver la fontaine. Nous donnerons prochainement le texte de cette pétition : elle énonce des faits qui feraient penser que le Conseil municipal a subi dans cette affaire l'influence de la camaraderie. » *(Meurthe,* 29 juin 1836.)

Cet entrefilet aurait dû faire ouvrir l'œil, et le bon, à nos édiles. Ils se gardèrent bien, au contraire, de donner signe de vie. Le surlendemain, 1er juillet 1836, la *Meurthe* reproduisait le texte de la pétition :

« *A Monsieur le Maire et aux Conseillers municipaux de la ville de Nancy.*

» Monsieur,

» Les soussignés propriétaires de maisons ou habitants du quartier de la Poissonnerie, ont l'honneur de vous adresser leurs vives et respectueuses représentations au sujet d'un projet adopté, dit-on, par vous, dans votre séance du 21 du courant, et qui aurait pour effet de les dépouiller sans raisons légitimes d'un droit que la possession la plus longue et l'utilité publique la plus évidente semblaient avoir consacré pour jamais.

» Le quartier de la Poissonnerie a l'usage immémorial des eaux de la fontaine placée autrefois dans la rue Saint-Dizier, au devant du bâtiment communal de l'ancienne Poissonnerie, et qui jaillit actuellement dans la rue de ce nom, au devant de l'une des faces de la maison nouvellement construite par M. Thouvenin.

» Ce droit, dont l'origine se perd dans la nuit des temps, paraissait à l'abri de toute atteinte, et avait été respecté sous toutes les administrations, parce qu'il était fondé sur une des nécessités publiques les plus incontestables. Qui ne sent, en effet, l'importance extrême d'une prompte et facile distribution des eaux dans un quartier central, très populeux, très commerçant et éloigné de leur point d'arrivage ? Aussi quand la ville de Nancy voulut aliéner, en 1832, le bâtiment de l'ancienne Poissonnerie, ses administrateurs, par une sage prévoyance, eurent soin d'imposer à l'adjudicataire la condition formelle de laisser sur une des faces du bâtiment qu'il substituerait à l'ancien, un espace de six pieds carrés pour l'emplacement de la fontaine. Mais, au lieu d'exécuter cette condition, l'acquéreur ne laissa que deux pieds environ à l'extrémité de sa maison, et plaça cette fontaine de manière que son voisin en supportait tous les inconvénients. Celui-ci réclama justement, et c'est pour faire droit à ses plaintes que l'administration a fait placer l'ajutage de la fontaine, en avant de la banquette, dans l'emplacement où il se trouve aujourd'hui.

» Il eût été plus simple et plus conforme aux droits de tous et à la lettre du contrat d'acquisition d'exiger de l'adjudicataire l'entier accomplissement de ses obligations : car il paraît que cette disposition nouvelle a excité d'autres plaintes, et que c'est pour les faire cesser que le Conseil municipal, sur la demande de M. le Maire, a voté, dit-on, la supression totale de la fontaine, et sa translation au coin des rues d'Amerval et de la Pépinière.

» Les soussignés ont peine à croire à l'adoption d'une mesure aussi contraire aux besoins d'une portion notable de la population nancéïenne ; mais, s'il était vrai qu'elle eût été définitivement arrêtée, ils réclameraient respectueusement et avec fermeté, contre son exécution ; car non-seulement elle violerait des droits acquis, mais elle changerait brusquement et sans motifs fondés un état de choses ancien, sur la foi duquel de nombreux intérêts se sont établis. Une fontaine publique est un centre autour duquel viennent se grouper toutes les existences sociales ; des acquisitions sont faites, des établissements commerciaux sont créés le plus souvent en raison de cette proximité des eaux, dont tous les ménages, toutes les populations font un usage si répété. Cette résolution, surprise à la religion du conseil, en l'absence des intéressés véritables et sans que ses membres aient été à même d'en peser toutes les suites, tombera, ils n'en doutent pas, devant un plus mûr examen et une discussion mieux approfondie.

» C'est pourquoi les soussignés, pleins de confiance en la

sagesse de leurs représentants, en appellent au conseil municipal de la décision qu'il a prise le 21 juin courant, et ils sont certains qu'après les avoir entendus dans leurs moyens de défense, il ne persistera pas à sacrifier leurs droits à quelques intérêts particuliers. »

Cette pétition, revêtue de 86 signatures, demeura sans réponse. Ordinairement, dans de semblables cas, la municipalité, pour mettre sa responsabilité à couvert, provoquait elle-même, aussitôt la moindre critique, une enquête de commodo et incommodo. Cette négligence calculée fut expliquée, lorsque l'année suivante on annonça qu'une enquête allait être ouverte les 3, 4 et 5 juillet 1837, de 11 heures du matin à 2 heures de l'après-midi, à l'hôtel-de-ville ; ce n'était pas du tout à cette information administrative que l'on s'attendait. La question avait été posée par les pétitionnaires d'une manière très nette et très catégorique, sur le maintien de la servitude imposée à l'acquéreur des bâtiments de la Poissonnerie et sur le maintien, en cet endroit, de la fontaine qui y était placée. Au lieu de cela, on annonçait qu'il serait donné aux intéressés communication de toutes les pièces relatives à cette affaire, notamment : 1º du procès-verbal d'estimation de la valeur du droit de servitude imposé au profit de la ville à l'acquéreur de l'ancien bâtiment de la Poissonnerie, droit dont celui-ci demande à faire le rachat ; 2º du devis des travaux à faire pour transférer la fontaine dans l'emplacement proposé ; 3º de la délibération prise à ce sujet par le Conseil municipal, le 24 mai 1837.

Nous ignorons les résultats de cette enquête, qui ne répondait en aucune façon aux justes réclamations des habitants du quartier. Aussi cette manière d'éluder la pétition de 1836, et de tourner la question au profit de l'acquéreur des bâtiments de la Poissonnerie, grossit-elle le nombre des mécontents ; et l'on reprocha plus d'une fois à la municipalité sa coupable complaisance dans cette affaire. Ce ressentiment était si vivace, qu'il n'était pas encore éteint en avril 1848.

GENDARMERIE (Rue de la)

De la rue Braconnot à la rue Jacquot.

A son origine, qui ne remonte guère au delà de la fin du XVe siècle, cette rue formait un angle droit, dont l'extrémité allait aboutir sur le rempart, entre le bastion des Dames et le retranchement du Bastion le Duc. On la voit figurée sur le plan de la Ruelle de 1611 : elle était latérale à la rue Braconnot et à la rue Jacquot actuelles.

Depuis cette époque, la *rue Derrière les Cordeliers*, car c'était son nom, a subi bien des transformations et a éprouvé bien des vicissitudes.

C'était à son extrémité orientale que Louis XIII, ayant pris possession de la Citadelle, avait fait construire, entre 1633 et 1637, la *porte Saint Louis* qui subsista jusqu'en 1661. Cette porte, qui ne figure que sur le plan de Beaulieu et dont Israël Sylvestre a eu soin de nous conserver la veüe, avait été édifiée en cet endroit, pour interdire aux habitants de la ville-vieille toute communication avec la Citadelle, dont le passage, par les portes de la Craffe et Notre-Dame, fut supprimé pour tous les sujets lorrains.

La *rue derrière les Cordeliers* ne devint impasse que lorsqu'on convertit le *magasin des vivres* en écuries affectées au quartier neuf et au quartier de la Citadelle. Les plans de 1728 à 1778 la font figurer comme rue, que l'état de 1767 indique comme étant composée de 19 maisons, y compris le magasin des vivres. Le plan de Mique en fait le *cul-de-sac derrière les Cordeliers*.

C'est par la délibération du 17 septembre 1791, qu'elle devint officiellement l'*Impasse de l'Opéra ;* dénomination qu'elle a conservée jusqu'en 1814. On en refit alors l'*Impasse des Cordeliers ;* mais à la révolution de 1830, elle redevint l'*Impasse de l'Opéra.*

L'incendie du Palais ducal, dans la nuit du 16 au 17 juillet 1871, ayant nécessité la création d'un nouveau corps de caserne spécialement affecté à la gendarmerie qui, précédemment, occupait une partie de l'ancien Palais (aujourd'hui l'Ecole primaire supérieure), on choisit l'ancien emplacement de l'Opéra élevé en 1707 par le Duc Léopold, derrière la chapelle des Cordeliers. Cet emplacement était·

devenu en partie, depuis la démolition en 1818 du *Quartier-Neuf*, une cour et jardin qui furent affectés à l'École normale supérieure de garçons, créée et installée par le département en 1833, dans l'ancien couvent des Cordeliers.

On commença à construire la nouvelle Gendarmerie en 1872 ; et c'est en 1875 qu'on perça la rue qui porte aujourd'hui ce nom, depuis l'extrémité de l'*Impasse de l'Opéra*, aboutissant sur les écuries Boffrand jusqu'à la *rue Jacquot*, créée en même temps. On donna alors le nom de *rue de la Gendarmerie* à l'ancienne impasse de l'Opéra et à la partie nouvellement ouverte, dans l'ancien jardin de l'École normale.

La délibération du Conseil municipal pour la dénomination de cette rue est du 26 octobre 1876.

Dans le rôle de 1551 est mentionnée la *Neuve rue*, aussitôt après le haut Bourget. M. H. Lepage fait remarquer que cette rue n'est pas indiquée dans le plan de 1611, et ajoute en note : « Un titre de 1482 fait mention d'une maison sise « rue du petit Bourget, entre la ruelle qui va « en la *Neuve rue* où est la Monnaie devers l'hôtel de « Monseigneur le Duc. » Cette indication ne permet guère de fixer l'emplacement de la *Neuve rue*, dont le nom fut donné plus tard à la Carrière. » Nous ne partageons pas la manière de voir de notre savant confrère. Il suffit de savoir ce qu'était à cette époque le *Petit Bourget*, pour déterminer l'emplacement de la *Neuve rue* en 1482 et en 1551. Nous avons dit que, commençant à la porte de la Craffe, le petit Bourget allait au moins jusqu'à la rue Saint Michel. Or la mention du titre de 1482 nous indique suffisamment la *rue derrière les Cordeliers*, comme étant la *Neuve rue*. Nous en trouvons la preuve dans le compte du Cellerier pour les années 1522-1523. « Payé à Jean de Haut, charp., pour avoir lambruxié de planches de sapin, deux pans de murailles par dehors du Chienny nouvellement fait où souloit estre le jeu de paulme en *la Neuve rue derrière les frères*. » Quels pouvaient être ces frères, si ce n'étaient les Cordeliers ? En consultant la marche des contrôleurs des rôles de 1551 et de 1589, elle vient immédiatement après le hault Bourget. En cette dernière année, quoique la Carrière fût déjà une rue importante, elle n'avait pas encore perdu son nom de *Neuve rue*, et cependant, dans la distribution des aumônes faites en 1587 aux pauvres du troisième quartier

de la ville vieille, la Carrière était déjà nommée *rue Neuve*
et non *neuve rue*. Par contre, le rôle de 1582 nous révèle
que la neuve rue est devenue la *rue derrière les Cordeliers*,
dans laquelle entrent les contrôleurs en sortant de la rue
du hault Bourget, et la quittent pour pénétrer dans la *rue
Reynette* (des Etats), pour passer aussitôt à la rue du Four
Sacré. Déjà en 1582 elle avait changé de vocable.

M. H. Lepage a recueilli dans ses *Communes de la Meurthe*, article *Nancy*, de nombreux documents intéressant
l'hodographie de notre ville. Par exemple, nous y trouvons
des actes qui nous révèlent les diverses dénominations portées à la fin du XVᵉ siècle, par la rue qui fut plus tard la
rue derrière les Cordeliers :

« Le 3 février 1482, Jean Fusthemann, échevin de
Nancy, et Jeannon de Rennes, armurier du duc, vendent
à ce dernier une petite maison sise rue du Petit Bourget,
entre la ruelle qui va en la *Neuve rue*, où est la Monnaie,
devers l'hôtel de monseigneur le duc, pour la somme de
400 frans. »

« En 1484, on fait construire des écuries pour les chevaux du duc, en la *rue Neuve*. »

« Par un acte daté du 12 avril 1492, Yolande, mère de
René, donne à frère Jean Dervin, docteur en théologie,
pour y faire construire un oratoire, une maison qu'habitait
Jean Symier, jadis argentier, ladite maison sise *rue de la
Monnaie*. »

En rapprochant entre eux ces différents actes, et en les
comparant aux rôles du XVᵉ siècle, on trouve l'origine de la
rue derrière les Cordeliers, qu'on ne peut confondre avec
la place de la Carrière, qui a aussi porté le nom de rue
neuve ou de neuve rue. On sait qu'à la création de la Ville
neuve, la rue de la Hache fut nommée rue Neuve.

Les mêmes vocables, appliqués à différentes époques à
plusieurs des rues de notre ville, ont entraîné Lionnois à
une confusion, dans laquelle sont tombés ceux qui, depuis
lui, se sont occupés de l'histoire de Nancy. Il est de ces
erreurs qu'on ne peut empêcher de se propager, et qu'à
défaut de documents écrits, on ne peut rectifier. Nous
savons les difficultés qu'il y a à rendre à chacune de nos
rues leurs anciens vocables ; plus d'une fois, dans le cours
de ce travail, nous demeurons dans l'incertitude, sans pouvoir nous prononcer d'une manière certaine et caté-

gorique, comme nous le faisons pour certaines rues dont nous connaissons mieux les origines.

Revenons à la porte Saint-Louis, de laquelle nous avons parlé plus haut. Quand on voit, pour la première fois, la vue perspective que nous en a laissée Israël Sylvestre, on croit qu'elle est surmontée d'un dôme. Après un examen un peu plus attentif, on prend d'abord ce dôme pour celui qui couvre la Chapelle ronde; mais l'adjonction des cheminées qui y sont flanquées doit faire écarter cette supposition. En recourant à la vue perspective du Palais ducal faite par Deruet, sous le règne du duc Henri II, vers 1610, on reconnaît de suite le dôme du Trésor des chartres, beaucoup plus élevé que celui de la Chapelle ronde, surtout si l'on se rend bien compte du point d'observation où s'est placé alors le dessinateur; assis en quelque sorte sur la contrescarpe, près du chemin de la Butte, il ne pouvait apercevoir de là la Chapelle ronde; le dôme du Trésor des chartres lui apparaissait dans son entier, parce qu'il touchait à la courtine, à la naissance du bastion des Dames.

GILBERT (Rue)

De la rue Saint-Jean au mur de clôture du Lycée.

Cette impasse, car c'en est une aujourd'hui, était autrefois le prolongement de la *rue Nostre Dame* (V. ce vocable), et avait son issue sur la place de Grève, devenue place Dombasle.

L'aile droite de l'université est construite dans l'alignement oriental de la rue Gilbert actuelle.

Après avoir été placée longtemps sous le patronage de *Notre Dame*, elle devint insensiblement *rue des Minimes*, à cause de la maison conventuelle que ces religieux y avaient fait élever, du côté occidental, vers 1591.

Le 17 septembre 1791, deux siècles plus tard, le Conseil général de la commune de Nancy, qui ne connaissait pas beaucoup l'histoire de la cité qu'il administrait (hélas! trois fois hélas! il a eu depuis bien de malencontreux imitateurs), décida gravement que « la rue des Minimes aurait le nom de *rue d'Assas*, héros Français, qui, pour la patrie, se dévoua à la mort. »

Ce n'est pas sans protester, que le dernier descendant de
Jacques Callot, l'illustre calchographe, laissa passer cette
nouvelle dénomination :

LA RUE DES MINIMES SERA LA

RUE D'ASSAS

. Héros Français du Régiment d'Auvergne,

écrit F.-Ch. Callot, p. 11 de sa *Manifestation*.

« Pourquoi, ajoute-t-il, sans rime ni raison, à Nancy,
le veut-on mettre à l'huile ? Il semble véritablement que
les noms ont été tirés comme l'on tire une loterie.

« D'Assas ! d'Assas ! ton nom ou celui de ton imitateur,
égorgé à son poste la nuit du 5 au 6 octobre, devrait être
mis au seuil de l'appartement royal. Mais quel effort de
génie de mettre ici ton nom à une rue des Minimes ! »

Malgré les plaintes et les récriminations de l'avocat
Callot, les délibérations municipales du 13 pluviose an II
et 18 fructidor an III, confirmèrent purement et simplement celle du 17 septembre 1791.

Le plan de 1817 la dénomme *rue des Minimes*, depuis
la rue Saint Thiébaut.

Ceux de 1822 à 1837 lui donnent le nom d'*Impasse du
Lycée*.

Le tableau du 31 décembre 1839 et les plans postérieurs
l'indiquent *Impasse du Collège*. En 1848, elle était redevenue
Impasse du Lycée. Nos édiles de 1867 ont cru bien faire; en
lui consacrant le nom du malheureux poëte Gilbert comme
patron, et elle est devenue *rue Gilbert*.

Dans son mémoire, M. Louis Lallement présenta quelques observations à propos du choix de ce vocable.

« Il n'y a aucune raison de reléguer le nom de Gilbert
dans l'obscure *impasse du Lycée*. On propose d'appeler la
rue Montesquieu, *rue Gilbert*, parce que ce poëte, quand
il habitait Nancy, demeurait dans la maison de l'épicier
Malgras (rue Saint-Georges), laquelle maison fait exactement face à la *rue Montesquieu*, si bien qu'on la voit de

toutes les parties de cette rue. On ne peut pas changer le nom de la rue Saint-Georges, nom trop populaire et trop usuel. D'un autre côté, Montesquieu n'est jamais venu à Nancy ; il n'y a aucune raison de laisser son nom à une de nos rues. »

Tout en regrettant le choix de l'impasse du Lycée pour rappeler le souvenir de cet illustre enfant de la Lorraine, nous ne partageons pas entièrement la manière de voir de notre savant confrère, quant à la rue Montesquieu. Depuis qu'elle a été ainsi dénommée, elle n'a soulevé aucun protestation, et il n'est venu à l'idée de personne de contester le respect dû à Montesquieu. C'est un vocable qui a été parfaitement admis, et qui a même été conservé sous la Restauration dans des actes authentiques. Montesquieu n'a pas soulevé de colères comme Jean-Jacques et Voltaire ; cela se comprend.

Le choix de l'impasse du Lycée a été mauvais, parce que cette impasse est trop rapprochée de l'hôpital Saint-Charles, où il semblerait que nos édiles veulent ramener Gilbert.

Nous croyons l'avoir déjà dit, lorsqu'on consacre un nom d'homme à une rue, il faut bien considérer si rien, dans les environs, ne prête au ridicule ou à une fausse interprétation, si le nom lui-même n'a pas de similitude fâcheuse avec tel ou tel homonyme. Il ne suffit pas d'obéir à un sentiment, louable sans doute, il faut encore calculer les conséquences d'un vocable. Il y a dans le Nancy moderne, dans le Nancy qui date de 1867, des rues extrêmement mal dénommées, prêtant au ridicule, et n'effaçant pas les petites ignorances dont on ne voit que trop d'exemples à l'hôtel-de-ville. Sans les signaler toutes, sans même les indiquer, nous disons en maint endroit : « Voilà une absurdité. »

GIRARDET (Rue)

De la rue Bailly à la rue des Champs.

Elle date de la création de la place d'Alliance. Si elle n'anticipait sur celle-ci, que serait la rue Girardet ? qui porte cependant le nom d'un grand peintre lorrain, d'un ami des arts, d'un professeur émérite.

Lorsque Stanislas créa ce quartier nouveau sur le potager, on baptisa cette voie de *rue neuve de la Congrégation.* M. Drouas, évêque de Toul, ayant acheté, ou y ayant fait construire la maison qui porte le n° 2 et 2bis, on l'appela *rue l'Evêque.* On ne peut le nier, puisqu'on voit encore cette inscription gravée sur l'angle de la maison n° 8 de la place d'Alliance, ancien hôtel d'Alsace, puis de Marainville.

Les républicoles de 1791, n'altérèrent pas cette dénomination. Les Jacobins de l'an II l'appelèrent *rue de la Reconnaissance,* suivant la délibération du 13 pluviose. Ce vocable ne dura pas longtemps, car le petit almanach de Nancy, pour l'an IIIe de la République Française, nous apprend que la rue l'Evêque avait nom *rue Girardet.* Le 18 fructidor, de l'an III, le Conseil général de la commune la nomma *rue Corneille,* vocable que portait la rue du Lycée, celle-ci devenant la rue de la Fraternité. Le recensement de l'an IV lui donne le nom de *rue Girardet.* Son nom officiel était bien *rue Corneille,* les almanachs postérieurs le prouvent.

A la Restauration, elle redevint *rue l'Evêque,* mais pas bien longtemps.

Monsieur, frère de Louis XVIII, comte d'Artois, depuis Charles X, ayant mis pied à terre chez Joseph Mique, maire royal de Nancy, qui demeurait au n° 4 de cette rue, elle devint *rue Monsieur.*

Après la Révolution de juillet, la municipalité s'empressa de lui restituer *Girardet* comme patron. C'était acquitter une dette d'admiration, d'estime et de reconnaissance. . Nous approuvons hautement cet acte municipal. Cependant, en 1837, elle était communément appelée *deuxième rue d'Alliance,* la vraie rue d'Alliance ayant été nommée *première rue d'Alliance.* Le nom de Girardet ne lui a été appliqué officiellement, et d'une manière définitive, que par l'arrêté du 30 décembre 1839.

Cette rue est pleine de souvenirs historiques; la maison qui porte le n° 6 a été construite et habitée longtemps par Héré, l'architecte du Roi de Pologne, l'auteur des places Stanislas, de la Carrière et d'Alliance.

Les n°s 10 et 12, où est aujourd'hui l'Ecole forestière, ont été la demeure des architectes Mique.

Cette Ecole, créée à Nancy en 1824, a été installée dans ce bâtiment vers 1826 ou 1827. L'Etat en a fait l'acquisition sur MM. Mique et Bert, par acte administratif du 27 juin 1828 ; et il y adjoignit un autre bâtiment acquis sur M. Mique le 15 avril 1839.

D'après le plan Lecreulx de 1778, la rue Girardet devait être prolongée jusqu'à la nouvelle enceinte projetée, laquelle suivait en ligne droite, en le prenant comme point de départ, le mur de clôture de la Pépinière, aboutissant à la Porte Saint-Catherine, et se prolongeant au delà du Tapis-Vert.

GLACIS (Rue des)

Du cours Léopold à la rue Jean Lamour.

Avant 1876, époque de son ouverture sur le cours Léopold, à travers l'ancien bastion de Danemark, sur la pointe duquel est construite la Porte Désilles, elle avait son entrée par la rue de Metz.

Elle n'est pas jeune, et cependant elle n'est pas mentionnée dans l'état de 1767. Elle existait alors, le plan de Mique le prouve. Qu'était-elle par elle-même ? Rien qu'un simple chemin couvert.

Il y a une trentaine d'années, elle avait encore une assez mauvaise réputation. D'abord, elle avait eu le grave inconvénient de longer longtemps le Cimetière des Trois-Maisons, derrière lequel on établit, en 1827, un dépôt d'immondices. Après 1827 ?... Eh bien, on y rencontrait des vendant vin, qui offraient le logement garni et la table pour quelques sous.

Depuis 1876, cette rue mal réputée et non mal famée, car ses habitants y étaient clair-semés, a pris des proportions gigantesques. Des palais ont pris la place des anciennes logettes d'amour et des petites maisons dites de passe.

Au Cimetière a succédé la manufacture provisoire des Tabacs, et à la place de celle-ci est venue l'imprimerie Berger-Levrault et Cie.

D'une ruelle, ou plutôt d'un chemin tortueux, étroit, mal empierré, négligé et presque impraticable dans la mauvaise saison, a succédé une voie plus large, mieux alignée, plus soigneusement entretenue, bordée de trottoirs, éclairée au gaz, etc., etc. Ah! Dame, Noblesse oblige, dit le proverbe.

On avait demandé, en 1878, de nommer cette rue nouvelle *rue Jacobi,* tant à cause de l'industrie qui y est établie, que pour effacer l'odieux qui pesait sur le vocable actuel. La municipalité, se drapant dans un rigorisme dont nous ne saisissons pas bien le sens, fit ressortir que les changements dans la dénomination des rues apportaient des troubles dans les relations, etc., etc., et passa sur cette demande à l'ordre du jour.

Eh! mais, dites donc, est-ce que je vois plus clair avec le grand Gambetta, dans la rue de la Poissonnerie?

Ajoutons qu'avant 1872 la nécessité du percement de la rue des Glacis ne s'était jamais fait sentir. Mais, quand on est à l'hôtel-de-ville, on ne saurait trop y être.

La municipalité qui y siégeait, avant la guerre, appelée plusieurs fois à traiter cette question, n'en reconnut pas l'opportunisme, et recula surtout devant une dépense de 75,000 fr. pour pratiquer l'ouverture. En effet, c'était un gros denier pour un si petit morceau.

On vendit, en 1871, à MM. Berger-Levrault et Cie la manufacture provisoire des tabacs et le terrain de l'ancien cimetière des Trois-Maisons, à raison de 10 fr. le mètre carré, avec obligation de laisser une bande de la largeur de deux mètres pour élargir la rue.

En novembre 1872, la question du percement de la rue des Glacis revint sur le tapis vert municipal. Elle avait été étudiée précédemment par M. Chatelain, architecte, qui n'en était pas partisan. Deux projets étaient en présence, l'un s'élevant à 100,000 fr., et l'autre à 75,000. Ce dernier fut adopté dans la séance du 25 novembre, grâce un peu à l'éloquence de M. Sidrot, qui prit la parole en ces termes :

« ... C'est dans la rue des Glacis que se trouve l'entrée des bureaux d'un établissement colossal, l'imprimerie Berger-Levrault, qui ne manqueront pas d'être à eux seuls une cause de circulation.

« De plus, la Ville, qui a vendu à l'imprimerie le terrain où elle s'est établie ; qui, en vendant, a imposé à ses constructeurs l'obligation de se retirer de deux mètres, n'a-t-elle pas, par le fait, pris, vis-à-vis d'eux, l'obligation de rendre la rue des Glacis d'un accès facile ? Quant à l'exécution, elle sera moins coûteuse qu'on ne l'a dit, puisque rien n'oblige, quant à présent, d'exproprier le côté gauche de la rue ; cet élargissement se fera peu à peu, par voie d'alignement. Il ne faut donc pas hésiter à donner un débouché à une rue utile et actuellement existante. »

Ces raisons furent prises en sérieuse considération, et le Conseil décida l'ouverture de cette rue. En 1874, le Préfet s'y opposait et soulevait certaines difficultés. M. Bernard, maire, et excellent politicien, ramena celui-ci dans les vues de la majorité du Conseil, et renonça de s'opposer au percement de cette rue, qui n'a coûté que la somme prévue au projet. On ne fut obligé à aucune acquisition, les propriétaires eurent le bon esprit de s'aligner en cédant gratuitement le terrain à la Ville ; en tout 423 mètres carrés, abandonnés par MM. Masson, la fabrique de Saint Epvre, Lallement, Chardin, Sidrot, de Vomécourt.

Maintenant, la rue des Glacis est une des belles rues du faubourg des Trois-Maisons.

Nous avons dit plus haut, qu'en 1878 on avait demandé de changer le vocable de cette rue, pour l'appeler *rue Jacobi*. Cette demande n'était pas isolée, et il en arrivait plusieurs à la fois à l'hôtel-de-ville, de différents points de la cité. Comme, en 1876, on avait déjà bouleversé les rues Le Pois et de la Ravinelle, sans raison sérieuse, on pensait sans doute qu'une demande pour la rue des Glacis ne souffrirait aucune difficulté, et, qu'avec les bonnes raisons qu'on faisait valoir, un accueil favorable s'ensuivrait.

On trouve dans les *Procès verbaux des délibérations du Conseil de 1878*, sous la rubrique *changement des noms de plusieurs rues*, séance du 13 novembre, le rapport suivant, lu par M. Henrion, au nom de la Commission d'administration : si la proposition a été repoussée, ce n'est pas la faute au rapporteur.

« Le Conseil municipal est saisi d'une demande faite par MM. Berger-Levrault, propriétaires de l'imprimerie située rue des Glacis, à l'effet d'obtenir le changement de nom de cette rue.

« Ces Messieurs, dès leur arrivée à Nancy, n'ont pas cru possible d'adopter et d'indiquer sur leurs ouvrages le nom de la rue des Glacis, notoirement mal famée, et leurs publications portent l'adresse rue Jean Lamour, bien qu'ils n'aient pas d'entrée sur cette dernière voie (?), ce qui peut être une source d'erreurs pour les étrangers cherchant vainement, en se dirigeant sur l'adresse indiquée par les éditeurs de cet établissement. Ces Messieurs pensent ainsi que la signification générale de rue des Glacis entraînant l'idée d'excentrique, leur est préjudiciable, par l'idée que leur établissement se trouve trop éloigné du centre de la ville, ou en dehors de son enceinte.

« A l'appui de leur demande, MM. Berger-Levrault font considérer que leurs propriétés sont les seules industrielles de cette rue, où elles occupent les trois quarts des façades, que la rue des Glacis ne contient pas de maisons d'ancienne date ni d'établissements de commerce, et que, par conséquent, un changement de nom ne peut occasionner aucune perturbation.

« Convaincue par ces raisons, la Commission d'administration, après avoir bien pesé avec quelle réserve il faut introduire des changements dans la dénomination des rues, vous propose de faire droit à la demande actuelle, et, renseignée par un de nos concitoyens qui connaît le mieux Nancy, son histoire, les hommes qui l'ont illustrée, elle émet le vœu de l'appeler *rue Jacobi*. Dès 1503, bien peu de temps après Gutemberg, Jacobi imprimait à Saint-Nicolas-du-Port les *Horæ virginis Mariæ;* en 1518, il imprimait la *Nancéide*. En donnant ce nom à une rue dont la splendide imprimerie Berger-Levrault occupe la plus grande partie, ce sera relier heureusement le passé au présent, et il y aura plaisir à voir un imprimeur lorrain, resplendir en tête de toutes les productions sortant d'une des premières imprimeries de France au XIX siècle. »

Pour une tartine bien beurrée, voilà une tartine bien beurrée, de laquelle MM. Berger-Levrault, Norberg et Cⁱᵉ n'auront jamais à se plaindre. C'est beurré ! Tout y est.

Nous ferons remarquer d'abord que la rue des Glacis n'a jamais été, dans le sens propre du mot, une rue « notoirement mal famée ; » nous en demandons pardon à ces Messieurs et au Rapporteur, mais c'est, à notre avis, une absurdité que d'avancer une telle opinion. Nous dirons tout à l'heure ce qu'étaient *les Glacis*.

Si le Conseil municipal de 1867 n'avait pas transformé la *rue du Cimetière* en *rue Jean Lamour*, dénomination bizarre, qui ne dit rien, MM. Berger-Levrault auraient eu à opter entre la rue du Cimetière et la rue des Glacis. S'ils n'ont pas d'entrée sur la rue Jean Lamour, c'est leur affaire. L'entrée principale de leur établissement était là, et non rue des Glacis.

Le reste de l'exposé des motifs que font valoir MM. Berger-Levrault ne nous paraît sujet à aucune critique.

Dans le cours de la discussion, M. de Carcy remarque qu'il y a plus d'un intérêt historique à garder le nom *des Glacis* à la rue qui le porte.

Et pourquoi, S. V. P., M. de Carcy ?

M. de Carcy ignore sans doute que tous le chemins couverts qui contournaient les remparts de la Ville-Vieille avaient nom : *sur les Glacis*. Derrière chez lui, c'était aussi *sur les Glacis*. Devant chez moi, c'était aussi *sur les Glacis*.

Historiquement, il n'y a jamais eu de *rue des Glacis*, et celle dont il s'agit, ne porte cette dénomination que depuis 1840.

Lorsque la ville acquit, le 20 juin 1827, par acte Charon, le terrain qui servit longtemps de dépôt de boues et immondices, il est dit, « situé à la sortie de la ville de Nancy par la porte Neuve, sur les anciens Glacis des fortifications de la ville-vieille, qui ont été supprimés, et à l'entrée du chemin vicinal qui, de la porte précitée, conduit au grand cimetière des Trois-Maisons. »

Donc en 1827, il n'y avait pas de *rue des Glacis*. Si l'on consulte les plans anciens du XVIIIᵉ siècle, on n'y voit pas de *rue des Glacis*. L'état de 1767 ne la mentionne pas, par la raison qu'aucune baraque n'y était construite.

Nous ne voyons pas l'intérêt historique sur lequel s'est appuyé M. de Carcy. Il faudra longtemps, et bien longtemps, avant que l'alignement de 1846, ou d'époque postérieure, ait fait son œuvre. On ne redresse pas une rue comme on redresse une planche. Il restera donc toujours, et malgré tout, une trace des anciens chemins couverts, qui étaient appelés *sur les Glacis*, pendant le règne de Stanislas. En 1767, nous trouvons bien la rue de Malzéville, la rue du Cimetière (Jean Lamour), la rue du Petit Village (de l'hospice), et la rue de la Vénerie (de la Ravinelle et de Serre) ; mais la rue des Glacis n'y est pas plus mentionnée que celle du petit Boulevard (rue Claudot) ou du chemin de la Butte, qui étaient aussi des Glacis.

Quant à l'intérêt historique dont s'est prévalu ici M. de Carcy, il faut bien convenir qu'avant, pendant et après son entrée à l'hôtel-de-ville, le Conseil municipal a plus d'une fois laissé la logique de cet intérêt dans la Salle des Pas-perdus. Ce dont nous nous plaignons amèrement, c'est qu'on méconnaisse l'histoire au Conseil municipal, et qu'on sacrifie gaiement et bénévolement un intérêt historique à une boutade du jour.

Nous retrouvons une vieille chanson du dernier siècle, faite en l'honneur du Roi Stanislas (Mém. soc. arch. lorr. t. XV, 1865, p. 81), dans laquelle on lit ce couplet qui se rapporte à la rue de la Vénerie extrà muros :

LVBIN

J dotte et mairie zos feilles,
Ai de bons pairtis,
Mais i campe les Godreilles
En caige à glaicis
En caige à glaicis, compère,
En caige à glaicis.

Les *Godreilles*, tout le monde sait ça, sont les filles et femmes publiques ; *en caige à glaicis*, eh bien, c'est tout uniment la Vénerie. Par conséquent, si une rue devait s'appeler rue des Glacis, c'est ce qui forme aujourd'hui l'extrémité de la rue de l'Hospice, devenue rue de Serre, un instant rue Le Pois, maintenant le début de la rue de la Ravinelle.

La mauvaise réputation de la rue des Glacis vient, non pas de ce que dans la rue qui porte ce nom de nos jours il a existé des maisons de joie, mais bien de ce que les filles et femmes publiques furent renfermées, en 1761, à la Vénerie, qui, alors, avait entrée sur les glacis, et non, comme on pourrait le croire, sur la grande place de Grève (place de l'Académie), celle-ci n'étant pas encore créée.

Devant cette tradition, on a eu certainement tort de donner, en 1840, le nom des Glacis à la rue qui longeait le cimetière des Trois-Maisons. Mais pourquoi a-t-on choisi ce vocable plutôt qu'un autre, et pourquoi l'a-t-on appliqué ici plutôt que là ? On a voulu conserver, sans doute, un souvenir historique des anciens chemins couverts, sans songer que ce nom *des Glacis* était déjà, à la fin du règne de Stanislas, mal réputé par le peuple, à cause de la renfermerie établie à la Vénerie. La rue actuelle des Glacis n'a donc pas, par elle-même, tout l'odieux qu'on lui impute ; nous trouvons qu'on est bien collet monté, quand on invoque, pour changer son vocable, « les souvenirs qu'elle rappelle ». Mais ces souvenirs, nous les trouverons partout, aussi bien dans la rue des Dominicains que sur la place Stanislas. La place Stanislas pourrait peut-être en revendre à la rue des Glacis, qui n'en a pas gardé de si cruels. Est-ce que, dans la rue du Cheval blanc, il n'y a pas eu, vers 1850, une maison de tolérance ? il y a, là aussi, une imprimerie, qui ne rougit pas d'indiquer son adresse, avec le numéro de la maison qu'elle occupe.

Dans la séance du Conseil municipal du 15 novembre 1879, M. Grillon avait demandé qu'on donnât le nom de Grandville à cette rue des Glacis. Sa proposition fut repoussée. En juillet, août et septembre 1882, de nouvelles instances furent faites près de l'administration, pour donner à la rue des Glacis le nom de rue Crevaux. Le Conseil, inébranlable dans ses premiers votes, maintint ses décisions antérieures. Nous approuvons sa fermeté ; mais il ne fallait pas, quatre mois plus tard, biffer la rue de la Poissonnerie pour en faire la rue Gambetta, ni donner le nom de Chanzy à la rue Saint-Joseph, ni débaptiser la rue de la Vénerie, pour l'appeler Guerrier de Dumast.

GRANDE-RUE (Ville-Vieille)

De la rue des Maréchaux à la Porte Notre-Dame, dite de la Craffe.

Voilà une voie principale de la ville-vieille, la plus importante de ses artères, qui devrait avoir son historique tout fait, dans n'importe quelle histoire de Nancy ; c'est précisément une des rues les moins connues, — historiquement parlant. — Nous avons consulté et Lionnois, et Lepage, et Nicolas, et Jean Cayon, aucun d'eux ne nous dit ce qu'elle était, ce qu'elle a été.

Lionnois, si scrupuleux, si exact en certains endroits de son *Histoire*, pour des rues de moindre importance, s'est complètement fourvoyé, lorsqu'il a voulu faire jaillir la vérité des vieux rôles du XVIᵉ siècle, en lui attribuant des vocables qu'elle n'a jamais portés. Suivant lui, « la *Grande*

Rue, depuis celle des Maréchaux jusqu'à la petite Carrière, était appelée *rue de la Boudière*, et *rue devant Saint Georges*, dans l'étendue de cette petite place, à cause de la Collégiale de ce saint, *rue devant le Châtel*, dans l'étendue de la salle des Cerfs, et *des Bourgets*, depuis les Cordeliers jusqu'à la, porte Notre-Dame. » *(Histoire*, t. I, p. 363.)

C'est là une très profonde erreur propagée par cet historien, qui a avancé une assertion sans preuve, car il dit très naïvement dans ses *Essais*, p. 381 : « *Rue de la Boudière.* La Grande-Rue, depuis la rue des Maréchaux jusqu'à la Petite-Carrière, était appelée *rue de la Boudière* et *rue devant Saint Georges*, pour la partie qui était sur cette Petite Carrière. Elle n'est point rappelée dans ce compte (de 1565 *sic*), parce qu'elle ne contenait que l'église, des maisons de chanoines, qui étaient exempts de cet impôt. » Ceci n'est pas sérieux. Si, en 1565, le contrôleur n'a pas rappelé le vocable de la *rue devant Saint Georges*, c'est que ce vocable n'existait pas pour lui ; peut-être était-il usité dans le petit peuple, mais il n'avait pas alors de sanction officielle. On disait communément : grande rue *devant Saint Georges*, grande rue *devant le Châtel*, comme nous trouvons plus tard indiquer rue des Eglises *près les Carmes*, rue des Eglises *près le Collège*, rue des Eglises *près la Boucherie*, rue des Eglises *proche le Palais*, etc., etc.

Ailleurs, Lionnois écrit dans son *Histoire*, t. I, p. 355 : « A côté de cette belle place dite *Carrière*, il en est une moins considérable, établie sur les ruines de Saint Georges, qu'on nomme *Petite Carrière*, comme nous l'avons dit. La grande rue à laquelle elle communique, conserve ce nom jusqu'à la porte Notre Dame, conduisant aux rues de la Cour, Saint Michel, Saint Pierre, Petit et Haut Bourgets, et de l'Opéra.

« Le bâtiment du château a fait appeler la Grande-Rue, dans cet endroit, *rue du Châtel*, jusqu'en 1585 *(sic)*. Tout le reste, depuis les Cordeliers, se nommait *les Bourgets*. Par un titre du 15 mars 1465, la maison occupée par F. Brousse, tonnelier, et son gendre, Pelletier, vis-à-vis les Cordeliers, est chargée d'un cens envers l'hôpital Saint Julien de 10 francs, et est dite située *on Petit Bourget*. Dans ce *Petit Bourget* on a construit deux rues : celle dite *du Cardinal*, appelée depuis *rue Saint Pierre*, et celle du *Petit Bourget*. »

Rien que par cette citation, Lionnois nous démontre qu'il nous induit en erreur, car il ne nous prouve pas le moins du monde, par le plus simple acte, que la partie comprise entre la rue de la Cour et la rue des Etats se soit appelée, avant 1585, *rue du Châtel*. Nous prouverons plus loin que la *rue du Châtel* était l'ancienne rue des Dames Prêcheresses, maintenant rue Lafayette (V. ce dernier vocable).

Si nous ouvrons les *Essais*, p. 382, nous ne sommes pas moins surpris d'y lire cette mention : « *Petit Bourget*. C'était la *Grande-Rue*, depuis les Cordeliers jusqu'à la *rue du Haut-Bourgeois*, ce qui renferme aussi la *rue du Petit-Bourgeois*. » Pour le coup, c'en est trop. Que le lecteur se reporte à ce que nous disons sur le Hault et le Petit Bourget, et il comprendra aussi bien que nous l'erreur de Lionnois.

Des divers documents que nous avons consultés, la Grande-Rue était divisée, au XVIe siècle, en deux parties à peu près égales ; la première était dite *rue du Petit Bourget, commançeant à la porte de la Craffe*, et se continuait à peu près jusqu'à la rue Saint-Michel ; la seconde, depuis cette dernière rue jusqu'à la rue des Maréchaux, était appelée *rue de la Boudière*. Nous en avons les preuves, non seulement par les comptes du Domaine de Nancy et du Cellerier, mais encore par les rôles de 1551, 1572, 1582 et 1589. Ajoutons que le troisième quartier de la ville vieille, dans lequelle a été fait, en 1587, une distribution d'aumônes aux pauvres, montant à 14 fr. 6 g., comprenait les *rue de la Boudière, Neuve* (la Carrière), *des Comptes, des Mareschaulx* et *du Moulin*.

Il paraît qu'au XVe siècle et au commencement du XVIe, d'après diverses mentions citées par M. H. Lepage dans son *Palais Ducal*, les rues de la Boudière et du Petit Bourget étaient connues sous le nom de *Grant rue*, alors que sous le règne de Charles II, il y avait la Boudière et le Petit Bourget. Il faut croire que la tradition avait conservé ces différentes dénominations, et qu'à un moment donné, peut-être à la création de la ville-neuve, on a adopté définitivement le vocable de *Grande Rue ;* on le trouve déjà adopté sous le règne du duc Henri, quoiqu'il soit encore quelquefois question de la *rue de la Boudière*. En tous cas, en 1703, il n'y avait plus ni rue de la Boudière, ni Petit Bourget, on ne connaissait que la Grande Rue ville-vieille.

Rien ne laisse supposer au lecteur que cette dénomination fort anodine, et pour bien dire naturelle, ait donné lieu aux révolutionnaires de lui substituer un autre vocable. C'est cependant ce qui s'est fait. Le Conseil général de la commune qui siégeait en 1791, avait respecté la *Grande Rue;* mais celui qui arrêta la délibération du 13 pluviose an II, décida que la *Grande Rue, Cité vieille* (sic), devrait s'appeler, à l'avenir, *rue de la Convention.* Officiellement, elle conserva ce vocable jusqu'à la Restauration; mais vulgairement, dans le public, elle était redevenue bien vite *Grande-Rue ville-vieille.*

Quoiqu'elle ait complètement changé d'aspect, quoique les évènements politiques et les nécessités imposées par le progrès l'aient entièrement transformée, la Grande-Rue est remplie de souvenirs historiques. Chacune de ses maisons à une page d'histoire : celle-ci a servi longtemps de demeure à de puissants personnages, celle-là a été habitée par des artistes en renom. Si, au commencement, nous y rappelons l'hôtel de Georges Marque, n° 30, dans lequel fut déposé, en 1477, le corps du Téméraire, au n° 92 nous voyons encore les restes du superbe hôtel de Chastenoy. Les n°s 29, 31, 33 nous rappellent l'origine de l'hôpital Saint-Julien ; le n° 139 est marqué par Dom Calmet comme étant la maison du Baigneur, ou le Luxembourg. Au n° 100, nous nous rappelons l'ancienne hôtellerie de *la Tête d'or*, qui florissait au moyen-âge. Sur une partie de la Petite Carrière, s'élevait la collégiale Saint Georges; nous voyons encore les restes de l'ancien Palais Ducal, l'église des Cordeliers, bâtie sous le règne de René II ; et qui a servi plusieurs fois, en ce siècle, d'église paroissiale à la ville-vieille; l'ancien monastère des Cordeliers, depuis la Révolution, a été transformé bien des fois ; nous y avons vu les frères de la Doctrine chrétienne y tenir leurs premières écoles; on y a ouvert des cours industriels; on y a fait les premiers essais de l'éclairage au gaz; l'école normale y a été installée (1833); d'une école supérieure de filles (1870) on a fait tout récemment une école professionnelle de jeunes filles.

Essayer de retracer l'historique de la Grande-Rue, ce serait tenter de faire l'histoire du vieux Nancy. Est-ce que la Grande-Rue n'avait pas deux issues directes, l'une au nord, la porte de la Craffe, l'autre au midi, la vieille porte

Saint-Nicolas, entre les deux villes, dont il ne reste plus aujourd'hui aucun vestige ? C'était sous l'une ou l'autre de ces portes que les ducs, à leur entrée dans la capitale, promettaient solennellement de maintenir les trois Etats dans leurs droits, privilèges et franchises.

On ne trouve nulle part l'histoire de la Grande-Rue, ni même un résumé de cette histoire ; et, cependant, si l'on recourt aux monographies spéciales, consacrées à la mort de Charles le Téméraire, à la collégiale de Saint Georges, au Palais Ducal, à l'église des Cordeliers, on a l'histoire de cette rue, théâtre de tant d'évènements, de tant de cortèges, .de tant de réjouissances publiques, de tant de tristesse et de misère.

Ce que nous aurions voulu faire ici, ç'aurait été de faire revivre certaines maisons historiques, de dire : ici était la maison d'Alison du May ; là fut celle de l'aïeul ou du bisaïeul de Jacques Callot ; l'hôtellerie du Petit Saint Antoine occupait telle maison. Nous avons reculé devant les difficultés et devant l'impossibilité matérielle de reconstituer un passé aussi éloigné.

Instruction publique. — Nous avons dit, à la rue du Maure-qui-Trompe, quelle était l'origine des écoles publiques de Nancy, sur lesquelles le chapitre de Saint Georges exerçait un droit de contrôle et de surveillance. Le chanoine, qu'on appelait Ecolâtre, était en quelque sorte le grand maître universitaire de la ville de Nancy.

Nous ne pouvons négliger de dire qu'au commencement de ce siècle, la grande Rue fut encore, comme au temps où existait le chapitre de Saint Georges, le foyer, le centre de l'instruction publique moderne. Avant de retracer l'historique de quelques-uns des établissements qui y ont pris naissance, il est bon que nous jetions un coup d'œil sur le passé, pour le comparer au présent.

Le tableau que présente le préfet Marquis, dans sa *Statistique*, p. 123, en ce qui touche l'instruction publique avant et après la Révolution, est bien fait pour être médité par ceux qui ne reconnaissent qu'à la Révolution d'avoir provoqué la diffusion de l'instruction publique et gratuite. C'est simplement une grave erreur.

« Il n'existe en ce moment (en l'an X) qu'une seule école gratuite organisée comme les anciens collèges du département ; elle est établie à Pont-à-Mousson, et l'on en doit la création au zèle éclairé d'un certain nombre de pères de famille, qui se sont cotisés pour fournir les fonds nécessaires à huit professeurs. Plusieurs de ces maîtres étaient déjà employés à l'école militaire, et sont connus très avantageusement : M. Lœillet, en particulier, qui professe les mathématiques, a fourni à l'Ecole poly-technique beaucoup de sujets distingués, et sa modestie seule a pu le fixer sur un théâtre si peu proportionné à ses talents.

» M. Guillaume, ancien professeur de l'Université, y a ouvert aussi un cours gratuit de jurisprudence, qui lui donne un juste droit à la reconnaissance.

» Autant les écoles salariées étaient rares en 1789, au-tant elles se sont multipliées depuis la chute des collèges, ainsi qu'on peut en juger par les tableaux ci-joints. Un choix d'études plus à portée de la jeunesse que les cours de l'école centrale, et la facilité d'y réunir l'enseignement de la religion, exclu longtemps des écoles publiques, pa-raissent être les causes principales de la multiplication de ces établissements, dont le nombre s'est considérablement accru, surtout dans la ville de Nancy, à la suite du succès obtenu par ceux qui, les premiers, y avaient élevé des maisons d'éducation.

» Ce n'est que dans cette ville, et dans celles de Pont-à-Mousson, de Dieuze et de Phalsbourg, que l'on trouve des institutions qui méritent d'être considérées comme des écoles secondaires : cependant, depuis la publication de la dernière loi sur l'instruction publique, plusieurs autres villes ont manifesté le désir d'en former, et elles com-mencent à chercher les anciens professeurs propres à les diriger; leurs demandes, pour obtenir des emplacements convenables, sont sous les yeux du gouvernement.

» Quoiqu'il ne paraisse pas, d'après le nombre d'insti-tuteurs des écoles primaires et des élèves, qu'il y ait un grand vide dans cette partie, la plus essentielle de l'ins-truction publique, il n'est malheureusement que trop vrai qu'elle a beaucoup souffert et qu'elle se trouve réduite à l'état le plus alarmant. Les besoins que toutes les com-munes ont d'instituteurs, les rendent trop peu difficiles sur le choix, et elles auraient d'autant moins droit d'être sévères, qu'elles sont hors d'état de les payer.

» Le partage des biens communaux et la vente de ceux

qui étaient assignés aux anciennes fondations, les ont privées des ressources qui fournissaient un salaire honnête aux maîtres et aux maîtresses d'école. Le produit des centimes additionnels suffit à peine aux dépenses administratives : aussi, n'y a-t-il plus guère maintenant que des personnes sans moyen, qui prennent un état trop mal rétribué ; encore négligent-elles leurs écoles, dès qu'il se présente toute autre occasion de gagner quelque chose. Ce fâcheux abandon ne peut avoir que des conséquences bien funestes pour les générations qui s'élèvent, et l'on ne peut trop se hâter d'y remédier.

» Le conseil général du département a eu principalement en vue de recréer les écoles élémentaires, en demandant la prompte révision de la loi rendue en 1793 sur le partage des communaux ; en effet, il sera toujours bien difficile de fixer dans les campagnes des instituteurs éclairés, si on ne leur assure leur subsistance et si on continue à les laisser dans l'entière dépendance des pères de famille, trop souvent peu zélés pour l'éducation de leurs enfants, ou dénués de moyens. Une assignation de revenus sur les propriétés communales, au profit de l'instruction publique, a paru au conseil la seule mesure propre à procurer un sort convenable aux instituteurs des écoles communales des campagnes.

» Il importe aussi de remplacer les nombreuses fondations d'écoles gratuites qui existaient dans les villes : c'est là principalement qu'on s'aperçoit du mal qui résulte de l'insuffisance des écoles primaires ; la plupart des enfants de la classe ouvrière qui n'ont pas les moyens de suivre les écoles salariées, demeurent privés de toute instruction, et contractent la funeste habitude de l'oisiveté et de l'insubordination. Déjà, l'autorité des tribunaux a été forcée de s'appesantir sur des enfants encore dans la première jeunesse, qui s'étaient livrés aux derniers outrages contre les auteurs de leurs jours ; d'autres s'essayent au vol et font concevoir les plus justes alarmes aux gens de bien. Un langage aussi sale que grossier, et qui décèle une ignorance complète des principes conservateurs des mœurs et de la probité, est celui que l'on entend le plus communément parmi ces groupes d'enfants errants dans les lieux publics ; tout annonce une contagion de vices, dont il est instant d'arrêter les progrès ; et en attendant que des libéralités particulières viennent au secours des pauvres, je crois qu'un léger droit sur les consommations procurerait aux villes le moyen le plus sûr d'établir un nombre suffisant d'écoles élémentaires. »

Il résulte donc du rapport du préfet Marquis, que la Révolution, loin d'avoir aidé à la diffusion de l'instruction publique, l'avait, au contraire, anéantie, au moins dans notre département. En effet, il y avait à Nancy de nombreuses écoles gratuites : le Collège et les Frères de la Doctrine chrétienne étaient soutenus par des fondations, qu'augmentaient sans cesse de nouvelles libéralités. Les Frères avaient trois écoles gratuites, et chaque paroisse entretenait un régent d'école, quelquefois plusieurs, qui donnaient gratuitement l'instruction aux jeunes garçons. Les filles la recevaient chez les sœurs de Saint-Charles, chez les Dames du Saint-Sacrement, chez les Dames de la Congrégation, chez les sœurs de Saint-Vincent de Paul, et dans plusieurs autres maisons religieuses.

Nous avons constaté, dans nos *Promenades historiques*, qu'il était plus facile, au dernier siècle, de devenir licencié en droit et avocat au Parlement, que de nos jours atteindre le modeste grade de bachelier, soit ès lettres, soit ès sciences ; ce grade insignifiant, qui gonfle d'orgueil tant de pauvres crédules, n'a qu'un avantage : celui d'être payé. En cas de non réussite, le droit est acquis à l'Etat. D'une récompense honorifique, on a fait une sorte d'exploitation. Tu veux savoir : Paie ! Tu veux être savant gradué : Paie ! Autrefois, on disait : Tu veux savoir : Viens ! Tu veux être savant : prouve-le. Mais on ne payait pas, ou si peu de chose, réduit à notre monnaie, pour le coût du parchemin, que vraiment ce n'était pas la peine de marchander, surtout qu'on avait reçu *gratis pro Deo* l'instruction nécessaire. On payait plus pour être reçu bourgeois, que pour entrer au Barreau.

Il ne faut plus nous parler aujourd'hui des « sacrifices considérables que s'impose l'Etat. » Mon Dieu, l'Etat a profité des fondations, il est de toute justice qu'il les rétablisse sous une autre forme. Nous lui reprocherons une chose, à l'Etat, c'est de sacrifier tout au luxe, et de ne pas faire la part de la science suffisamment large. Les écoles n'ont jamais été des palais. On fait maintenant des palais, pour oublier le caractère austère de l'école, où l'élève doit apprendre la vie avec ses vicissitudes, ses déboires de la première heure, la lutte qu'il aura à soutenir le jour où il entrera dans le monde. Nous nous souviendrons toujours de nos premières écoles : des murs blanchis à la chaux, des tables et des bancs grossiers, des encriers de plomb, où l'encre se disputait avec le coton ; des plumes d'oie toujours mal taillées, des cahiers de papier de chandelles, sur lesquels il fallait apprendre à écrire avec de mauvaises plumes.

Revenons au rapport Marquis de l'an XIII. Les évènements politiques, loin d'améliorer la situation, ne firent que l'aggraver. L'on s'occupa peu de l'enseignement. Les esprits étaient à la guerre, les communes étaient pauvres, et les villes telles que Nancy ne pouvaient satisfaire aux charges qui leur étaient imposées. La Restauration ne pouvait améliorer la situation ; néanmoins elle fit ce qu'elle put. C'est à partir de 1819-1820, que M. Séguier, alors préfet de notre département, fit les efforts les plus louables pour appeler l'attention des indifférents sur cette question si intéressante et si indispensable. L'expérience acquise par les années 1816, 1817, 1818, avait démontré à l'administration que le défaut d'instruction n'était pas étranger à l'état dans lequel se trouvait la classe laborieuse et les familles pauvres.

Nous avons sous les yeux quelques documents officiels, intéressant l'instruction publique dans notre ville, de l'an XII à 1828 : c'est simplement triste. Un maître d'école du faubourg Saint-Pierre, Jean-Nicolas Ory, n'avait pas de bois pour chauffer sa classe — école gratuite — c'était en vain qu'il en réclamait tous les ans. En 1828, il réclame même une petite indemnité, « quelque chose pour le fourneau qu'il a fourni depuis onze ans, et pour lequel il n'a encore pu rien obtenir. » On voulait donner l'instruction gratuite, et ni la Ville ni le bureau de charité ne pouvaient en faire les frais.

M. de Villeneuve, qui succéda à M. de Séguier, s'intéressa plus vivement au développement de l'instruction.

Frères de la Doctrine. — C'est ici le cas de rappeler comment les Frères de la Doctrine Chrétienne vinrent à Nancy, pour y donner l'instruction gratuite à une infinité d'enfants qui n'en pouvaient recevoir aucune.

*Extrait des registres des délibérations du Conseil municipal
de la Ville de Nancy. — Séance du 12 mars 1821.*

« Le Conseil municipal de Nancy, réuni sous la présidence de
M. le Maire, d'après l'autorisation de M. le Préfet en date du 7
de ce mois, à l'effet de délibérer sur la proposition faite par le
Bureau de charité et contenue dans sa lettre à M. le Maire du
5 courant, de rétablir à Nancy les Frères de la Doctrine chrétienne pour l'instruction des enfants, et les placer dans la ci-devant maison conventuelle des Cordeliers.

« Considérant que le Conseil a déjà plusieurs fois émis le vœu
du rétablissement de cette institution, si utile sous le rapport
des mœurs et de la religion ; que si jusqu'à présent ce vœu n'a
point été réalisé, c'est que les charges de toute espèce qui ont
pesé et qui pèsent encore sur les revenus de la Ville, n'ont point
permis au Conseil de voter les fonds nécessaires au premier établissement ; mais que cet obstacle vient d'être levé par une souscription volontaire, recueillie par les mains du bureau de charité,
offerte par le zèle éclairé d'un grand nombre d'habitants de cette
ville ; qu'il ne s'agit plus, dans ce moment, que d'affecter un local
suffisant pour le logement des Frères et le placement de leur
école.

« Considérant que le couvent des ci-devant Cordeliers a été
concédé à la Ville pour servir à l'instruction primaire ; qu'on ne
peut lui donner une destination plus convenable que celle récla-
mée par le Bureau de charité ; que cet édifice communal cessant
d'être inhabité sera sujet à moins de dégradations, et qu'on par-
viendra ainsi à utiliser les réparations qui y ont été ou qui pourraient y être faites.

« En conséquence, le Conseil, après en avoir délibéré, a arrêté
ce qui suit, sous l'agrément et l'approbation de M. le Préfet de la
Meurthe :

« M. le Maire est autorisé à effectuer dans cette ville le rétablissement des Frères de la Doctrine chrétienne et à leur affecter
tout ou partie de la cy-devant maison conventuelle des Cordeliers et le jardin qui en dépend, pour leur logement et le placement de leurs écoles ; les frais des premiers établissements seront
pris sur les fonds de la souscription volontaire déposée entre les
mains du Bureau de charité, selon ses offres. Quant au traitement des religieux, dont le nombre pourra provisoirement être
porté à cinq, il sera payé sur les sommes allouées au budget et
mises à la disposition du bureau pour l'instruction de la classe
indigente.

« Il sera fait, lors de la prochaine session du Conseil un rapport détaillé de l'emploi de ces fonds et les améliorations dont peut être susceptible l'organisation des écoles payées sur le revenu de la Ville.

« Fait et délibéré à Nancy ledit jour 12 mars 1821.

> « Présents : MM. DE RAULECOUR, maire, président ; l'abbé VAUTRIN ; le président DE COURVILLE ; LANG ; TOURNAY ; VALENTIN ; le président SALADIN ; JACOB ; BEAUPRÉ ; DEMANGEOT ; GAUVAIN ; DE FRANÇOIS ; DE LEFEBVRE ; DROUOT ; CUVIER ; FERRY ; DE HALDAT ; le Marquis DE RAIGECOURT ; DE LA SALLE ; CHARON ; ROBERT et GRILLOT, membres du Conseil.

« Vu et approuvé par le Maître des requêtes, préfet du département de la Meurthe.

« Nancy, ce 15 mars 1821,

> *Signé :* LE Vte DE VILLENEUVE.
>
> Pour ampliation :
>
> RAULECOUR.

Ce document n'est peut-être pas inédit ; toutefois nous l'avons transcrit d'un original :

En suite de cette délibération, on se mit à l'œuvre ; on appropria le local et on dressa le budget pour 1822, article 69, Ecoles gratuites :

Ecole des frères de la Doctrine chrétienne.

Traitement de 5 frères à raison de 600 fr. . .	3000 fr.
Achat de livres, papier, plumes et encre . . .	100
Chauffage de quatre classes	200
Distribution de prix aux Elèves . . . . . , . .	120

Ecoles Primaires.

Traitement de l'instituteur de la paroisse Saint-Nicolas	500 fr.
Traitement de l'instituteur de la paroisse Notre-Dame	400
A reporter.	4300 fr.

Report	4300 fr.
Traitement de l'instituteur de la paroisse Saint-Pierre	150
Achat de livres, papier, plumes et encre . . .	80
Chauffage des classes Saint-Nicolas et Notre-Dame	100
Chauffage des classes de la paroisse Saint-Pierre	36
Distribution de prix aux élèves	90
Dépenses accessoires et imprévues qui pourront être reconnues nécessaires pendant le cours de l'année	224
Total . . .	5000 fr.

Ainsi, en 1822, la ville de Nancy faisait un grand sacrifice en dépensant pour l'instruction gratuite et *obligatoire,* — car obligatoire elle était — la modique somme de *5000 francs.*

Le *Journal de la Meurthe* du 20 novembre 1821, dans un fort long article, nous apprend l'ouverture de l'école des Frères :

« Nous annonçons à nos lecteurs, avec une entière satisfaction, que deux écoles de la Doctrine chrétienne sont ouvertes aux enfants de la ville de Nancy. Quatre frères, sous la direction d'un supérieur, sont chargés de leur enseigner la lecture, l'écriture, l'orthographe et l'arithmétique, mais avant tout de leur donner l'éducation chrétienne *(sic).* C'est peu, sans doute, que quatre maîtres pour une cité populeuse ; mais espérons que la Providence achèvera une œuvre si bien commencée.

» Un très beau local a été approprié pour cette intéressante institution, dans l'ancienne maison des R. P. Cordeliers, où nos Ducs souverains fondèrent leur sépulture......

» Hier, 19 novembre, jour de leur installation, les Frères, suivis d'un nombre considérable de jeunes garçons, se sont rendus à la cathédrale ; une grand'messe, précédée du *Veni Creator,* et suivie d'un discours analogue prononcé par M. l'abbé Poirot, a été chantée avec la plus grande pompe. Mgr l'Evêque y a assisté, à la tête de tout le clergé des paroisses de la ville ; les autorités et un concours immense de personnes de toutes les classes, notamment les parents des jeunes garçons, se sont empressés d'y venir remercier Dieu d'un si heureux évènement, et lui demander de répandre ses bénédictions sur nos écoles. »

Un Tableau des Ecoles primaires de la ville de Nancy, dressé à la Mairie pour le 2ᵉ semestre de 1823, nous apprend que, sur une population de 29,505 habitants, 930 enfants seulement recevaient l'instruction gratuite, savoir :

Ecole Saint-Epvre, 2 frères	200 élèves
— Saint-Sébastien, 2 frères	180 —
— Notre-Dame, 2 frères	180 —
— Saint-Nicolas — Rubin	108 —
— Saint-Pierre — Olry	90 —
— Saint-Fiacre — Pauly. . . . , . . .	50 —
— israélite — Ennery. . , ...	73 —
— protestante — Seyb	49 —
Total . . .	930 élèves

En 1836, les Frères eurent malheureusement des partisans trop zélés qui, au lieu de les servir, leur firent considérablement de tort dans l'esprit de la population et du Conseil municipal; d'où naquit, en 1838, la *guerre des Ecoles*, annoncée par un journal de Paris en 1817, alors qu'il n'y avait à Nancy ni enseignement mutuel, ni écoles de Frères; mais, en 1838, elle eut lieu le 29 juin, à la sortie des classes du soir, et se continua assez longtemps. On mit à cette époque toute la gendarmerie à cheval sur pied et tout le personnel de la police, pour arrêter les délinquants. (Voyez *Meurthe*, 11 et 17 juillet 1838.)

Cours industriels. — La Révolution de Juillet et loi du 28 juin 1833 donnèrent un essor plus grand à l'enseignement primaire dans notre ville. Déjà en 1827 s'étaient formés les *Cours industriels*. Ceux-ci furent transférés aux Cordeliers où, en 1835, ils furent convertis en *Ecole primaire supérieure*. On regretta plus tard la suppression de ces Cours, qui n'étaient plus suivis, depuis 1832, d'une manière assidue; et l'on accusa même, à tort, la municipalité d'en avoir voté la suppression, par une raison d'économie mal entendue.

Peu de temps après la Révolution de Juillet, les *Cours*

industriels, établis d'abord à l'Université, furent transférés aux Cordeliers, qui étaient abandonnés des Frères.

Nous n'avons pas d'autre occasion qu'ici de parler des *Cours industriels.* Nous n'en dirons pas long ; en citant la *Meurthe* du 14 décembre 1827, nous les aurons fait connaître.

« Le Conseil municipal de la ville de Nancy, désirant faire jouir les artistes et les ouvriers des avantages que doit leur procurer une instruction spéciale, a arrêté qu'il serait ouvert, avec l'autorisation du Conseil royal de l'instruction, des *cours publics,* dont l'objet serait le perfectionnement de leur profession et de leur état.

» En conséquence, à dater du *13 décembre* courant, les cours suivants ont lieu dans une des salles du bâtiment de l'Université.

» 1re *année.* — Arithmétique usuelle, lundi ; Géométrie pratique, vendredi ; professeurs : MM. de *Haldat,* de *Caumont* et *George.*

» Physique générale et expérimentale, mardi ; professeur : M. *Braconnot.*

» Chimie générale, samedi ; professeur : M. *Simonin.*

» Dessin linéaire, jeudi ; professeur : M. *Claudot.*

» 2e *année.* — Mécanique industrielle, mercredi et samedi ; professeurs : MM. *de Haldat* et *George.*

» Chimie appliquée aux arts, lundi et vendredi ; professeurs : MM. *Braconnot* et *Simonin.*

» Dessin linéaire et architecture, jeudi et vendredi ; professeur : M. *Claudot.*

» Tous ces cours auront lieu à sept heures du soir.

» La septième heure du soir a été choisie, afin que les ouvriers pussent assister à ces leçons, après avoir terminé les travaux de la journée. Ces divers cours seront mis à la portée de tous les auditeurs ; mais ils devront les suivre avec la plus grande assiduité, pour profiter des leçons que des professeurs distingués veulent bien leur donner avec un zèle et un désintéressement qui leur méritent déjà la reconnaissance de leurs concitoyens. »

Jusque vers 1832-33, ces cours furent très fréquentés et suivis assidument par les ouvriers ; malheureusement, l'allocation de la ville ne permettait pas de les développer et de leur donner plus d'intérêt par des expériences pratiques. Pour obvier à cet état de choses, une souscription publique fut ouverte chez M⁽ˢ Blaise et Noël, notaires royaux, « afin de réunir les fonds indispensables pour se procurer les principaux instruments de physique, de chimie et de mécanique. » La souscription fut bien accueillie dans le public, qui s'empressa de répondre à l'appel des professeurs.

Les cours étaient divisés en deux semestres : semestre d'hiver et semestre d'été.

Aux professeurs que nous avons nommés plus haut, il faut ajouter M. *Daurier*, pour la chimie inorganique ; M. *Trélis*, pour l'architecture ; M. *Turck*, en remplacement de M. Braconnot ; M. *Coliny*, pour l'hygiène et les maladies des artisans ; enfin, M. *Gouy*, pour le droit élémentaire.

La création de l'*Ecole normale primaire du département de la Meurthe* ayant été décidée en 1832, on agença les locaux des Cordeliers pour la recevoir. A l'occasion de son ouverture, M. de Caumont, recteur de l'Académie de Nancy, publia, le 10 janvier 1833, la circulaire suivante :

» Les travaux les plus indispensables de l'Ecole normale primaire sont enfin terminés, et des élèves externes pourront y être incessamment admis.

» Ils y recevront l'enseignement donné dans les autres écoles normales, avec le développement que lui assurent les Cours industriels de la ville de Nancy, établis dans le bâtiment même où l'école est placée. Principes de religion, écriture, lecture, langue française, méthodes perfectionnées, éléments d'histoire, de géographie, de dessin linéaire, d'architecture, de lavis de plans, d'arithmétique, de physique, de chimie, tels seront d'abord les objets enseignés aux élèves ; on y joindra bientôt la rédaction des actes civils, l'allemand, la gymnastique, l'hygiène, l'horticulture, la musique et le plain-chant. Les professeurs s'appesantiront sur celles de ces connaissances qui sont nécessaires aux instituteurs ; ils donneront sur les autres des notions proportionnées aux besoins de leurs auditeurs.

» Le cours sera de deux ans. Enfin, les premiers éléments de l'art d'instruire les infortunés privés de l'ouïe et de la parole, seront développés aux élèves, par le directeur de l'institut des Sourds-Muets de Nancy.

« Afin de joindre la pratique à la théorie, les élèves-maîtres, dès que leur instruction sera suffisante, seront exercés à l'enseignement dans les différentes écoles mutuelles de Nancy ; sous les yeux de leurs professeurs, ils commenceront par être employés comme *moniteurs* à l'école tenue dans le local même des Cordeliers, où sont réunis les Cours industriels et ceux de l'école.... »

L'école normale fut ouverte le lundi 11 février 1833. Les jeunes gens au-dessus de seize ans, appelés par leur goût et la volonté de leurs parents à l'état d'instituteur, pouvaient être admis aux cours de l'école. La rétribution scolaire était fixée à 5 fr. par mois.

Le Conseil général du département, dans sa session de janvier 1833, vota les fonds nécessaires pour y admettre, à partir du 1er avril, seize demi-boursiers, à titre de pensionnaires.

Le général Drouot assura au bureau de bienfaisance 6,000 fr., placés en rentes sur l'Etat pour, les revenus de cette somme, être employés chaque année à payer une demi-bourse d'élève interne et deux places d'externes à l'école normale, par des élèves de la ville ou de l'arrondissement de Nancy.

Le choix du boursier et des deux élèves externes devait, aux termes de la donation, être fait en premier ordre, parmi les sujets de la ville de Nancy et de la banlieue, et subsidiairement, parmi ceux de l'arrondissement dudit Nancy, et à mérite égal entre les concurrents. L'élection devait porter, de préférence, sur des enfants d'anciens militaires. (*Meurthe,* 16 avril 1833.)

La société centrale d'agriculture organisa, de son côté, un cours gratuit d'horticulture professé par les membres de cette société ; il commença le jeudi 14 novembre, à deux heures, pour se continuer les lundi et jeudi de chaque semaine, de onze heures à midi. Le cours fut divisé en deux parties : culture du jardin potager et culture du jardin verger. Les démonstrations pratiques et les applications théoriques avaient lieu dans le jardin de l'école normale.

Tels sont, en résumé, les commencements de l'instruction primaire à Nancy depuis la Révolution. C'est aux Cordeliers qu'on la voit se développer et grandir, à partir de 1821, par les Frères d'abord, par les cours industriels, par l'école normale primaire, et par l'école supérieure ensuite.

En l'an IV, après la grosse tourmente révolutionnaire, l'administration du département de la Meurthe, émue du vandalisme qui s'était accompli depuis 1791, et voulant sauver des mains des démolisseurs ce qu'il était possible d'en arracher, conçut l'idée d'engager les détenteurs de ces objets de les déposer au Muséum récemment créé dans les bâtiments de la Visitation. On alla plus loin : elle recommanda aux municipalités de lui donner immédiatement avis des découvertes d'antiquités qui seraient faites, en pratiquant des fouilles, ou en remuant le sol, au moment des travaux de la campagne. A cet effet, un avis fut publié dans divers journaux et reproduit dans les almanachs du temps, qui se débitaient plus que les journaux, à la campagne. On voulait lutter contre l'ignorance des habitants de la campagne, qui mutilaient des morceaux d'antiquités, ou qui, sans savoir leur valeur, les laissaient emporter par le premier venu. Malgré tous les efforts faits par l'administration du département et par quelques personnes instruites, et entièrement dévouées à cette œuvre de conservation, on ne recueillit que peu de débris des monuments anciens, qu'on rencontrait tous les jours, à cette époque, dans les champs et dans les forêts. Les municipalités ne se prêtèrent pas également à combattre la tendance destructive des gens qui ne savent pas. Si le but qu'on se proposait d'atteindre avait été poursuivi énergiquement, le département de la Meurthe aurait possédé un des plus riches musées d'antiquités romaines et celtiques. Nous ne savons même si les morceaux qui ont été sauvés alors existent encore. Nous parlons, bien entendu, des objets antiques, tels que bronze, poteries, verreries, etc., qui n'ont pu être restitués aux églises, comme le furent la plupart des tableaux et des morceaux de sculpture qui avaient formé le noyau du Muséum.

Les guerres incessantes de la République et de l'Empire ne permirent pas, non plus, de poursuivre activement ce but. D'ailleurs, le goût des études historiques s'était peu à peu éteint et, sauf dans un petit cercle d'intimes, le peuple ne connaissait que peu de choses sur l'histoire de notre pays.

Un vandalisme d'un autre genre qui s'exerça sous la Restauration, — les exploits des bandes noires, émurent les amateurs des souvenirs historiques, qui fixèrent sur ce point l'attention du gouvernement. On ne pouvait pas empêcher les spéculateurs de démolir les propriétés dont ils s'étaient rendus acquéreurs. On chercha alors le moyen de combattre ce nouveau vandalisme, en propageant le goût des études historiques par la recherche des antiquités, et des monuments échappés aux excès révolutionnaires.

« Par un arrêté en date du 3 septembre courant (1819), M. le Préfet a nommé une commission composée des savants les plus distingués du département, à l'effet de faire des recherches sur les antiquités du pays, conformément à la circulaire de S. Exc. le Ministre de l'intérieur, du 8 mai dernier :

« Les membres de cette commission sont : MM. l'abbé Vautrin, de Haldat, Labroisse, Lamoureux, Jacquiné, Grillot et Dufengray. » (*Meurthe*, 12 septembre 1819.)

M. Séguier était alors préfet ; il appartenait à M. le vicomte Alban de Villeneuve-Bargemont de donner à la nouvelle société une impulsion qui n'eut malheureusement pas l'effet qu'on était en droit d'en attendre. Cela dura bien quelques années. La Société royale des sciences, lettres et arts avait partagé ces idées, soutenues avec chaleur par Mathieu-le-Chinois, l'abbé Vautrin, Justin Lamoureux, de Haldat. Quant aux autres *savants* plus ou moins distingués : *motus !* En dehors de ce cercle restreint et par trop petite chapelle, il n'y avait aucun moyen d'action. Ces messieurs voulaient bien faire de la science, de l'histoire, mais en famille, loin des regards profanes. Quant à faire de l'histoire au profit de la science, à l'avantage de tous : allons donc, on les aurait pris pour des serins. Il y avait cependant, à Nancy et ses environs, de bons paysans, pas fiers, ma foi, qui étaient un peu plus savants sur les antiquités lorraines que ces messieurs de l'Académie, et qui avaient un peu mieux bûché l'histoire locale. On ne les mettait pas à l'index : seulement leur concours semblait inutile. Quand donc se résoudra-t-on à admettre le concours de tous sur un terrain absolument neutre, où les questions de personnes, comme les questions politiques et religieuses, ne doivent jamais se soulever ? A cette époque, telles que les chiens de fayence de Niederviller, les girouettes se regardaient de travers dans le blanc des yeux. Il y avait les Jacobins, les Bonapartistes, les Royalistes, les Ultra et les Francs-maçons, qui ne se voyaient que d'un œil jaloux. A côté de cela, il faut ajouter les petits défauts personnels, nombreux alors, dont l'énumération lasserait la patience du lecteur. On s'attachait à tout cela pour juger un homme, et c'était généralement au café, que se faisait sa réputation et que se délivrait son brevet de capacité, dans les vapeurs du moka. Ceux qui ne venaient pas au café, ou qui n'étaient pas habitués d'un cercle, étaient des ours, partant, sans considération.

Les administrateurs de la Restauration avaient donc à lutter contre une infinité de préjugés, contre l'esprit de caste, contre l'esprit de parti, contre l'esprit étroit de petite ville, ne vivant que de commérages. Réunir de tels éléments, les assembler en un faisceau était chose difficile.

M. de Villeneuve tenta cependant ce rapprochement, en se plaçant uniquement sur le terrain de la science, en faisant appel à toutes les bonnes volontés, sans distinction, pour atteindre un but qui, malheureusement, s'éloigne tous les jours davantage.

De 1819 à 1821, les efforts de la Commission des antiquités avaient été presque vains. M. de Villeneuve, dont on ne saurait trop louer le zèle et le dévouement qu'il consacrait à la chose publique, avait trouvé, à son arrivée à Nancy, une administration excessivement chargée. M. Séguier avait déjà apporté un certain ordre dans les affaires négligées depuis 1812; mais que de choses encore il restait à faire ! Après avoir sacrifié tous ses instants à l'agriculture, M. de Villeneuve s'occupa des sciences et des arts, et publia cette circulaire :

Circulaire à MM. les Sous-Préfets et Maires du Département sur la recherche des antiquités.

Nancy, le 30 novembre 1821.

« Messieurs, une circulaire de S. Exc. le Ministre de l'Intérieur en date du 8 avril 1819, a prescrit la recherche des monumens Gaulois et Romains, ainsi que ceux du moyen-âge ; des tombeaux et épitaphes, des titres, chartes et chroniques, enfin de tout ce qui peut fournir des éclaircissemens sur les traits principaux de nos annales, l'illustration des familles, et les institutions de la patrie.

« Pour atteindre ce but, mon prédécesseur a, par arrêté du 3 septembre 1819 (p. 213 du Recueil), établi une commission composée de plusieurs personnes instruites, et qui s'occupent avec zèle de la recherche des antiquités de ce département.

« Déjà elle a réuni plusieurs restes de monumens, tels que colonnes, bas-reliefs, statues et autres objets intéressans, que j'ai fait transporter au *Musée*.

« Encouragée par ses succès, la commission va donner à ses travaux la plus grande activité. Six dessinateurs sont constamment occupés, à Nancy, au dessin des antiquités celtiques, grecques, celto-romaines et du moyen-âge jusqu'au XVIe siècle. Ces artistes iront ensuite dans tous les lieux du département où il existe des monumens anciens, des ruines de camps romains, des châteaux, des tours d'église et d'abbayes ; ils dessineront aussi les vues pittoresques les plus historiques ; enfin, toutes les antiquités qui ne peuvent être transportées au *Musée central de Nancy*, où les objets transportés seront déposés et classés par ordre de date et de matière.

« Je vous invite instamment, Messieurs, à procurer aux artistes envoyés par la commission, tous les renseignemens, toutes les facilités dont ils pourront avoir besoin pour examiner et dessiner les monumens qui seront dignes de leur attention ; en observant à l'égard de ceux qui appartiennent à des particuliers, que le consentement des propriétaires devra toujours être préalablement obtenu.

« Vous engagerez MM. les curés et les amateurs des antiquités à seconder les vues de l'administration dans la recherche de ces objets. Vous prierez, en mon nom, les personnes qui auraient des collections incomplètes ou des débris de monumens, statues, médailles, etc., trouvés dans le département, de vouloir bien en faire hommage au musée, ou s'entendre, soit avec moi, soit avec la commission des antiquités établie à Nancy, pour la vente de ces précieux restes de l'antiquité.

« Les agriculteurs, les vignerons, les ouvriers qui, dans leurs fouilles ou travaux souterrains, découvriraient quelques monumens, sont également priés de les conserver avec soin, et s'ils sont transportables, de les faire parvenir à la préfecture. La commission en estimera la valeur, qui sera acquittée à l'instant.

« Tout ce qui sera en cuivre, bronze, argent, or ou métal quelconque, sera payé le double de sa valeur intrinsèque.

« Les ouvrages en terre cuite, marbre, verre antique, les dessins et les gravures qui auraient été faits de ces objets, seront payés suivant l'estimation qu'en fera la commission.

« Mention honorable sera faite dans le journal du Département, dans le Recueil des actes administratifs de la préfecture et dans le Moniteur, de toutes les personnes qui feront hommage d'objets de cette nature.

« Enfin, une médaille d'argent sera frappée et décernée à l'auteur de la plus importante découverte, ou à celui qui aura fait au Musée le don le plus précieux, et le nom du donateur sera inscrit sur l'objet donné.

« Voici, Messieurs, la nomenclature des antiquités qui pourraient être ainsi réunies au *Musée central de Nancy,* et qui méritent de fixer l'attention de la commission :

« Armures romaines ou gauloises, casques, boucliers, lance, *(hasta) ;* la hache *(securis),* hache d'arme ou de sacrifice ; l'épée du fantassin *(gladius) ;* l'épée du cavalier *(spata equetuis) ;* des poignards avec ou sans monture, des bagues, bracelets, fragmens de colliers, composés de grains de verre de diverses couleurs, de forme arrondie ou plate, unie ou dentelée ; des boucles de ceinturon, des boutons ou agraffes de métal qui réunissaient les extrémités du manteau que les Romains désignaient, suivant la coupe ou la forme, sous le nom de *chalmes, palla, paludamentum, sagum ;* des plaques de ceinture sculptées en forme de cœur, de tête de méduse, d'étoile ou de soleil ; des vases en terre cuite, jaune ou rouge ; des urnes aussi en terre cuite ou de verre antique, ordinairement très mince, verdâtre ou légèrement azuré ; des bas-reliefs ou statues entières ou brisées ; quelques fragmens de colonnes ou de chapiteaux ; quelques briques romaines ou des pierres contenant des inscriptions, etc.

« Tels sont, messieurs, les objets vers lesquels je vous prie de vouloir bien diriger vos recherches, afin d'en enrichir le Musée central, qui présenterait alors une réunion très curieuse de tout ce que l'antiquité et le moyen-âge ont laissé sur le territoire de notre département.

« Je vous serai particulièrement obligé de tout ce que vous ferez pour stimuler le zèle et l'émulation de toutes les personnes qui peuvent seconder mes vues et les intentions du ministre à cet égard.

« Recevez, Messieurs, l'assurance de mes sentiments affectueux.

« Pour M. le Préfet en congé,

« *Le Secrétaire général délégué :*

« LE COMTE D'AGRAIN DES HUBAS. »

On voit que l'administration ne négligeait rien de ce qu'il était dans la mesure de ses pouvoirs de promettre et d'accorder. Ses premiers efforts ne furent pas complétement inutiles. Grâce aux recherches de la commission, quelques monuments purent échapper ainsi à une destruction certaine ou à une dispersion imminente. C'est à elle qu'on doit surtout la conservation du mausolée de Philippe de Gueldres, seconde femme de René II, morte en 1547 (V. L. Lallement, *Nancy vu en deux heures*, 2ᵉ édit. p. 12).

On n'abusait pas à cette époque de la publicité, à peine en usait-on. Et quelle était aussi la publicité d'un modeste journal de 8 p. in-8°, qui ne comptait pas beaucoup d'abonnés en dehors des communes du département. C'est peut-être à ce défaut de publicité, qu'il faut attribuer une part dans le découragement qui se fit sentir, en 1824, parmi les membres de la Commission du Musée central de Nancy. Cependant, le 13 juillet 1823, celle-ci faisait encore dans le *Journal de la Meurthe* un suprême et peut-être dernier appel à la bonne volonté de tous ; nous disons ainsi, parce qu'après cette date nous n'avons plus rien trouvé, dans l'organe officiel de la préfecture, sur le musée en formation.

« Depuis plusieurs années, lisons-nous le 18 juillet 1823, une commission est établie à Nancy pour la recherche des antiquités du département de la Meurthe. Les travaux de cette commission, (dont M. le préfet est président et qui est en relation avec la Société royale des antiquaires de France), consistent à reconnaître les édifices religieux et civils, et autres monumens tant antiques que du moyen-âge, répandus dans le département ; son but est de conserver ceux qui sont susceptibles de l'être, soit sur les lieux, soit par leur dépôt au Musée de Nancy, et d'en faire une description telle, qu'elle puisse retracer les principaux événemens du pays, depuis son origine, et servir ainsi au complément des annales lorraines, et au Mémoire de l'Académie des inscriptions et belles-lettres. Déjà des documens nombreux et intéressans ont été recueillis ; des objets antiques remarquables de différente nature ont été réunis ; une grande partie des monumens existans ou des vestiges des monumens, tant gaulois que romains et d'un âge plus récent, ont été dessinés. Différentes personnes se sont empressées de contribuer à ces explorations. La commission cite à cet égard avec éloge : ....

« 1° M. Dupré, directeur des salines de Moyenvic ;

« 2° M. Didier, secrétaire de la sous-préfecture de Toul ;

« 3° M. le baron Puton, maire de They ;

« 4° M. Pierre, de Nancy, qui a dessiné avec un soin particulier un grand nombre de monumens du département ;

« 5° M. Robin, maire de Blénod-les-Toul ;

« 6° M. le Maire de Pont-Saint-Vincent ;

« 7° M. Jacquet, percepteur à Favières ;

« 8° M. Rauch, de Pont-à-Mousson, qui a cédé à la commission la *statue de Philippe de Gueldres, veuve de René II, duc de Lorraine ;*

« 9° M. Lassuse, avocat à Sarrebourg :

« La Commission a pensé qu'il pourrait exister entre les mains de beaucoup d'habitants du département, des objets antiques qui seraient dignes d'occuper un rang dans le travail dont elle est chargée, et que les propriétaires seraient bien aises de les faire connaître et de les céder ou vendre à la Commission, pour être placés au Musée de Nancy. Elle a donc jugé à propos, dans sa réunion du 1ᵉʳ juillet 1823, d'adresser à cet égard, un appel aux habitans du département, pour les prier de vouloir bien lui signaler ces objets, et pour inviter en même temps les amis des sciences et des arts, à vouloir bien lui communiquer les renseignements qu'ils pourront être à même de fournir, sur les antiquités du département et sur les faits qui s'y rattachent.

« La Commission recevra avec reconnaissance, ces avis et renseignemens, et se fera un devoir de signaler les personnes qui aimeront ainsi à concourir à ses travaux. »

Par sa persévérance et par ses efforts, la Commission reconstitua l'ancien muséum, qui fut dépouillé, à la rentrée des Bourbons, d'une partie de ses tableaux et de ses sculptures, au profit des églises.

Nous ignorons quand et comment elle cessa de fonctionner. M. H. Lepage dit, dans ses *Transformations de Nancy,* 3ᵉ partie, Annuaire pour 1884, qu'elle fut supprimée en 1824 et reconstituée en 1828. Nous n'avons rien trouvé qui confirme cette assertion. Nous ne pensons pas que M. Alban de Villeneuve, qui l'avait formée, pour ainsi dire, et qui était lui-même amateur d'antiquités, se soit prêté à sa suppression. Nous croyons qu'elle continua d'exister, sans faire trop de bruit autour d'elle ; ses membres furent plusieurs fois renouvelés. M. Guerrier-Dumast en faisait partie en 1841 (V. *Nancy,* histoire et tableau, p. 293), c'est-à-dire à l'époque à laquelle la Commission des Antiquités du département de la Meurthe, sollicita du gouvernement l'établissement d'un musée historique purement lorrain, dans la Galerie des Cerfs. Nous ne savons en quelle année ni dans quel journal M. P.-G. Dumast avait

émis cette idée, qui n'eut pas de son temps le retentisse-
ment que son auteur en espérait. En tout cas, ce n'est point
dans l'*Espérance*, puisque cette feuille ne fut fondée que le
24 décembre 1840.

Le 26 août 1841, le *Journal de la Meurthe*, en analysant
un article récemment publié par le *Patriote*, provoqua une
sorte de polémique qui donna naissance à quelques articles
sur la future création d'un Musée purement lorrain, et sur
son installation dans la Salle des Cerfs.

Voici l'article auquel nous faisons allusion :

« Le *Patriote* a émis, il y a quelques jours, une idée qui
nous semble devoir réunir de nombreuses approbations. Il
s'agirait, d'après cette feuille, d'affecter à un musée d'antiquités la salle actuelle des Redoutes, qu'on remplacerait,
dans la destination qu'elle a eue jusqu'ici, par les salles qui
se trouvent au-dessus du péristyle de la Comédie. M. le
conservateur des tableaux aurait dans ses attributions, la
conservation de cette nouvelle salle. La façade de l'hôtel-
de-ville reprendrait son élégance, et les étrangers, comme
nos concitoyens, ne seraient plus affligés de voir ces *affreux
carreaux de bois*, toujours recouverts par des affiches sans
cesse renouvelées. Ce journal exprime aussi un vœu, auquel nous nous associons de grand cœur, c'est de voir
enfin un local convenable donné pour foyer au spectacle,
au lieu de cet espèce de bouge sombre et enfumé, dont nos
dames n'osent pas franchir le seuil. »

DE LA CRÉATION D'UN MUSÉE

D'ANTIQUITÉS LORRAINES

(31 août 1841).

Les journaux de notre ville émettaient récemment le
vœu de voir enfin se réaliser un projet, dès longtemps conçu,
de fonder à Nancy un musée d'antiquités lorraines. Ce
projet ne peut qu'être accueilli avec empressement par tous
les hommes qui, à l'amour des arts, joignent un louable
sentiment de patriotisme, et désirent voir mettre à l'abri
de la destruction des restes précieux, chaque jour enlevés,

par morceaux, à une province qui doit les revendiquer. Si ces débris peuvent, par leur ancienneté, figurer avec honneur dans les collections étrangères, ils auraient en outre dans un musée lorrain, le mérite de la spécialité, et nous émettons le vœu que notre ville achète, au prix de quelques sacrifices, l'honneur de donner un exemple que sauraient suivre au besoin, par des offrandes volontaires, soit en argent, soit en nature, bon nombre de ses habitants.

Mais si, dans cette circonstance, tout le monde doit applaudir à un projet éminemment patriotique, on doit surtout veiller à ce que, dans les détails de son exécution, il ne se commette rien qui puisse ensuite être désavoué, et occasionner de tardifs regrets. Or, les objets destinés à faire partie d'un musée d'antiquités lorraines, ne sauraient, à nos yeux, être séparés du local même dans lequel il importe que ces objets figurent convenablement. Sous ce rapport, *la salle dite des Redoutes*, dont il a été vaguement question jusqu'ici, ne peut en rien remplir le but qu'on se propose : elle donnerait à notre galerie lorraine l'aspect d'un musée banal, tel qu'en rencontrent partout, sur leur route, les voyageurs auxquels ces sortes de collections n'offrent plus, par leur uniformité, qu'un médiocre intérêt.

Cet inconvénient a été vivement senti par la commission des antiquaires de notre ville, lorsqu'elle eut, au commencement de cette année, à s'occuper du choix d'un local convenable à assigner au musée projeté : aussi *la Salle des Cerfs*, située dans l'ancien palais de nos Ducs, lui parut-elle réunir, seule, les conditions voulues, et elle est la seule qui les réunisse en effet. Tous ceux qui ont eu occasion de visiter, à Paris, la magnifique collection de M. Dussommerard, ont pu se convaincre de ce que gagnent les objets du moyen-âge à figurer sous les voûtes de l'hôtel de Cluny, et de l'importance que doivent attacher les hommes de bon goût à mettre, dans ces circonstances, les objets en harmonie avec le local qui doit les renfermer.

Nous nous empressons de publier, sur ce sujet, la lettre suivante, aux vues de laquelle nous ne pouvons que nous associer.

A Monsieur le Rédacteur de l'*Espérance*.

L'idée heureuse, mais non pas nouvelle, de *créer enfin un Musée d'antiquités, à Nancy*, sera certainement goûtée de tout homme instruit de la gravité de ce genre d'études, d'une si haute importance, soit par la comparaison sensible aux yeux, des temps anciens aux nôtres, par les enseignements qu'elle renferme et les réflexions qu'elle suggère, *soit par les voies nouvelles qu'elle ouvre aux investigations morales et politiques sur tant de générations diverses,* disparues sans retour avec leurs mœurs et leurs usages. Mais on applaudirait moins sensément au choix du local proposé, la *salle de bal,* dite de *la Redoute,* indispensable d'abord pour cet objet, nécessaire dans toute grande ville, *dans la nôtre surtout,* et *qui,* au besoin, *remplit fort bien cette destination,* tandis qu'elle servirait mal à l'autre. Cette salle assez peu spacieuse, n'est éclairée que du côté de la place Stanislas ; le jour serait insuffisant pour certains objets, l'espace manquerait pour les visiteurs, la destruction de la belle redoute serait aussi un sujet de dépense, au moins à ajourner longtemps. D'ailleurs, avant tout, *où sont les antiquités à conserver ?* Faut-il donner ce nom et consacrer ce local aux énormes sarcophages en roches et *aux figures tombales grossières tirées de Scarpon* qui gisent *encombrées pêle mêle sous l'escalier de l'hôtel-de-ville,* et dont le poids écraserait le parquet? (Très bien.) Le peu qui est conservé à la bibliothèque doit, avec raison, y rester à portée des livres utiles pour leur studieux examen. On ne possède donc rien encore. Mais, dira-t-on, on peut posséder, on possédera. Sans doute, les curieux, stimulés par le nouvel établissement, s'empresseront avec ardeur de coopérer à l'accroissement de ses richesses, cela est même avoué par quelques-uns d'entre eux fort recommandables. Alors, si quelque chose de généreux doit présider en ceci, pourquoi ne pas chercher à réaliser le vœu émis, il y a quelques années, par un de nos plus savants concitoyens, M. Guerrier DE Dumast, de placer un musée véritablement lorrain et digne de ce local, où Louis XIV tint un jour sa cour, *où fut, lors de sa fondation, la bibliothèque publique ?* Et l'Académie? S. V. P. dans la grand' salle des Cerfs, enfin : de sauver le vieux palais ducal de cet abandon injurieux que nous reprochent, de vive voix et par écrit, les étrangers révoltés de notre ignorance barbare, ou de ce défaut de patriotisme lorrain, amour du sol natal et de ses ornements, que nous élevons cependant si haut. Là, de larges ouvertures laisseraient percer le jour de toutes parts ; *la plus riche façade, du travail le plus délicat ;* un noble escalier, *tous deux antiques,* restes eux-mêmes d'âges passés, s'harmoniseraient, on ne peut mieux, avec le dépôt projeté, *disposeraient l'âme à la méditation,* à cette situation d'esprit convenable pour observer avec fruit. Alors, sans risque de compromettre la solidité, *nos antiquités gallo-romaines* seraient abritées sous les voûtes isolées de son vestibule, *où jusqu'au XIXe siècle on n'a su placer que des pompes à incendie.* Voyez à Paris le palais des Thermes, et rougissez. Les objets d'un moindre volume seraient placés plus haut, *dans les salles*

immenses qu'encombrent ignominieusement des bottes de foin! Il n'a
pas tenu jadis à M. d'Allonville, savant antiquaire, Préfet éclairé
de la Meurthe, magistrat poli, bon, accessible, que ces débris
lorrains ou autres échappés au temps, ne fussent ainsi placés à
Nancy, aussi convenablement que le sont ceux des Romains, à
Nîmes, dans la Tour Magne. Puisse-t-il en être de même aujour-
d'hui ! *que de misérables questions d'administration ne s'élèvent à
l'encontre !* (Très bien!) une souscription publique, *le cas échéant,*
lèverait bien des obstacles (ô Propriétaires !).

    J'ai l'honneur d'être, etc.

                                            J. CAYON-LIÉBAUT.

Le bœuf qui prêche. — C'est une des anciennes merveilles
du vieux Nancy, qui faisait avec le *pont Meugeart, le portail
des sœurs grises, etc.*, la joie de nos pères. Pour les étrangers,
c'était un casse-tête qu'on leur présentait malicieusement.
Où est le bœuf ? équivalait aux questions qui faisaient
fureur, il y a quelques années.

    Lionnois a vu ce bœuf, indique où il est placé, et tous
ses imitateurs ont depuis écrit que le bœuf n'existait plus,
et avait été détruit pendant la tourmente révolutionnaire.

    La description de Lionnois, t. Ier, p. 44, note 2, ne sert
à rien, si le lecteur ne sait déjà où se trouve « la chaire et,
dans cette chaire, un bœuf très bien fait. » En effet, l'animal est très bien fait, c'est même un petit chef-d'œuvre.

    Malgaigne, le principal rédacteur du *Spectateur de la
Lorraine*, dit, dans la description qu'il fait de la Porterie :
« Vous avez sans doute remarqué, dans la description
(de Lionnois) de cette grande porte, cette figure de bœuf
très bien faite, dit l'historien, et siégeant dans une chaire
du côté des Cordeliers. Il paraît que quelque ami des RR.
PP. l'a fait effacer, *car il n'en reste aucune trace.* » Le bœuf
prêchant, recommandé comme une des plus curieuses merveilles du vieux Nancy, n'existait pas plus en 1825 qu'en
1881 ou en 1788.

    La Porterie du Palais Ducal se termine par un fronton
accolé de quatre flèches. Représentons-les ainsi :

```
        2 —         A          — 4

    I —         FRONTON        — 3
    Plaçons sous les nos I et 3 les numéros
        5 — 6                    7 — 8
```

Les nˢ 1 + 5 et 6 ; 3 + 7 et 8, nous indiquent les pilastres, le premier du côté des Cordeliers, le second du côté de la Petite Carrière.

Le n° 1 est surmonté d'un enfant accroupi ; le n° 2 représente un bon gros ours qui s'appuie sur un bâton qu'il tient dans la patte droite ; le n° 4 nous montre un bélier dans une chaire, la patte droite repose sur le bord de la chaire ; enfin, le n° 3 représente un gros vilain lion accroupi, qui a une bouche fendue jusqu'aux oreilles. Celui-ci existait au temps de Lionnois, les trois autres ont été faits en 1848-49 par M. Reber, artiste alsacien.

En descendant l'aiguille n° 1, jusqu'à la corniche de la toiture, à l'endroit où le pilastre quadrangulaire devient triangulaire, à la gauche du spectateur, près de la gargouille, du côté des Cordeliers, nous trouvons terminant une petite aiguille dissimulant l'intersection, le *bœuf qui prêche* dans une chaire carrée, ornementée. Ce bœuf a un si bon air confit, il a si bien la mine d'un vieux prédicateur convaincu, que nous ne nous lassons de l'admirer. Où Lionnois nous indique un aigle, à côté de lui sur la seconde face triangulaire opposée à celle du bœuf, nous cherchons en vain l'aigle recommandé par Lionnois, nous n'y voyons qu'un petit cochon qui porte un étendard. C'est celui que nous cotons n° 6.

Transportons-nous du côté de la Petite Carrière, descendons, comme nous venons de le faire, l'aiguille n° 3, arrêtons-nous près de la gargouille méridionale, et nous trouvons « l'homme (qui n'est qu'un enfant) le coude appuyé sur le genou et soutenant sa tête de sa main. » C'est en petit la représentation du sujet qui surmonte l'aiguille n° 1. Nous lui avons donné le n° 3. Le petit lion est aussi laid, aussi grotesque, si ce n'est plus encore que le gros, qui a fait l'admiration de Lionnois, de Malgaigne, de Bégin et de tant d'autres.

Il ne faut pas se dissimuler que le bœuf prêchant, le cochon porte-étendard (que Lionnois a pris pour un aigle), le petit lion avec sa bouche fendue jusqu'aux oreilles et ses yeux en boule de loto, le petit enfant agenouillé ou accroupi avec sa grosse figure épanouie, sont ici une représentation burlesque des attributs allégoriques donnés aux Quatre Evangélistes.

Les bas-reliefs de la Porterie. — A côté des petites figurines dont nous venons de parler, on en trouve un plus grand nombre, non moins grotesques, lorsqu'on persiste un instant à les chercher dans cet ensemble bizarre de l'ornementation qui fait la richesse et la beauté de la Porterie.

On croit généralement, d'après Lionnois, Bégin, Thomassy, P.-G. Dumast, Jean Cayon et H. Lepage, que les deux têtes affrontées qui remplissent les cartouches supérieurs, sculptées en bas-reliefs, au-dessous de la coquille du fronton, sont les portraits des ducs René et Antoine. Quoi qu'en dise Lionnois, précédemment cité, nous ne le croyons pas, et nous protestons énergiquement contre cette erreur faussement répandue par nos historiens, qui ne se sont pas donné la peine de les examiner de près. Est-ce la faute à Lionnois ? Est-ce le fait d'une erreur typographique ? En tout cas, le mot *des* substitué dans son texte au mot *de* altère complètement la pensée de l'auteur et dénature la vérité. D'ailleurs, Lionnois n'a vu la Porterie qu'à l'œil nu, en montant peut-être dans un des étages supérieurs d'une maison d'en face, par conséquent il n'a pu en saisir tous les détails qui n'échappent plus de nos jours, soit dans les photographies, soit au moyen d'une lorgnette de théâtre. Si Lionnois avait vu de près ou attentivement les deux figures qui nous occupent, il n'aurait pas laissé supposer que ce sont les portraits des ducs René et Antoine. Voici son texte :

« Au-dessus de la seconde niche, il y a une espèce de balcon surmonté d'un quarré divisé en quatre parties par une croix de pierre. Les deux supérieures sont remplies *des* têtes coëffées selon le costume des guerriers du temps *des ducs René* et *Antoine*, qui ont fait faire cet ancien palais. »

D'où les historiens qui l'ont suivi ont conclu depuis, sans plus ample examen, que ces deux têtes coëffées étaient celles des ducs René et Antoine, grâce au mot *des* substitué, peut-être intentionnellement, au mot *de*.

Il est inadmissible d'abord que l'artiste, ayant fait en bas un beau portrait du duc Antoine, l'ait reproduit en haut sous une toute autre forme ; ensuite qu'il se soit permis de le caricaturer de la sorte ; car ces deux figures affrontées ne sont que deux caricatures se faisant mutuellement les plus laides grimaces. Quoique nous supposions à l'artiste un esprit sarcastique relativement hardi, nous ne pouvons croire qu'il ait eu la témérité de prendre deux types sémitiques fortement accentués, pour représenter les souverains qui le faisaient travailler pour leur plus grande gloire. Si le sens allégorique de ces deux figures « coëffées selon le costume des guerriers du temps des ducs René et Antoine » nous échappe, il ne faut pas en conclure que ce sont les pourtraictures de ces deux ducs. Ce peut-être tout aussi bien deux Bourguignons que deux Juifs. En tout cas, celui qu'on dit être le duc Antoine (côté méridional), avance la lèvre inférieure d'une manière tellement grotesque que..., lorsque nous regardons son nez, nous sommes dispensé de tout commentaire. Si ces deux images, singulièrement grimacières, représentaient les ducs René et Antoine, elles ne se trouveraient pas à leur place au milieu de tant de monstruosités allégoriques. Ce serait une injure à l'adresse de ces princes. Nous supposons plus de décence, plus de retenue, même dans sa plus grande licence, à Mansuy Gauvain, l'artiste qui les a conçues et taillées, dans un moment où son génie fécond enfantait, à côté, tant de singulières curiosités, que nous nous plaisons aujourd'hui à admirer et à révéler aux amateurs des richesses artistiques du vieux Nancy.

Nous ferons remarquer que le duc Antoine, né en 1489, avait, en 1512, 23 ans, qu'il a pris la souveraineté en 1508, à l'âge de 19 ans ; par conséquent, comme c'est entre ces deux années que la Porterie a été faite, sous son règne, l'artiste ne pouvait le représenter sous les traits d'un vieillard, ou d'un homme approchant la soixantaine. Devant ce dernier argument, tombent tous les racontars de nos historiens, et l'on ne peut voir plus longtemps dans ces deux figures grimaçantes les portraits des ducs René et Antoine.

Aussi croyons-nous fermement que dans le passage cité de Lionnois, le texte de celui-ci a été altéré, sans que l'auteur s'en soit aperçu en corrigeant ses épreuves, car Lionnois savait fort bien qu'en 1512 le duc Antoine n'était ni si vieux, ni si laid.

La Porterie est pleine de merveilles, et il est fort regrettable que jusqu'ici on n'en ait pas fait ressortir toutes les beautés.

Les monstruosités de la Porterie. — Nous accusons franchement notre ignorance en archéologie, et nous nous déclarons incapable de donner une description, selon les

règles de l'art, des détails si curieux qu'on trouve jetés
dans un désordre fort bien ordonné, à travers les ornements
de tous genres qui font la richesse de l'œuvre de Mansuy
Gauvain.

Lionnois n'a pas vu, ou il a négligé tout ce qui est
susceptible d'attirer l'attention ; il indique : « Sur l'ornement qui enferme cet écu (de Lorraine), s'élève une tige,
à laquelle est attaché d'un côté un génie qui donne du
corps (sic), et de l'autre un aigle qui tient dans ses serres et
dans son bec une trompette antique. »

Cet aigle, qui a une tête de Bélier, n'en déplaise au
lecteur, ne tient pas dans son bec une trompette antique,
c'est une queue de quadrupède relativement longue que lui
a adaptée l'artiste ; après avoir passé sous ses serres, elle
vient se replier dans sa gueule, d'où s'échappe encore vers
la gauche une petite extrémité. Sur le cintre supérieur qui
termine la porte et qui sert de base au fronton, il y a au
septentrion un petit diablotin ailé — deux ailes ouvertes
aux pointes aiguës — qui semble disposé à caracoler tout
le long du cintre, sur un animal qui a la forme d'un lézard ;
autant celui-ci paraît être moqueur, gai, franc luron, autant
est maussade le grotesque oiseau également à tête de quadrupède d'un genre félin qui lui est opposé du côté méridional ; celui-ci paraît dormir et demeurer indifférent à ce
qui se passe autour de lui. Curieux à examiner.

A la naissance des aiguilles des pilastres que nous avons
indiquées sous les nos 1 et 3, chacun des ornements qui
vient se terminer entre les coquilles, est agrémenté d'une
figure quelconque, tantôt de forme humaine, tantôt d'autre
façon : il y en a six apparentes, et chacune d'elles a une
physionomie particulière. Du côté septentrional, en suivant les faces triangulaires, ces ornements ont des têtes de
poissons ; entre chacun, on voit trois médaillons, qui peuvent bien être la représentation de trois pièces de monnaie : la sculpture n'en est pas assez saillante, et nous n'a-
vons pu nous rendre un compte exact, malgré une forte
lunette, des divers sujets qui les décorent. L'un est au
midi, l'autre à l'occident faisant face sur la rue, et le troisième au septentrion. On distingue sur celui du milieu
une tête semblable à celle d'un empereur romain et une
légende en exergue, que nous ne pouvons déchiffrer.
Celui du septentrion serait le revers de cette médaille, au-

tant que notre vue nous a permis d'en juger. Nous ne nous prononçons pas pour le premier. Ces médaillons sont de la partie ancienne et n'ont pas été retouchés lors de la restauration de cette aiguille en 1848-49. Ils ne sont pas reproduits sur l'aiguille n° 3.

Dans les deux cartouches inférieurs, au-dessous des soi-disant portraits des ducs René et Antoine, sont semées quatre marguerites rosacées, deux grosses et deux petites.

On ne peut s'imaginer l'immense variété des divers ornements représentés dans la Porterie : tous sont différents de formes, et il en est peu qui soient dessinés deux fois de la même manière.

A la hauteur des croisillons des fenêtres des balcons, où les pilastres quadrangulaires commencent à devenir triangulaires, l'artiste a placé en ligne horizontale quatre coquilles séparées chacune par une ou deux têtes d'un aspect bizarre, à peu près semblables à celles dont nous avons parlé. Nous n'en finirions pas, si nous nous arrêtions devant les innombrables minuties des fleurons de tous genres qui sont jetés là avec autant de profusion que d'art, de génie et de délicatesse.

Plus on examine attentivement tous ces détails, plus on en découvre de nouveaux, et plus on se plaît à les admirer et à revenir sur ceux que l'on a déjà vus.

Les élucubrations licencieuses de l'esprit diabolique de Mansuy Gauvain ne sont pas rares dans la Porterie ; mais où elles s'étalaient sans vergogne, c'était dans les jettoirs ou gargouilles de la toiture. Celles qu'on leur a substituées en 1873, lors de la restauration du palais Ducal, n'ont rien de commun avec les gargouilles que La Ruelle nous donne dans une des planches de la Pompe funèbre de Charles III, où nous reconnaissons l'imagination et le ciseau du même artiste. Pour notre part, nous regrettons qu'on n'ait pas suivi exactement La Ruelle, qui était la vraie reproduction, en petit, du parachèvement de l'œuvre de Mansuy Gauvain, et qu'un esprit plus ou moins fantaisiste ait placé des sujets tout différents aux endroits où celui-ci avait étalé les enfants chéris de son imagination toute naïve et pleine du bon sens lorrain ; car ce qu'il y a de plus apparent dans la planche de La Ruelle, de plus conforme à la vérité, ce sont évidemment les jettoirs détruits, dit-on, en 1792 par les Marseillais. Rien, jusqu'ici, ne l'a prouvé. On a mis, sur le compte de ceux-ci, beaucoup de destructions auxquelles ils étaient étrangers. Les mutilations du Palais Ducal sont antérieures à la Révolution. Les jettoirs ont dû disparaître en même temps que les girouettes des lucarnes, lors des réparations faites à la toiture. Les écus de Lorraine, suivant l'arrêté municipal du 17 septembre 1791, art. 2ᵉ et en exécution de la loi du 23 juin 1790, devaient être enlevés pour le 15 novembre 1791.

Le singe-cordelier. — La seconde merveille du Palais Ducal est certainement le *singe habillé en cordelier :* Celui-là, tout le monde le connaît, et il ne faut pas des yeux de lynx pour le découvrir. Cependant, une lunette un peu forte n'est pas à dédaigner. On voit bien au-dessus de la petite porte l'écu de Lorraine, surmonté d'un fleuron ; mais on ne remarque pas assez celui-ci, sur lequel s'épanouit dans toutes ses grâces notre bienheureux singe. Le public croit qu'il a l'air content : qu'il se détrompe, nous ne connaissons pas de figure plus affreuse, plus contractée que l'est celle-ci, dans toute la Porterie.

> Quand un gendarme rit
> Dans la gendarmerie,
> Tous les gendarmes rient,
> Dans la gendarmerie.

Qu'on prenne les unes après les autres toutes ces figures hiéroglyphiques et qu'on les compare à notre singe, même les prétendus portraits des ducs René et Antoine, et l'on verra que tout le monde rit de la même façon dans l'enfer de Mansuy Gauvain. Ce qui y domine, c'est le rire sarcastique, c'est un je ne sais quoi qui ressemble diablement à la grande tentation de Saint-Antoine de notre fameux Callot, — lequel, entre parenthèses, a dû, sur ce chapitre, s'inspirer, pour son sujet, de toutes ces figures diaboliques, si fantasques par elles-mêmes.

Nous voici en plein moyen-âge. Hier, c'était une merveille que notre singe, aujourd'hui tombé dans le sac de l'oubli. La plupart des Nancéiens ne lui font pas l'honneur d'élever leurs regards jusqu'à lui ; les étrangers, en touristes indifférents, le regardent et passent la Porte Masco sans se soucier davantage de sa provenance, fort discutée du reste, et dont l'origine, sans remonter à la nuit des temps, est tout à fait insoluble.

Tous nos historiens ont rappelé le *singe habillé en cordelier*, le *singe lisant la Bible*, etc., tous ont dit beaucoup de choses sur lui et aucun n'a encore mis à jour son acte de naissance. Nous ne prétendons pas accomplir cette tâche difficile, hors de nos moyens d'action. Nous nous contenterons d'appeler l'attention sur lui et de faire ressouvenir à la génération actuelle et à celles qui vont la suivre, que ce *singe* était avec le *bœuf prêchant* les plus singulières merveilles de la Porterie, recommandées par nos aïeux à tous leurs amis et connaissances. Ce sont là des problèmes difficiles à résoudre, que la Porterie muette du duc Antoine nous pose, que le sarcasme du sculpteur Mansuy Gauvain a si bien répandus dans ses ornements, et que notre sagacité ne peut déterminer. — Tout est mystère ici, et quoi que nous fassions, nous succomberons devant l'insaisissable allégorie qui a fécondé tous ces sujets pleins de réalisme.

Devons-nous croire à la légende ? Non ; elle n'a pas de sens et elle est loin de la vérité. Quant à nous, nous la rejetons pleinement, comme ne s'accordant pas avec la figure du prétendu singe qui, à notre avis, a une tout autre signification.

La légende veut — toutes les légendes veulent — qu'un cordelier, passant là, prédit à l'artiste que la statue du duc Antoine et les armes de Lorraine seraient un jour jetées à bas, etc. ; celui-ci, irrité, l'aurait pourtraicturé. Il suffit de voir le singe pour laisser tomber devant soi la menteuse légende. La grimace qu'il fait, sa position érotique, le négligé de son maintien, démentent la tradition. Il faut à peine l'avoir vu deux fois, pour savoir à quoi s'en tenir sur l'allégorie. Il a peut-être, au pis-aller, une figure de singe, mais le reste ? ses bras et ses jambes ne sont ceux de cet animal, que si on le veut bien.

Quoi qu'en ait dit M. H. Lepage, dans son *Palais Ducal de Nancy*, Chevrier connaissait la véritable origine de cette très singulière figure, par une pièce aujourd'hui disparue. Voici ce qu'il en dit dans son *Histoire de Lorraine*, t. IV, p. 35 :

« Les deux années qui suivirent (1500) amenèrent la famine et la peste qui l'accompagne toujours. René voulant

Procurer au peuple les moyens de subsister, commença alors le Palais Ducal. Cet édifice, un des plus beaux du siècle, n'offre plus que des débris, respectables encore, puisqu'on trouve parmi eux la statue respectable de ce prince conservée au-dessus de la principale porte. Je donnerai dans le neuvième tome une dissertation (*) sur le *singe* habillé en *cordelier*, qu'on voit au-dessus de la petite porte qui est à gauche de la statue de René ; Charles de Lorraine-Guise en est auteur, ce prince est le même qui fut évêque de Metz, archevêque de Reims et cardinal à 22 ans. Le colloque de Poissi le rend célèbre, quoique les suites n'en aient pas été heureuses pour le parti catholique. »

Chevrier ajoute en note :

(*) Cette pièce, aussi savante que badine, pourrait bien blesser la dignité d'un prince de l'église romaine ; mais je dirai hardiment qu'elle ferait honneur à tous autres hommes. Ruyr, chanoine de St-Dié, la lui dispute, et la date du XVIIe siècle, sur un manuscrit trouvé à Angers. Je discuterai cet objet dans son temps. »

C'est cette dissertation, « aussi savante que badine », aujourd'hui perdue, qui aurait pu nous éclairer sur l'origine du *singe habillé en cordelier*.

Le mot de l'énigme. — Nous avons laissé le lecteur dans l'indécision ; car le doute s'est plus d'une fois élevé dans son esprit, en nous suivant, sur quelques points obscurs qu'il nous sera difficile d'éclaircir. Nous allons cependant tenter de donner quelques raisons plausibles, admissibles du moins, et préparer la voie à ceux qui voudront mieux que nous expliquer le symbolisme des animaux sculptés par Mansuy Gauvain. Nous avons douté, dès le début, de l'existence du *bœuf qui prêche.* En effet, cet animal si bien fait, vu de très près, est un BÉLIER ; nous l'avons donné comme *bœuf*, puisque la tradition écrite veut que ce soit un bœuf.

L'*aigle* de Lionnois, nous l'avons dit, est représenté par un COCHON.

La chaire du *bélier* (n° 5) est carrée, chaque face est ornée de deux livres ouverts. Est-ce la Bible ? Non ; à cette époque, le protestantisme naissait à peine. Sont-ce les Evangiles ? Un savant abbé, de nos amis, croit y reconnaître les quatre Evangiles, qui ornaient autrefois les chaires à prêcher.

Que le lecteur bénévole se rassure, nous lui avons conservé pour la fin les plus délicats morceaux, et il nous saura gré de rendre, dans la mesure du possible, l'expression de nos sentiments.

De même que ceux qui l'ont précédé dans l'histoire et dans la tradition, Lionnois a vu un *bœuf*, là où il n'y a qu'un *bélier*. La tête vue de face est celle d'un bœuf, vue de profil c'est encore celle d'un bœuf, car la tête est relativement trop grosse pour celle d'un *bélier*; de même que le groin aigu du *cochon* lui a fait prendre celui-ci pour un *aigle*. En se plaçant sur le balcon septentrional, on remarque dans le soi-disant bœuf prêchant l'absence des cornes qui sont particulières à sa race, mais on trouve à leur place celles du bélier contournant l'oreille.

De plus, le dos de l'animal est toisonné. De face, Lionnois a raison, c'est un bœuf; de profil, c'est un bœuf. Mais, de près ou de derrière, c'est un bélier.

Nous avons consulté tous les vieux bouquins pouvant nous guider dans ce dédale obscur, et, sans abandonner notre première hypothèse, nous pouvons en présenter d'autres; le *bélier*, le *cochon* et le *lion* jouaient, au moyen-âge, un rôle particulier dans les sciences occultes; ces trois formes n'étaient pas dédaignées de messire le diable, qui les revêtait selon les besoins de sa cause. Un bélier prêchant d'un côté la sorcellerie, et de l'autre un cochon portant l'étendard de la *pourceaumanie*, sont des allusions choquantes aux mœurs de l'époque. Notons en passant que ces deux animaux sont considérés, dans la science occulte, comme des emblèmes vulgaires de quelques modestes jouissances terrestres.

Dans la mythologie zoologique, le bélier est une des figures du soleil, il est appelé *mesha* ou *meha*, c'est à dire celui qui verse ou qui répand, l'image de la pluie fertilisante; ailleurs, il est encore le héros du jour, le défenseur de l'étable; donc le nôtre, placé dans une chaire, est à sa place. Le porc caractérise le héros. Mansuy Gauvain, en plaçant un étendard dans sa patte, aurait-il donc eu une idée de la tradition védique? ou aurait-il eu connaissance de quelques contes mythologiques du Nord?

N'y aurait-il pas aussi, dans les images du *bœuf-bélier* et du *cochon*, une allusion piquante à l'entretien et à la fourniture des *bêtes mâles* que s'étaient réservés le prieur de

Notre-Dame et le chapitre de Saint-Georges, dans la convention intervenue entre ces derniers et le vicaire de Saint-Epvre en 1467 ?

Nous n'avons pas la prétention d'imposer notre manière de voir, que chacun peut amender à son gré ; car toutes les hypothèses sont admissibles, on ne peut guère les rejeter qu'après les avoir longtemps pesées. Si la tradition a perdu le sens allégorique de ces innombrables figures, il est du devoir des archéologues de chercher à le rendre intelligible, autant que faire se peut.

Il nous reste à dire quelques mots sur le *singe habillé en cordelier*. Nous n'avons, sur ce personnage symbolique, que des données très incertaines. Toutefois, nous n'y voyons pas, comme le bruit en est répandu, la vraie figure d'un *singe*. Cette expression est consacrée : on a vu le *singe* comme on a vu le *bœuf*, avec les yeux de la légende. Laissons de côté la légende, et examinons ce singulier personnage qui n'a rien du singe. Le *rictus* qui le caractérise est le propre de l'œuvre de Mansuy Gauvain ; c'est précisément ce *rictus*, cette contraction de la figure, qui lui donne un air vieilli et, à peu de chose près, la face d'un singe.

Nous ne pouvons mieux le comparer qu'à un fœtus conservé dans un bocal d'esprit-de-vin. Qu'on s'imagine ce fœtus, contracté par un long séjour dans l'alcool, revêtu d'un costume de cordelier, et l'on aura une image vraie de celle qui se trouve au-dessus de la petite porte.

L'allusion est ici, comme partout ailleurs, à double portée. L'artiste a voulu tout à la fois caricaturer les cordeliers, récemment établis, sous la forme d'un enfant malingre, mort-né, d'un avorton enfin, qui n'avait plus l'ombre de vie, et exercer son esprit satirique contre une maladie alors régnante, qui réduisait l'homme viril au népotisme physique.

Dans le *bœuf-bélier*, dans le *cochon porte-étendard*, comme dans le prétendu *singe lisant la Bible* — d'où vient encore cette expression ? — nous voyons une allusion à la sorcellerie, déjà dominante à cette époque.

En examinant les autres figures, on remarque que l'esprit de l'artiste subissait l'influence des idées du jour, ses animaux ont des formes bizarres : sur le corps des oiseaux, il a placé des têtes de quadrupèdes ; les ailes n'ont rien de naturel, elles sont toutes fantastiques, aiguës et repro-

duisent l'image qu'on se faisait alors des habitués du sab-
bat. Il y en a un entr'autres, sur le cintre, qui a des pattes
de coq, des ailes de chauve-souris, une tête de chat et une
queue de lézard ou de dragon. Nous en passons, et des
meilleurs. Rien ne se fait bien en un jour.

En tenant compte de la liberté de conception et d'exécution laissée, à cette époque, aux artistes de ce genre, on
ne doit pas s'étonner des allusions licencieuses qu'ils se
permettaient; on a aussi, à côté, un vaste champ d'hypothèses à cultiver. La satire s'exerçait aussi bien contre les
mœurs du temps, que contre les abus des moines, des
grands et des petits, quelquefois d'une manière fort *na-
turaliste*.

Il est évident que si nous étudiions, une à une, toutes
les figures de la Porterie, comme nous venons de le faire
pour celles-ci, nous trouverions l'inspiration de l'artiste
puisée dans la même idée et poursuivie avec persistance.
Matériellement, la même conception préside à son œuvre,
où la vérité est une. Le mot de l'énigme, Lafontaine nous
l'a donné :

Je suis oiseau, voyez mes ailes !
Je suis souris, vivent les rats ;
Jupiter confonde les chats !

Ch. COURBE.

GUERRIER de DUMAST (Rue)

De la rue Stanislas à la rue de Serre.

Avant la création de la rue de Serre, elle aboutissait directement sur la place de Grève, qui n'était pas encore devenue place de l'Académie.

La rue de la Vénerie remonte au Nancy de Léopold,
mais alors elle n'avait pas d'habitations, peut-être quelques
petites baraques, comme il était alors d'usage d'en construire pour les artisans. Elle est tracée dans le plan de
Dom Calmet, à l'extrémité du bastion de défense qu'avaient
fait construire les Français sur l'esplanade, entre les deux
villes, pendant l'occupation.

Pour faciliter aux habitants de la ville neuve une sortie commode, pour se rendre dans les champs et jardins au dessus la ville-vieille, on avait ouvert à l'extrémité de cette rue, dans le mur de ville, une porte qui menait à la Vénerie. Voir notamment les plans de D. Calmet 1728 et de Belprey 1754, dans lesquels elle est très bien figurée. Cette porte fut supprimée lors de la création de la grande place de Grève; d'ailleurs, elle devenait presque inutile, puisque la porte Stanislas donnait, par sa situation sur la rue de l'hospice, les mêmes facilités de sortie aux habitants du quartier.

Sous le règne de Stanislas, la *rue de la Vénerie* avait pris une certaine importance; l'état de 1767 constate 17 maisons y existant, portant les n°s 291 à 307 inclus. (Paroisse Saint-Roch.)

Le plan de Mique la dénomme *rue de la Vennerière*.

Par suite du projet de construire sur le cours Léopold, elle serait devenue la *rue des Enfants trouvés*. C'était sous ce vocable qu'avait été baptisée, en 1786, la voie occidentale du cours qui rejoignait la *rue de la Vénerie;* elle a bien quelque peu porté ce nom, car le recensement de l'an IV la dénomme *rue de la Vennerie* ou *des Enfants de la Patrie*. Il se pourrait qu'elle ait été appelée *rue des Enfants trouvés*, après la translation de cet hôpital dans les bâtiments de la Vénerie. Voici une annonce publiée dans le *Journal de Nancy* en avril 1786 qui le prouverait:

« Appartement spacieux et très bien approprié, écurie, caves, greniers, remises, etc., à louer dans la *rue des Enfants trouvés*, en allant à la porte Stainville, vis-à-vis la rue Notre-Dame *(sic)*. »

On a voulu dire, sans doute, près la rue des Minimes: celle-ci était considérée comme le prolongement de la rue Notre-Dame.

Les Tableaux dénominatifs des rues de notre ville, dressés en vertu des délibérations du Conseil général de la commune, ne la mentionnent pas comme devant subir des transformations dans son vocable; cependant nous sommes certain qu'elle s'est appelée, postérieurement à l'an IV, *rue des Enfants de la Patrie :* plusieurs almanachs en font foi.

La rue de la Vénerie ne s'est pas encore tout-à-fait dépouillée de son origine roturière: elle conserve toujours le souvenir de sa création, avec ses petites maisons à un étage, qui en forment presque tout le côté oriental.

Sans avoir été une rue mal famée, elle a eu, à une époque, une réputation équivoque : la plupart de ses petites
maisons étaient habitées par les petites Dames du jour, et,
en ce temps-là, elle n'avait pas encore fait le bout de toi-
lette qu'on lui a fait subir depuis. Il y a tout au plus une
trentaine d'années qu'elle a commencé à devenir un peu
présentable, à côté de sa coquette et plus jeune sœur la rue
Stanislas.

On voit encore dans la rue de la Vénerie les restes
d'une impasse plus grande, qui conduisait dans les jardins
situés sur les Glacis et qu'on nommait, au commencement
du siècle l'*Impasse Didion*. Il y avait, en effet, au dernier
siècle, un nommé Didion qui était propriétaire de divers
immeubles en cet endroit.

M. Auguste-Prosper-François Guerrier-Dumast, un des
champions du nancéisme, étant décédé à Nancy le 26 janvier 1883, l'Académie de Stanislas, dont il était président
d'honneur à vie, la Société d'archéologie lorraine, de laquelle il était secrétaire perpétuel, l'*Espérance, le Progrès de
l'Est, le Courrier de Meurthe-et-Moselle*, ayant demandé que
son nom fût donné à la rue des Tiercelins, dans laquelle il
était né en l'an IV, au n° 16 actuel, cette proposition vint
devant le Conseil municipal, dans sa séance du 1er mars
1883 :

« M. le Maire a reçu du Président de l'Académie de
Stanislas et du Président de la Société d'archéologie lorraine des lettres, demandant que la rue des Tiercelins, où
M. Guerrier de Dumast est né, prenne désormais le nom de
leur ancien président. M. le Maire n'a pas à faire l'éloge
devant le Conseil du regretté M. de Dumast ; tous nos
concitoyens savent qu'il a été le promoteur de cet impor-
tont mouvement intellectuel, dont Nancy est devenu, grâce
à lui, le centre. L'administration a pensé qu'il y aurait
inconvénient à changer le nom de la rue des Tiercelins :
*c'est d'abord une rue très longue ; beaucoup d'établissements de
commerce et autres y sont fixés, ce changement apporterait une
perturbation trop grande dans les relations commerciales.* La
municipalité, d'accord avec la commission administrative,
propose de donner à la rue de la Vénerie le nom de Guerrier de Dumast ; cette rue, qui met en relations le Lycée
avec les Facultés, semble mieux située pour porter le nom
de l'homme éminent, à qui nous sommes redevables de
l'origine de nos Facultés.

« M. Lallement pense que les habitants de la rue des Tiercelins ne feraient pas opposition au changement de nom de leur rue, l'ancien ne rappelant rien à l'esprit que l'existence d'un couvent.

« M. Marcot estime que, la rue de la Vénerie comptant peu de numéros, la gêne éprouvée par les relations et due au changement de nom, sera moins grande que pour la rue des Tiercelins.

« M. Bizalion trouve que Nancy a trop de rues désignées par des noms d'anciens couvents ; ce sont celles-là qu'il faut débaptiser.

« M. Marcot répond que les couvents et leurs noms n'ont rien à voir dans la question ; ce sont les facilités à donner aux habitants et au commerce, qui doivent déterminer l'opinion du Conseil.

« Le Conseil, adoptant les conclusions de la commission d'administration, émet le vœu que la *rue de la Vénerie* prenne désormais le nom de *rue Guerrier de Dumast.* »

A la séance du 10 avril suivant, la lecture du procès-verbal du 1er mars donna lieu à un incident curieux.

« M. Guérin, qui n'a pu assister à la séance du 1er mars, où le Conseil a émis le vœu de donner le nom de M. Guerrier de Dumast à la rue de la Vénerie, estime que ce n'est pas assez reconnaître les services rendus, et émet le vœu que la statue de Napoléon III, placée sur la façade du palais des Facultés, soit remplacée par celle de M. de Dumast, qui en est le véritable fondateur.

« M. Parisot s'y oppose, disant que l'on ne peut pas faire que les Facultés n'aient été créées sous le règne de Napoléon III, et que l'on a placé sur la façade les quatre statues des fondateurs de l'Université de Pont-à-Mousson et de la Faculté de Nancy.

« Le vœu de M. Guérin n'est pas pris en considération. »

Nous observerons à M. Guérin et à l'administration municipale, que M. Dumast n'est ni le véritable fondateur, ni l'unique promoteur des Facultés. MM. de Caumont et Alexandre-Haldat avaient, dès longtemps, poursuivi ce but avec une constance digne d'éloges. Tous les deux avaient enseigné jadis, dans les anciennes facultés établies à Nancy sous le premier Empire. L'établissement de la Faculté des sciences est due notamment à leurs efforts persévérants ; M. Dumast n'est venu qu'ensuite continuer leur entreprise ; il y réussit par ses nombreuses relations, par ses attaches avec divers personnages influents. Les apolo· gistes de M. Dumast lui ont attribué, au moment de sa mort, bien des choses qu'il n'a pas faites ; nous en avons acquis la preuve depuis longtemps, dans les recherches que nous avons commencé à faire, il y a plus de quatre ans. Nous n'avons pas à juger si, oui ou non, M. Dumast méritait les honneurs de l'hodographie. Ce que nous savons, c'est qu'il a été un mauvais hodographe. Son *Nancy, histoire et tableau* et son *hodographie nancéyenne* nous permettent de rectifier quelques-unes des nombreuses et incroyables erreurs historiques, qu'il a propagées dans ses ouvrages nancéiens.

Le 12 septembre• 1847, *Asmodée* publiait l'entrefilet suivant :

« *Annonciana.* — Le cœur des *Lotharingophiles* est dans la jubilation. M. Dumast, un des plus illustres d'entre eux, vient de publier une nouvelle édition de cette Mésopotamie chrétienne, — style de la réclame, — dont la première avait paru en 1837.

« Le *Nancy* d'aujourd'hui est un splendide volume qui dépasse de beaucoup le commun des martyrs, cotés en librairie à 7 fr. 50 c. — toujours style de réclame, — et, cependant, pour que les bibliophiles, — lisez les *Lotharin-gophiles,* n'aient pas seuls l'heureux privilège de posséder ce livre qui est la loi des lois, et la *Lotharingomanie* poussée au-delà des bornes du croyable ; en un mot, pour le mettre à la portée du plus grand nombre possible *(sic)*, on ne le vendra que la bagatelle de... 6 fr. Et boum ! boum ! boum ! ! ! et tzim ! tzim ! tzim ! ! ! »

Néanmoins *Nancy, histoire et tableau,* valut à son auteur, en 1850, la médaille d'or des sciences et arts que lui fit parvenir S. M. l'Empereur d'Autriche.

Le décret qui autorise la ville de Nancy à donner à la rue Saint-Joseph le nom de Chanzy, et à la rue de la Vénerie le nom de Guerrier de Dumast, est daté du 3 mai 1883. Cependant le *Progrès de l'Est,* journal officieux de l'hôtel-de-ville, apprenait à ses lecteurs, le 18 du même mois, que des difficultés avaient été soulevées à propos de ce dernier vocable, au ministère de l'intérieur, qui opposait son veto.

A titre de curiosité, nous reproduisons cet article intitulé : *Le nommé P.-G. de Dumast.*

Progrès, 18 mai 1883.

« On se souvient de la bourde commise par un ministre de la guerre qui, parlant de M. Grandeau, chimiste, qui est pourtant bien connu en France et en Europe, — disait : le nommé Grandeau.

« A l'intérieur, on est aussi bien renseigné qu'à la guerre. Pour le prouver, nous citerons un fait tout récent :

« Le Conseil municipal de Nancy émet le vœu de voir le nom de Dumast donné à la rue de la Vénerie. L'autorisation est demandée à Paris. Vous croyez qu'on va obtenir un visa pur et simple. Erreur ! Le ministère, qui ne laisse pas planter un clou en France sans mettre ses lunettes pour voir si les dimensions sont réglementaires, soulève des objections. Et de quelle nature !

« Il redoute qu'on donne le nom d'une rue nancéienne à un personnage sans mérite, dont la gloire ne projettera qu'une faible lumière sur la plaque émaillée, — touchante sollicitude ! Et alors on écrit au maire une lettre, moulée en belle anglaise, pour l'inviter à surseoir. — Attendre quoi ? Dame ! Que la mémoire de ce nommé P.-G. de Dumast acquière une plus grande notoriété dans le public.

« Un scribe intelligent, touché d'un vœu semblable à celui dont il s'agit, aurait fait des recherches sur Guerrier de Dumast. Ces pontifes infaillibles du rond de cuir n'avaient qu'à tendre la main pour prendre un Vapereau ou un Larousse. Ils auraient appris que Dumast fut un philologue distingué, l'initiateur du congrès américaniste, un des premiers historiens de la Lorraine ; qu'il a constitué l'enseignement supérieur dans l'Est ; qu'il fut le chef vénéré de cette école de Nancy, laquelle a, la première, publié en France les grammaire, dictionnaire et selectæ sanscrits, édité des ouvrages dans la langue des brahmanes.

« Mais Vapereau est resté sur son rayon, aussi fermé que l'intelligence de certains hauts fonctionnaires, — et la volumineuse histoire des bévues administratives compte une page de plus.

« Delta. »

Ce n'était qu'une fausse alerte, le décret arriva et les plaques indicatives furent posées. Le *Progrès de l'Est* n'en souffla mot, et nous fûmes bien surpris de voir un jour le nom de Guerrier de Dumast remplacer celui de la Vénerie, et de trouver le décret dans les bulletins administratifs imprimés au *Progrès*.

GUIBAL (Rue)

De la rue Sainte Catherine à la rue d'Alliance.

Rue phénoménale, sans porte d'entrée, sans numéro de rue, sans perron, sans trappe de cave.

Anciennement *rue Bailly*, dont elle est le prolongement.

Nous la voyons, en 1754 et 1758, dénommée *rue Sainte Catherine* (?).

En 1767, elle était devenue *rue des Frères* ; en effet, cette dénomination lui convenait très bien, elle aboutissait en face de la maison des frères de Saint-Jean-de-Dieu.

Sous la Révolution, elle a perdu toute son autorité; il faut la confondre avec la *rue Racine*, ci-devant Bailly, ou renoncer à la déclarer rue (V. rue Bailly).

En 1814, elle prit le vocable de *Petite rue d'Alliance* qu'elle n'avait jamais porté, à notre connaissance du moins, antérieurement à la Révolution.

Enfin, en 1867, le Conseil municipal voulut bien la consacrer à la mémoire de Barthélemy Guibal, sculpteur et fondeur de la statue pédestre de Louis XV, mort à Lunéville en 1557.

Nous avons bien soin d'expliquer ici qu'il s'agit de l'auteur de la statue de Louis XV, parce que l'on pourrait peut-être supposer que cette rue a été consacrée à la mémoire de M. Guibal, ingénieur des ponts et chaussées, qui s'est avisé, le lundi 26 avril 1841 dans l'après-midi, de prendre un billet de parterre sur une trappe de cave, précisément dans un moment où la municipalité cherchait une idée pour raboter tous les perrons, escaliers, trappes de cave, bancs de pierre et autres usuaires de ce genre. L'adventure survenue à M. Guibal fournit au Conseil municipal une excellente occasion de supprimer immédiatement tous les embarras de la voie publique.

S'imagine-t-on la rue Guibal, tout au plus grande comme une nappe de table d'hôtel, et encore, n'ayant ni porte d'entrée, ni escalier, ni perron, ni trappe de cave, avoir pour parrain un ingénieur qui a eu le génie de se fracturer le fémur en passant sur une trappe de cave ? Si pareille aventure était arrivée à Lolo, ou à mes quat'sous, on n'aurait fait qu'en rire, mais songez donc à un ingénieur des ponts ! C'en était trop. Aussi la municipalité bourgeoise de 41 se montra radicalement radicale, et entreprit d'emblée ce que l'ordonnance de police du 2 juillet 1772, avait prescrit avec une certaine sagesse, évitant de froisser les susceptibilités des propriétaires ou de brusquer les intérêts matériels des habitants ; ce qu'elle avait ratifié notamment le 15 février 1834 et le 14 février 1839. Mais le malheur arrivé le 26 avril 41 à M. Guibal éveilla toute la sollicitude de l'autorité. A quelque chose malheur est bon, dit un vieil adage. La municipalité se fâcha tout rouge contre les trappes de cave et, en dépit de ses arrêtés de 1834 et de 1839, entreprit à leur égard une campagne qui a bien fait causer et procédurer en son temps. Dieu nous garde de prendre la défense des trappes de cave, c'est assez que Noël y ait attaché son nom avec une vigoureuse résistance qui ne faiblit qu'en Cassation ; toutefois, nous ne pouvons nous dispenser de remarquer qu'il était assez bizarre de la part d'un ingénieur, de longer les murailles au risque de se casser dix fois le cou en moins de vingt mètres, tandis qu'en suivant les chaussées on ne courait pas le risque de tomber dans une cave et, comme comble, d'être arrosé d'un étage supérieur. En ce temps là, on courait beaucoup de risques en suivant les trottoirs : les jours de pluie, les chanlattes se déversaient sur votre tête. Quand il faisait du beau soleil, — quoique ce fût interdit — une bonne femme de ménage, sans crier gare ! vous jetait par la fenêtre, tantôt des eaux de vaisselle, tantôt d'autres eaux non moins grasses, qui vous arrivaient sur la tête au moment où vous y pensiez le moins. Pour user favorablement des trottoirs, il fallait avoir un œil constamment fixé sur le sol du globe terrestre, afin d'éviter une chute plus que certaine, pendant que l'autre devait, en bonne sentinelle, surveiller chaque fenêtre des étages supérieurs, d'où pouvait s'échapper un bouquet dont le parfum n'était pas toujours des plus suaves. Souvent un chat, en minaudant et en faisant ronron à sa maîtresse, vous lançait sur la tête un pot de réséda ou de balsamine, ou bien un bocal de cornichons. Dieu de Dieu, que ne tombait-il pas du ciel en ce temps-là ! On supportait ces avanies avec assez de résignation ; sur le moment, on grimoulait bien un peu, on se fâchait même au besoin, mais c'était tout : on ne courait pas immédiatement chez le commissaire pour constater la contravention, car soi-même on ne pouvait répondre de n'être pas bientôt la cause d'un semblable méfait.

Un témoin oculaire, flâneur de profession, nous a heureusement laissé à cet égard une impression personnelle, dans une lettre adressée au Rédacteur du *Journal de la Meurthe*, le 28 novembre 1835 ; il nous peint au vif les rues de Nancy, avec leurs embarras de toutes sortes.

« Je crois devoir, dans un intérêt puremeut philanthropique, et aussi pour appeler l'attention de l'autorité sur la police des rues, signaler des malheurs qui viennent d'arriver et qui peuvent se renouveler chaque jour. Depuis que l'entreprise du gaz a commencé ses travaux, de longues tranchées sillonnent nos rues et attendent fort longtemps qu'on vienne les combler. De jour, ce n'est fâcheux que pour les marchands dont l'abord des boutiques est obstrué, et pour ceux qui n'aiment pas à marcher dans des rues boueuses. Mais de nuit, c'est un danger réel pour le piéton, le cavalier et l'équigage ; car, à peine si la faible lueur d'une lanterne, qu'on pourrait appeler sourde, indique l'ouverture de la tranchée. Jusqu'ici, il était bien arrivé quelques chutes individuelles, desquelles il n'était résulté peut-être que quelques contusions, ou quelques souillures de boue ; mais avant-hier au soir, deux diligences qu'on dit être celles de Lunéville et de Strasbourg, se sont jetées dans l'une de ces tranchées creusées au coin de Saint-Roch. Les rues de notre ville offrent bien d'autres dangers, qu'il est tout à fait important de signaler. Il existe, même dans la rue des Dominicains, la plus belle de nos rues, des trappes de caves qui occasionnent chaque soir des accidents. Au milieu des trappes, il y a une espèce de bande de fer destinée à opérer la jonction parfaite entre les deux volets qui forment la trappe. Il arrive souvent que cette bande joint mal, et laisse à la pointe du pied un espace assez large pour s'engager dessous ; alors malheur à celui qui se hâte en marchant, car il est bien rare qu'il évite une chute. Dans d'autres endroits, dans la rue Saint Dizier, par exemple, à gauche, un peu plus loin que la place du Marché, des gens ont eu l'infernale idée de faire planter en terre des supports en fer, pour soutenir les volets de leur trappe de cave, quand elle est ouverte. On s'avance sans les apercevoir, car pour cela il faudrait avoir les cent yeux d'Argus ; et on est tout étonné, en se relevant, de découvrir le fatal trébuchet Enfin, des personnes descendent de nuit dans leurs caves, et ont l'imprudence d'en laisser les trappes ouvertes, sans y suspendre une lanterne. Pour peu qu'on monte vite et sans avoir l'œil continuellement braqué devant soi, on est exposé à rouler sur les escaliers de la cave. Nous faudra-t-il bientôt, pour *déambuler* dans les rues, nous armer d'un bâton comme les aveugles, ou nous faire conduire par un chien ? Habitué depuis longtemps à flâner de nuit, j'ai recueilli toutes ces observations par ma propre expérience, ou par celle des autres. Maintes fois il m'est arrivé, en me heurtant contre une trappe ouverte, ou en me roulant dans une cave, de maugréer contre l'autorité et d'insulter la propriété. Maintes fois, en me serrant le long d'un mur pour laisser passer une dame, et me heurtant contre de longs crochets qui servent à retenir les volets des boutiques, j'ai maudit la politesse, et j'ai juré de ne plus être galant. — Comment, me suis-je dit bien des fois, dans une ville belle comme la nôtre, dans une ville chaque jour visitée par des voyageurs et des artistes, existe-t-il, même dans les plus belles rues, des pièges où chacun peut être pris, des précipices où chacun peut tomber ? — Que voulez-vous donc que pense de Nancy l'artiste ou le voyageur qui, enthousiasmé de la régularité et de la largeur de ses rues, de la beauté de ses édifices, ira, le soir, en s'en retournant confier ses impressions au papier, rouler au fond de quelque abîme ? »

« Agréez, etc. »

Un Flâneur.

L'accident Guibal, du 26 avril 1841, eut de nombreuses conséquences ; en le rapportant, le *Journal de la Meurthe* dit : « Nous appellerons en même temps l'attention de l'autorité sur les stores, qui, dans certaines rues, telles que la rue Saint-Georges, par exemple, sont placés à si peu de distance du sol, qu'en passant dessous, si l'on n'y compromet pas toujours son front, on y endommage notablement sa coiffure. »

Le 10 mai suivant, le maire prit d'abord un arrêté contre les bandes et bandelettes de fer, ou d'autre métal recouvrant ou garnissant les trappes de cave, et ordonna le remplacement des vieux volets, par de bons et solides volets de bois, sans aucune garniture extérieure, etc.

Le 10 juin, un autre arrêté exigea que les industries placées dans les caves aient à déguerpir pour le mois de septembre ; car, à cette époque, on ne devait plus tolérer l'ouverture permanente des caves. Cet arrêté, qui atteignait des menuisiers, les fruitiers, les fouleurs de bas, les charbonniers, les savetiers, les vendant vin, les rempailleurs de chaises et autres petites professions, souleva une tempête de malédiction sur l'ingénieur Guibal. Les propriétaires qui louaient leurs caves n'étaient pas contents ; les locataires, qui se voyaient dans la nécessité de vider les lieux à un moment donné, ne ménageaient pas l'expression de leur propre sentiment. Aussi l'hôtel-de-ville fut assailli de récriminations. — Le 15 septembre 1841, M. le Maire de Nancy formula un nouvel arrêté relatif aux trappes de cave ; celui-ci, loin d'apaiser les esprits, ne fit que les exciter davantage, surtout, que pour terminer son ordonnance, M. le Maire ajoutait : « L'administration déclare qu'elle ne peut admettre aucune réclamation. » En 1841, on avait déjà vu beaucoup de choses ; mais on n'avait pas encore entendu, en droit municipal, tenir un pareil langage. Les mécontents n'obéirent à aucune injonction, et la municipalité, sans égard pour certains intérêts privés, tracassa les citoyens par une foule d'arrêtés successifs.

Des trappes de cave, on passa aux perrons, aux escaliers, aux ouvrages en saillie, aux banquettes, aux petits trottoirs, aux étalages, etc., etc., etc.

C'est en 1846 et 1847 qu'on mit définitivement la main à cette œuvre d'alignement forcé, duquel Noël se moqua beaucoup, et fort spirituellement, dans une de ses brochures.

Si telle est, en somme, l'origine de la grande question des trappes de cave, il n'y aurait peut-être pas seulement sous le vocable attribué, en 1867, à la petite rue d'Alliance, un souvenir historique de Barthélemy Guibal, fondeur de la statue de Louis XV, mais peut-être bien aussi un petit regain de célébrité, accordé à l'ingénieur Guibal, victime d'une bandelette de fer.

Pour éviter toute confusion, il aurait fallu dénommer cette rue: *Barthélemy Guibal*, et non *Guibal* tout court.

GUISE (Rue de)

De la Grande Rue à la Rue des Loups.

A sa création, elle fut nommée *rue du Cardinal*. Insensiblement on la plaça sous le vocable de *Saint Pierre*, dénomination qu'elle aurait conservée intacte jusqu'en 1867, si la Révolution n'avait rencontré là un saint à démolir.

Le Conseil municipal de 1867 dit, de son côté, pour excuser mieux sa décision, qu'en son temps il y avait trois *rues Saint Pierre*, dans lesquelles la poste perdait son latin. En effet, nous trouvons 1° rue du faubourg Saint Pierre ; 2° petite rue Saint Pierre, audit faubourg ; 3° rue Saint Pierre, à la Ville-Vieille. La poste ! la poste ! on lui met bien des choses sur le dos, à la poste. Si elle avait tant à réclamer que ça, il lui suffisait de mieux choisir son personnel, et exiger de ses facteurs une connaissance suffisante de lecture, et ne pas mettre au rebut, avec la mention « Inconnu à l'appel », des lettres adressées à des personnes dont le nom ou la profession ne sont pas des plus communs.

La délibération du 13 pluviose an II donne à l'ancienne *rue Saint Pierre* le vocable de *rue de l'Espérance*. Celle du 18 fructidor an III *rue Crébillon*, et en même temps appelle la Petite rue Saint Pierre, rue de l'Espérance.

Il faut savoir faire ici une distinction très importante, entre trois rues qui paraissent n'avoir été que une ou deux rues : Rue Saint Pierre, devenue rue de Guise ; Rue du Petit Bourgeois, appelée, de 1791 à 1792, Petite rue Saint Pierre et Petite rue du Haut Bourgeois, qui était la continuation de la rue du Haut Bourgeois, vers l'Arsenal, devenue maintenant rue des Loups.

Nous ferons remarquer qu'il y a eu confusion certaine, dans les tableaux dressés à la suite des délibérations municipales de cette époque, quant à la rue Saint Pierre (rue de Guise) et à la petite rue Saint Pierre (rue du Petit Bourgeois), pour la dénomination de *rue de l'Espérance*. Nous ne connaissons pas dé documents qui nous permettent un contrôle efficace, jusqu'à la délibération du 18 fructidor an III, qui appelle *rue Crébillon* la *rue Saint Pierre* (rue de Guise) et *rue de l'Espérance* la petite rue Saint Pierre (rue du Petit Bourgeois). Le recensement de l'an IV confirme les vocables admis par cette dernière délibération.

Il ne faut pas trop s'étonner de ces changements et de ces variations de noms de rues ; on aimait, de l'an II à l'an III, à déplacer souvent les patrons qui leur avaient été consacrés en premier lieu. On en a la preuve dans les rues Voltaire et Loke.

Sous la Restauration, la *rue Crébillon* redevint *rue Saint Pierre*.

Le vocable *de Guise* est en mémoire de la famille de ce nom, dont le premier duc, Claude de Lorraine, 5me fils de René II, naquit, en 1496, au château de Condé sur Moselle, aujourd'hui Custines (H. Lepage, *Transformations de Nancy*, p. 88).

Lionnois dit que cette rue n'est pas ancienne, et à l'appui de son assertion il cite le passage suivant, extrait du mémoire du chanoine de la Primatiale, publié en partie dans la *Notice* de D. Calmet (verbo *Nancy*) :

» Ce qui a été fait de notre temps, savoir l'an 1607, est la *rue* appelée *de Saint Pierre*, ou *du Cardinal*. C'était auparavant la maison du Prieuré uni à l'abbaye de Saint-Martin, où l'abbé et tout ce qui dépendait de cette abbaye fut transporté en 1564 (1). Lesquels Abbaye et Prioré furent unis à la Primatiale, occasion qu'on vendit la maison et cloître 60,000 frans, l'église demeurant pour paroisse, dans laquelle maison on fit ladite rue comme elle est, sauf quelques maisons particulières qu'on acheta pour la percer jusqu'à la *grande rue*, pour la somme de 21,000 frans, restant 47,000 frans ; trente desquels ont été employés au bâtiment du Palais Primatial, et 11,000 aux maisons canoniales, outre 6,000 provenant de la vendition du cloître y destiné dès le commencement. »

(1) Ceci paraît être très vrai, car dans le rôle de 1551, figure dans la rue Nostre Dame, « Monsieur de Sainct Martin », soit l'abbé de Saint Martin, soumis à l'impôt des trois gros par mois.

HACHE (Rue de la)

De la rue Sainte-Anne à la rue de l'Equitation.

A la formation de la Ville neuve, cette voie principale qui servit de limites aux paroisses Saint-Sébastien et Saint-Nicolas, reçut le nom de *neuve rue ;* on comprenait alors dans cette dénomination la *rue des Orphelines* (V. ce vocable). On finit par l'appeler *rue neuve,* puis, lorsque l'hôtellerie qui lui donna son nom y fut établie, entre 1592 et 1600, on l'appela tour à tour *rue neuve* et *rue neuve de la Hache.*

Le plan de Dom Calmet la divise en trois parties : *rue de la Hache,* de la rue de l'Equitation à la rue des Quatre-Eglises ; *la rue neuve,* de cette dernière à la rue Saint-Nicolas ; et *rue des Orphelines,* la partie basse qui commence à la rue Saint-Nicolas.

Les plans de 1752, 1754, 1758 et 1778 indiquent les mêmes divisions, avec ces trois dénominations, sauf toutefois que la *rue de la hache* se trouve rétrécie, et ne s'étend que de la rue de l'Equitation à la rue des Ponts, où commence alors la *rue neuve,* allant jusqu'à la rue Saint-Nicolas. Il en était peut-être de même au temps de Dom Calmet.

L'état de 1767 lui donne le nom de *rue de la hache,* depuis la rue Sainte-Anne jusqu'à la rue de l'Equitation. Cette appellation se trouve confirmée par le plan de Mique.

Le Conseil général de la Commune, dans une délibération du 17 septembre 1791, dit : « Enfin la *rue de la hache* étant d'une étendue quelquefois embarrassante, conservera son nom, depuis la rue Saint-François jusqu'à la rue de la Constitution ; mais, depuis cette dernière jusqu'à la rue Sainte-Anne, la rue de la hache sera appelée *rue de Sidney,* Anglais qui soutint, il y a plus d'un siècle, que les peuples ne dépendaient que des lois, et qui fut la victime du courage avec lequel il défendit la liberté. »

Ce que nous admirons le plus dans cette disposition, c'est *l'étendue quelquefois embarrassante* de la rue de la hache. Ce considérant est une perle, qui n'a guère sa pareille.

Aussi le mordant F.-C. Callot, dans sa manifestation, se

pose cette question, qu'il soumet humblement aux notables, ses concitoyens, composant le Conseil général de la
Commune :

« En nommant la rue Saint-Dizier rue de la Constitution, comment n'a-t-on pas réfléchi que la *rue de la hache*
la pourfend juste par le milieu ? »

La rue de la hache doit son nom à une auberge qui
portait cette enseigne, au commencement de la création
de la Ville-Neuve, vers 1592. Où était située cette hôtellerie ? Nous l'ignorons, nous ne pouvons détermiuer ap-
proximativement l'emplacement qu'elle occupait ; nous savons toutefois qu'en 1768, cette hôtellerie séculaire était
tenue par *Jean Gérardin*. Le nom du propriétaire est ici un
point de repère important, qui peut faciliter au propriétaire
actuel de la maison, le moyen de déclarer celle qui a
donné son nom à la rue, si toutefois il a en mains les titres
du dernier siècle.

Sous l'ancien régime, la rue de la hache servait de déli-
mitation à deux paroisses. La partie septentrionale, composée aujourd'hui des numéros pairs, appartenait à la paroisse Saint-Sébastien, et la partie méridionale, composée
des numéros impairs, dépendait de Saint-Nicolas.

La rue de la Hache a beaucoup d'autres souvenirs historiques, qu'il serait oiseux de rapporter ici. Il en est un cependant que nous aurions constaté avec plaisir : c'est l'établissement dans cette rue de l'industrie des macarons. Une
tradition, évidemment fausse, fait remonter l'origine de
cette maison à 1792. Nous n'avons rien trouvé dans le
rôle de recensement de l'an IV, qui puisse nous autoriser
à ajouter foi à la tradition. Depuis le temps que l'on dis-
cute sur l'origine de cette fabrication, il aurait été convenable, de la part de l'un des successeurs, d'éclairer sur ce
point les historiens qui ont écrit sur Nancy. Lionnois ne
parle pas de cette industrie ; le préfet Marquis n'y fait pas
allusion ; l'*Annuaire* de 1828 la comprend peut-être dans
les pâtissiers ; c'est ce que fait celui de 1843, qui indique
Muller, rue de la Hache, 10, comme pâtissier.

Si cette industrie ne fait pas vivre un grand personnel,
elle a fait la réputation de Nancy, pour la renommée de ses
macarons.

En résumé, nous laissons de côté la tradition des deux
ou trois dames du Saint-Sacrement, qui se sont établies pâ-

tissières pendant la Révolution, et nous disons franchement que cette spécialité doit principalement sa renommée aux soins apportés dans la fabrication des macarons, et surtout à la discrétion des gens qui ont été employés dans cette maison.

Les macarons de Nancy sont une spécialité, comme les madeleines de Commercy, les nonettes de Remiremont, les confitures de Bar, etc.; mais une spécialité qui n'est pas tombée dans le domaine public, et qui demeure le privilége exclusif d'un unique fabricant.

HALDAT (Passage)

De la place de l'Académie à la rue de l'Hospice.

Ouvert en même temps que l'on construisait le plus beau et le plus original édifice que puisse posséder une ville moderne, le *passage de Haldat* fut d'abord appelé *passage des Facultés*.

Il doit son vocable actuel à la municipalité de 1867, en mémoire de feu Charles-Nicolas Alexandre, dit de Haldat du Lys, originaire, non de Nancy, comme le dit M. H. Lepage ; car il n'y est venu qu'en 1793, mais bien de Bourmont (Haute-Marne), où il est né le 15 décembre 1769, vers une heure du matin. C'était un bien brave homme, que M. Alexandre-Haldat. Il n'était pas riche, quand il est venu à Nancy en 1793 ; et, à cette époque, on évitait de se prévaloir des titres nobiliaires qu'on avait en poche. Tous les parchemins étant réputés bons pour faire des gargousses, on donnait un certificat de civisme aux ci-devant nobles qui avaient le courage de s'en dessaisir, et de les déposer sur le bureau de la municipalité.

Charles-Nicolas Alexandre-Haldat, professant la médecine dans notre ville, laissa passer l'orage révolutionnaire; quand le 18 brumaire assura ou promit la paix, il se montra, et concourut dans une large mesure à la fondation de la nouvelle Académie des Sciences, Lettres et Arts de Nancy. Dès cet instant, nous le voyons attelé à tous les chars du Progrès. Rien ne se fonde, rien ne se crée, sans son concours. C'était à la fois un homme énergique, travailleur, et un professeur érudit et bienveillant.

Par sa science et par sa bienveillance même, par son désintéressement, il avait acquis bien des droits dans l'estime publique. Il fut, avec Caumont, un des principaux instigateurs de la création des Facultés, à Nancy. Si son nom a été donné à un passage qui n'a pas de pendant, nous ne l'en jalousons pas, mais nous voudrions qu'à la porte latérale on inscrivît :

PASSAGE DE CAUMONT.

La réunion de ces deux initiateurs dirait à la postérité le dévouement de ces deux hommes, qui ont sacrifié leur vie et leur intelligence, à la création d'une des plus utiles institutions dont notre ville soit dotée.

Le *passage Haldat* a été établi sur l'emplacement de la maison mortuaire de Mathieu de Dombasle, dont la façade est conservée sur le passage, et dans cette maison feu P. Guerrier de Dumast avait écrit un de ses principaux poèmes, soit son poème sur *la Franc-Maçonnerie,* ou celui intitulé *Chios.*

On a bien fait d'écrire *passage Haldat,* mais on aurait mieux fait en le nommant *passage Alexandre-Haldat.*

HÉRÉ (Rue)

De la place Stanislas à l'Arc-de-Triomphe.

Pour son origine, voyez place Stanislas.

Au dernier siècle, elle était connue, en 1758 et 1767, sous le vocable de *rue du Passage.* Le plan de Mique la dénomme *les Trottoirs.*

Le 9 août 1793, elle est devenue *rue Marat.*

Le 18 fructidor an III la dénomme *rue du Passage.*

Par une délibération du..., elle devient *rue Napoléon.*

En avril 1815, M. Drouot, pharmacien, le frère du général, a soin de nous indiquer qu'il demeure *Trottoirs Napoléon* n° 249 ; en août il habitait *Trottoirs Royaux* n° 249.

1814 arrive avec l'invasion, et la rue Napoléon passe successivement et indistinctement à l'état de *Rue Royale,*

Passage de la porte Royale, Trottoir Royal ; Trottoirs de la place Royale ; en fin de compte, on arrive le 30 décembre 1839 à s'arrêter au vocable de *Trottoirs Stanislas,* lequel a au moins duré jusqu'en 1867, soit 18 ans, la mesure d'un gouvernement en France. Après 18 années de règne, de paix et de casse-cou, — car les Trottoirs paisibles étaient, par leurs escaliers, un vrai casse-cou pour les myopes et les gens attardés, — le Conseil municipal décida que les *Trottoirs Stanislas* prendraient le nom de *rue Héré,* en souvenir d'Emmanuel Héré, architecte de Stanislas, qui les avait construits, ainsi que la place Stanislas et l'Arc de Triomphe.

Très bien ! Chaque fois que l'administration municipale sera aussi bien inspirée, nous crierons : bravo ! Malheureusement, ses choix n'ont pas toujours la même bonne fortune.

Nous devons dire que les mots *les Trottoirs* ne s'appliquent pas ici précisément aux trottoirs en pierre, ou en bitume, qui se trouvaient et se trouvent encore devant les façades de ces maisons. Ce sont les maisons elles-mêmes que, sous le règne de Stanislas, on dénommait déjà les Trottoirs. Pourquoi ? nous l'ignorons. Il y a sur la définition de ce vocable plusieurs versions, qui ne nous paraissent pas être exactes ; elles vont même à l'encontre des actes, mentionnés dans le Recueil des fondations du Roi de Pologne.

Au n° 140 des Trottoirs, 26 actuel de la rue Héré, a existé, de 1779 à 1781, le bureau de la petite poste, à l'instar de celle de Paris. L'histoire de la petite poste est assez curieuse et trop peu connue, pour que nous ne lui consacrions pas ici un article spécial.

Voici ce que nous apprend, sur ses origines, le savant Edouard Fournier, dans son *Vieux-Neuf,* t. II, p. 116 et suiv.

« La *petite poste,* a de même une histoire d'un siècle plus ancienne qu'on ne le croit. Sur la foi de Bachaumont, on en fait honneur à l'un des grands hommes à projets du XVIIIe siècle, dont nous avons déjà parlé plus haut, à M. de Chamousset (1). On se trompe, l'invention n'est

(1) Voisenon, qui lui fait le même honneur, a dit de lui : « Sa tête était toujours en effervescence, pour le bien de l'humanité. »

pas de lui ; elle ne date pas du premier août 1759 (1), comme on l'a écrit partout ; elle est de cent six ans plus vieille.

« Un maître des requêtes, M. de Valayer ou de Villayer, en fut l'inventeur, et c'est l'an 1653 qui la vit naître : croyez en Loret et sa *Gazette* rimée du 16 août.

> On va bientot mettre en pratique,
> Pour la commodité publique,
> Un certain établissement,
> (Mais c'est pour Paris seulement),
> Des boites nombreuses et drues,
> Aux grandes et petites rues,
> Où par soi-même ou ses laquais,
> On pourra porter des paquets,
> Avis, billets, missives, lettres.
> Que de gens commis pour cela,
> Iront chercher et prendre là ;
> Pour d'une diligence habile
> Les porter par toute la ville.
> Et si l'on veut sçavoir combien
> Coûtera le port d'une lettre,
> Chose qu'il ne faut pas omettre,
> Afin que nul n'y soit trompé,
> Ce ne sera qu'un sou tapé.

« Six liards ! ce n'était pas cher (2).

« Il ne faut pas oublier de remarquer, dans cette plate, mais exacte définition, le mot *paquet*, qui s'y trouve à la huitième rime ; il est à lui seul un détail très important.

---

(1) L'avocat Barbier l'annonce dans son *Journal*, à la date du 8 juillet 1759. — Elle ne fonctionna réellement qu'à partir du 1er juin 1760.

(2) « Quand Chamousset la rétablit, le tarif fut d'abord d'un sou. Voltaire l'appelle, pour cela, *la poste d'un sou* (Lettre à d'Argental du 27 octobre 1760). L'administration trouva bientôt que c'était trop peu ; elle doubla. Le 3 avril 1761, Voltaire en parle encore à d'Argental ; mais cette fois il l'appelle *la poste de deux sous*. On sait, par la même lettre, que le père de mademoiselle Corneille y était employé, à cinquante livres par mois. » Les lettres, lit-on dans l'*Almanach du voyageur de Paris,* par Thierry, pour 1783, sont « portées neuf fois par jour à « leurs adresses, dans la ville ; et deux fois, dans la banlieue. Le port « dans l'intérieur de la ville est de deux sols par lettre, et de trois sols au « delà des barrières, dans toute la banlieue. Le bureau général est rue « des Déchargeurs ; cent dix-sept facteurs font le service journelle- « ment. »

Il donne à penser, en effet, que la petite poste de 1653, plus perfectionnée que la nôtre, ne se chargeait pas seulement des lettres, mais des menus bagages. Ses employés étaient, tout ensemble, facteurs et commissionnaires. C'était vouloir trop de choses à la fois ; l'entreprise en mourut. Il n'y eut niche, qu'on ne lui fît ; il n'y eut projectiles mystificateurs, qu'on ne lançât dans ses boîtes, sous prétexte d'y mettre des paquets.

« Furetière nous apprend quel en fut le triste sort, dans un passage du *Roman bourgeois.* Parlant de Collantine, qui veut rendre à son amant lettre pour lettre, il dit : « Comme « elle n'avait pas de laquais, elle se contenta de mettre « sa lettre dans certaines boëstes, qui estoient lors nouvel- « lement attachées à tous les coins des rues, pour faire « tenir les lettres de Paris à Paris, et sur lesquelles le ciel « versa de si malheureuses influences, que jamais aucune « letttre ne fut rendue à son adresse, et qu'à l'ouverture de « ces boëstes, on trouva des souris, que des malicieux y « avaient mises. » Un pauvre diable de maître de clavecin, nommé Coutel, voulant donner un concert, mit toutes ses lettres d'invitation à la petite poste, car lui non plus n'avait pas de laquais ; pas une n'arriva. Des souris lancées par des malveillants avaient tout rongé.

« Je me risquerais bien jusqu'à demander qu'on rétablisse cette poste aux paquets ; mais, quoique Paris se soit fait grave, j'aurais peur qu'il ne s'y trouvât encore quelques loustics, ayant malice et souris en poche, pour tuer encore la pauvre invention. »

Edouard Fournier, qui a étudié plus spécialement la petite poste de 1653, semble ignorer que celle de 1760 se chargeait également des *paquets*. Nous en avons la preuve, par le tarif joint à l'arrêt du Conseil d'État du Roi, du 6 mars 1779, portant établissement d'une petite Poste dans les Villes et Fauxbourgs, villages de la banlieue et environs des villes de Nancy.

Commençons par lire l'exposé de l'arrêt du Conseil d'État du Roi.

« Sur la requête présentée au Roi, étant en son conseil, par le sieur Pierre-Thomas de Launay, contenant que de tous les moyens qui servent à la communication des citoyens d'une grande ville, la petite Poste est le plus commode, le plus sûr, le moins dispendieux ; que son utilité à tous égards est prouvée par le succès de celle de Paris, et qu'il paraît certain que l''exécution de cet établissement sera également heureux dans la ville de Nancy, que son commerce, ie nombre de ses habitants et des étrangers, que leurs affaires y attirent de toutes parts, en rendent susceptibles.

« A ces causes, requérait le suppliant, qu'il plût à Sa Majesté de lui accorder la permission de former ledit établissement dans la Ville, fauxbourgs et banlieue de la Ville de Nancy, et de lui accorder le privilège pour trente années consécutives, aux offres qu'il fait de compter de la dépense et de la recette, sur le produit net de laquelle il sera prélevé telle somme qu'il sera ordonné par Sa Majesté, pour subvenir à l'entretien des écoles vétérinaires que Sa Majesté a ordonné être établies dans le royaume, pour le traitement des maladies des bestiaux. »

Vu ladite requête, le Roi permet cet établissement et accorde au sieur de Launay de l'exploiter pendant trente années consécutives, à la condition que les facteurs de la petite Poste ne pourront porter des lettres dans les endroits où la grande Poste est établie, et de ne percevoir que les droits énoncés au tarif annexé à la minute de l'arrêt ; à la charge de compter annuellement entre les mains du Receveur général des écoles vétérinaires, le dixième du produit net de cet établissement. Comme par le passé, tout particulier pouvait néanmoins faire porter ses lettres dans la ville, banlieue et environs, par telles personnes qu'il jugeait à propos. Les commis, facteurs et préposés de la petite Poste étaient exempts de corvée, de milice, du guet et garde, pour leurs personnes seulement ; en outre, les principaux commis avaient le droit de port d'armes, pour leur, défense et sûreté.

L'exécution de cet arrêt fut confiée à M. Moulins de la Porte de Meslay, intendant en Lorraine.

TARIF au cours de France des droits demandés à être perçus, pour le *port des lettres et paquets* dans la Ville, Fauxbourgs, Banlieue et environs de Nancy, par la voie de la petite Poste.

Les lettres simples ou avec enveloppes seulement, qui seront portées dans la Ville et Fauxbourgs, payeront ci. . . . . 2 sols.

Les paquets payeront par chaque once de leur poids, ci . . . . 3 —

Les lettres simples ou avec enveloppes seulement, qui viendront des bureaux de la campagne, ou qui y seront envoyées par les bureaux de la Ville, payeront, ci . . . . '3 sols.

L'once pour les paquets venant de la campagne, ou qui y seront envoyés, payera, ci . . . . 4 —

Il ne sera payé qu'un sol par chaque once au-delà de la première, soit pour la Ville, soit pour la campagne, ci . . . . 1 —

Les lettres destinées à être mises à la grande Poste payeront d'avance, ci . . . . 1 —

Cet établissement fut intitulé : *Poste de la Ville et Banlieue de Nancy.* Sur les diligences du Directeur et de l'Intendant, il a dû commencer ses opérations en juin 1779.

Il y avait 24 boîtes dans l'intérieur des Villes et Fauxbourgs de Nancy, et une dans chaque village de la banlieue et des environs.

Il se faisait quatre levées par jour, dans chaque bureau de la Ville et des Fauxbourgs, et huit distributions. Il y avait quinze facteurs, pour le service journalier.

Les lettres pour la campagne partaient tous les jours à 6 heures du matin, à l'exception du dimanche, et arrivaient tous les jours à 6 heures du soir. Elles étaient distribuées immédiatement.

Le Directeur était M. de Lannoy.

Le bureau général était situé rue du Passage, n° 140. Il était ouvert depuis 6 heures du matin, jusqu'à 10 heures du soir.

On se chargeait de tout ce qui était portatif.

Cet établissement cessa de fonctionner en mars 1781. Il est bien regrettable que Durival, en nous indiquant l'époque de sa chute, ne nous ait pas fait connaître les causes qui ont pu l'amener.

Nous avons dit plus haut, que le Roi avait confié l'exécution de l'arrêt du conseil d'État du 6 mars 1779, à M. de La Porte, intendant et commissaire départi en Lorraine.

Peu s'en est fallu, qu'un grave conflit n'éclatât entre la Chambre de comptes et l'Intendance, à l'occasion de cet établissement.

Le Procureur général du Roi de la Chambre des comptes lui présenta, dans la séance du 30 juin, un réquisitoire fulminant. Il dit qu'il vient de lui tomber entre les mains un avis au public, portant établissement d'une petite poste dans les Villes et Fauxbourgs, Villages de la banlieue et environs de la ville de Nancy ; que ce projet d'établissement, dont on offre au public le détail, publié et affiché par ordre du commissaire départi, ne peut cependant recevoir la sanction légale que de la seule autorité de la Chambre des comptes, etc., etc. A ces causes requiert, sans s'arrêter à l'ordonnance du commissaire départi, qui sera déclarée nulle, incompétemment rendue, être fait défenses à tous directeurs, préposés, commis à l'établissement de la petite Poste créée par l'arrêt du Conseil du 6 mars dernier, de mettre à exécution ledit arrêt du Conseil, qu'au préalable il n'ait été registré ès greffes de la Chambre, à peine de 500 livres d'amende, et par corps contre les contrevenants ; ordonner, en conséquence, que l'arrêt à intervenir sera lu, publié à la première audience publique de la Chambre, imprimé et affiché partout où besoin sera, sur les diligences du remontrant.

Heureusement que la Chambre des comptes, quoique très jalouse de ses droits et prérogatives, n'a pas suivi dans cette voie, son Procureur général, et, par son arrêt, a évité un conflit certain entre elle et l'Intendance.

« La Chambre ayant aucunement égard aux réquisitions du Procureur-général du Roi, ordonne que les Edits, Arrêts et Règlements, concernant les Postes et Messageries seront exécutés suivant leur forme et teneur ; en conséquence, que les contestations qui pourraient naître sur l'objet de la petite Poste dont s'agit, circonstances et dépendances seront portées directement par devant la Chambre ; fait défenses à l'Administrateur, ses commis ou préposés, et à tous autres de se pourvoir ailleurs, à peine de 500 fr. et des dommages-intérêts des parties : Et sera ledit seigneur Roi très humblement supplié de manifester ses intentions sur ledit établissement, par Lettres Patentes, adressantes à la Chambre. Ordonne que le présent arrêt sera lu et publié à la première de ses audiences publiques, imprimé et affiché partout où besoin sera. »

HOPITAL MILITAIRE (Rue de l')

De la place Saint Jean à l'hôpital militaire.

Nous ne l'avons trouvée dénommée sur aucun plan. L'état des maisons de 1767 en fait une dépendance de la *rue du Moulin*, aujourd'hui rue Saint Thiébaut.

Dans les documents de l'époque révolutionnaire, on parle de l'hôpital militaire ; mais on ne fait aucune allusion au bout de rue qui y conduit, lequel est plutôt une impasse qu'une rue réelle, puisqu'elle n'a jamais été ouverte, c'est à dire qu'elle n'a jamais eu d'issue opposée à son entrée.

Le plan de 1837, qui a un caractère officiel, trace cette rue sans la dénommer.

La *rue de l'hôpital militaire* n'était, au dernier siècle, qu'un chemin indivis, entre deux ou trois propriétaires, une voie de servitude. Lionnois établit parfaitement son origine, dans son *Histoire*, t. II, p. 211.

» Le duc Léopold fit commencer, en 1702, dit-il, un bâtiment près de l'écluse du moulin Saint Thiébaut, de la Ville-Neuve, pour y brasser de la bière. Pierre Joseph Deschamps, l'un de ses valets de pied, flamand, proposa à ce prince, de faire venir à ses frais, des brasseurs de son pays, et de faire de la bière pour Nancy, à la manière de Flandres, comme il en avait fait dans sa jeunesse, si S. A. R. voulait lui accorder le bâtiment qu'Elle venait de faire commencer pour cet effet, et le droit exclusif de la vendre à Nancy. Par des Patentes du 21 août 1702, ce prince lui accorda l'effet de sa demande et le terrain où il avait fait commencer ce bâtiment, qui n'était que de 60 pieds de roi de longueur, sur 30 de largeur, pour en jouir comme de chose à lui appartenante, tandis que la faciende subsisterait ; et fit défense à tous autres de contrefaire la bière dudit Deschamps, et d'en vendre dans la ville et ban-lieue de Nancy.

» Après la mort de ce Deschamps, sa veuve Françoise Frémion vendit au sieur Evrard Hoffman, par acte du 21 juillet 1721, les chaudières, bouges et ustensiles de la brasserie, avec subrogation à tous ses droits, pour 9000 livres. Celui-ci joignit à son acquisition sept hommées deux toises six pouces de terrain, et commença à élever des bâtiments beaucoup plus considérables. Il se pourvut ensuite au Conseil du Duc Léopold qui, par des Patentes du 1er avril 1723, confirma la vente à lui faite par la veuve de Deschamps, et lui abandonna pour lui et ses successeurs, le terrain qu'il avait réuni à son acquisition, pour y construire tels bâtiments et clôture qu'il trouverait à propos : *à charge d'en laisser libre en tout temps la voie, de même que le tour et contour*, à son Conseiller d'Etat et en sa cour Souveraine, le sieur Feriet, ses gens préposés, chariots et voitures, comme aussi une place suffisante et commode à poser ses fumiers et vidange de son jardin, et de lui laisser une clef de la clôture dudit terrain, pour entrer et sortir, autant de fois que bon lui semblerait. »

» Sans doute, dit Lionnois, p. 500, que dans ce temps le Sr Hoffmann, dans un endroit aussi isolé, prétendait fermer, depuis le bas de la rampe qui conduit actuellement à l'hôpital militaire, son ancienne propriété ; mais aujourd'hui, il ne peut y avoir de différend, le passage devant la manufacture a toute la largeur d'une rue, et il n'y a de clôture que pour l'hôpital, sans aucun obstacle à toute personne, pour entrer chez le sieur Vallet. »

Telle est l'origine de la rue de l'hôpital militaire qui, en 1728, était occupée à l'occident, à droite, en montant, par la manufacture de Saint Jean, et au midi, par la brasserie, devenue hôpital militaire en 1768. On n'a qu'à se reporter aux plans antérieurs à 1768, pour se faire une idée de cet emplacement.

Nous ne dirons que quelques mots de l'hôpital militaire ; ayant été formé, dans l'origine, sur la rue Stanislas, nous y parlons de ses commencements. Avant la Révolution, il était appelé *hôpital Royal militaire*. Voici la note qu'on trouve dans les *Almanachs de Lorraine et Barrois :*

» Cet hôpital a été transféré, en 1768, dans un bâtiment neuf, construit près de la porte Saint Jean, par les ordres de Sa Majesté. Il est administré par des sœurs hospitalières de la Congrégation de Saint-Charles, depuis le 16 novembre 1768 ; il était auparavant régi par entreprise.»

Son administration se composait, en 1773, d'un chef de Police, deux médecins, deux chirurgiens majors, un contrôleur pour le Roi, un aumônier, et une sœur économe.

En 1786, il y avait deux chefs de Police, — l'ordonnateur et le commissaire des guerres ; — une sœur économe ; deux médecins, dont l'un en chef, l'autre surnuméraire ; un chirurgien-major, qui demeurait à l'hôpital, et un aumônier.

Parmi les célébrités médicales qui ont passé comme médecin en chef à l'hôpital militaire de notre ville, nous ne devons pas oublier de mentionner spécialement un homme, dont les vivants débris de nos vieilles armées avaient souvenance, mais qu'à Nancy la génération actuelle a eu le tort d'oublier ; nous voulons parler de Jean-François *Coste*, qu'on voit titrer Inspecteur et premier médecin des corps et armées du Roi, bien avant la Révolution ; jadis médecin en chef à l'armée de Rochambeau, en Amérique, Coste fut élu, le 8 février 1790, maire de Versailles, et quitta cette place en 1792, parce qu'il ne pouvait plus, disait-il, faire le bien et empêcher le mal. Nommé médecin en chef des Invalides, il y vécut de 1796 à 1803, avant que Napoléon, qui se connaissait en hommes, l'appelât à diriger (toujours en chef) le service médical de la grande armée. Coste combattit, à sa manière, à Austerlitz, à Iéna, à Eylau, avant d'obtenir sa retraite, par un retour à ses chers Invalides, qui le perdirent, exempt d'infirmités, le 8 novembre 1819. (V. J.-A. Leray, *Rues de Versailles*, et nos *Promenades historiques*, p. 365).

Sous la Révolution, l'hôpital militaire continua à être administré par les sœurs hospitalières de Saint-Charles.

Nous ne savons pas s'il existe une monographie de l'hôpital militaire de Nancy ; elle mériterait d'être faite, à en juger par l'article suivant :

« Une question d'un haut intérêt local a été portée, dans le mois de mars dernier, devant la Cour royale de Nancy, qui l'a renvoyée au Conseil d'Etat. Nous voulons parler d'une contestation élevée entre le Domaine et la Commission des hospices de Nancy, au sujet de la propriété des bâtiments de l'hôpital militaire de cette ville. Par un décret impérial, daté de Bayonne, le 17 juillet 1808, les bâtiments, jardins et dépendances de l'ancien hôpital militaire de Nancy, *ont été cédés* à la Commission administrative des hospices de cette ville, à charge par elle de les entretenir en bon état, et d'y tenir en tous temps cinq cents lits à la disposition du gouvernement. Aujourd'hui, le Domaine soutient que ce n'a point été un don, mais une concession temporaire; et, à ce titre, il prétend évincer les hospices civils. La Commission, en tutrice consciencieuse et intègre des pauvres, défend, avec force, les intérêts de ses pupilles ; elle vient, dans un mémoire, publié récemment, d'exposer, d'une manière aussi claire que logique, les droits des hospices à la propriété en litige. Les habitants de Nancy doivent vivement désirer que les réclamations de la Commission administrative soient justement appréciées ; car, si elle obtient gain de cause, il paraît que son projet serait de transférer les vieillards et tout le matériel de l'hôpital Saint-Julien, dans l'hôpital militaire. A ce moyen, elle vendrait le vaste emplacement de Saint-Julien, et la rue de la Constitution, si bien située, entre la place Stanislas, la cathédrale et le beau quartier de la place d'Alliance, serait bientôt la plus belle de cette ville, celle précisément qui lui manque, et dont la position centrale fait regretter le plus vivement les constructions qui s'y élèveraient bientôt.

« En parlant, il y a quelques jours, de ce mémoire, *le Patriote* mettait justement en opposition la conduite sage et énergique de la Commission des hospices, et la partialité inouïe dont le Conseil municipal a fait preuve, dans l'affaire de la fontaine du quartier de la Poissonnerie, où il a méconnu, au profit d'un seul, les droits d'une foule de citoyens. » *(Meurthe,* 24 août 1836.)

Il est de fait, que les hôpitaux militaires du département de la Meurthe, qui existaient à Nancy, à Toul et à Phalsbourg, avant 1789, ont été supprimés successivement. Ceux de Nancy et de Phalsbourg le furent le 1er germinal an IX, dans un but d'économie. Le ministre de la guerre avait seulement conservé, dans notre ville, un dépôt de 50 lits, pour les malades de la garnison : les militaires des autres places étaient traités dans les hospices civils.

Lors des revers de nos armées, on refit des ambulances, comme celles qui avaient existé au commencement des premières guerres de la République, à cette différence, que, par l'incurie et l'imprévoyance des bureaux, aucun service n'était organisé, et que des convois de blessés ou de malades, qui arrivaient dans notre ville, n'auraient pas eu une paillasse ou un matelas pour y reposer, si la population ne s'était elle-même prêtée, de bonne grâce, au prêt ou à la confection des lits.

Nous ne savons pas au juste, à quelle époque l'hôpital militaire de Nancy a été réorganisé.

Nous lisons dans la *Meurthe* du 9 avril 1820 :

« L'inauguration de la chapelle de l'hôpital militaire de Nancy a été faite le 3 avril dernier, en présence de M. le baron de Villiers, maréchal de camp, commandant la 1re subdivision militaire de la 3me division, de MM. les sous-intendants militaires, les colonels et officiers de la garnison, ainsi que des officiers de santé et employés dudit hôpital. M. Brion, premier grand vicaire, a prononcé un discours analogue à cette cérémonie. Un détachement nombreux de la légion de l'Yonne, et la musique du corps ont été commandés pour cette inauguration, à laquelle le plus grand ordre et un silence religieux ont présidé. »

Cette chapelle fut complètement reconstruite en 1855.

Nous avons eu maintes occasions, dans nos recherches, de constater l'absence de documents sur les édifices publics ou les institutions qui relèvent du ministère de la guerre. C'est une lacune très regrettable, pour l'histoire locale. Les journaux sont souvent muets sur les transformations matérielles et morales qui s'y opèrent, et les annuaires ne font précéder ces articles d'aucune note historique.

Laissons l'hôpital militaire de côté, puisque les documents nous font défaut, et parlons d'une institution qui a rendu de grands services à la population : le *Mont-de-Piété* et la *Caisse d'épargne.*

Nous renvoyons le lecteur à l'*Histoire de Nancy*, de Lionnois (t. III, p. 144), pour le Mont-de-Piété établi sous le règne de Charles IV, par Charles Mus, de 1630 à 1647, dans la maison qui porte aujourd'hui le n° 101 de la rue Saint-Dizier. (V. aussi H. Lepage, *Communes de la Meurthe*, t. II, p. 189.)

Déjà, en 1597, Charles III avait tenté d'introduire cette institution dans la capitale de ses Etats. (H. Lepage, *Archives*, t. I, p. 170, 201.)

L'ouverture du premier *Bureau de confiance*, tout à la fois Mont-de-Piété et Salle des ventes, eut lieu à Nancy, rue Saint-Georges, n° 50 actuel, dans le courant du mois de décembre de l'année 1779. Nous en trouvons la preuve dans le *Journal de Nancy*, supplément n° XXIII de décembre 1779 :

« *Bureau de confiance* établi à Nancy, par arrêt du Parlement du 3 décembre 1779, sous l'inspection de M. le lieutenant-général de police. Le sieur Mandel et la demoiselle Drian, entrepreneurs des bains de Nancy, près de la cathédrale, n° 75, tiendront ce bureau qui est d'un avantage bien sensible, pour ceux qui voudraient se défaire des effets de peu de volume, promptement et de la manière la moins dispendieuse. On trouve chez Lamort des feuilles imprimées, par lesquelles on peut prendre une connaissance plus particulière de cet établissement, qui n'est ni le seul, ni le premier de ce genre dans le Royaume. »

Le supplément du mois de juillet 1780 contient cet autre avis :

« Le Bureau de confiance, établi à Nancy, par arrêt du Parlement du 3 décembre 1779, et tenu par le sieur Mandel, marchand, et la demoiselle Drian, a les plus grands succès. On insérerait dans ce journal le tableau des effets qui y sont déposés, et à vendre, s'il n'était pas d'une longueur excessive, et si l'affiche, qui s'imprime tous les samedis, ne faisait pas l'objet d'une souscription particulière. L'abonnement de ces affiches, qui paraissent toutes les semaines, est de trois livres au cours de France. Il faut s'adresser à Lamort, imprimeur-libraire, au cabinet littéraire, près des RR. PP. Dominicains. »

Il résulte de cette annonce-réclame, faite plutôt pour le journal que pour l'établissement Mandel, que ce bureau de confiance était tout à la fois un Mont-de-Piété et une Salle des ventes. C'est, croyons-nous, la première idée émise, l'embryon des Salles de vente, que nous voyons fonctionner en 1798, en 1802, en 1830, rue Saint-Dizier, 14, en 1840, au n° 51 de la rue Saint-Georges, et au Casino, depuis 1872, et de nos jours.

Les almanachs de Lorraine et Barrois ne mentionnent pas le Bureau de confiance ; par contre, si peu de réclame a été fait dans les journaux du temps, nous savons, par d'autres documents intéressant Dominique Mandel et son associée, qu'il subsistait encore en 1789. Ceux-ci ayant émigré, leur maison de la rue Saint-Georges fut vendue par le district. Le Bureau de confiance avait, nécessairement, cessé ses opérations.

M. Guérard a publié, dans les *Mémoires de la Société d'archéologie lorraine*, t. IX, p. 126, une notice sur les Monts-de-Piété de notre ville, qui est erronnée et incomplète, en ce qui concerne celui établi, en l'an VI, en l'hôtel de Malthe. (V. rue Lafayette.)

Cet établissement fut ouvert le 29 ventose an VI (19 mars 1798), sous la raison commerciale : *Maison de confiance et de ventes publiques.*

« Il s'est formé, dans cette commune, un établissement très avantageux, sous le nom de Maison de confiance, où sont reçus des dépôts d'effets, meubles et objets mobiliers et marchandises, pour y être vendus publiquement et par voie d'enchères ; le montant de leur estimation est remis, à l'instant, aux déposants, lorsqu'ils le désirent, en payant un faible droit de deux centimes et demi par franc, lorsqu'après un mois on veut retirer les effets en remboursant ce qu'on a reçu. Cette maison est établie rue Helvétius, ville-vieille, n° 209. » *(Meurthe,* 22 vendémiaire an VII.)

M. Guérard dit qu'elle discontinua ses opérations, le 15 messidor an VII (3 juillet 1799), et qu'elle fut rétablie, dans le même local, le 15 messidor an X (4 juillet 1802), par Nicolas Temporelle, Etienne Chanony et François-Denis Pellerin. Ce n'est pas exact, voici : une annonce publiée dans la *Meurthe*, le 1er prairial an X, contredit positivement les assertions de M. Guérard.

« *Changement de domicile.* — L'administration du Mont-de-Piété, existant depuis plusieurs années rue Helvétius (ci-devant des Dames Prêcheresses), n° 209, prévient le public que, pour le 8 prairial prochain, cet établissement sera transféré rue de la Constitution (ci-devant Saint-Dizier), n° 149, proche les ci-devant Dames du Saint-Sacrement ; et que, pour la commodité des citoyens qui habitent la ville-vieille, elle a jugé à propos d'établir, place Carrière, n° 29, un second bureau, dont elle dirigera toutes les opérations, et où l'on pourra s'adresser avec confiance.

« Nota. — Au 1er Messidor prochain, l'intérêt des avances que fera le Mont-de-Piété sera diminué d'un tiers. »

La maison n° 29 appartenait à Joseph Malus, commissaire de guerre, intéressé dans l'affaire J. Masson. Néanmoins, peu de temps après, la succursale établie au n° 29 de la Carrière, fut réinstallée à l'hôtel de Malthe ; elle était dirigée par Nicolas Temporelle et Pellerin, qui n'étaient, en résumé, que les commis de Masson, si nous en croyons l'annuaire publié par Guivard en l'an XI, pour l'an XII, p. 131 ; car les Annuaires officiels, publiés sous le patronage de la préfecture, ne mentionnent aucune de ces entreprises :

« MONT-DE-PIÉTÉ. — Cet établissement, situé à Nancy, au ci-devant hôtel de Ludres, rue de la Constitution, n° 149, est institué pour recevoir en dépôt les objets mobiliers de toute espèce ; le marchand, le fabricant, l'artiste et l'ouvrier peuvent y déposer leurs marchandises et productions, pour y être vendues, s'ils le désirent, par enchère publique ou par négociation ; le Bureau fait l'avance du prix estimatif des objets qui lui sont confiés.

« Il y a une *maison de Commission*, hôtel de Malthe. »

Lorsque la loi du 16 pluviôse an XII fut publiée, le préfet de la Meurthe voulant faire profiter la Commission administrative des hospices de Nancy, des avantages qui lui étaient offerts, fit un appel aux capitalistes, pour que la commission puisse elle-même exploiter le Mont-de-Piété, qu'il se proposait de créer. On en a la preuve par l'avis suivant publié le 13 prairial an XII dans la Meurthe :

« La loi qui veut qu'aucune maison de prêt sur nantissement ne pourra être établie qu'au profit des pauvres, a pour but de venir au secours des hospices. La commission administrative des hospices de Nancy, en s'empressant de saisir la nouvelle ressource qui lui est offerte, éprouve des difficultés, parce que cette entreprise exige des fonds, et qu'elle n'a à sa disposition que des capitaux remboursables à des termes plus ou moins éloignés. Le préfet, pénétré de cette situation, a fait, par affiches, un appel à la bienfaisance des capitalistes et des commerçants, en faveur des hospices et de la classe pauvre; il les invite à aider les hospices, par une avance de fonds nécessaires aux opérations et à l'établissement d'un Mont-de-Piété, et il les prévient que les citoyens qui voudront faire leurs offres, pourront faire leurs soumissions d'ici au 1er thermidor prochain, à la préfecture, »

Cet appel ne fut pas compris par les capitalistes, quoiqu'à cette époque un capital de 40 à 50,000 fr., eu égard aux dépôts annuels, eût été suffisant ; mais on n'avait pas très grande confiance dans les affaires industrielles, et les capitalistes ne s'aventuraient pas dans l'inconnu. On demeura donc dans le *statu quo* jusqu'en 1809. Pendant ce temps-là, de petites maisons clandestines prêtaient sur gages, et la Société Temporelle et Pellerin travaillait pour son propre compte.

Sa maison avait pour enseigne : *Bureau de confiance*, tandis que celle de Masson, fondée en l'an VIII à l'hôtel de Malthe, était connue depuis sa fondation sous le nom de *Mont-de-Piété*. C'est en l'an XII que Temporelle et Pellerin cessèrent d'être les correspondants de Masson.

Par un arrêté préfectoral du 10 octobre 1809, le Mont-de-Piété, établi par J. Masson, fut reconnu comme la seule maison où pouvait avoir lieu le prêt sur nantissement, et toutes les autres durent être fermées. Elles avaient été prévenues, d'avoir à opérer leur liquidation pour cette date. La redevance annuelle, que devait payer J. Masson aux hospices civils, fut fixée à 1,200 fr. Les nantissements ne s'élevaient guère qu'à 30 à 40,000 fr. La redevance fut augmentée progressivement, et les intérêts furent diminués.

Temporelle et Pellerin mettaient en vente le 7 août 1809, l'hôtel de Malthe, qu'ils avaient acquis en commun. L'adjudication devant Boulangé ne réussit pas ; mais le 15 février 1810, ils le vendaient amiablement, devant Estienne, à Jean-Baptiste Germain, ancien capitaine au service de France.

Le 4 mars 1810, J. Masson étant débarrassé de tous ses concurrents, publie cet avis en annonçant une vente publique pour le 12 mars :

« Nota. — Le sieur Masson, entrepreneur dudit établissement, ayant journellement occasion de se convaincre que nombre de ses concitoyens ignorent encore, qu'en allant déposer des effets ailleurs que dans sa maison, ils agissent contrairement à la loi du 16 pluviôse an XII, laquelle punit le déposant et le dépositaire, et désirant leur éviter les peines auxquelles ils continueront d'être exposés, a l'honneur de les prévenir que, d'après l'arrêté de M. le préfet du 10 octobre dernier, sa maison est la seule, à Nancy, où le prêt sur nantissement puisse avoir lieu, et que l'intérêt qu'elle perçoit est de 15 p. % par an (ou un liard pour livre par mois). Le sieur Masson, pour prouver combien il désire être utile à ceux qu'un besoin d'argent pressant et momentané peut mettre dans le cas d'avoir recours à lui, fera encore une diminution sur les intérêts ci-dessus mentionnés, en faveur de ceux qui auraient besoin de somme assez forte, pour permettre une semblable réduction. »

22 .

Les ventes publiques du Mont-de-Piété établi à Nancy, rue Saint Dizier nº 149 — 136, 137, près les ci-devant Dames du Saint Sacrement, étaient annoncées et avaient lieu périodiquement, presque tous les mois. Le 6 juillet 1810, en annonçant celle qui devait avoir lieu le 9, J. Masson voulant prouver sa bonne volonté, et nous dirions presque son désintéressement, fait suivre cet avis d'une autre annotation qui s'adressait spécialement à la classe ouvrière et aux pauvres.

« Le sieur Masson, entrepreneur du susdit établissement, s'étant convaincu que, malgré les facilités qu'il présente à ses concitoyens de se procurer indistinctement toutes les sommes dont ils peuvent avoir besoin, en leur prêtant depuis celle de 3 fr. comprise et indéfiniment au-dessus, il n'avait pas encore atteint le but de son zèle pour la classe la plus indigente qui, souvent, se trouve privée de cette ressource, *faute de pouvoir faire un dépôt de 3 francs.*

« Ledit sieur Masson, considérant plus la situation malheureuse de ces infortunés que son intérêt personnel, a pris la résolution de venir à leur secours, en ajoutant à son établissement un petit bureau qui, à dater du 15 juillet présent mois, se tiendra dans la même maison, où l'on fera *les avances modiques depuis et y compris 20 sols jusqu'à 5 francs inclus.* »

En 1811, J. Masson voyait sa fortune s'ébrêcher ; les espérances qu'il avait conçues ne se réalisaient pas : il était dégoûté, selon son expression, de son établissement. Arrivent les évènements de 1812, la retraite de Russie et le diable et son train, l'invasion et ce qui s'en suit. Le Mont-de-Piété ne florissait pas. En 1814, par ordre, il est fermé durant huit mois. Les pauvres et les gênés tendaient la langue. J. Masson, cela est constant, paya régulièrement ses commis, et acquitta la redevance qui lui était imposée par l'arrêté préfectoral du 10 octobre 1809. Enfin, en 1815, tout à fait dégoûté de son métier, il céda son établissement à Mᵐᵉ Malus et à M. Vaudré, son frère. Nous avons sous les yeux l'acte d'association passé le 30 janvier 1816, devant Noël et Marchal. La mise de fonds de chacun des associés était de 22,500 : capital social 55,000 fr. L'association a commencé le 20 janvier 1816 et devait durer douze ans. Elle a été dissoute néanmoins le 1ᵉʳ janvier

1819. Vaudré continua seul de diriger l'établissement avec l'aide et les lumières de J. Masson.

Celui-ci se trouvant à Paris, en 1829, entendit parler de la *Caisse d'épargne* ; il se rendit dans les bureaux de cette nouvelle banque, se fit initier à ses opérations, et revint à Nancy, avec le projet d'adjoindre au *Mont-de-Piété* une *Caisse d'épargne*. En conséquence, il présenta à M. d'Allonville, alors préfet, un projet de règlement intitulé et conçu ainsi :

« Projet de règlement pour l'établissement et l'organisation d'une maison de prêts à Nancy, avec une Caisse d'épargne.

« CONDITIONS. — Si on lui accorde de percevoir l'intérêt à 10 p. °/° par an, elle s'engage à payer 4,000 fr. par année aux hospices et à fournir le local. — Si, au contraire, on l'exempte de ces deux charges, elle propose de ne prêter qu'à 6 °/°, taux de commerce, et même pour le cas où il y aurait une variation sensible dans le cours des fonds, elle se soumettrait à ne percevoir que l'intérêt qui serait déterminé par M. le préfet, ou un conseil. »

On n'eut pas le temps d'examiner la proposition. La Révolution de juillet se fit : adieu paniers, vendanges sont faites.

Masson ne se rebuta pas : il renouvela sa proposition à M. Moreau, maire de la ville de Nancy. Celui-ci, en sa qualité d'administrateur, fit la sourde oreille, et tellement bien qu'il poursuivait de son côté l'honneur insigne d'attacher son nom à la création officielle d'un Mont-de-Piété et d'une Caisse d'épargne, au risque de dépenser pas mal d'argent : les contribuables sont assez riches.

Ces ficelles là ne mordent pas, quand on connait le fil de l'histoire.

En 1832, une immense polémique s'entame dans les journaux, à propos de la réforme du Mont-de-Piété et de l'établissement d'une Caisse d'épargne. Masson, qui avait 70 ans, intervint dans la lutte. Nous avons lu et nous venons encore de relire ces articles passionnés ; c'est tout bonnement idiot. Les théories exposées par les novateurs ne reposent sur aucune base, ils n'ont même pas de principes admis ; ils profitent simplement de la question, pour calomnier Masson et pour dire qu'en France *le provisoire* est éternel. C'est une rengaîne qui se sait par expérience et tradition, depuis l'an de grâce 1789, 1re année de la Liberté.

On arrive petit à petit à faire ordonner royalement, en 1834, l'établissement, à Nancy, d'un Mont de piété et d'une Caisse d'épargne, pour en arriver simplement au projet J. Masson de 1829. Avec le projet Masson, il n'y avait aucune mise de fonds à faire.

La propriété Maubon, sise place Saint Jean, rue de l'hôpital militaire, n° 16, a coûté d'abord 44,400 fr. au bureau de bienfaissance, suivant l'acte Thiriot du 15 janvier 1834 ; les travaux de grosse maçonnerie ont été évalués à 4868 fr. 70 ; nous ne parlons pas des petits marteaux. Nous n'avons pas eu le soin d'en prendre note.

La création du *Mont-de-Piété de Nancy* est due à l'ordonnance royale du 19 mars 1834, et la *Caisse d'épargne et de prévoyance* a été autorisée, par ordonnance du 25 avril suivant.

La Caisse d'épargne a été ouverte le dimanche 14 septembre 1834. Le Mont-de-Piété le 1er janvier 1835.

Le taux de l'intérêt fut fixé à 12 o/o l'an.

Le Mont-de-Piété de la rue Saint Dizier cessa de fonctionner le 31 décembre 1834.

Nous laissons au lecteur le soin de conclure. Pour nous, une seule chose reste vivace : c'est la situation comparée du bureau de bienfaisance de 1804 à 1834. En 1804, les capitalistes ne se souciaient pas de faire les fonds, pour exploiter le Mont-de-Piété au profit des hospices. En 1834, le bureau de bienfaisance créant la Caisse d'épargne et le Mont-de-Piété simultanément, y a trouvé une source de revenus, qu'ont dû regretter plus d'une fois les capitalistes de l'an XII.

En moins de six semaines, on comptait 300 déposants à la Caisse d'épargne, qui avaient versé environ 50,000 fr.. Cet apport permettait à l'administration de faire fonctionner le Mont-de-Piété. Mais si la Caisse d'épargne n'avait pas été établie, l'administration des hospices n'aurait certainement pu, avec les nouvelles charges qui lui incombaient, exploiter par elle-même le Mont-de-Piété.

Deux fautes ont été commises, au détriment des hospices : 1° absence de revenus de l'an XII à 1809, soit cinq ans ; 2° absence de revenus de 1829 à 1835, soit cinq ans. C'est donc dix ans de revenus certains qui ont été sacrifiés, par une administration mal entendue. Quand ces revenus. n'auraient été que de 1200 fr. par an, c'est un capital de près de 20,000 fr. qui a été perdu par les hospices. En parlant de Caisse d'épargne, on peut rappeler qu'il n'y a pas de petites économies, quand on sait compter.

Dans son *Histoire*, t. II, p. 500, Lionnois donne un historique complet de la manufacture Saint Jean, appartenant, en 1788, à Pierre et Jean-Baptiste Vallet, qui occupaient 300 ouvriers à la fabrication des draps, pannes, ratines, estamettes, serges et autres étoffes de laine.

Charles-Bernard Maubon-Gand et son associé Pierre Vallet, continuèrent la fabrication dans cet immeuble, dont Pierre Vallet était devenu l'unique propriétaire. Cette manufacture qui, en 1788, n'occupait que 300 ouvriers devint plus importante, lorsque Maubon-Gand fut associé et remplaça Jean-Baptiste Vallet. Ecoutons ce que le préfet Marquis dit, en l'an X, de la manufacture de Saint Jean.

» Cette manufacture établie, il y a environ soixante ans, dans les bâtiments concédés par le domaine, faisait vivre, en 1789, près de *trois mille ouvriers*, et employait environ 200 milliers de laine du pays, à la fabrication de draps communs, principalement pour le service des troupes. Les fournisseurs ayant trouvé de l'avantage à s'approvisionner en Suisse, pendant la Révolution, cette fabrique était presqu'entièrement tombée ; et le propriétaire, désespérant de pouvoir reprendre le même genre de fabrication, a monté cinq métiers en draps fins de Sedan et de Louviers.

» Leur produit annuel est d'environ 240 pièces de 20 à 22 aunes l'une, c'est-à-dire d'environ 5,000 aunes, dont le prix moyen est de 25 à 26 livres l'une. Un tiers se vend dans les départements de la Meurthe, du Haut-Rhin et de la Moselle ; les deux autres tiers aux foires de Reims et à Paris.

» Ces draps sont d'excellente qualité ; mais, comme le propriétaire l'avoue lui-même, le défaut de bons teinturiers nuit à leur perfection et à leur débit. En conséquence, il remettra, le plus tôt qu'il lui sera possible, en activité des métiers pour draps communs ; et comme il est peu de négociants qui montrent plus de zèle pour tout ce qui tient à l'intérêt public, que M. Maubon-Gand, je seconderai ses efforts de tout mon pouvoir, en faisant travailler de préfé-

rence, pour son compte, les détenus et les mendiants invalides. » (*Statistique*, p. 213.)

La manufacture Maubon subit le même sort que les
autres industries de ce genre, établies à Nancy. Le blocus
continental, les campagnes de 1812, en un mot, tous les
évènements politiques qui se succédèrent, à cette époque,
entravèrent sa prospérité.

Maubon-Gand n'était pas seulement un industriel zélé
et intelligent ; il était encore très charitable et véritablement philanthrope.

JACQUARD (Rue)

De la rue de la Monnaie à la rue Saint Michel.

Avant 1600, elle était dite *rue Derrière* ou *rue Reculée*.

Les plans de 1728, 1752, 1758 et 1778 la mentionnent
rue des Suisses. Ceux de 1754, de Mique et l'état de 1767,
la désignent comme *rue Derrière*.

Il était réservé à la municipalité de 1867 d'effacer cette
ancienne appellation, pour consacrer cette rue à la mémoire
du peintre Claude Jacquard, l'auteur de la coupole de la
Cathédrale. Par ma foi, voilà un choix qui n'est pas heureux ; n'importe à quel point de vue on se place, on
trouve cette dénomination plus que bizarre. A cette époque, M. Louis Lallement protesta, non sans raison, contre
le vocable préféré par la commission municipale, chargée
de changer les noms de nos rues :

« Le nom de Jacquard, peintre qui vivait, dit-il, au
XVIIIᵉ siècle, à la Ville-Neuve, ne peut pas être donné à
la rue Derrière, c'est-à-dire à une rue du vieux Nancy.
C'est comme si on appelait la rue de Rivoli, rue Clovis !
ce serait un non-sens injustifiable.

« La seule rue convenable pour recevoir le nom de *Jacquard*, est la *rue du Cloître*, où il n'y a jamais eu de
Cloître, et qui avoisine la Cathédrale, dont la grande coupole est peinte par Jacquard. »

« On propose, ajoute notre savant confrère nancéiste,
d'appeler la *rue Derrière*, *rue Grandville*, parce que l'artiste
est né à quelques pas de là, dans la rue de la Monnaie,
dont il ne faut pas changer le nom. »

Quant à nous, nous dirons que, si l'on ne devait pas, pour une raison historique, modifier le vocable de la rue de la Monnaie, on devait également respecter celui de la *rue Derrière* qui, depuis un temps immémorial, portait cette dénomination, que nous lui trouvons appliquée déjà au XVIIᵉ siècle ; en 1551, elle était dite *rue Reculée*, car elle indiquait, avec la rue Saint Michel, la Grande Rue, dite de la Boudière, la rue des Maréchaux et celle du Bon Pays le circuit de la première enceinte du vieux Nancy.

Mais, mais... mais en fouillant un peu dans le passé, nous avons cru reconnaître dans la rue Jacquard l'ancienne rue des Juifs, que Lionnois veut à toute force nous faire passer pour de la *monnaie* convenable. Nous ne sommes pas juif, et nous ne faisons guère attention si les écus sont rognés ou non ; en tout état de cause, Lionnois veut nous passer ici un mauvais écu rogné, pour un écu à la vache.

En 1572, la *rue Reculée*, de 1551, était devenue la *rue Derrière*. Elle se trouve, comme en 1551, entre la rue des Escuieries et la rue Saint Michiel. En 1582, la même rue placée entre celles-ci est nommée la *rue des Juifz*. Le rôle de cette dernière année ne mentionnant ni *rue Reculée* ni *rue Derrière*, nous en concluons que la *rue des Juifz* est la même et non la rue de la Monnaie. En 1589, nous voyons reparaître la *rue Reculée*, toujours à la suite de la *rue de l'Escuyerie* (du Bon Pays), avec 50 habitants, tandis que la rue de l'Escuyerie en a 27, et la rue de la Monnoye 17. Dans tous les rôles que nous consultons, même dans celui de 1582, où apparaît la *rue des Juifz*, la *rue de la Monnoye* est mentionnée. Le doute n'est donc pas possible.

Aux XVIᵉ et XVIIᵉ siècles, les rues n'avaient que des noms traditionnels, variables suivant l'esprit des habitants, et réellement il n'y avait aucun vocable officiellement admis, que ceux le plus communément reconnus par le peuple. On a donc bien pu donner, dans une certaine mesure, à telle rue ou telle partie de rue, un vocable autre que celui qui était effectivement applicable. Nous en avons la preuve certaine, dans les quatre rôles que nous connaissons du XVIᵉ siècle.

Le lecteur peut en juger, aussi bien que nous, en recourant au tableau que nous avons dressé pour les rues de cette époque.

Maintenant, qu'on cherche à se rendre compte de ce

qu'était, ou mieux de ce que pouvait être, en 1550, cette rue ayant encore, en 1589, 50 chefs de famille, tout comme en 1551.

La *rue Reculée* du XVIᵉ siècle était un peu pour la Ville Vieille *la Paille-Maille* du XVIIIᵉ; outre les artisans et manants, nous y rencontrons « Jehan des haultes œuvres » le bourreau! « Jarville le fossier », le fossoyeur!...

Quant à dire que c'était la rue spécialement affectée aux Juifs, nous ne l'avancerons pas, nous n'en avons pas de preuves; elle paraît avoir été surtout habitée par les derniers manants; sans doute, que le « merdant » y vivait à côté du bourreau et du fossoyeur. Lorsqu'on trouve ces professions réunies dans une même rue, on peut dire : c'est un pauvre quartier, que celui-là.

Le vocable de *rue Reculée* avait bien sa signification; mais bien plus grande encore, bien plus pittoresque était celui de *rue Derrière*.

Nous avons dit plus haut qu'elle avait eu aussi le nom de *rue des Suisses ;* nous avons des preuves de cette dénomination, au commencement du XVIIᵉ siècle. On croit généralement qu'il n'y a eu de Suisses en garnison à Nancy, que sous le règne de Léopold. On trouve dans *les Transformations de Nancy* de H. Lepage, p. 16, la division des deux villes de Nancy par quartiers, vers 1611. Suivant cette pièce, reproduite textuellement, le troisième quartier de la ville vieille « commence à l'artillerie (arse-« nal) *quartier des Suisses*, rue Derrière régnant jusqu'à la « poterne, etc., etc. » En 1615, on érige un four banal en la *rue des Suisses;* et en 1631, le fermier de ce four est déchargé de son fermage, à cause de la contagion.

Dans les Comptes des Receveurs-généraux de Lorraine de 1617, la rue Derrière est dite anciennement appelée *des Juifs* et maintenant *dès Suisses*. Par conséquent, il n'y a plus de doute possible.

La rue Jacquard tout entière, ou une partie seulement, aurait donc pris le nom de rue des Suisses, dans les premières années du XVIIᵉ siècle. Ce vocable lui aurait été conservé longtemps, puisque nous le trouvons encore sur les plans de 1728, 1752, 1758 et 1778.

JACQUOT (Rue)

De la grande Rue à la Pépinière.

Rue sans maison et sans numéro.

Quoique, pour la plupart des Nancéiens, cette rue n'ait été ouverte et créée qu'en 1873, après l'incendie du Palais Ducal et pendant la construction de la nouvelle Gendarmerie, elle n'était pas nouvelle, puisqu'elle figure dans le plan de 1611, ayant les mêmes tenant et aboutissant ; elle était alors appelée la *ruelle des Cordeliers*, et servait de limite au premier quartier de la Ville-Vieille, alors divisée, ainsi que la Ville-Neuve, en six quartiers.

Elle existait encore après la construction de l'Opéra, et figure dans le plan de D. Calmet 1728 ; sans doute qu'à cette époque elle y conduisait.

Nous ne la voyons plus figurer dans le plan de 1758 (plan Michel, dit des Fondations du Roi de Pologne), où l'Opéra est indiqué comme nouveau corps de caserne. Sa suppression date donc du règne de Stanislas, qui convertit l'Opéra en magasin militaire, puis en caserne.

Le nom de *rue* ou de *ruelle des Cordeliers* qui lui avait été donné, s'explique en ce qu'elle longeait la chapelle et les dépendances du monastère de cet ordre religieux. Ce n'était alors ni une rue ni une ruelle, puisqu'au septentrion, elle avait un voisinage exempt de tout impôt, et au midi le Palais du Souverain. Il ne faut pas s'étonner, par conséquent, de ne la point trouver indiquée dans les anciens rôles.

Nous observerons que le plan de D. Calmet lui donne deux portes ; l'une d'elles existait encore avant 1873.

Nous avons dit, dans nos *Promenades historiques à travers les rues de Nancy*, les causes déterminantes du vocable actuel. Elles sont bien mieux indiquées dans les *Procès-verbaux du Conseil municipal* de notre ville. Ouvrons-les un tantinet et recourons d'ores et déjà à la séance du 22 février 1875 :

« M. le Maire (M. Bernard), annonce au conseil que M. Jacquot, notre concitoyen, est décédé à Paris au mois de novembre dernier. M. Jacquot avait illustré son nom, par des œuvres de sculptures célèbres. Il avait, dans sa jeunesse, remporté le grand prix de Rome, et c'est notamment à son ciseau qu'est due la statue de Stanislas. M. Jacquot avait depuis lougtemps quitté sa ville natale, il a voulu la gratifier d'un bienfait précieux, et lui a légué une somme de 36,000 fr. par un testament authentique, en date du 17 octobre 1874, ainsi conçu : « Je donne et lègue à l'Ecole de dessin de la Ville de Nancy une somme de 36,000 fr. pour fonder, après un concours triennal, un prix de dessin d'ornementation approprié à l'industrie, cette ville devant devenir industrielle, selon moi. La Ville de Nancy devra placer cette somme en rentes sur l'Etat français, trois pour cent, et les arrérages de cette rente seront payés par trimestre au lauréat, pendant trois années consécutives. Les concurrents devront être Français et âgés de moins de vingt-cinq ans. »

Le Conseil donne acte à M. le Maire de sa communication ; il l'autorise à accepter le legs fait par M. Jacquot à sa ville natale, et, pour honorer la mémoire du testateur et perpétuer le souvenir de son bienfait, décide que, comme expression de la reconnaissance publique, la rue qui conduit de la Ville-vieille à la Terrasse de la Pépinière, portera à l'avenir le nom de *rue Jacquot*. »

Nous nous permettrons d'observer au Conseil municipal de 1875, que M. Jacquot n'est pas un bienfaiteur ; il a purement et simplement fait acte de reconnaissance envers la Ville de Nancy, en lui destinant, après sa mort, une somme de 36,000 fr. Sans l'appui de la Ville, Jacquot n'aurait jamais amassé ces 36,000 fr. Celle-ci a concouru, dans une large mesure, à sa célébrité et elle l'a aidé de ses deniers, quand il était encore grand prix de Rome. Jacquot s'est conduit en honnête homme ; il a acquitté une dette de reconnaissance, qu'il pouvait facilement ne pas reconnaître. Tout son mérite est là, et rien que là.

Entre Jacquot et Viard, il n'y a que cette différence : le premier est mort honoré dans l'aisance, le second mourra oublié, à l'hôpital Saint Julien. Le premier a réussi, le second a succombé à la tâche. On crée une rue pour Jacquot; on n'en créera pas une pour Viard : cependant les deux artistes se valent, et Viard est peut-être plus artiste que ne l'était Jacquot. L'avenir le saura.

Les Lépy, qui valaient bien Jacquot, ne sont pas patrons d'une rue; de La Broise n'a pas non plus cet honneur, et de La Broise était supérieur à Jacquot ; mais... de La Broise est mort à l'hôpital Saint Charles.

Veut-on, sous un régime républicain, nous ramener au temps où l'on mettait les bancs des paroisses à l'encan ? Si alors les pauvres ne pouvaient s'asseoir à l'église, il ne faut pas que, de nos jours, les riches étalent leurs noms sur les plaques émaillées de nos rues.

La célébrité ne coûte pas cher aux bienfaisants testateurs, qui ont l'heureuse idée de léguer leurs écus à la ville. Quand nous songeons que la rue des Tiercelins prolongée a coûté plus d'un demi-million] en achats de terrain, ça nous donne froid dans le dos pour l'avenir. Une place d'une valeur d'un demi-million ne devra pas se donner, pour une obole, à un premier venu.

Sontgen, qui a laissé tant d'œuvres remarquables dans notre ville, et qui est mort pauvre, n'a pas les honneurs de l'hodographie.   •

César Bagard, le grand Bagard, sculpteur du Roi Louis XIV, attend sa place dans nos rues. Il en est de même pour les Mesny, les Chassel et autres.

Si ces hommes n'ont rien donné, ils ont laissé au moins dans notre ville des spécimens un peu plus corrects que ceux de Jacquot.

Depuis quelques années, on est trop empressé de débaptiser nos rues, pour les patronner du nom du dernier mourant. Les cendres d'un homme plus ou moins célèbre ne sont pas encore refroidies, que déjà le Conseil municipal s'assemble pour délibérer sur la perpétuation de son nom, dont la célébrité passagère mériterait bien un examen plus approfondi.

JEANNOT (Rue)

De la rue des Tiercelins à la rue des Fabriques.

Une erreur grave, que nous avons précédemment constatée, a fait donner à la *rue Sainte-Catherine* la dénomination de *rue Sainte-Anne*. Nous la trouvons commise notamment, pour celle qui nous occupe, dans le plan de D. Calmet (1728) et dans celui de Belprey (1754). Celui de 1758 l'appelle *rue des Tiercelins*.

En tous cas, d'après l'état de 1767 et le plan de Mique,

généralement exact, la *rue Sainte-Catherine* était 'la *rue Jeannot* actuelle.

Au dernier siècle, toutes ces rues du quartier du *marais* ou de la *Paille-Maille*, avaient bien peu d'importance, aux yeux des administrateurs de la Cité ; elles n'étaient composées que de chétives constructions, qui n'attiraient en aucune façon l'attention des édiles.

Il n'y a rien d'impossible que les délibérations du 13 pluviose an II et du 18 fructidor an III n'aient visé plus spécialement cette rue, que la rue Didion, de laquelle nous avons parlé précédemment.

La délibération du 18 fructidor an III dit que la *rue Sainte-Catherine* (sic) et la *rue derrière les Orphelines* prendront le nom de *rue de la Gendarmerie*, tandis que celle du 13 pluviose an II indique comme devenant *rue Barra*, la *petite rue Sainte-Catherine derrière les Tiercelins*. (Voir rue Didion.)

A la Restauration, nous voyons que le nom de *rue Sainte-Catherine* lui est rendu, et qu'à la Révolution de juillet on lui fait prendre celui de *rue de l'ancienne Gendarmerie*. Cependant dans bien des actes et dans bien des documents, elle est dite *vieille rue Sainte-Catherine ;* sous le Consulat, sous l'Empire, sous la Restauration, on l'appelait aussi simplement *rue de la Gendarmerie*. La vérité est qu'on désignait simultanément et indistinctement la même rue, par les différents vocables qu'elle avait déjà portés. On l'appelait *rue vieille Sainte-Catherine*, par opposition à *rue neuve Sainte-Catherine*, créée par Stanislas et pour la distinguer de celle-ci.

M. Jeannot, avocat, mort en 1839, ayant légué à la ville sa fortune évaluée à environ 300,000 fr. devint par ce fait le patron de la *rue de l'ancienne Gendarmerie*. Pourquoi de celle-ci plutôt que d'une autre ? Nous remarquons que Melle Didion avait déjà servi de marraine à la petite rue traversière de Sainte-Catherine. Pourquoi donc n'a-t-on pas donné le nom de Raugraff à la rue Sainte-Anne ? Ç'aurait été assez logique, puisqu'on avait choisi jusque-là les rues les moins propres et les plus mal famées, pour y loger les bienfaiteurs de la Cité.

Au commencement de la Révolution, le monastère des Tiercelins avait été converti en séminaire diocésain, constitutionnel, bien entendu. Un instant, on eut l'idée, pour agrandir cet établissement, de supprimer la partie de la rue Jeannot comprise entre la rue des Tiercelins et la rue proprement dite des Orphelines, pour ne faire de ces deux maisons religieuses qu'un seul corps ; mais les habitants de la rue Sainte-Catherine ayant eu connaissance de ce projet, élaboré à la municipalité le 7 mai 1792, s'opposèrent par voie de pétition, le 26 juin suivant, à la suppression de cette partie de leur rue, et les choses en restèrent là.

Puisque nous considérons la rue Jeannot actuelle comme ayant été jadis la rue Sainte-Catherine, nous ne manquerons pas de faire remarquer, que ce dernier vocable a été appliqué à diverses époques, à plusieurs des rues qui sont voisines de la rue Jeannot. Nous avons dit plus haut, que la rue Sainte-Anne avait reçu la dénomination de rue Sainte-Catherine ; nous la voyons donnée également, en 1767, à la rue actuelle des Chanoines et à une partie de la rue de la Primatiale ; mais c'est à tort que M. H. Lepage, dans ses *Archives de Nancy*, indique la rue Sainte-Catherine comme étant de nos jours la rue du Manège. Cette dernière n'a été créée qu'en 1715, alors que la rue Sainte-Catherine (Jeannot) avait plus d'un siècle d'existence. On appelait ce quartier *le marais ;* le 4 mars 1632, on lit cette mention : « Se souvenir de faire remplir les mortes qui sont à la rue Sainte-Catherine, rue des Artisans et vers les Pailles-Mailles. » (*Archives* I, 328.)

Il est permis de croire que dans ce siècle si tourmenté, les rues de la Paille-Maille étaient seulement tracées, mais non entièrement construites. On en a la preuve par une donation faite le 22 mai 1667 par le duc Charles IV aux gens du Conseil de Ville, d'une place sise à la ville-neuve, lieudit « aux Pailles-Mailles, entre le jardin des héritiers de Jean Jacquemin, cy-devant tenant l'hostellerie de l'Escu de Lorraine, d'une part, et les rues Sainte-Catherine, Saint-Michel et Sainte-Anne d'autre part, pour servir au cimetière de la dite ville » *(Archives* III, p. 95.)

Ainsi il semble résulter de cet acte que la plus grande partie de la Paille-Maille n'était pas encore couverte de constructions. Où était placée cette rue Saint-Michel en 1667 ? N'était-ce pas la rue des Orphelines ? Tout semble le dire. A cette époque, l'hôpital Saint-Roch était-il assez important pour donner son nom à une rue ? Le plan de 1611, nous montre que les rues Sainte-Anne, Jeannot, des Orphelines et Didion étaient créées, tracées, mais que depuis la rue des Tiercelins jusqu'aux remparts, les constructions étaient rares. Les cinq carrés qui forment ce quartier compris entre les remparts, la rue des Tiercelins et la rue Jeannot, etaient remplis de jardins, sans aucune habitation construite. La rue du Manège y est amarrée par deux jardins, avec une mesquine construction établie dans l'un deux.

FIN DU TOME PREMIER

TABLE DES MATIÈRES

ERRATA

PAGES	48.	*Lisez :* l'on	*au lieu de* l'un.
—	55.	— portés	— porté.
—	84.	— ne puisse	— puisse.
—	143.	— députés	— député.
—	169.	— carrefour	— carfour.
—	191.	— banal	— bannal.
—	191.	— sans	— sous.
—	219.	— ennemis	— ennemïs.
—	231.	— avons	— n'avons.
—	242.	— marbrier	— Marbrier.
—	256.	— vue	— veüe.
—	308.	— important	— importont,
—	312.	— 1757	— 1557.
—	346.	— longtemps	— longtemps.

www.ingramcontent.com/pod-product-compliance
Lightning Source LLC
Chambersburg PA
CBHW070325030726
47505CB00004B/1094